KB107158

고려대학교 민족문화연구원 만주학 총서 ⑧

ᠮᠠᠨᠵᡠ

만문본 어제피서산장시

滿文本 御製避暑山莊詩

han i araha alin i
tokso de halhūn be jailaha ši bithe

최동권, 김유범, 신상현, 이효윤

박문사

〈고려대학교 민족문화연구원 만주학총서〉 발간사

만주는 오랜 역사 속에서 늘 우리 한반도 곁에 있어 왔지만, 한동안은 관심에서 멀어져 있기도 했다. 청나라와 함께 만주족의 국가가 사라지면서 잊혀졌고, 남북분단이 만든 지리적 격절이 그 망각을 더 깊게 하였다. 그러나 만주와 만주족은 여전히 한반도 이웃에 존재한다. 한 민족의 국가가 사라졌다 해서 그 역사와 문화가 모두 사라지는 것은 아니다. 만주족은 동북아 지역의 역사를 이끌어 온 주역 중 하나였고, 유구한 역사 속에서 부침하며 남긴 언어와 문화의 자취는 지금도 면면히 전해지고 있다. 학자들의 노력을 통해 다시 조명되고 있고, 사람들의 관심 속에 되살아나고 있다. 일본과 서구에서 만주학에 대한 관심이 끊이지 않고 이어져 왔을 뿐 아니라, 근래에는 중국에서도 만주학 관련 자료 정리와 연구가 본격적으로 진행되고 있다.

청나라를 세웠던 만주족은 거대 제국을 통치하며 그들의 언어로 많은 자료를 남겼고, 그것은 중국과 한국 및 동아시아 지역을 이해하는 데 소홀히 할 수 없는 귀중한 자산이다. 역사적으로나 지역적으로, 그리고 언어학적으로도 밀접한 관계에 있는 한국은 만주족의 문화를 이해하는 데 좋은 조건을 가지고 있다. 만주를 넘나들며 살아온 한반도 거주민들은 만주족과 역사를 공유하는 부분도 적지 않고 언어학상으로도 유사성을 가지고 있다.

고려대학교 민족문화연구원은 만주학센터를 세워 만주학 관련 자료를 수집 정리하고 간행해 왔으며, 만주어 강좌를 통해 만주학에 대한 관심을 확산시키고, 국내외 전문가들을 초청하여 학술을 교류하며 연구성과를 공유해 왔다. 2012년부터 발간하고 있는 〈만주학총서〉는 그 과정에서 축적되고 있는 학계의 소중한 성과이다.

총서에는 조선후기 사역원에서 사용하던 만주어 학습서('역주 청어노걸대 신석')를 비롯하여, 청나라 팔기군 장병의 전쟁 기록을 담은 일기('만주 팔기 증수 일기'), 인도에서 비롯되어 티벳족과 몽골족의 민간고사까지 포괄해 재편성된 이야기집('언두리가 들려주는 끝나지 않는 이야기') 등

매우 다양한 성격의 자료가 포함되어 있다. 만주학의 연구 성과를 묶은 연구서('청대 만주어 문헌 연구')뿐 아니라, 전 12권으로 발간되는 만주어 사전('교감역주 어제청문감')과 문법 관련서 등 만주학 연구의 기반이 되는 자료들도 적지 않다.

　　만주학 관련 언어, 문화, 역사 등 각 방면에 걸친 이 자료와 연구성과들은 만주학 발전에 적잖은 도움이 될 것이다. 이 총서의 발간으로 한국에서의 만주학 연구 수준을 한 층 높이고, 한민족과 교류한 다양한 문화에 사람들의 관심을 기울이도록 하는 데 기여할 수 있으리라 기대한다.

2018년 8월
민족문화연구원 원장 김형찬

만문본 『어제피서산장시』 서문

만주학총서는 고려대학교 민족문화연구원 만주학센터의 만주학 연구 성과를 결집해 놓은 보고(寶庫)이다. 더불어 우리나라에서 만주학이 시작된 역사와 혼적을 담고 있다는 점에서도 귀중한 사료적 가치를 지닌다. 만주어와 그것으로 이루어진 다양한 언어, 문학, 역사, 문화 관련 자료들에 대한 연구는 동북아시아를 재조명하고 그로부터 미래적 가치를 발견하는 새로운 도전이라고 할 수 있다. '중화(中華)'로부터 '이적(夷狄)'으로 패러다임의 새로운 변화에서 만주학이 그 중심에 서 있다.

이번 총서인 만문본『어제피서산장시(御製避暑山莊詩)』는 청나라 왕조가 열하(熱河)에 지은 행궁 '피서산장(避暑山莊)' 안에서 경치가 빼어난 36곳의 아름다운 풍광과 정취를 노래한 것이다. 각각 5언 또는 7언의 절구나 율시, 또는 고시나 배율의 형식으로 피서산장의 자연과 더불어 조정의 일과 나라의 안위, 백성에 대한 근심을 담고 있다. 각 시의 뒤에 붙여진 피서산장 곳곳의 그림은 시의 운치를 높일 뿐만 아니라 아름다움에 대한 공유(共有)의 마음을 느끼게 한다.

피서산장이 있는 열하는 우리에게 낯선 곳이 아니다. 우리는 연암 박지원의『열하일기』를 통해 간접적으로나마 열하를 경험했다. 하룻밤 아홉 번 강을 건넌 이야기[一夜九渡河記]는 우리에게 열하의 물소리가 얼마나 세찬지 알려 주었다. 수백 년 전 연암이 열하에서 느꼈던 감정은 아름다움이나 편안함과는 거리가 있었을 것이다. 대국(大國)을 대하는 소국민(小國民)으로서 청나라 건륭황제를 알현하기 위해 조선에서 북경으로, 북경에서 다시 열하로 가야 했던 고달픈 여정은 연암의 마음을 한없이 거칠게 하지 않았을까?

수백 년이 흐른 오늘날, 이제 우리는 만문본『어제피서산장시』를 통해 편안한 마음으로 열하의 진면목을 살펴보게 된다. 숲의 소박함을 안고 연비어약(鳶飛魚躍)의 기상을 펼칠 수 있게 지어진 황제의 행궁 피서산장은 아름다운 자연이 늘 서늘한 기운과 함께하는 곳이다. 더위를 피하기 위한 최적의 장소인 피서산장의 곳곳을 노래한, 만문본『어제피서산장시』는 피서산장의 본래 모습은 물론 그것이 지닌 아름다움을 찬찬하게 깨닫게 해 준다. 외물(外物)에 얽매이는 것을 경계했던 연암의 가르침을 이를 통해 실천해 볼 수 있을 듯하다.

올 여름 무더위는 유난하다. 예년과는 다른 이 유난한 무더위가 만문본『어제피서산장시』에 특별히 더 관심을 갖도록 한다. 만주어에 대한 남다른 열정과 연구가 바탕이 되어 나온 이번 총서가 만주 문학은 물론 만주어 자체에 대한 관심과 이해를 높이는 데 기여할 수 있기를 기대한다. 더불어 더위를 잊을 수 있는 공간인 피서산장과 그곳에서 느껴지는 다양한 감정들이 앞으로 맞이할 무수한 더위들을 슬기롭게 이겨 내는 우리 마음속의 힘으로 작용할 수 있기를 희망한다.

2018년 무더운 여름,
만주학센터 센터장 김유범

滿文本 『御製避暑山莊詩』에 대하여

신 상 현

1. 간행 경위와 판본

만문본 『御製避暑山莊詩』(han i araha alin i tokso de halhūn be jailaha ši bithe)는 강희 51년(1712)에 간행되었으며, 상하권 1책으로 구성되어 있다. 만문본은 武英殿刻本이 주로 유통되고 있는데, 이 판본을 저본으로 청나라 말까지 몇 차례 간행된 것으로 보이며, 내용상의 변화는 찾아볼 수가 없다.[1] 현재 중국제일역사당안관을 비롯하여 북경도서관, 국가도서관, 고궁박물원 등의 여러 곳에 소장되어 있다. 현대로 들어와서는 1927년에 石刻本으로 간행된 《喜詠軒叢書》본과 1983년에 대만의 廣文書局에서 《朱相如木刻四種》을 영인한 것[2]이 가장 선본으로 알려져 있다.

강희제는 강희 42년(1703)년 承德 북쪽의 熱河에 行宮을 짓게 하여 강희 50년(1711)에 완공하게 되고, 그 이름을 '避暑山莊'이라 명한다. 이러한 과정을 강희제는 그가 지은 「御製避暑山莊記」(han i araha alin i tokso de halhūn be jailaha gi bithe..)에서 다음과 같이 기술하고 있다.

金山에서 지맥이 나오고 더운 물에서 샘이 나누어졌다. 구름 골짜기에 물이 넘쳐 고이고 石潭이 푸르게 된다. …… 산과 강의 굳건함, 사람과 사물의 소박함을 다 진술하지 못할 지라도, 나 또한 매우 찬탄하지 않는다. 다만 이 熱河의 땅이 길이 경성과 가깝고 앞뒤로 이틀이 걸리지 않는다. 땅은 황야를 넓힌 것이다. 마음에 두니 만사를 전혀 지체할 수 없다. 그래서 높고 평평한, 멀고 가까운 모습을 헤아려 자연스럽게 생겨난 산과 바위의 모습을 열었다. 소나무를 따라 집을 만드니,

---

1) 강희 51년의 繪畵本, 강희 53년의 銅版本, 건륭연간의 각본 등이 있는데, 내용상의 차이는 없고, 필체나 그림의 질감 등이 조금씩 다를 뿐이다.
2) 이것은 《喜詠軒叢書》본에 포함되어 있던 《朱相如木刻四種》만을 뽑아서 영인한 것이므로 같은 본이라 할 수 있다.

강굽이 언덕의 모습이 들어났다. 물을 끌어 정자에 가져가니, 숲을 감싼 운무가 골짜기에서 나왔다. 이 모두가 사람의 힘으로 할 수 있는 것이 아니다. 아름다운 땅을 빌려 취하여 맞추어 만들었다. 서까래를 새기고, 기둥을 칠하며 낭비하지 않았다.[3]

그리고 피서산장에서 군주가 더위를 피하는 것에 대해 儒家의 입장에서 그 의의를 부여하고 있다.

한 번 노닐고 한 번 즐길 적에, 밭 갈아 거두어들이며 쉬고 근심함을 생각지 않은 것이 아니다. 이르거나 늦거나 經史의 안위를 잊지 않는다. 밭일에는 밭 갈기를 권면하고, 풍년의 광주리와 버들 상자에 가득하기를 바란다. 거두어들일 결과에 재촉하며, 비오고 햇빛 작렬하는 때에 응하여 맞춘 기쁨에 즐거워한다. 이것이 산장에서 더위를 피하는 대략이다. 다시 지초와 난초를 보고서 덕행을 아끼고, 소나무와 대나무를 보고서 정절을 생각하고, 맑은 흐름에 임하여서는 청렴과 맑음을 우러르고, 덩굴 풀을 응시하여서는 탐욕과 더러움을 천하게 보는 것이다. 이 또한 옛 사람이 사물을 따라 견주어 시를 지은 것으로 모르면 어쩔 수 없다.[4]

즉 즐기고 노닐더라도 농사짓는 백성들의 근심을 생각하며, 조정의 일과 나라의 안위를 잊지 않으며, 농사를 권면하여 풍년이 들기를 바라며 때에 따라 즐거워한다. 게다가 피서산장에 심어 놓은 지초와 난초를 보고서는 덕행을 아끼는 마음을 내고, 소나무와 대나무를 보고서는 정절을 생각하며, 맑은 물을 볼 때에는 청렴과 맑음을 받들며, 우거진 덩굴 풀을 볼 때에는 탐욕과 더러움을 천하게 보는 마음을 기를 수 있다는 것이다. 이러한 서문의 내용으로 볼 때, 피서산장은 강희제에게 있어서 단순히 여가를 즐기거나 휴식을 위한 공간이 아니라 정치를 위한 또 다른 공간이었음을 알 수가 있으며, 실제로도 이곳에서 정사를 처리하였다.

---

3) han i araha alin i tokso de halhūn be jailaha gi bithe.. : altahatu alin ci sudala tucifi. halhūn muke ci šeri dendebuhe.. tugi. holo de bilgešeme toktofi. wehe. juce de niowarišambi.. ⋯⋯ alin birai akdun. niyalma jaka i gulu be wacihiyame tucibume muterakū bicibe. bi inu asuru saišarakū.. damu ere že ho i ba. jugūn. ging hecen de hanci. amasi julesi juwe inenggi baiburakū.. na seci. bigan hali be badarambuhangge.. gūnin de tebuci. tumen baita umai tookaburakū.. tereci den necin goro hanci i muru be kemnefi. ini cisui banjinaha alin hada i arbun be neihe. jakdan be dahame boo araci. yaksa ekcin i fiyan tukiyebuhe.. muke be yarume ordo de gajici. jisiha i suman holo ci tucinjihe.. ere gemu niyalmai hūsun i muterengge waka. yebcungge ba be teodenjeme gaime acabume araha.. son be folome tura be nirume mamgiyahakū.

4) han i araha alin i tokso de halhūn be jailaha gi bithe.. : emgeri sarašara emgeri sebjelere de. tarire bargiyara ergere joboro be gūnirakūngge akū.. erde ocibe. goidafi ocibe. ging suduri i elhe tuksicuke be onggorakū. usin i baita de tarire be huwekiyebume. elgiyen aniyai šoro šulhū de jalure be erembi.. bargiyara šanggan i erecun be hacihiyame. agara fiyakiyara erileme acabuha urgun de sebjelembi.. ere alin i tokso de halhūn be jailara amba muru.. jai jy lan ilha be tuwaci. erdemu yabun be hairara. jakdan cuse moo be sabufi. akdun tuwakiyan be gūnire. bolgo eyen de enggeleci. hanja bolgo be wesihulere. faliha orho be šaci. doosi nantuhūn be fusihūšarangge. ere inu julgei niyalmai jaka be dahame duibuleme irgebuhengge. sarkū oci ojorakū..

또 강희제는 피서산장 안에 36곳의 빼어난 경치[36경]를 선정하여 전각이나 정자를 지어 편액을 하고는 당시의 유명한 화가인 沈喻(?-?)에게 명하여 36곳의 풍광을 그림으로 그리게 한다. 그리고 각각의 그림마다 그 의미를 부여하는 小序를 붙이고, 詩를 지었는데, 都察院左都御史인 揆叙[5] 등이 주해를 하고[6], 화가이자 조각가인 朱相如[7]가 木刻을 하여 內府의 武英殿에서 간행하게 한다.[8] 만문본『御製避暑山莊詩』는 기록된 만주어의 특징과 여러 가지 정황으로 볼 때, 한문본을 저본으로 번역한 것으로 추정된다.

2. 구성과 내용

만문본『御製避暑山莊詩』은 상하권으로 나뉘어 있는데, 상권에는 피서산장을 짓게 된 경위를 기술한 「御製避暑山莊記」(han i araha alin i tokso de halhūn be jailaha gi bithe..)와 16수의 시가 실려 있고, 하권에는 20수의 시와 揆叙가 지은 跋文이 실려 있다. 또 매 권의 앞 부분에는 목차가 실려 있고, 각각의 시에는 그 앞부분에 반드시 小序를 붙였으며, 시가 나온 뒷부분에는 沈喻가 그린 그림이 이어진다. 각 시의 제목은 강희제가 피서산장 안에 선정한 36곳의 빼어난 경치에 지은 전각이나 정자에 한문으로 쓴 편액을 만주어로 옮겨 놓은 것으로 볼 수 있으며, 전체를 살펴보면 다음과 같다.

[상권]

01. suman boljon. serguwen be isibumbi / sunja hergen i pai lioi..
    (안개 물결이 서늘함을 이르게 하다[煙波致爽] / 五言排律)
02. ling jy i jugūn. tugi i dalan. / nadan hergen i gu ši..
    (영지(靈芝)의 길과 구름의 둑[芝逕雲堤] / 七言古詩)

---

5) 揆叙 : 만주 正黃旗人으로 나라[納蘭]씨이다. 강희제 때의 중신 納蘭明珠의 둘째 아들로 벼슬이 都察院左都御史가 되었고, 강희제가 중용하였다.
6) 만문본과 한문본을 비교해 보면, 한문본에는 상세한 주석이 달려 있으나 만문본에는 거의 주석이 달려 있지 않다. 이로 볼 때, 주석 작업은 한문본을 위주로 진행되었음을 알 수 있다.
7) 朱相如 : 朱相如는 청나라 때 소주사람 朱圭(1644?-1717)로 相如는 그의 자이다. 그림과 목각에 뛰어난 소질이 있어서 강희 30년(1691)부터 內府에서 일을 하면서 《萬壽盛典圖》 등과 같은 황실과 관련한 그림을 그렸다. 그 가운데 《淩煙閣功臣圖》·《無雙譜》·《耕織圖詩》·《避暑山莊圖詠》을 朱相如木刻四種이라 한다.
8) 馬雅貞, 〈皇苑圖繪的新典範 : 康熙《御製避暑山莊詩》的製作及其意義〉, 《故宮學術季刊》32:2, 2014.12., 45頁 참조.

03. halhūn akū bolgo serguwen. / nadan hergen i liio ši..
    (더위 없이 맑고 서늘하다[無暑淸涼] / 七言律詩)

04. juwari be dosobure alin i guwan. / nadan hergen i jiowei gioi..
    (여름을 견디게 할 산의 객사[延薰山館] / 七言絶句)

05. muke sain hada saikan. / sunja hergen i gu ši..
    (물 좋고 바위 봉우리 빼어나다[水芳巖秀] / 五言古詩)

06. tumen holoi jakdan i edun. / nadan hergen i jiowei gioi..
    (만 골짜기의 소나무 바람[萬壑松風] / 七言絶句)

07. jakdan bulehen lakcafi bolgo. / sunja hergen i jiowei gioi..
    (소나무와 학 뛰어나고 맑다[松鶴淸越] / 五言絶句)

08. tugi alin i wesihun ba. / nadan hergen i jiowei gioi..
    (구름 산의 높은 땅[雲山勝地] / 七言絶句)

09. duin dere tugi alin. / sunja hergen i pai lioi..
    (네 쪽 구름 산[四面雲山] / 五言排律)

10. amasi juru hada be ciruha. / nadan hergen i jiowei gioi..
    (북쪽 봉우리를 베개로 삼다[北枕雙峯] / 七言絶句)

11. wargi dabagan i erde jaksan. / nadan hergen i jiowei gioi..
    (서쪽 고개의 아침노을[西嶺晨霞] / 七言絶句)

12. mukšan hada i tuhere foson. / nadan hergen i jiowei gioi..
    (錘峯으로 떨어지는 햇살[錘峯落照] / 七言絶句)

13. julergi alin i iktaka nimanggi. / nadan hergen i jiowei gioi..
    (남쪽 산의 쌓인 눈[南山積雪] / 七言絶句)

14. šulhe ilha biya i gucu. / sunja hergen i lioi ši..
    (배꽃은 달의 친구[梨花伴月] / 五言律詩)

15. mudangga mukei sain wa i šu ilha. / nadan hergen i jiowei gioi..
    (굽은 물의 좋은 향기의 연꽃[曲水荷香] / 七言絶句)

16. edun šeri i bolgo donjin. / nadan hergen i jiowei gioi..
    (바람과 샘의 맑은 소리가 들림[風泉淸聽] / 七言絶句)

[하권]

17. šelen yohoron be jalhanjame gūninjambi. / sunja hergen i jiwei gioi
    (해자와 도랑을 사이하고 궁리하다[濠濮間想] / 五言絶句)

18. abkai elbehengge yooni sulfa. / ere mudan wan sy niyan gioi
    (하늘이 덮은 것이 모두 거침이 없다[天宇咸暢] / 이 곡조는 萬斯年曲이다.)

19. halhūn eyen bulukan weren. / nadan hergen i jiowei gioi
   (뜨거운 물줄기와 따뜻한 파문[暖溜暄波] / 七言絶句)

20. šeri sekiyen wehe faisha. / sunja hergen i lioi ši
   (샘의 수원과 돌 울타리[泉源石壁] / 五言律詩)

21. niowanggiyan molo niohon tun. / sunja hergen i lioi ši
   (푸른 단풍나무와 초록 섬[青楓綠嶼] / 五言律詩)

22. gūlin cecike šunggayan moo de gūlišambi. / nadan hergen giowei gioi
   (꾀꼬리 높은 나무에서 지저귀다[鶯囀喬木] / 七言絶句)

23. wa goro oci ele getuken. / ere mudan lio šoo cing
   (향기 멀어져도 더욱 뚜렷하다[香遠益清] / 이 곡조는 柳梢青이다.)

24. gin liyan šun de jergišembi. / sunja hergen i jiowei gioi
   (金蓮이 햇빛에 눈부시다[金蓮映日] / 五言絶句)

25. goroki hanciki šeri jilgan. / sunja hergen i jiowei gioi
   (멀고 가까운 곳의 샘 소리[遠近泉聲] / 五言絶句)

26. tugi pun biyai cuwan. / ere mudan tai ping ši.
   (구름 돛과 달의 배[雲帆月舫] / 이 곡조는 태평시(太平詩)이다.)

27. saikan jubki eyen de enggelehebi. / nadan hergen i jiowei gioi
   (아름다운 모래섬이 흐름에 임했다[芳渚臨流] / 七言絶句)

28. tugi i boco mukei arbun. / ninggun hergen i jiowei gioi
   (구름의 색과 물의 모습[雲容水態] / 六言絶句)

29. genggiyen šeri wehe be šurdehebi. / sunja hergen i lioi ši
   (맑은 샘이 돌을 둘렀다[澄泉遶石] / 五言律詩)

30. genggiyen boljon dabkūri saikan. / sunja hergen i jiowei gioi
   (맑은 물결이 겹겹이 아름답다[澄波疊翠] / 五言絶句)

31. wehei kamni de nimaha karambi. / nadan hergen i jiowei gioi.
   (돌토 된 좁은 입구에서 물고기를 바라보다[石磯觀魚] / 七言絶句)

32. muke i buleku hada i tugi. / ninggun hergen i lioi ši
   (거울 같은 물과 봉우리의 구름[鏡水雲岑] / 六言律詩)

33. juru bilten buleku i gese hafitaha. / nadan hergen i joiwei gioi
   (쌍 호수가 거울같이 끼였다[雙湖夾鏡] / 七言絶句)

34. golmin nioron šuwe gocihabi. / nadan hergen i jiowei gioi
   (긴 무지개 곧게 걸렸다[長虹飲練] / 七言絶句)

35. šehun usin luku bujan. / sunja hergen i jiowei gioi
   (넓은 밭과 무성한 숲[甫田叢樾] / 五言絶句)

36. muke eyembi tugi ilinjambi. / sunja hergen i jiowei gioi
(물 흐르고 구름 머물대[水流雲在] / 五言絶句)

이 가운데 제일 처음에 나오는 시인 "suman boljon. serguwen be isibumbi(안개 물결이 서늘함을 이르게 하대[煙波致爽])"을 살펴보자.

熱河의 땅은 높고 평평하며 공기도 맑고 깨끗하다. 짙은 안개와 먼지, 돌개바람이 없으니, 柳宗元의 기문[9]에서 말한 '탁 트였다'는 것이로구나. 사방을 둘러싸고 있는 것은 아름다운 고개와 십리에 걸친 맑은 호수이기 때문에 서늘한 기운이 이른다. 구름 산의 높은 곳[雲山勝地] 남쪽에 일곱 간의 집을 짓고, 곧바로 '烟波致爽'이라는 현판을 만들어 달았다.

> 산장에서 자주 더위를 피하노라니,
> 고요하고 조용하여 시끄러운 소리 적구나.
> 북쪽을 바라보니 멀리 烽火 없고,
> 남쪽을 임하니 가까이 골짜기 사랑스럽다.
> 봄 지나가니 물고기는 물결 속에서 나오고,
> 가을 수확하니 기러기는 모래사막을 날아서 넘어간다.
> 눈에 마주치는 것은 모두 仙草이고,
> 창문으로 마주하여 보이는 것은 모두다 약 꽃이라.
> 炎風의 즈음에는 날이 서늘하게 되고,
> 장맛비 오는 즈음에는 밤이 되어서야 잇따른다.
> 땅이 비옥하므로 마주하여 이삭이 나오고,
> 샘이 달기 때문에 아삭아삭한 참외를 먹는다.
> 옛 사람이 싸움을 준비하고 지켰기에,
> 지금 병사들이 고둥 불기를 그쳤다.
> 사는 도리라면 밭일과 장사의 일이니,
> 백성들 스스로 모인 것이 만 호에 이르렀다.[10][11]

---

9) 柳宗元의 기문 : 유종원은 『永州龍興寺東丘記』에서 "노닐기 적합한 것은 대개 2가지가 있다. 넓게 트이고, 깊고 그윽한 것이니, 이와 같을 따름이다.(遊之適, 大率有二, 曠如也, 奧如也, 如斯而已.)"라고 하였다.

10) suman boljon. serguwen be isibumbi : že ho i ba. den sulfa bime. sukdun inu bolgo getuken. sigan talman buraki su akū.. lio zung yuwan i gi bithede henduhe umesi šehun sehengge kai.. šurdehengge duin ergi de saikan dabagan. juwan ba i bolgo bilten bisire jakade. serguwen sukdun isinjimbi.. tugi alin i wesihun ba i juleri. nadan giyan i boo arafi. uthai suman boljon serguwen be isibumbi sere biyan arafi lakiyaha..
alin i tokso de kemuni halhūn be jailaci. cib seme ekisaka ofi asuki jilgan komso.. amasi karaci goroki holdon akū. julesi enggeleci hanciki holo buyecuke.. niyengniyeri bedereme nimaha boljon ci tucime. bolori bargiyame niongniyaha yonggan be hetumbi.. yasa de tunggalarangge. gemu enduri orho. fa i

'烟波致爽'은 강희 49년(1710)에 세운 寢殿으로 집무를 보던 피서산장의 正殿인 '澹泊敬誠' 뒤에 위치하고 있으며, 강희제가 선정한 36경 가운데 제1경으로 되어 있다. 또 雲山勝地는 황제의 개인 공간으로 사용하던 누각으로 침전인 '烟波致爽' 뒤에 위치하고 있다. 이 세 건물은 별도의 공간이라기보다는 하나의 울타리 안에 일렬로 위치해 있는 正宮에 해당하며, 건륭 19년(1754)에 세운 피서산장의 정문인 '麗正門' 바로 뒤로 이어져 있다.

그와 같이 피서산장의 寢殿인 '烟波致爽'이 있는 곳은 고요하고 조용하며, 사방이 아름다운 고개로 둘러 싸여 있으나 탁 트인 공간으로 남쪽을 바라보면 골짜기가 펼쳐진다. 땅이 높기는 하지만 평평하고, 공기가 맑고 깨끗하며, 안개와 먼지, 혹은 돌개바람조차도 없다. 십여 리에 걸쳐 맑은 호수가 있어 봄부터는 물고기가 노니는 것을 볼 수 있고, 가을에는 기러기가 북쪽 모래사막으로 가는 길목이기도 하다. 서늘한 기운이 항상 머무는 곳이기에, 그런 기운을 머금은 仙草와 약 꽃이 자라기도 한다. 땅이 비옥하여 곡식이 잘 자라고, 샘물이 달아 여름에는 참외를 차게 하여 먹을 수도 있다. 또한 지금은 전쟁도 없는 평화로운 시기이기 때문에 피서산장의 인근에는 백성들이 모여 마을을 이루고 살고 있다고 묘사하고 있다.

3. 문학적 의의

만주문자로 기록한 문학 작품 가운데 시가문학 작품은 그리 많지 않은 편이다. 누르하치가 여진 여러 부족을 통일하여 만주족으로 통일하기 이전의 문헌이나 그 이후에 만문으로 기록된 많은 자료를 살펴보더라도, 샤먼의 神歌를 제외하고는 시가문학 작품을 거의 찾아 볼 수가 없다.[12] 물론 청대 후기인 嘉慶 연간에 편찬된 시가집인 『熙朝雅頌集』[13]에 청나라 초기부터 가경 초기까

---

ishun saburengge biretci oktu ilha.. tiyakiyara edun i ucuri inenggi serguwen isinjimbi. sirke aga i ucuri dobori ome teni sirandumbi.. na huweki i jalin juru suihe banjimbi. šeri i jancuhūn i jalin kafur sere hengke be jembi.. julgei niyalma dain be belheme anafulambihe. te i cooha buren burderengge nakaha.. banjire doro seci, usin hūda i baita. irgen cisui isanjihangge tumen boo de isinaha..

11) 이 시의 한문본은 "熱河地旣高敞, 氣亦淸朗, 無蒙霧霾氛, 柳宗元記所謂曠如也. 四圍秀嶺, 十里澄湖, 致有爽氣. 雲山勝地之南, 有屋七楹, 遂以烟波致爽顔其額焉. 山莊頻避暑, 静黙少喧譁. 北控遠烟息, 南臨近壑嘉. 春歸魚出 浪, 秋斂雁橫沙. 觸目皆仙草, 迎臉遍藥花. 炎風晝致爽, 綿雨夜方除. 土厚登雙稼, 泉甘剖翠瓜. 古人戌武備, 今 卒斷鳴笳. 生理農商事, 聚民至萬家."로 되어 있다.

12) 대표적인 샤먼 神歌로는 道光 연간에 기록된 『니샨샤먼전』(nishan šaman i bithe)이 대표적이다. 그러나 많은 수 의 샤먼 신가가 구전되고 있어서 현대에 들어와서도 동북 3성을 중심으로 다양한 종류 신가들이 채록되어 활발하 게 연구가 진행되고 있다. 이에 대한 대표적 연구로는 宋和平(《滿族薩滿神歌譯注》, 社會科學文獻出版社, 1993 年.), 趙志忠(《滿族薩滿神歌研究》, 民族出版社, 2010年03月.), 石光偉, 劉厚生(《滿族薩滿跳神》, 吉林文史出 版社, 1992年. ; 《滿族薩滿跳神研究》, 吉林文史出版社, 1992年5月.) 등이 있다.

13) 『熙朝雅頌集』: 청나라 초기부터 가경 초기까지 지어진 만주·한군·몽고팔기의 시인 534명의 시 6,000여 수를 수 록한 32책 134권 분량의 시집으로 만주 정황기인 鐵保(1752-1864) 등이 칙명으로 가경 9년(1804)에 편찬하

지 활약한 팔기 출신의 시인 534명이 지은 6,000여 수의 시가 수록되어 있으나, 모두 한문으로 지어진 한시 작품으로서 만주 문자로 기록된 시가문학 작품을 찾아보기란 그리 쉽지가 않다.[14] 이러한 상황으로 볼 때, 만주족이 성립되어 만주문자로 기록되기 이전에도 샤먼 신가와 같은 민간의 시가는 존재하였다고 할 수 있겠으나, 그것이 특정한 시가문학 형식으로 발달하지는 못하였던 것으로 볼 수 있다.

그러한 가운데에서도 만주문자로 기록된 시가작품이 간혹 출현하고 있는데, 이것은 청 입관 이후 중국 한시의 영향을 받아 새롭게 시도된 형식이라 추정해 볼 수 있다.『淸聖祖避暑山莊圖詠』 (han i araha alin i tokso de halhūn be jailaha ši bithe)는 그 가운데 가장 대표적인 작품이라 할 수 있다. 물론 만주어 문장 구조와 형식이 다른 문장이 나오는 것으로 인해 한시로 먼저 짓고 만주어로 번역한 것이라는 의문을 제기하기도 하지만, 만주어를 잘 구사하면서 한문 지식과 한시의 작법 양식을 잘 알지 않으면 창작이 불가능한 요소들을 많이 내포하고 있기 때문에 어느 것이 먼저 창작되었는지 명확하지는 않다. 그러나 여러 가지 정황으로 살펴 볼 때, 황실과 상류층을 중심으로 한 지식인들이 한시의 형식적 특징과 요소를 만주어에 적용해 보고자 한 결과로 볼 수 있다.

이렇게 볼 수 있는 배경에는 만문본『시경』의 번역과도 연결 시켜 볼 수 있다. 일찍이 누루하치는 후금을 세운 이래로 중국의 여러 중요한 문헌을 만문으로 번역하여 간행하는데, 이들 문헌들은 유교의 영향을 받아 국가를 통치하는 데 필요한 것으로 판단한 것 같다. 입관 이전에는『萬寶全書』·『刑部會典』·『素書』·『三略』·『通鑑』·『六韜』·『孟子』·『三國志』·『大乘經』 등을 번역하였고[15], 입관 이후에는 철학, 법률, 군사, 종교, 문학 등 다양한 방면에 걸쳐 대대적인 번역 작업이 이루어진다.[16]

이 가운데『시경』은 2차례에 걸쳐 만문으로 번역되어 간행이 되는데, 이것은 만문으로 지어지

였다.

14) 시버족의 경우, 念說과 같은 특이한 시가문학 형식이 발견되기는 하지만, 시버족이 처한 여러 가지 특수한 역사적 상황으로 인해 이 글에서는 논의로 한다.

15) 『滿文老檔』, 天聰 6年, "nikan bithe be manju gisun ubaliyambume yooni arahangge, wan boo ciowan šu, beidere jurgan [原檔殘缺], su šu, san lio, jai eden arahangge, tung giyan, lu too, mengdz, san guwe jy, dai ceng ging be arame deribuhe bihe. dade manju gurun, julgei kooli doro jurgan be umai sarkū, fukjin mujilen yabumbihe. dahai baksi julgei jalan jalan banjiha nikan bithei kooli be, manju gisun i ubaliyambume arafi gurun de selgiyefi, manju gurun julgei an kooli doro jurgan donjihakū sahakū gisun be tereci ulhime deribuhe.(한의 글을 만주 말로 번역해서 완전히 지은 것으로 『萬寶全書』·『刑部會典』(한문본 참조하여 수정)·『素書』·『三略』이 있고, 또 번역을 시작하여 완전하지 못하게 지은 것으로 『通鑑』·『六韜』·『孟子』· 『三國志』·『大乘經』이 있다. 원래 만주 나라는 전고와 도리를 전혀 모르고 처음의 마음을 행하였다. dahai baksi가 옛날 대대로 살았던 한의 글의 전고를 만주 말로 번역하여 짓고 나라에 포고하니, 만주 나라가 전고와 도리를 '듣지 못했다', '몰랐다'라는 말을 그로부터 알기 시작하였다.")

16) 입관 후 초기인 순치 연간부터 강희, 옹정, 건륭 연간에 이르기까지 약 150여 종 이상의 한적을 만문으로 번역한 것으로 소개되어 있으나, 실제로는 그 보다 더 많을 것으로 추정된다.(趙志忠,《淸代滿語文學史略》, 遼寧民族出版社, 2002年, 97-104쪽 참조.)

는 시의 전범이 되기 때문에 매우 중요한 작업이라 하지 않을 수 없다. 현존하는 만문『시경』가운데 가장 먼저 편찬된 것은 순치 11년(1654)의 內府刻本인 'ši ging ni bithe'이며, 전부 20권으로 송나라 주자의 집주본을 저본으로 하여 만문으로만 번역하였다. 이때에 간행된 만문『시경』가운데에는 6권 6책의 滿漢合璧으로 된 聽松樓刻本이 있고, 12권 8책으로 된 만문본 필사본 있으나 본문의 내용이 같기 때문에 같은 계열로 본다. 또 강희 36년(1697)에 순치 11년에 쓴 御製序가 있는 불분권 10책으로 된 초본이 간행되는데, 이 또한 순치 11년에 간행된 것을 바탕으로 한 것으로 볼 수 있다.[17]

또 건륭 33년(1768)에 이르러 기존의 만문본『시경』의 번역 내용을 수정하여 8권으로 된 武英殿刻本 'irgebun i bithe'과 4책의 만한합벽『시경』을 간행한다. 이렇게 된 데에는 건륭제 시기로 접어들면 한족 문화와의 교섭이 의해 어휘의 혼란 현상이 나타나는데, 건륭제는 이를 해결하기 위하여 대규모 정리 작업을 진행하여 〈御製增訂淸文鑑〉을 편찬하고, 이 이후의 만주어를 '新淸語'로 부르게 된다. 이러한 일련의 조치에 따라 기존에 번역된 주요 한적 또한 '신청어'에 맞추어 그 내용을 수정하여 다시 번역하게 되는데,『시경』도 이에 맞추어 다시 수정하여 번역하게 된 것이다.[18]

『시경』의 만문 번역은 한문 시가의 원형이라 할 수 있는 전범을 만주문자로 번역함으로써 한문 시가의 정형성과 시어, 율격과 압운 등의 여러 수사적 요소가 만주어로 혼합되는 계기가 되었다는 점에서 중요한 의미를 가진다. 왜냐하면 이전 시기의 만주어 문학에서는 이와 같은 형식을 찾아볼 수가 없었기 때문이며, 이러한 형식을 만주어에 응용하여 만주어로 창작된 시가문학의 전범을 탐색하고자 하였기 때문이다. 이와 같은 측면에서 볼 때,『淸聖祖避暑山莊圖詠』(han i araha alin i tokso de halhūn be jailaha ši bithe)는 만문시가의 발전상에서 중요한 위치를 차지한다고 할 수 있는 것이다.

[참고문헌]

富麗, 〈談談滿文詩歌的特點〉, 《中央民族大學學報 : 哲學社會科學版》 1980年第4期, 中央民族大學, 79-83頁.

富麗, 〈滿族、滿文詩歌及其格律〉, 《滿學研究》 6, 民族出版社, 2000年12月, 204-227頁.

---

17) 徐莉, 〈淸代滿文《詩經》譯本及其流傳〉, 《民族翻譯》 2009年3期, 50−53쪽 참조.
18) 순치 11년에 간행된 만문『시경』과 건륭 33년에 간행된『시경』사이의 차이점에 대해서는, 앞의 논문, 54−56쪽 참조.

徐莉, 〈清代滿文《詩經》譯本及其流傳〉, 《民族翻譯》 2009年3期, 50-56頁.

斯達理[意]·嚴明(譯), 〈滿文韻律詩與散文詩翻譯比較研究〉, 《滿語研究》 2006年第1期, 122-128頁.

喬治忠·崔岩, 〈韻文述史審視百代-論清高宗的詠史《全韻詩》〉, 《文史哲》 2006年第6期, 69-74頁.

奇車山, 〈一份珍貴的滿文詩稿〉, 《滿族研究》 1991年第2期, 63-67頁.

沈原·毛必揚, 〈清宮滿文詩歌的韻律〉, 《滿學研究》, 中國第一曆史檔案館, 1996年, 299-312頁.

馬雅貞, 〈皇苑圖繪的新典範：康熙《御製避暑山莊詩》的製作及其意義〉, 《故宮學術季刊》32:2, 2014. 12, 39-80頁.

季永海·趙志忠, 《滿族民間文學概論》, 中央民族學院出版社, 1991年.

張佳生, 《清代滿族詩詞十論》, 遼寧民族出版社, 1993年.

張佳生, 《清代滿族文學論》, 遼寧民族出版社, 2009年12月.

王佑夫·李紅雨·許征, 《清代滿族詩學精華》, 中央民族大學出版社, 1994年.

張菊玲, 《清代滿族作家文學概論》, 中央民族學院出版社, 1990年.

趙志忠, 《清代滿語文學史略》, 遼寧民族出版社, 2002年.

趙志輝 主編, 《滿族文學史》第1卷(中國少數民族文學史叢書), 遼寧大學出版社, 2012年10月.

趙志輝 主編, 《滿族文學史》第2卷(中國少數民族文學史叢書), 遼寧大學出版社, 2012年10月.

馬清福 主編, 《滿族文學史》第3卷(中國少數民族文學史叢書), 遼寧大學出版社, 2012年10月.

鄧偉 主編, 《滿族文學史》第4卷(中國少數民族文學史叢書), 遼寧大學出版社, 2012年10月.

宋和平, 《滿族薩滿神歌譯注》, 社會科學文獻出版社, 1993年.

趙志忠, 《滿族薩滿神歌研究》, 民族出版社, 2010年03月.

石光偉, 劉厚生, 《滿族薩滿跳神》, 吉林文史出版社, 1992年.

石光偉, 劉厚生, 《滿族薩滿跳神研究》, 吉林文史出版社, 1992年5月.

▌일러두기▐

1. 이 책은 강희 51년(1712)에 간행한 滿文本『御製避暑山莊詩』(han i araha alin i tokso de halhūn be jailaha ši bithe)를 묄렌도르프(Möelendorf) 방식에 따라 전사하여 한국어로 대역하고, 다시 현대 한국어로 옮긴 것이다.

2. 만주어 원문은 1927년에 석각본으로 간행한 《喜詠軒叢書》본을 저본으로 하였으며, 한문본은 2002년에 学苑出版社에서 간행한 《御制避暑山莊三十六景詩圖》를 저본으로 하여 원문을 함께 입력하고 대조하여 이해에 도움이 되도록 하였다.

3. 원문 가운데 신구 만주문자의 차이로 인한 표기나 명백하게 잘못된 어휘가 있을 경우에는 이를 각주에서 밝혔다.

4. 번역문에서 인명, 지명, 관직명은 만주어에서 유래한 것은 만주어로 표기하였고, 한자어에서 유래한 것은 한자어로 표기함을 원칙으로 하였다.
    1) 인명의 예
        만주어 : 바쉬(baši)
        한자어 : 장상주(張常住)
    2) 지명의 예
        만주어 : 묵던(mukden)
        한자어 : 'altahatu alin' → 금산(金山)
    3) 관직명의 예 :
        만주어 : 보쇼쿠(bošokū), 아둔(adun),
        한자어 : 'funde bošokū' → 효기교(驍騎校),
                'hashū ergi alifi baicara amban' → 좌도어사(左都御史)

5. 번역과정에서 사용한 부호는 다음과 같다.

  1) 원문의 부호를 바꾼 것

    、 : ' . '로 바꿈

    〃 : ' .. '로 바꿈

  2) 역자의 필요에 의해 새로 사용한 것

    " " : 직접 인용

    ' ' : 간접 인용

▌목 차▐

만문본 어제피서산장시 상권 ················21

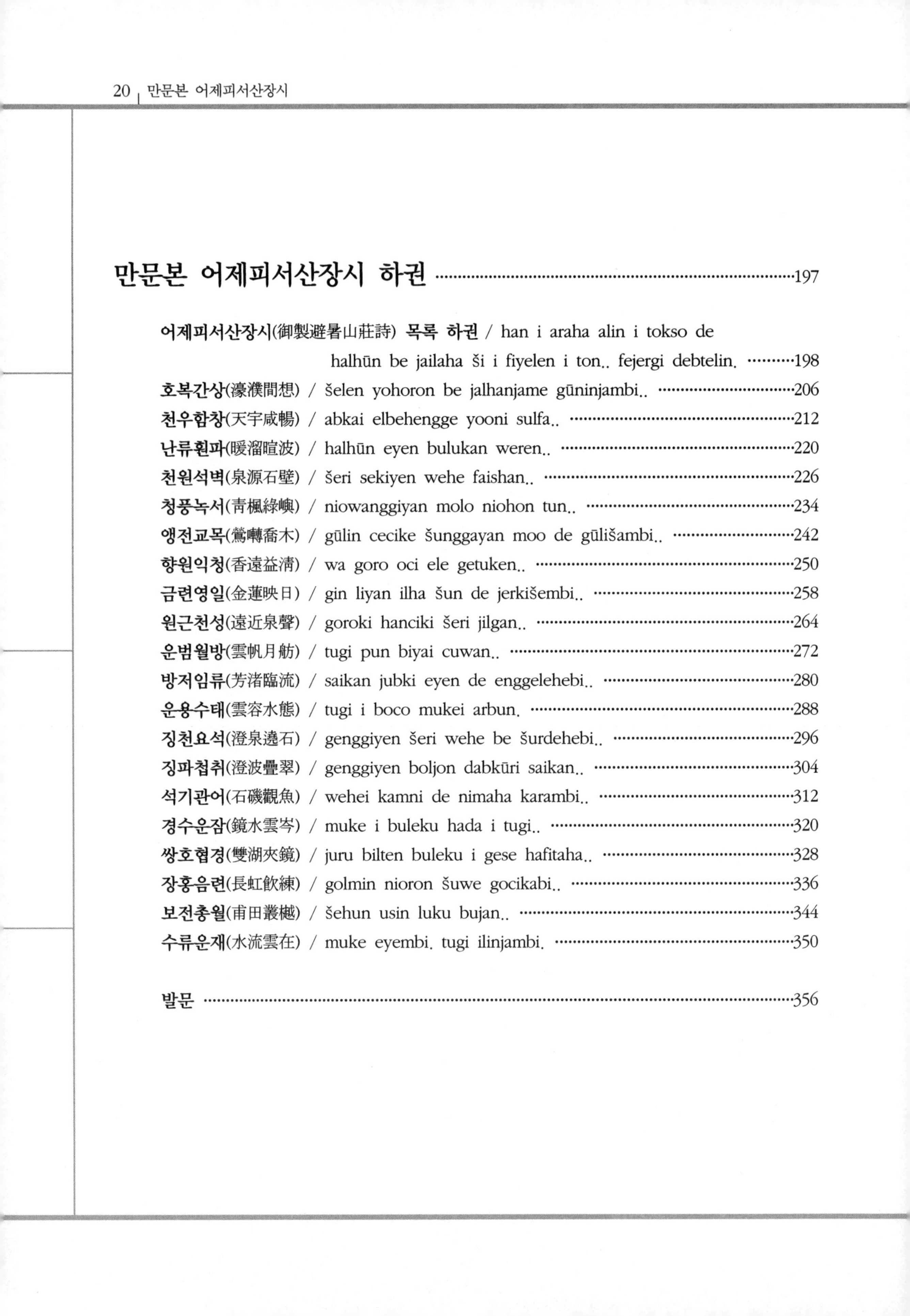

만문본 어제피서산장시 하권 ···197

만문본 어제피서산장시

상권

滿文本 御製避暑山莊詩

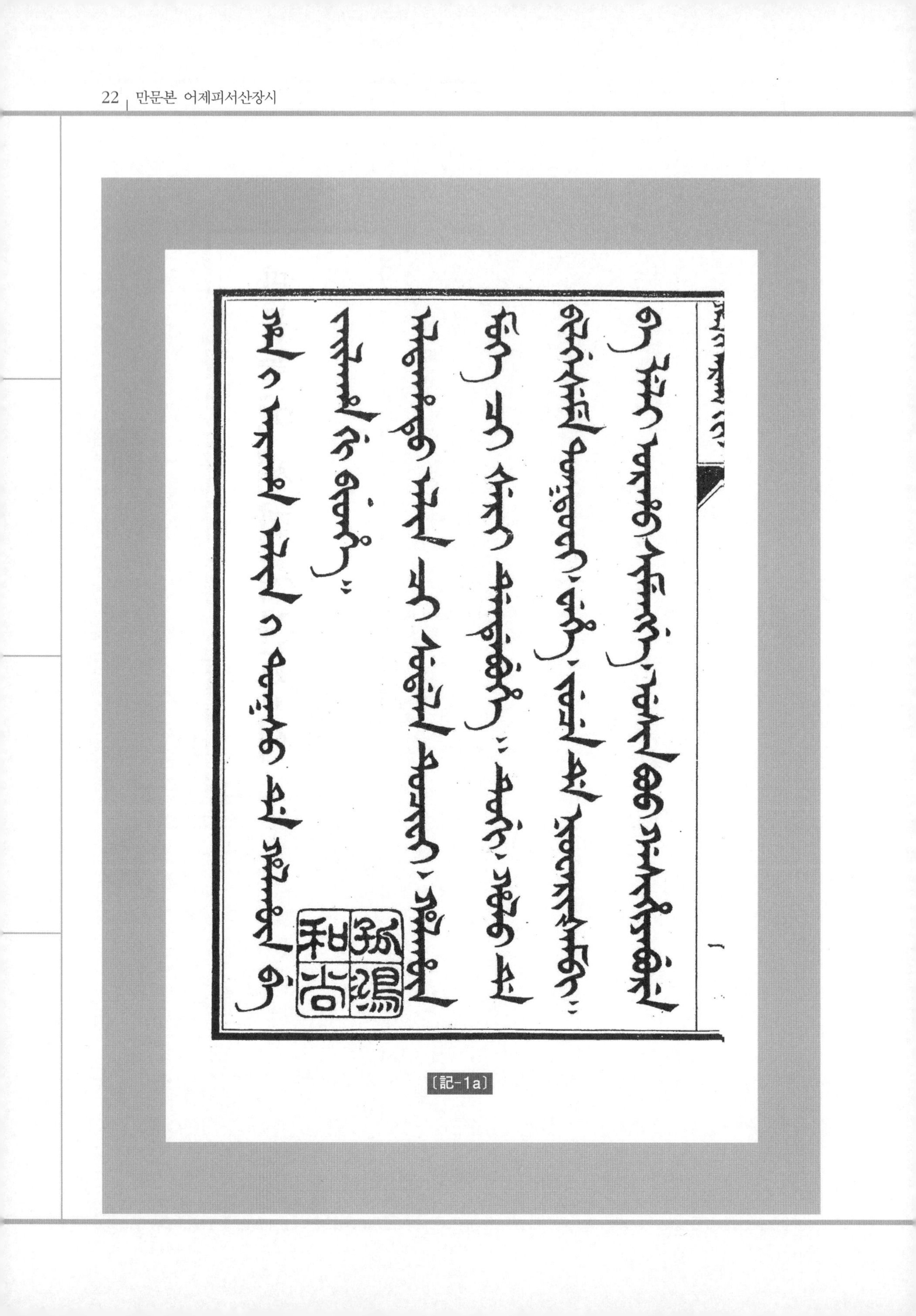

〔記-1a〕

han i araha alin i tokso de halhūn be
汗 의 지은 산 의 장원 에 더위 를

jailaha gi bithe..
피한 記 글

altahatu alin[1] ci sudala tucifi. halhūn
금의 산 에서 맥 나오고 더운

muke ci šeri dendebuhe.. tugi. holo de
물 에서 샘 나누어졌다. 구름 골짜기 에

bilgešeme toktofi. wehe. juce[2] de niowarišambi..
물 넘쳐 고이고, 돌 웅덩이 에 푸르게 된다.

ba leli orho simengge[3]. usin boo[4] gasihiyabure
땅 넓고 풀 무성하고 농 가 황폐해질

[한문]————

御製避暑山莊記

金山發脉, 暖溜分泉, 雲壑淳泓, 石潭靑靄. 境廣草肥, 無傷田廬之害,

——— ◦ ——— ◦ ——— ◦ ———

어제피서산장기(御製避暑山莊記)

금산(金山)에서 지맥이 나오고 더운 물에서 샘이 나누어졌다. 운학(雲壑)에 물이 넘쳐 고이고 석담(石潭)이 푸르게 된다. 땅이 넓으며 풀 무성하고 전려(田廬)가 황폐해질

———————————————

1) altahatu alin : 금산(金山)으로 피서산장 호주구(湖州區) 동부에 있으며, 상제각(上帝閣)이 있다. 'altahatu'는 '금을 함유한'이라는 뜻이며, 몽골어로는 altan이라 한다.
2) wehe juce : 돌 웅덩이[石潭]로 '바위가 깊게 패어 물이 괸 소(沼)'를 가리킨다.
3) orho simengge : 한자 초비(草肥: 풀로 만든 퇴비)에 대응되고 있으나 만문에서는 '풀이 무성하다'는 의미로 쓰이고 있다.
4) usin boo : 전려(田廬: 농가)로서 '시골집', 또는 '농가'를 가리킨다.

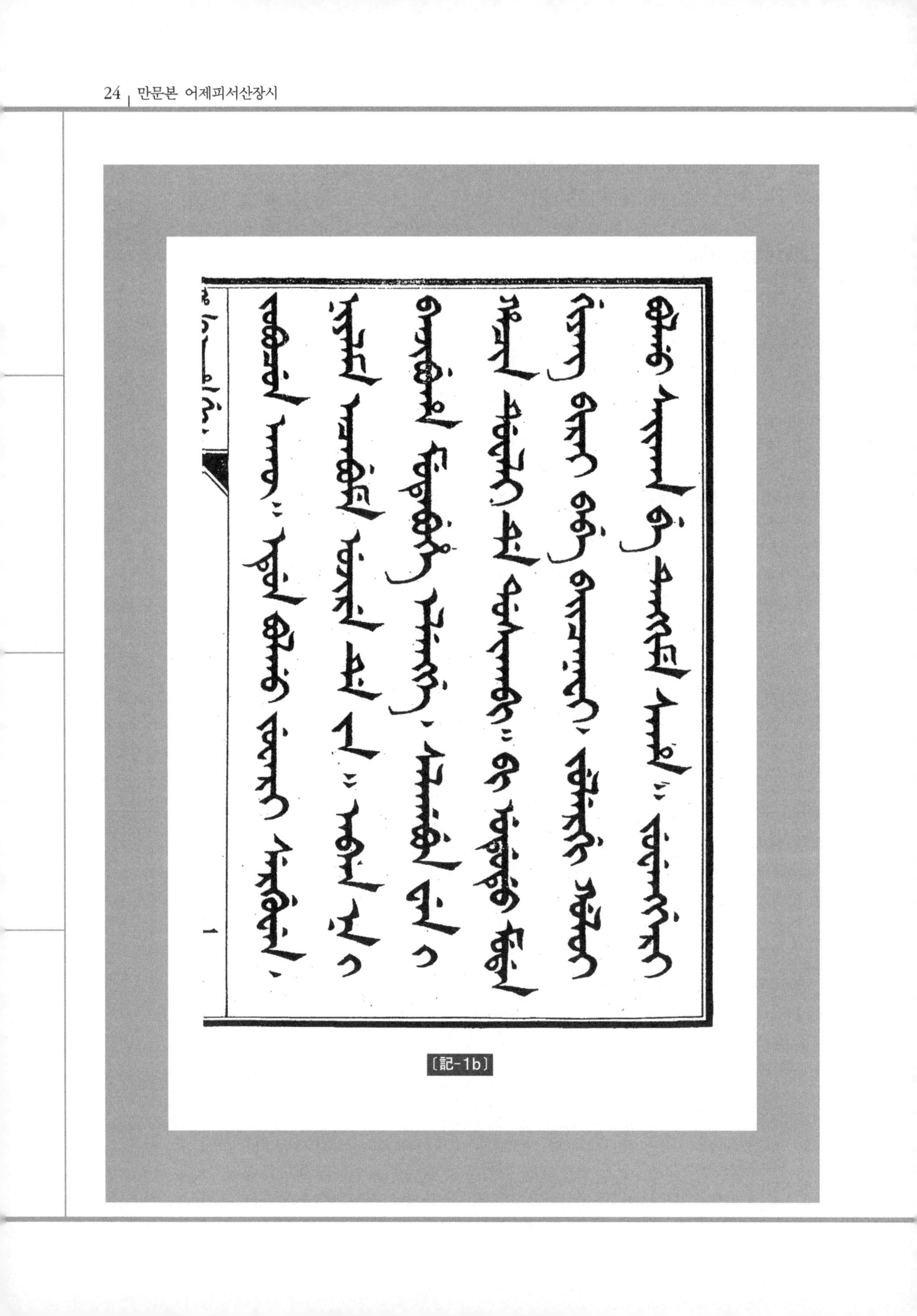

〔記-1b〕

jobocun akū.. edun bolgo juwari serguwen.
근심 없다. 바람 맑고 여름 서늘하다.

niyalma acabume   ujire   de   ja..   abka na i
사람   맞추어 조양하기 에 용이하다. 하늘 땅 의

banjibuha mutebuhe elengge.   salgabun   wen[5] i
생겨나고 이루어진 모든 것 하늘이 부여한 교화 의

hacin duwali de dosikabi.. bi ududu mudan
종류 동류 에 들어갔다. 나   여러   번

giyang birai babe   baicanafi.   julergi goloi
강   하천의 땅을 조사하러 가서 남쪽 지방의

bolgo saikan be tengkime saha.. juwenggeri
맑고 좋음 을   깊이 알았다. 두 차례

風淸夏爽, 官人調養之功. 自天地之生成, 歸造化之品彙. 朕數巡江干,
深知南方之秀麗,

── 。── 。── 。──

근심이 없다. 바람은 맑고 여름은 서늘하여, 사람에 조양(調養)하기에 적당하다. 하늘과 땅에서 나고 이루어진 것이 모두 조화로 돌아갔다. 내가 몇 차례 강과 하천의 땅을 찾으러 갔는데, 남쪽 지방의 맑고 좋음을 깊이 알았고, 두 차례

───────────────────

5) salgabun wen : 한자어 조화(造化)에 대응하는 것으로 천지만물을 기르는 대자연의 이치, 즉 '도의 작용으로서의 하늘이 부여한 교화 또는 덕화'를 가리킨다.

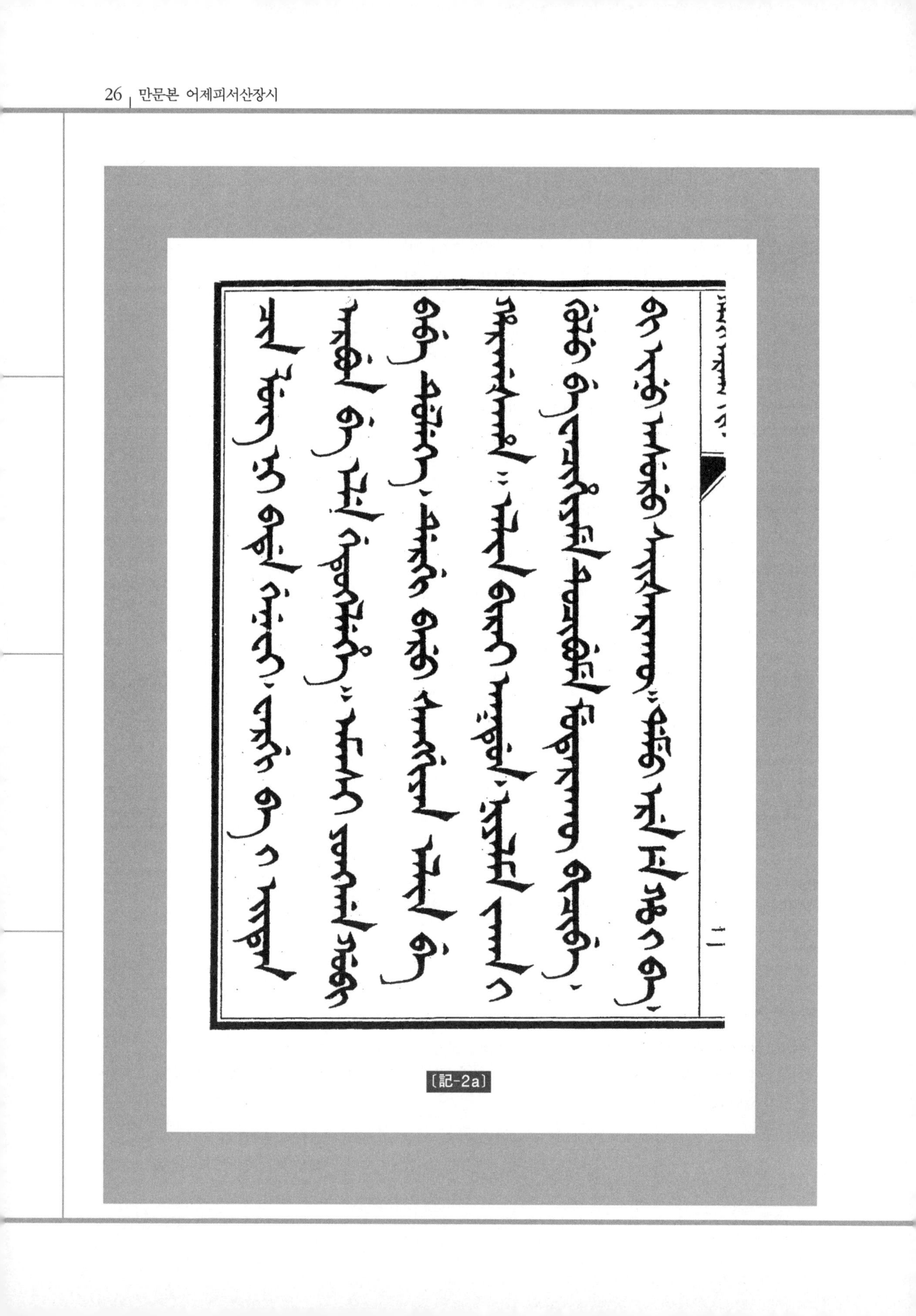

〔記-2a〕

cin lung[6] ni bade genefi. wargi ba i eiten
秦 隴 의 땅에 가서 서쪽 땅 의 모든

arbun be ele getukelehe.. amasi yonggan gobi
형세 를 더욱 분명히 하였다. 북쪽 모래 사막

babe duleke. dergi baru šanggiyan alin[7] be
땅을 지났다. 동 쪽 흰 산 을

hargašaha.. alin birai akdun. niyalma jaka i
우러러보았다. 산 강의 굳건함 사람 물건 의

gulu be wacihiyame tucibume muterakū bicibe.
소박함 을 다해서 드러나게 할 수 없을지라도

bi inu asuru saišarakū.. damu ere že ho i ba.
나 또한 매우 찬탄하지 않는다. 다만 이 熱 河 의 땅

[한문] ————
兩幸秦隴益明西土之殫陳, 北過龍沙, 東游長白, 山川之壯, 人物之樸,
亦不能盡述, 皆吾之所不取. 惟玆熱河,

—— 。—— 。—— 。——

진롱(秦隴) 땅에 가서 서쪽 땅의 모든 형세를 더욱 분명히 하였고, 북쪽의 모래사막을 지나, 동쪽의 장백
산(長白山)을 우러러보았다. 산과 강의 굳건함, 사람과 사물의 소박함을 다 진술하지 못할지라도, 나 또한
매우 찬탄하지는 않는다. 다만 이 열하(熱河)의 땅이

---

6) cin lung : 한자어 '秦隴'의 음차이며, 진령(秦嶺)과 롱산(隴山)을 아울러 칭한 것으로 지금의 섬서성과 감숙성
   지방을 가리킨다.
7) šanggiyan alin : '흰 산'이라는 뜻으로 장백산(長白山)을 가리킨다.

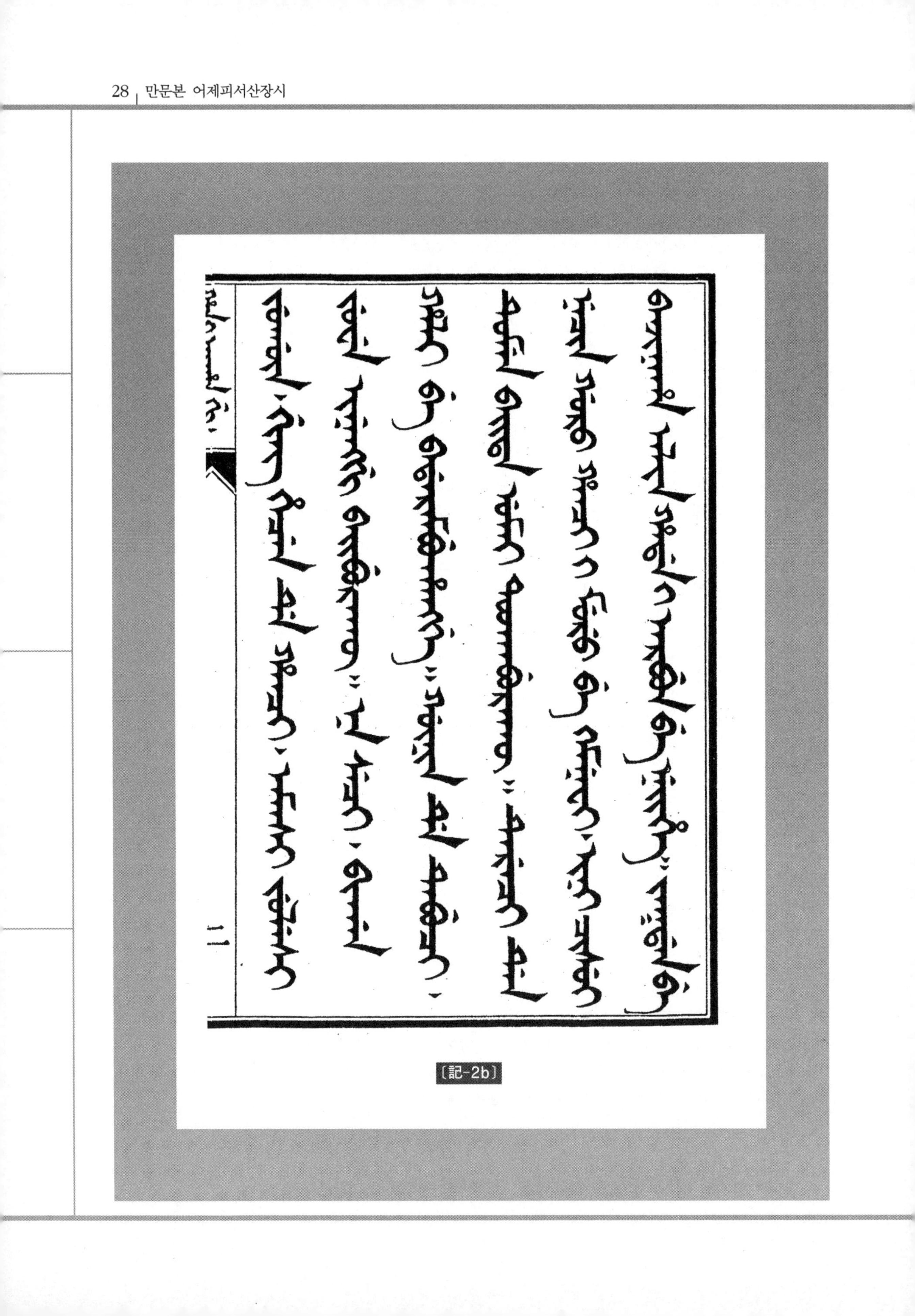

[記-2b]

jugūn. ging hecen de hanci. amasi julesi
길 京 城 에 가깝고 뒤 앞

juwe inenggi baiburakū.. na seci. bigan
두 날 필요하지 않다. 땅 은 들판

hali be badarambuhangge.. gūnin de tebuci.
습지 를 넓힌 것이다. 마음 에 두면

tumen baita umai tookaburakū.. tereci den
만 사 전혀 지체하게 하지 않는다. 그래서 높고

necin goro hanci i muru be kemnefi. ini cisui
평평하고 멀고 가까운 모습 을 헤아려서 자연히

banjinaha alin hada i arbun be neihe. jakdan be
생겨난 산 바위 의 모양 을 열었다. 소나무 를

[한문]

道近神京, 徃還無過兩日, 地闢荒野, 存心豈誤萬幾. 因而度高平遠近之差,
開自然峯嵐之勢.

─── ◦ ─── ◦ ─── ◦ ───

길이 경성과 가깝고 앞뒤로 이틀이 걸리지 않는다. 땅은 황야를 넓힌 것이다. 마음에 두니 만사를 전혀 지체할 수 없다. 그래서 높고 평평한, 멀고 가까운 모습을 헤아려 자연스럽게 생겨난 산과 바위의 모습을 열었다. 소나무를

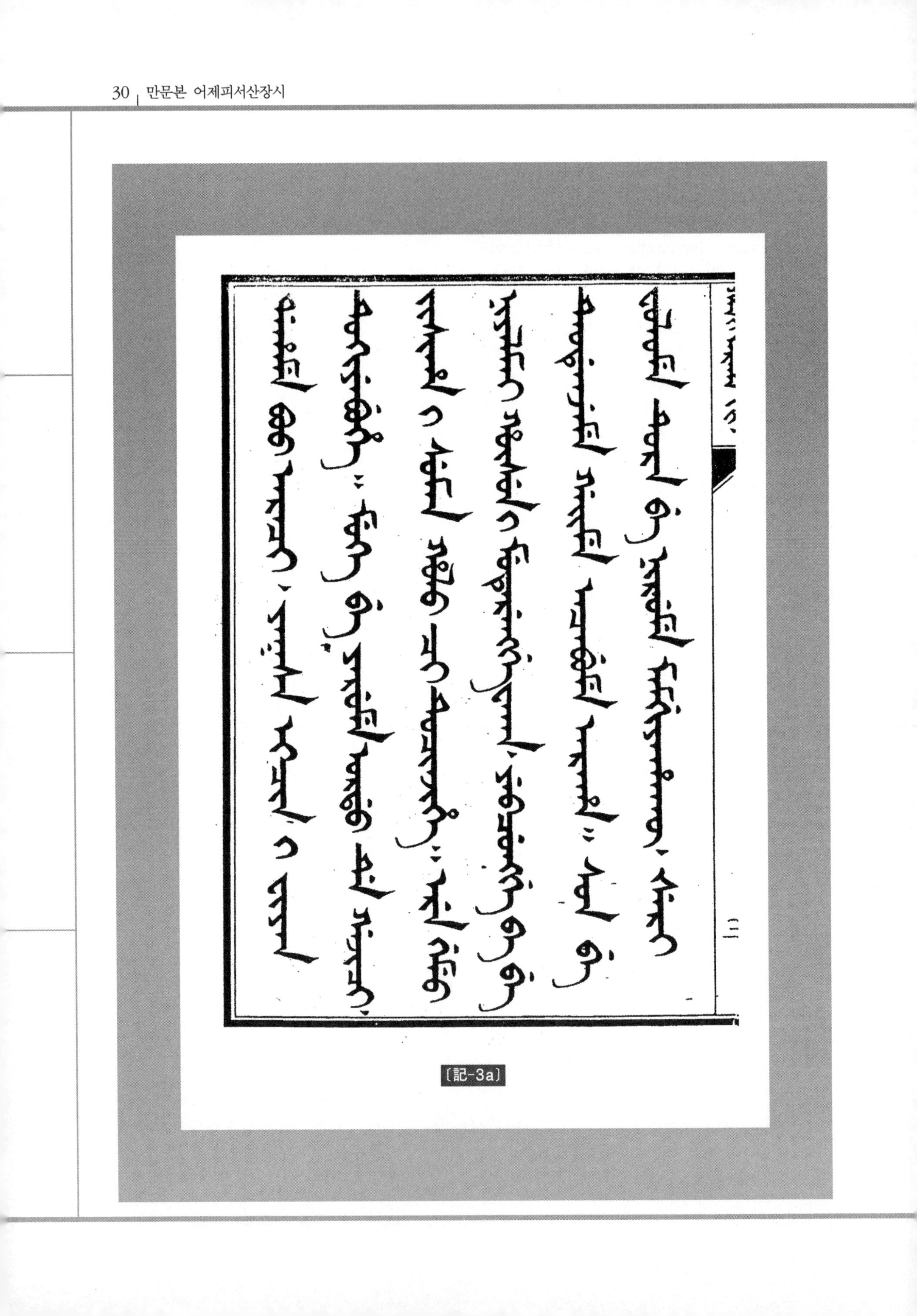

[記-3a]

dahame boo araci. yaksa ekcin i fiyan
따라　집　만드니 강굽이 언덕 의 모습

tukiyebuhe.. muke be yarume ordo de gajici,
들어냈다.　물 을 끌어 정자 에 가져가니

jisiha i suman[8] holo ci tucinjihe.. ere gemu
개암나무 의 운무 골짜기 에서 나왔다.　이것 모두

niyalmai hūsun i muterengge waka. yebcungge ba be
사람의 힘으로 할 수 있는 것 아니다. 아름다운 땅 을

teodenjeme gaime acabume araha.. son be
빌려 취하여 맞추어 만들었다. 서까래 를

folome tura be nirume mamgiyahakū. šeri
새기고 기둥 을 칠하며 낭비하지 않았다. 샘

[한문]────────

依松爲齋, 則窮崖潤色, 引水在亭, 則榛煙出谷, 皆非人力之所能.
借芳甸而爲助, 無刻桷丹楹之費,

──○──○──○──

따라 집을 만드니, 강굽이 언덕의 모습이 들어났다. 물을 끌어 정자에 가져가니, 숲을 감싼 운무가 골짜기에서 나왔다. 이 모두가 사람의 힘으로 할 수 있는 것이 아니다. 아름다운 땅을 빌려 취하여 맞추어 만들었다. 서까래를 새기고, 기둥을 칠하며 낭비하지 않았다. 샘과

────────────

8) jisiha i suman : 진연(榛煙: 개암나무의 운무)으로 '나무숲에서 휘감아 올라가는 운무'를 가리킨다.

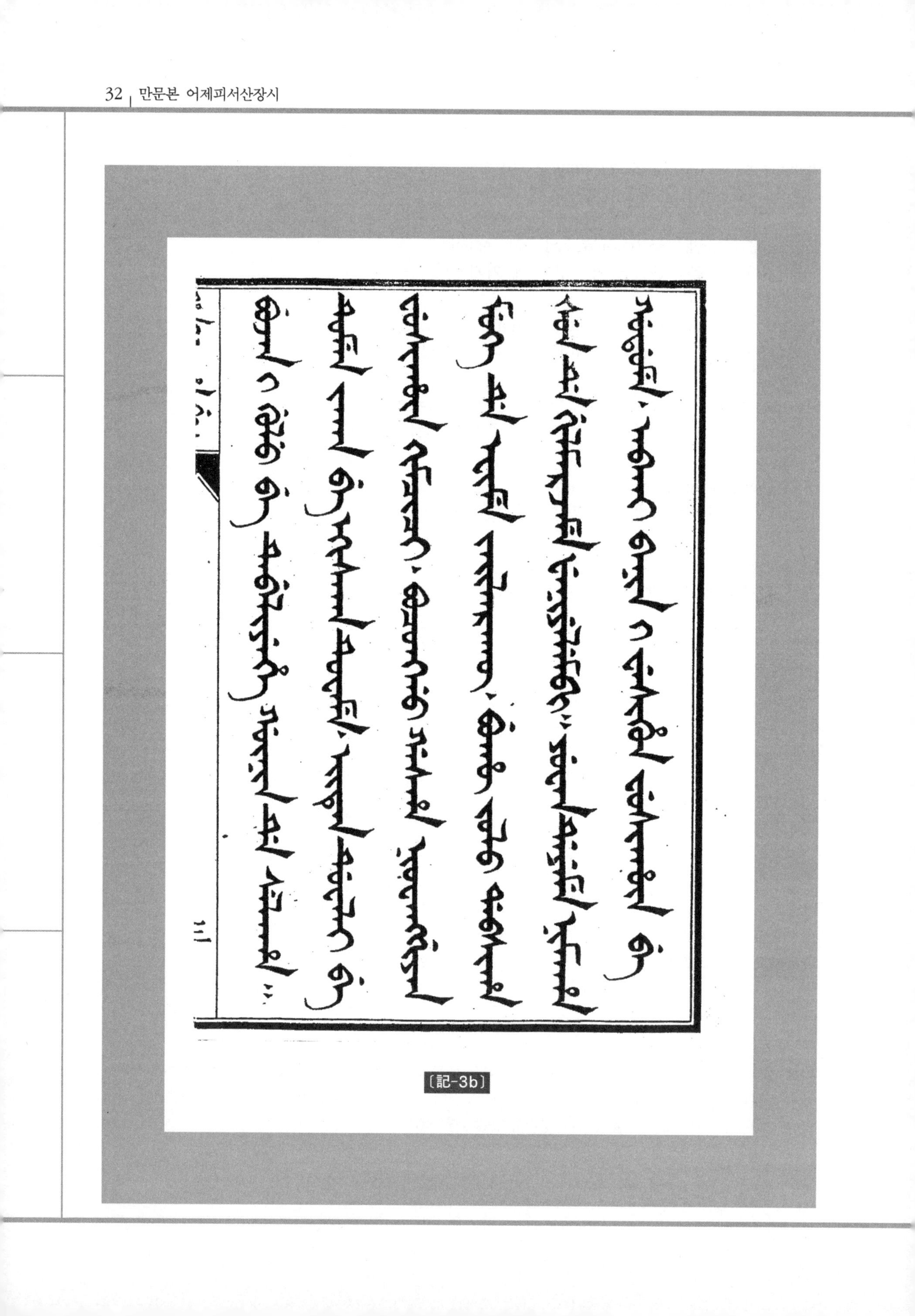

〔記-3b〕

bujan i gulu be tebeliyehe gūnin de selaha..
수풀 의 소박함 을 안은 생각 에 기뻤다.

tumen jaka be ekisaka tuwame. eiten duwali be
　만 물 을 고요히 보고 모든 동류 를

fusihūn kimcici. boconggo gasha[9] niowanggiyan
아래로 살피니 색깔 있는 새　　　푸른

muke de efime   jailarakū.　 buhū　 jolo dabsiha
　물 에 놀며 피하지 않는다. 사슴 암사슴 기운

šun de gilmarjame feniyelembi.. yuwan deyeme nimaha
해 에 빛나고 무리 짓는다.　鳶　날고 물고기

godome. abkai banin i wesihun fusihūn be
뛰고　天 性 의 높고 낮음 을

[한문]──────
喜泉林抱素之懷. 静觀萬物, 俯察庶類, 文禽戲綠水而不避, 麀鹿映夕陽而成群,
鳶飛魚躍, 從天性之高下,

── 。── 。──。──

숲의 소박함을 안았다는 생각에 기뻤다. 만물을 고요히 보고 모든 종류를 아래로 살피니, 문금(文禽)은 푸른 물에서 놀며 숨지 않고, 사슴은 기우는 해에 빛나고 무리를 짓는다. 솔개 날고, 물고기 뛰고, 천성대로 높고 낮음을

────────────

9) boconggo gasha : 무늬가 아름다운 새라는 뜻인 문금(文禽)으로 '공작'을 가리킨다.

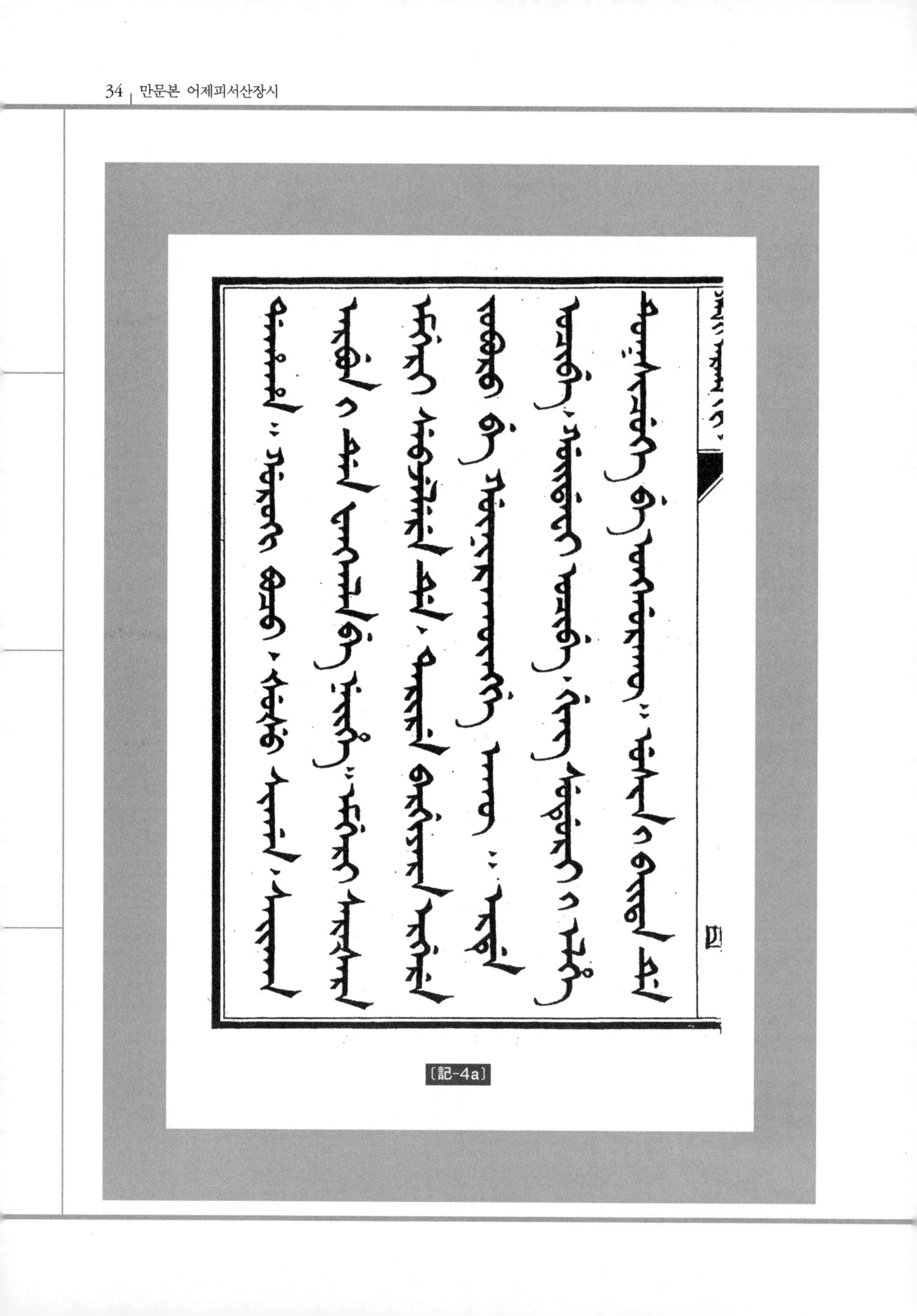

〔記-4a〕

dahaha.. goroki boco[10]. šušu sigan[11]. saikan
따랐다. 먼 곳 색깔 자색 연무 아름다운

arbun i den fangkala be neihe.. emgeri sarašara
풍경 의 높고 낮음 을 열었다. 한 번 노닐고

emgeri sebjelere de. tarire bargiyara ergere
한 번 즐김 에 밭 갈고 거두어들이고 쉬고

joboro be gūnirakūngge akū.. erde
근심함 을 생각하지 않은 것 없다. 일찍

ocibe.   goidafi ocibe. ging suduri i elhe
된다 해도 늦게 된다 해도 經   史 의 평안

tuksicuke be onggorakū.. usin i baita de
  위험 을 잊지 않는다. 밭 의 일 에

[한문]————————

遠色紫氣, 開韶景之低昂. 一遊一豫, 罔非稼穡之休戚, 或旰或宵,
不忘經史之安危.

——— 。——— 。——— 。———

따랐다. 먼 하늘의 상서로운 기운은 아름다운 풍경의 높고 낮음을 열었다. 한 번 노닐고 한 번 즐길 적에,
밭 갈아 거두어들이며 쉬고 근심함을 생각지 않은 것이 아니다. 이르거나 늦거나 경사(經史)의 안위를 잊
지 않는다. 밭일에는

---

10) goroki boco : 원색(遠色)으로 '먼 하늘'을 가리킨다.
11) šušu sigan : 자분(紫氛)으로 '상서로운 기운'을 가리킨다.

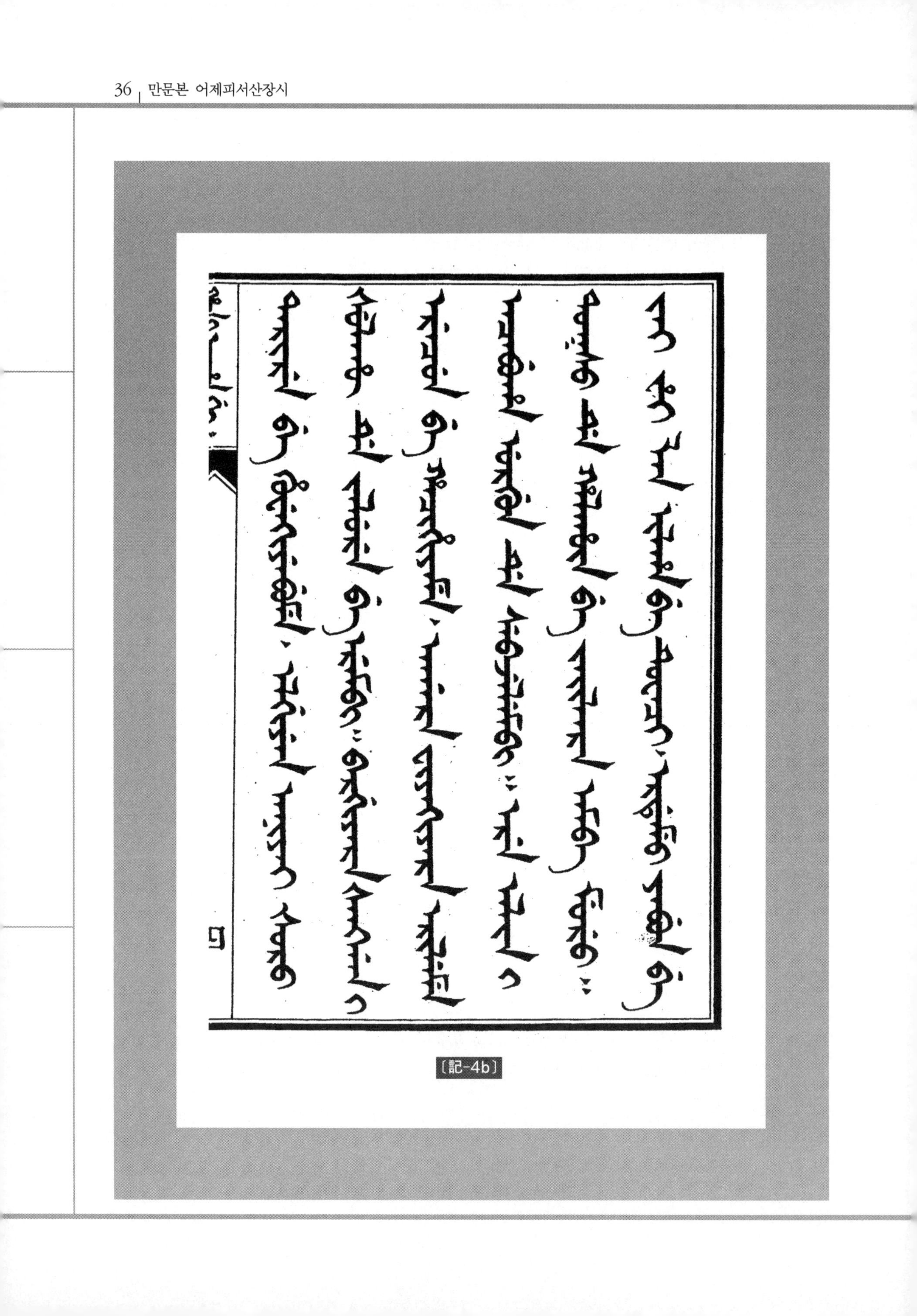

〔記-4b〕

tarire   be huwekiyebume. elgiyen aniyai   šoro
밭갈기 를   권하고   풍   년의 광주리

šulhū de jalure be erembi.. bargiyara šanggan i
고리 에 가득함 을 바란다. 거두어들일   결과   의

erecun be hacihiyame. agara fiyakiyara   erileme
 기대 를 재촉하고   비오고   작렬할   때에 응하여

acabuha urgun de   sebjelembi.. ere   alin i
  맞춘   기쁨 에   즐거워한다. 이것   산 의

tokso de halhūn be jailara amba   muru..
장원 에 더위 를 피하는 큰 모습이다.

jai   jy lan ilha be tuwaci. erdemu yabun be
다시 芝 蘭 꽃 을 보면   덕   행함 을

[한문]
勸耕南畝, 望豐稅筐笤之盈, 茂止[12]西成[13], 樂時若雨暘之慶.
此居避暑山莊之槩也. 至於玩芝蘭則愛德行,

——。——。——。——

밭 갈기를 권면하고, 풍년의 광주리와 버들상자에 가득하기를 바란다. 거두어들일 결과에 재촉하며, 비오고
햇빛 작렬하는 때에 응하여 맞춘 기쁨에 즐거워한다. 이것이 산장에서 더위를 피하는 대략이다. 다시 지초
와 난초를 보고서 덕행을

12) 茂止 : '무성하게 자라다'는 뜻이다. 『詩經·周頌』, 「良耜」에, "호미로 푹푹 파헤쳐, 논밭의 잡초를 매고, 잡초들 시
들어 썩으면, 기장과 피 무성히 자란다.(其鎛斯趙, 以薅茶蓼, 茶蓼朽止, 黍稷茂止.)"고 하였다.
13) 西成 : 가을에 익은 농작물을 거두어들이는 일을 가리킨다.

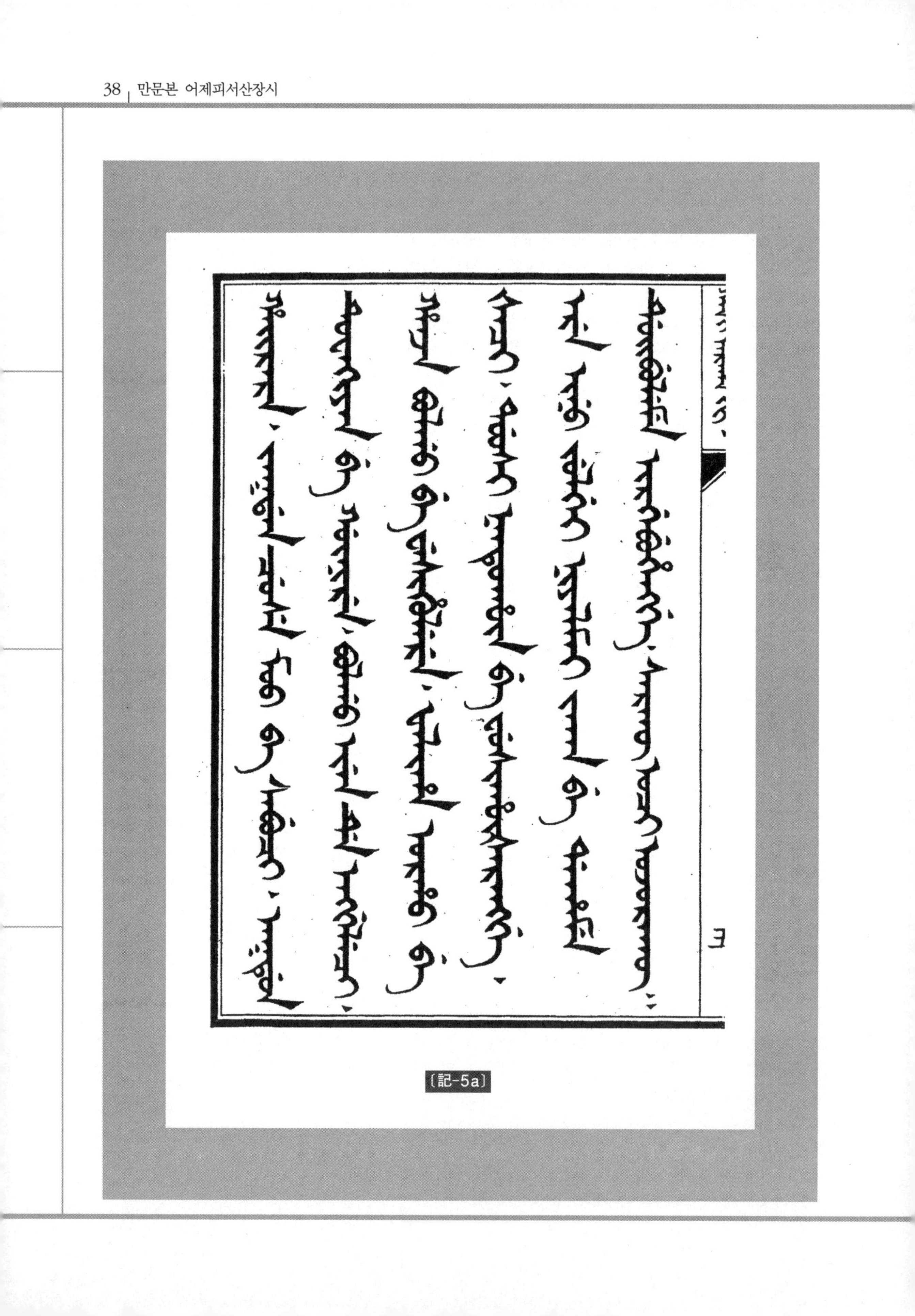

〔記-5a〕

hairara. jakdan cuse moo be sabufi. akdun
아끼고 소나무 대 나무 를 보고 굳은

tuwakiyan be gūnire. bolgo eyen de enggeleci.
　지킴　 을 생각하고 맑은 흐름 에 임하면

hanja bolgo be wesihulere. faliha orho be
청렴 맑음 을 우러르고 덩굴진 풀 을

šaci. doosi nantuhūn be fusihūšarangge.
보면 탐욕　 더러움 을 경시하는 것이다.

ere　 inu　julgei niyalmai jaka be dahame
이것 또한 옛　 사람의　 사물 을 따라서

duibuleme irgebuhengge. sarkū oci　 ojorakū..
　견주어 시를 지은 것. 모르지 않을 수 없다.

[한문]
覲松竹則思貞操, 臨淸流則貴廉潔, 覽蔓草則賤貪穢, 此亦古人因物而比興, 不可不知.

── ◦ ── ◦ ── ◦ ──

아끼고, 소나무와 대나무를 보고서 정절을 생각하고, 맑은 흐름에 임하여서는 청렴과 맑음을 우러르고, 덩굴 풀을 응시하여서는 탐욕과 더러움을 천하게 보는 것이다. 이 또한 옛 사람이 사물을 따라 견주어 시를 지은 것으로 모르지 않을 수 없다.

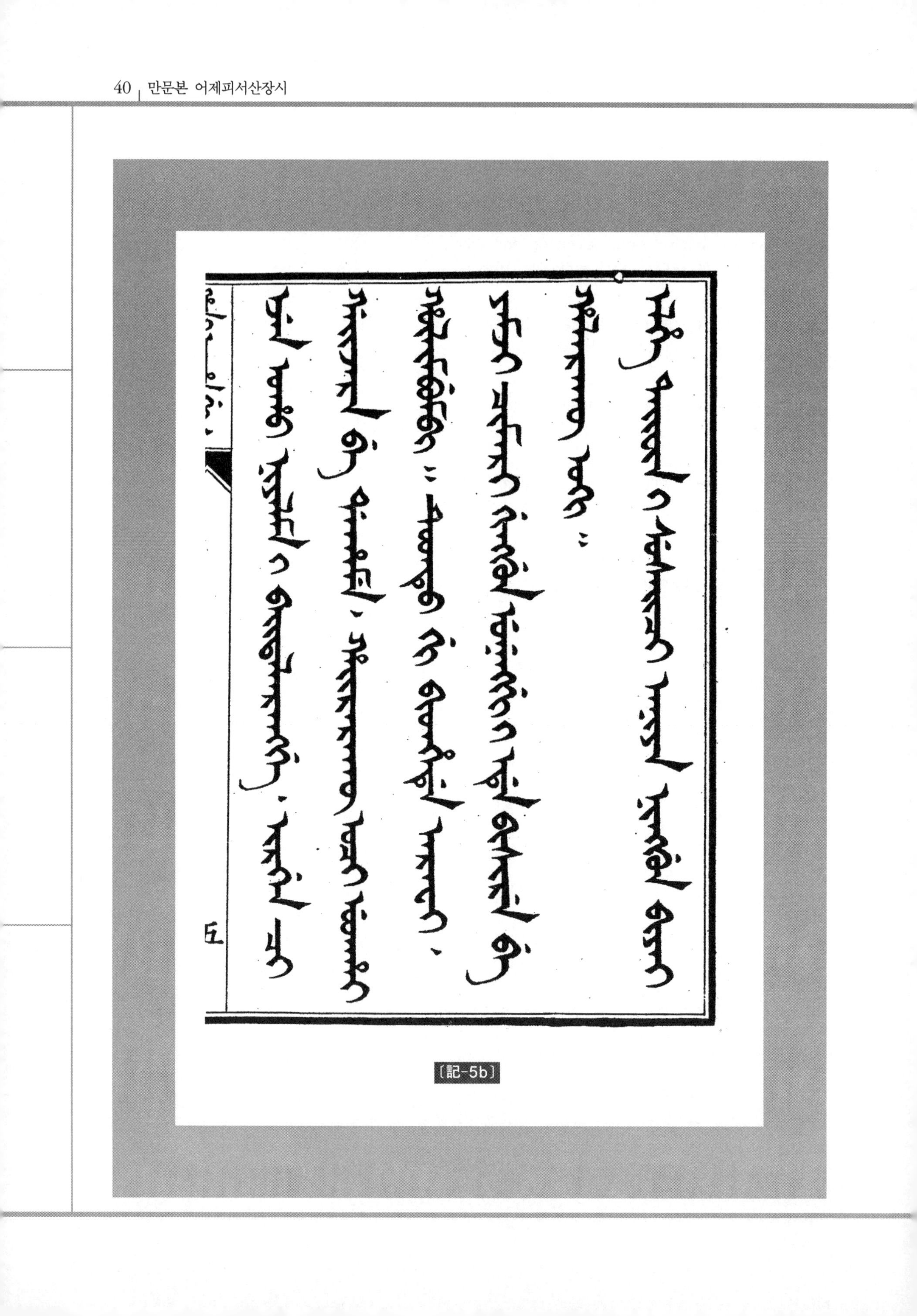

〔記-5b〕

ejen oho niyalma i baitalarangge. irgen ci
주인 된 사람 의 소용되는 것 백성 에서

gaijara be dahame. hairarakū oci uthai
받음 을 따라 아끼지 않으면 곧

hūlimbumbi.. tuttu gi bithede arafi.
미혹된다. 그러므로 記 글에 지어서

yamji cimari ginggun unenggi i ede bisire be
아침 저녁 공경 성실 히 여기에 있기 를

halarakū oki..
바꾸지 않게 하자.

elhe taifin i susaici aniya ninggun biyai
강희 의 오십 번 째 해 6 월의

[한문] ————————————
人君之奉, 取之於民, 不愛者, 即惑也. 故書之于記, 朝夕不改, 敬誠之在茲也.
康熙五十年六月

————— ∘ ——— ∘ ——— ∘ —————

임금 된 사람에게 필요한 것은 백성으로부터 취하므로 아끼지 않으면 미혹된다. 그러므로 기문(記文)을 지으니, 아침저녁으로 공경하며 성실하게 하고 여기에 있는 것을 바꾸지 말라.
강희(康熙) 50년 6월

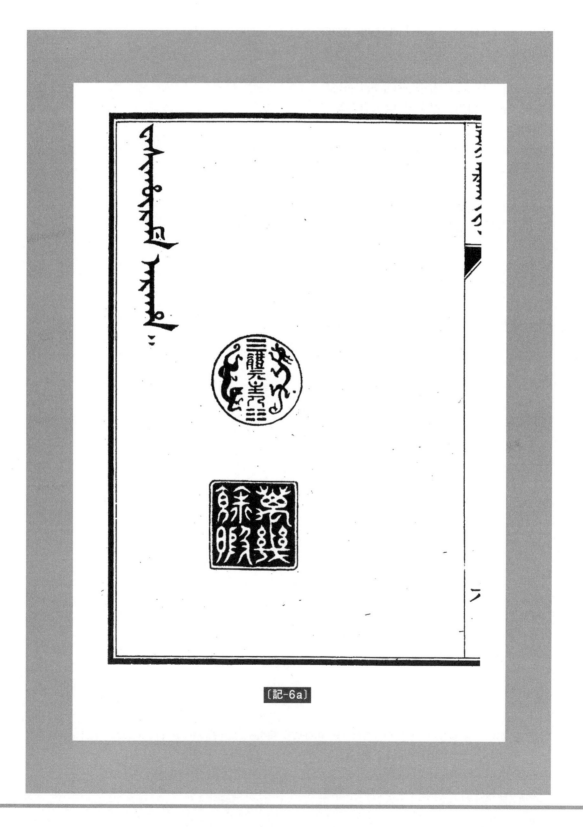

〔記-6a〕

wasihūrame   araha..
　하순에　　지었다.

[한문]————————
下旬書

—— 。 —— 。 —— 。 ——

하순에 지었다.

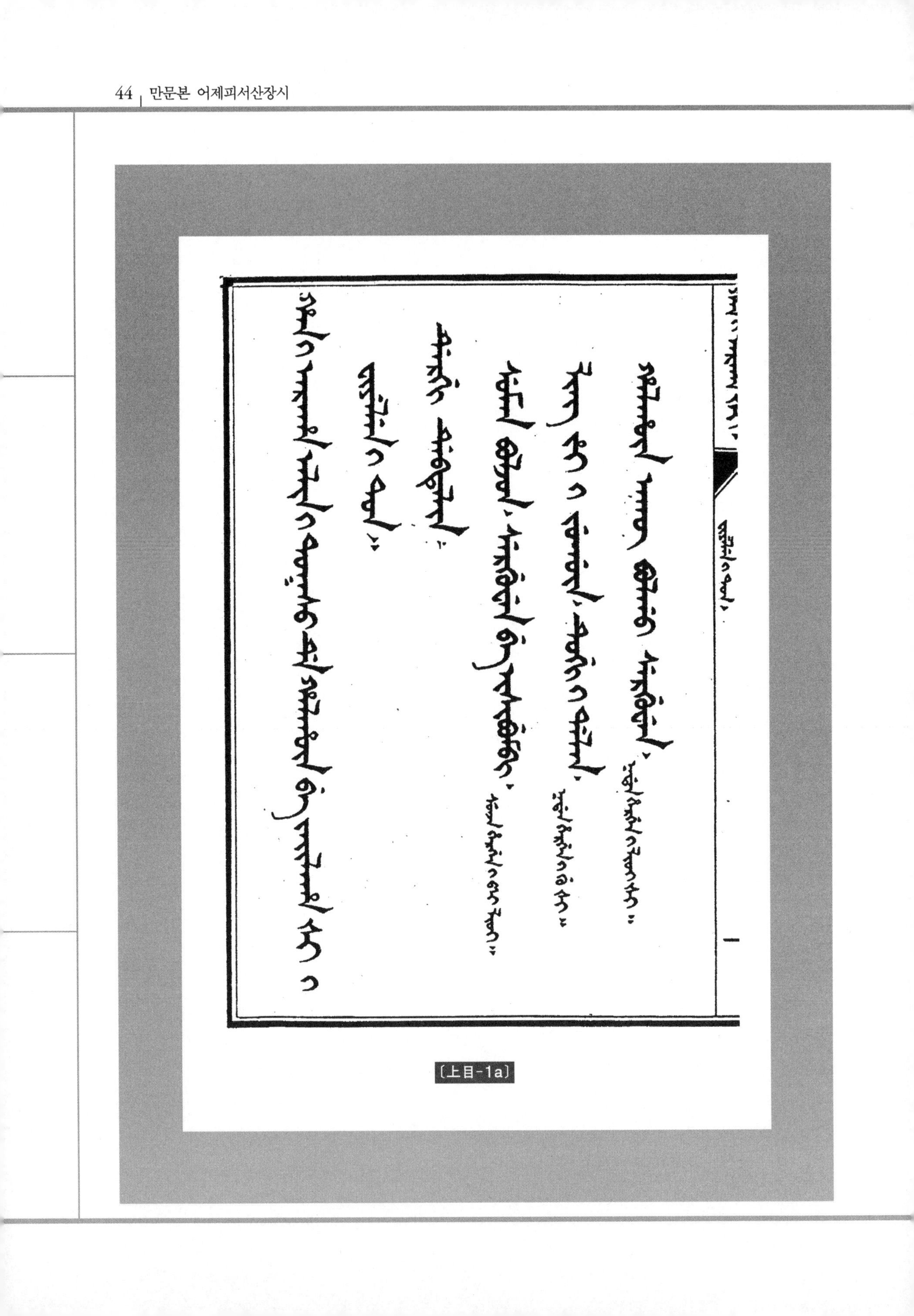

[上目-1a]

han i araha alin i tokso de halhūn be jailaha ši i
汗 의 지은 산 의 장원 에 더위 를 피한 시 의

fiyelen i ton..
章　의 數

dergi debtelin.
上의　　卷

suman boljon. serguwen be　isibumbi.
안개　물결　　서늘함 을 이르게 하다.

sunja hergen i pai lioi..
다섯　글자 의 排 律

ling jy　i jugūn. tugi i　dalan.
靈芝의 길　구름 의　둑

nadan hergen i　gu ši..
일곱　글자 의 古 詩

halhūn akū bolgo serguwen.
더위　없이 맑고 서늘하다.

nadan hergen i　liio ši..
일곱　글자 의 律 詩

[한문]───────

御製避暑山莊詩目錄
上卷
　煙波致爽　五言排律
　芝逕雲堤　七言古
　無暑淸涼　七言律

────° ─ ° ─ °───

어제피서산장시(御製避暑山莊詩) 목록 상권
　　연파치상(煙波致爽)　오언배율
　　지경운제(芝逕雲堤)　칠언고시
　　무서청량(無暑淸涼)　칠언율시

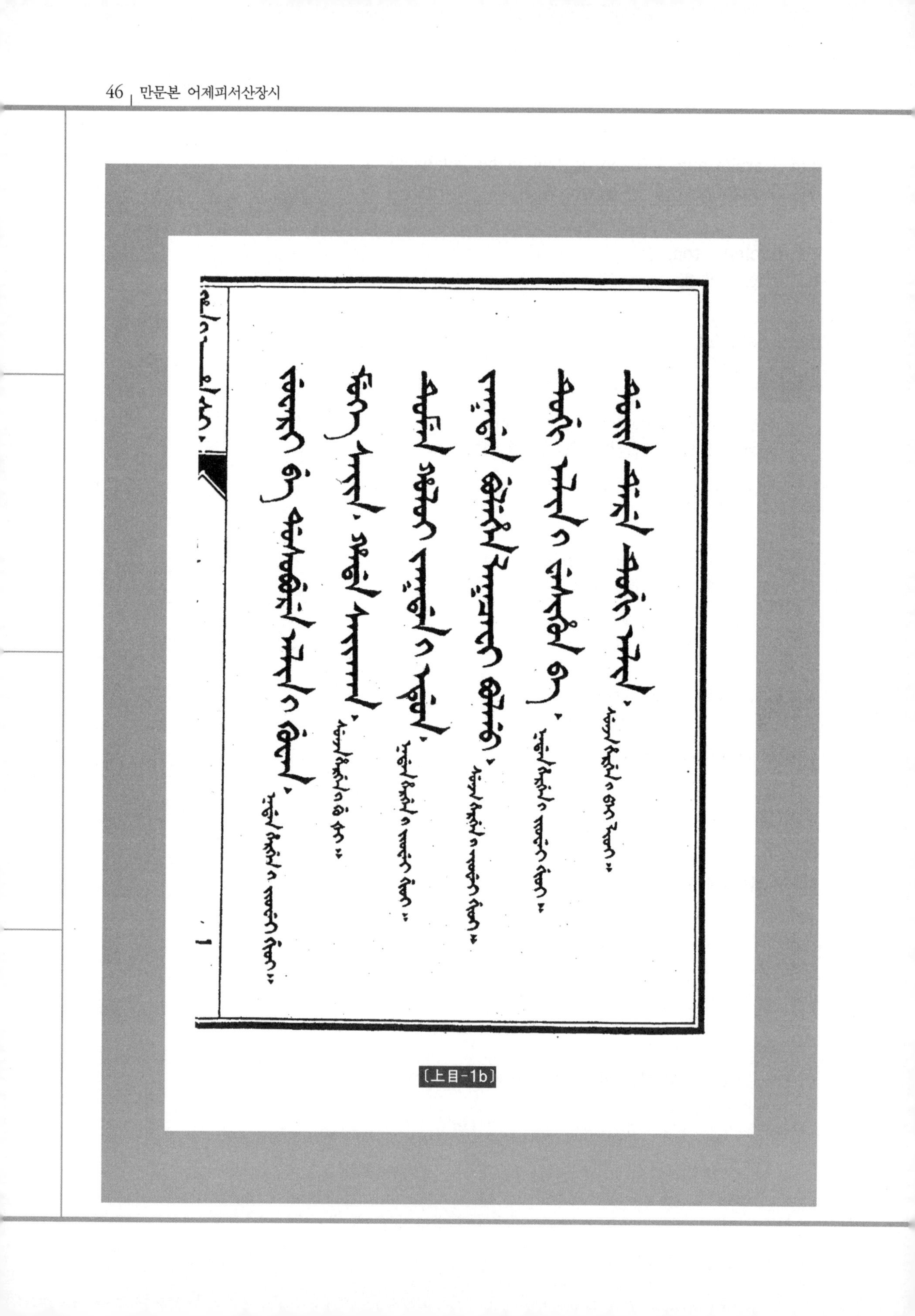

[上目-1b]

juwari be dosobure alin i guwan.
여름 을 견디게 할 산 의 館

    nadan hergen i jiowei gioi..
    일곱 글자 의 絶 句

muke sain. hada saikan.
물 좋고 봉우리 빼어나다.

    sunja hergen i gu ši..
    다섯 글자 의 古 詩

tumen holoi jakdan i edun.
만 골짜기의 소나무의 바람

    nadan hergen i jiowei gioi..
    일곱 글자 의 絶 句

jakdan bulehen lakcafi bolgo.
소나무 학 빼어나고 맑다

    sunja hergen i jiowei gioi..
    다섯 글자 의 絶 句

tugi alin i wesihun ba. /
구름 산 의 높은 땅

    nadan hergen i jiowei gioi..
    일곱 글자 의 絶 句

duin dere tugi alin. /
네 쪽 구름 산

    sunja hergen i pai lioi..
    다섯 글자 의 排 律

[한문]————

延薰山館　七言絶句
水芳巖秀　五言古
萬壑松風　七言絶句
松鶴淸越　五言絶句
雲山勝地　七言絶句
四面雲山　五言排律

———— ◦ ———— ◦ ———— ◦ ————

연훈산관(延薰山館)　칠언절구
수방암수(水芳巖秀)　오언고시
만학송풍(萬壑松風)　칠언절구
송학청월(松鶴淸越)　오언절구
운산승지(雲山勝地)　칠언절구
사면운산(四面雲山)　오언배율

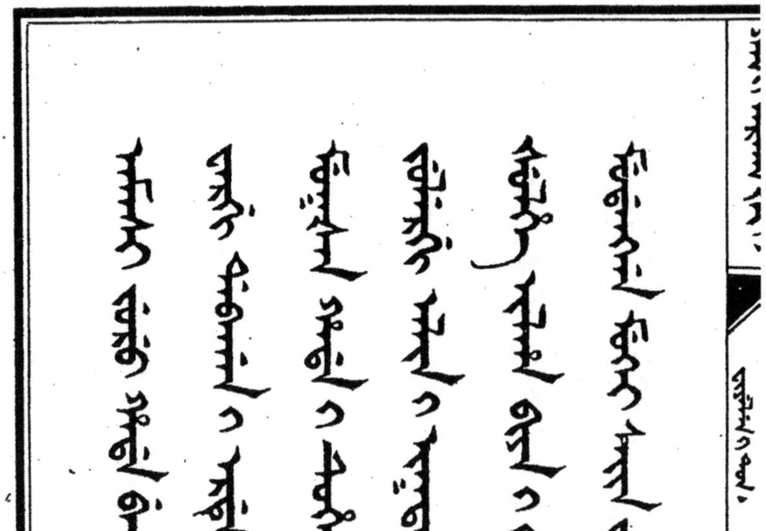

〔上目-2a〕

amasi juru hada be ciruha.
북쪽 쌍 봉 을 베다.

nadan hergen i jiowei gioi..
일곱 글자 의 絶 句

wargi dabagan i erde jaksan.
서쪽 고개 의 아침 노을

nadan hergen i jiowei gioi..
일곱 글자 의 絶 句

mukšan hada i tuhere foson.
錘 봉우리 의 지는 햇살

nadan hergen i jiowei gioi..
일곱 글자 의 絶 句

julergi alin i iktaka nimanggi.
남쪽 산 의 쌓인 눈

nadan hergen i jiowei gioi..
일곱 글자 의 絶 句

šulhe ilha biya i gucu.
배 꽃 달 의 친구

sunja hergen i lioi ši..
다섯 글자 의 律 詩

mudangga mukei sain wa i šu ilha.
굽은 물의 좋은 향기 의 연 꽃

nadan hergen i jiowei gioi..
일곱 글자 의 絶 句

[한문]────────

北枕雙峯 七言絶句
西嶺晨霞 七言絶句
錘峯落照 七言絶句
南山積雪 七言絶句
梨花伴月 五言律
曲水荷香 七言絶句

──── ◦ ── ◦ ── ◦ ────

북침쌍봉(北枕雙峯) 칠언절구
서령신하(西嶺晨霞) 칠언절구
추봉낙조(錘峯落照) 칠언절구
남산적설(南山積雪) 칠언절구
이화반월(梨花伴月) 오언율시
곡수하향(曲水荷香) 칠언절구

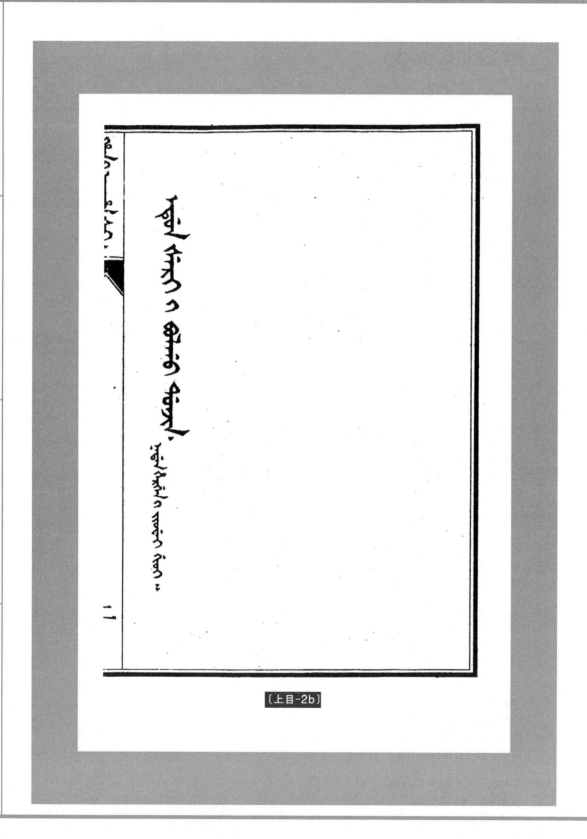

〔上目-2b〕

edun šeri i bolgo donjin. /
바람 샘 의 맑은 들음

nadan hergen i jiowei gioi..
일곱 글자 의 絶 句

[한문]————
風泉清聽　七言絶句

—— ◦ —— ◦ —— ◦ ——

풍천청청(風泉清聽)　칠언절구

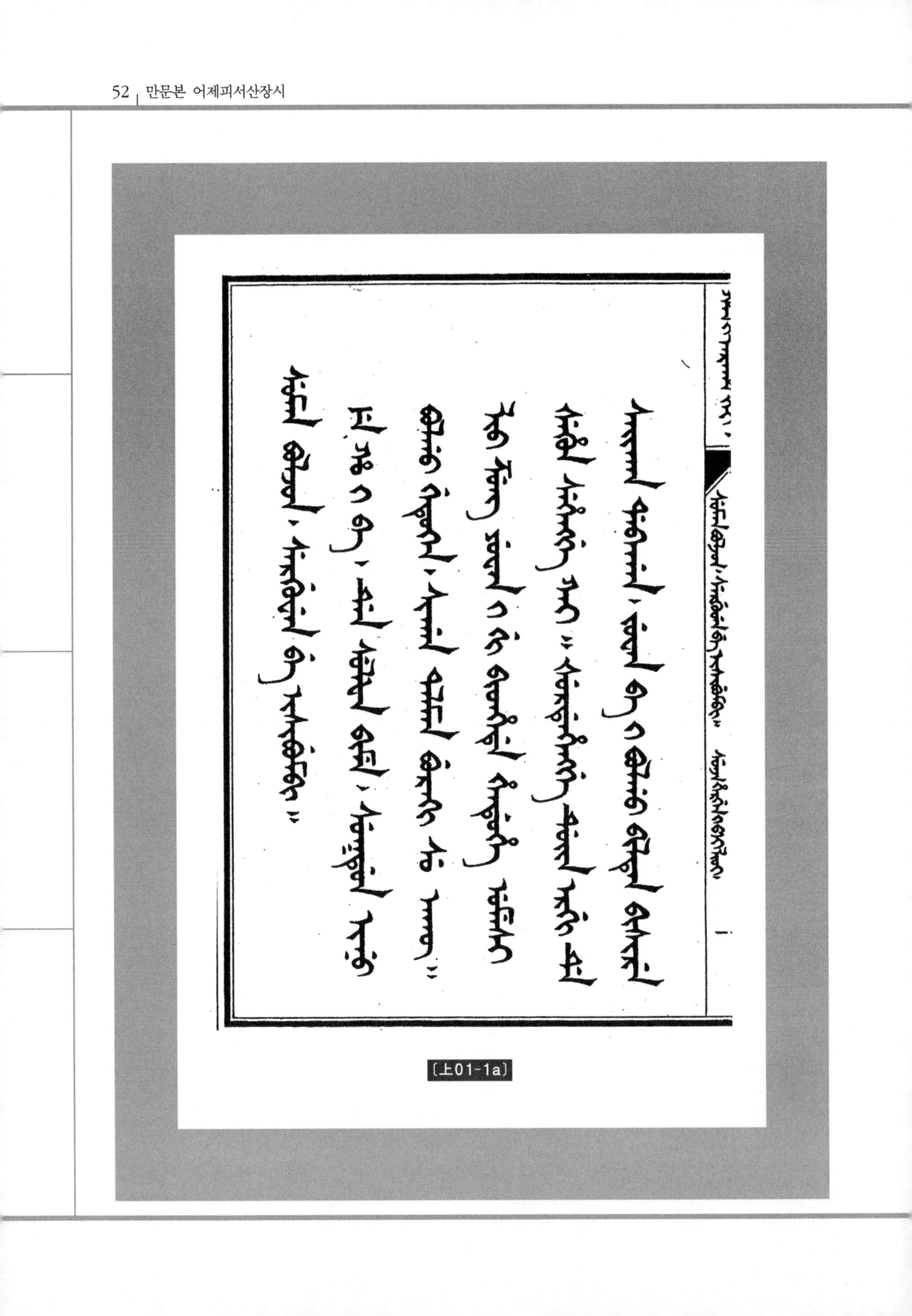

[上01-1a]

suman boljon[14]. serguwen be isibumbi..
안개 물결   서늘함 을 얻게 한다.

že ho i ba. den sulfa bime. sukdun inu
熱 河 의 땅 높고 널찍하고   기운 또한

bolgo getuken. sigan talman buraki su akū..
맑고 깨끗하다. 연무 안개 먼지 돌개바람 없다.

lio zung yuwan i gi bithede henduhe umesi
柳 宗 元 의 記 글에   말한 매우

šehun sehengge kai.. šurdehengge duin ergi de
탁 트인 했던 것 이로다. 둘러싼 것 네 쪽에

saikan dabagan. juwan ba i bolgo bilten bisire
아름다운 고개   십 리 의 맑은 호수 있는

[한문] ——————

烟波致爽

熱河地旣高敞, 氣亦淸朗, 無蒙霧霾氛, 柳宗元記所謂曠如也.
四圍秀嶺, 十里澄湖,

—— 。 —— 。 —— 。 ——

연파치상(烟波致爽)

열하(熱河)의 땅은 높고 평평하며 공기도 맑고 깨끗하다. 짙은 안개와 먼지, 돌개바람이 없으니, 유종원(柳宗元)의 기문(記文)[15]에서 말한 '탁 트였다'는 것이로구나. 사방을 둘러싸고 있는 것은 아름다운 고개와 십리에 걸친 맑은 호수이니

---

14) suman boljon : 연파(烟波)로 '안개가 자욱하게 긴 수면'을 가리킨다.

15) 유종원(柳宗元)의 기문(記文) : 유종원은 『영주용흥사동구기(永州龍興寺東丘記)』에서 "노닐기 적합한 것은 대개 2가지가 있다. 넓게 트이고, 깊고 그윽한 것이니, 이와 같을 따름이다.(遊之適, 大率有二, 曠如也, 奧如也, 如斯而已.)"라고 하였다.

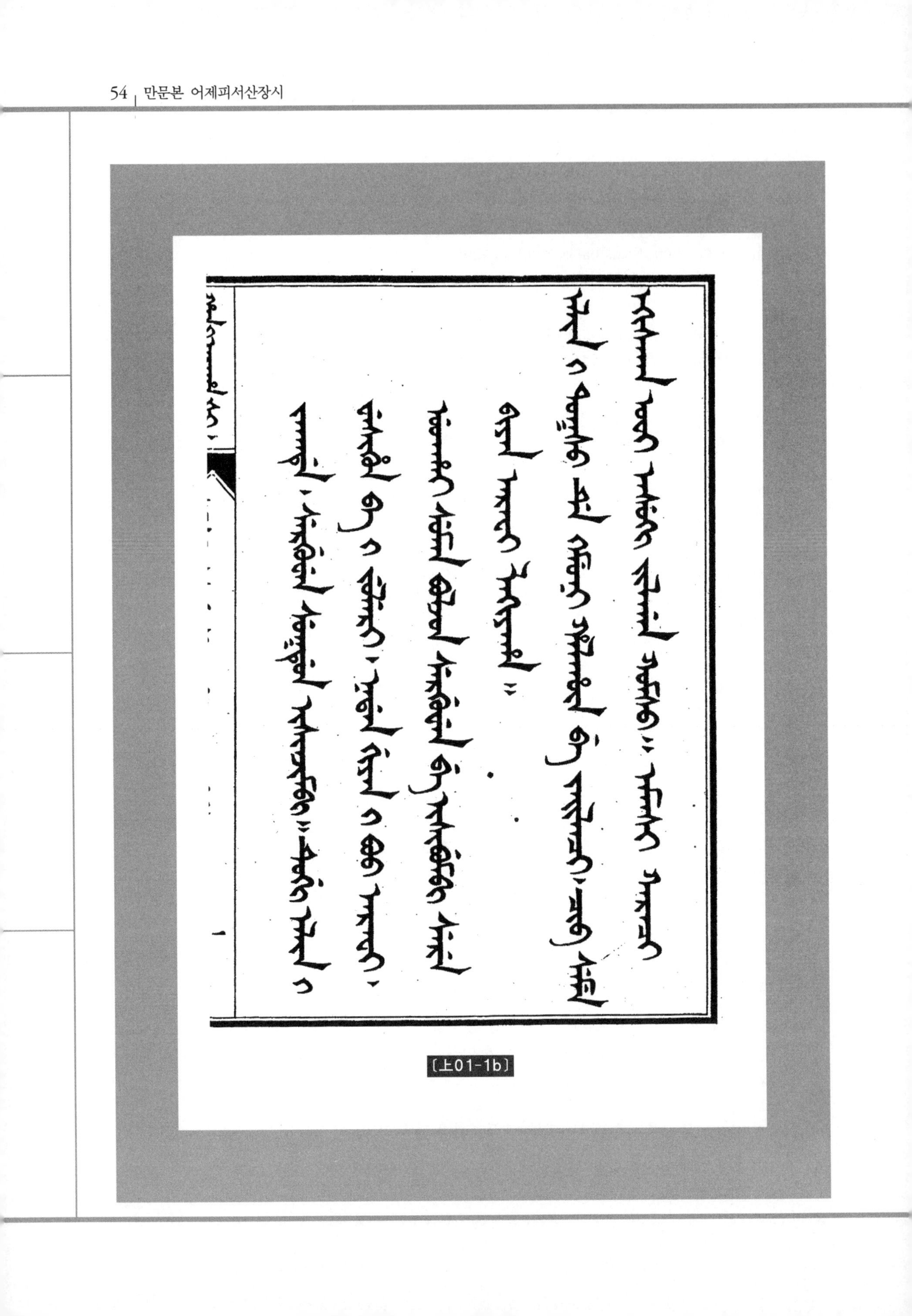

[上01-1b]

jakade. serguwen sukdun isinjimbi.. tugi alin i
까닭에 서늘한   기운   이른다. 구름 산 의

wesihun ba i juleri. nadan giyan i boo arafi.
높은 곳 의 남쪽 일곱   間 의 집 짓고

uthai suman boljon serguwen be   isibumbi   sere
곧   안개 물결   서늘함 을 이르게 한다 라는

biyan arafi   lakiyaha..
扁 만들어서   걸었다.

alin i tokso de kemuni halhūn be jailaci. cib seme
산 의 장원 에 자주   더위 를 피하니 고요하고

ekisaka   ofi asuki jilgan komso.. amasi karaci
조용하게 되어 기척 소리 적다. 북쪽 바라보니

[한문] ────
致有爽氣. 雲山勝地之南, 有屋七楹, 遂以烟波致爽顔其額焉.
山莊頻避暑, 静黙少喧譁.

──。──。──。──

서늘한 기운이 이른다. 구름 산의 높은 곳 남쪽에 일곱 간(間)의 집을 짓고, 곧바로 '연파치상(烟波致爽)'이라는 현판을 만들어 달았다.

산장에서 자주 더위를 피하노라니,
고요하고 조용하여 시끄러운 소리 적구나.

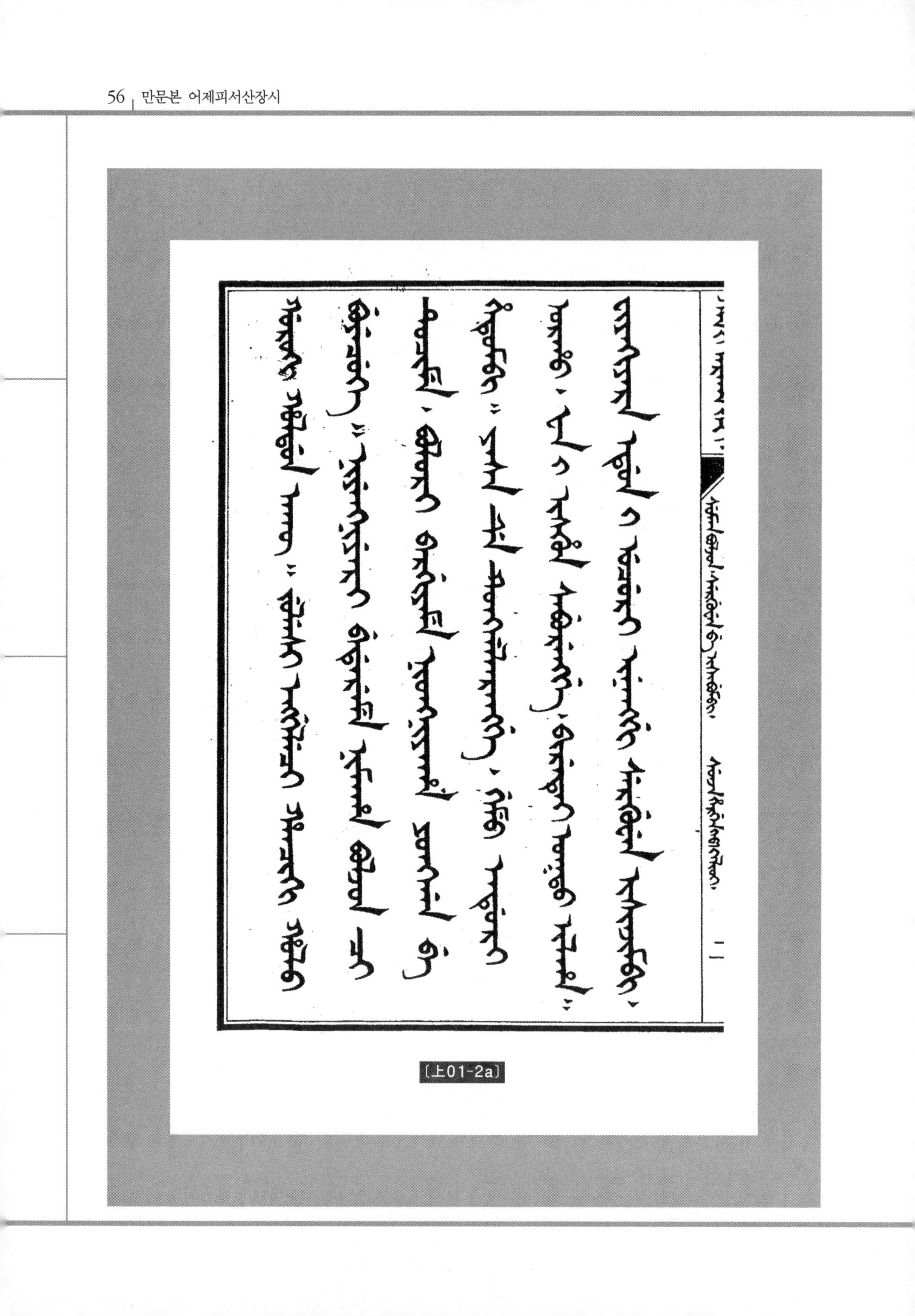

[上01-2a]

goroki holdon akū.. julesi enggeleci hanciki   holo
먼 곳 봉화 없다. 남쪽   임하니 가까운 곳 골짜기

buyecuke.. niyengniyeri bedereme nimaha boljon ci
사랑스럽다.   봄   물러나며 물고기 물결 에서

tucime. bolori bargiyame niongniyaha yonggan[16) be
나오고 가을 수확하며   기러기   모래   를

hetumbi..   yasa de tunggalarangge. gemu enduri
날아 넘는다. 눈 에 마주치는 것   모두   신

orho[17). fa i ishun saburengge. biretei okto ilha..
풀   창문 의 마주하여 보이는 것   모두   약 꽃이다.

fiyakiyara edun[18) i ucuri inenggi serguwen isinjimbi.
뜨거운 바람 의 즈음 날   서늘함 이른다.

[한문]─────────

北控遠烟息, 南臨近塈嘉. 春歸魚出浪, 秋斂雁橫沙.
觸目皆仙草, 迎窓遍藥花. 炎風晝致爽,

───── ∘ ──── ∘ ──── ∘ ─────

멀리 북쪽을 바라보니 봉화 없고,
가까이 남쪽을 임하니 골짜기 사랑스럽다.
봄 지나가니 물고기는 물결 속에서 나오고,
가을 수확하니 기러기는 모래사막을 날아서 넘어간다.
눈에 마주치는 것은 모두 선초(仙草)이고,
창문으로 마주하여 보이는 것은 모두 다 약 꽃이라.
염풍(炎風) 부는 즈음에 날이 서늘하게 되고,

─────────────

16) yonggan : 모래라는 뜻이나, 여기서는 '모래사막'을 가리킨다.
17) enduri orho : 먹으면 신선(神仙)이 된다는 선초(仙草)를 가리킨다.
18) fiyakiyara edun : 염풍(炎風: 뜨거운 바람)으로 '동북풍'을 가리킨다.

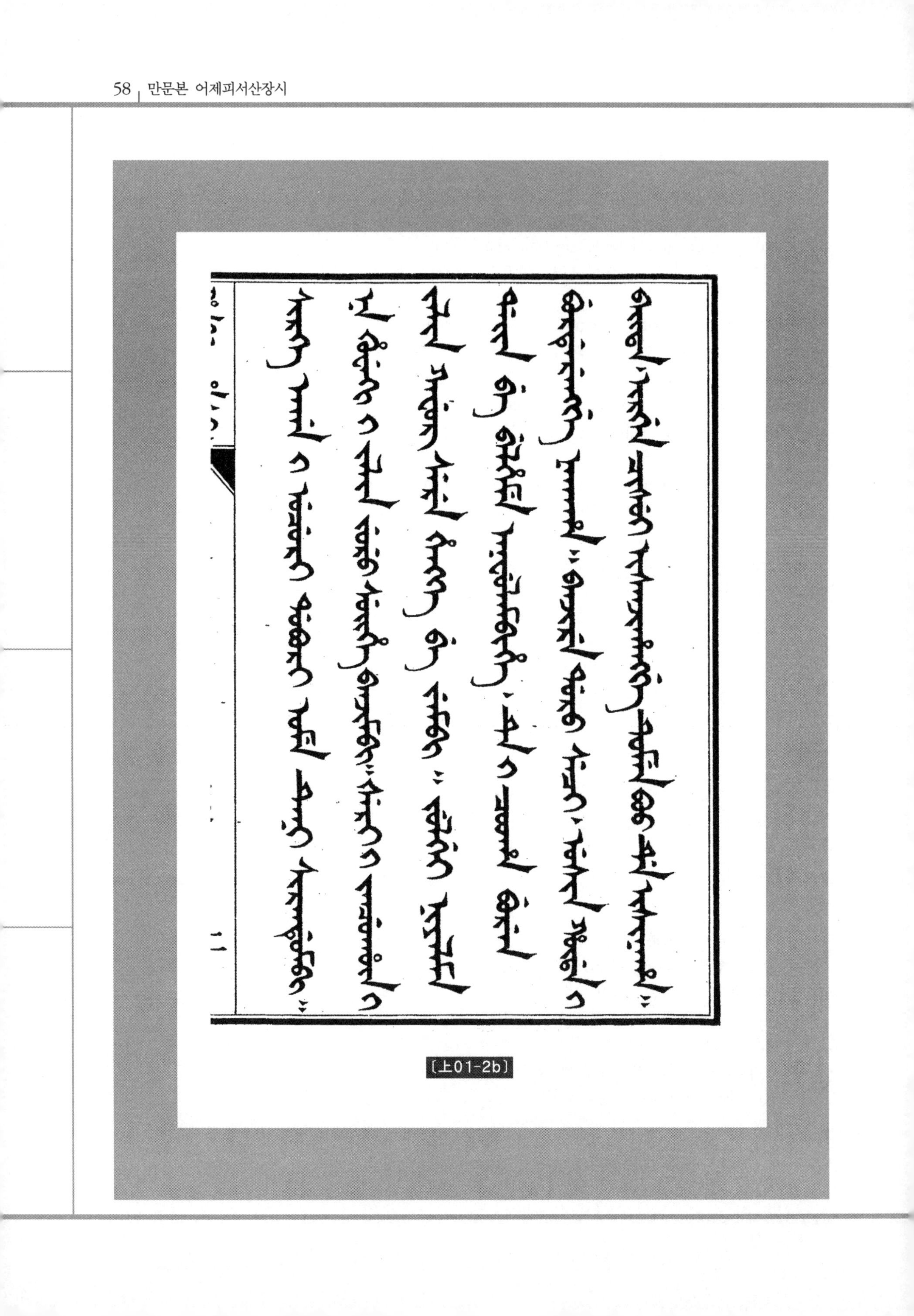

[上01-2b]

sirke aga i ucuri dobori ome teni sirandumbi..
장맛비 의 즈음 밤 되어 그제야 잇따른다.

na huweki i jalin juru suihe banjimbi. šeri i jancuhūn[19] i
땅 비옥함 의 때문 쌍 이삭 난다. 샘 의 달콤함 의

jalin kafur sere hengke[20] be jembi.. julgei niyalma
때문에 아삭아삭한 참외 를 먹는다. 옛 사람

dain be belheme anafulambihe. te i cooha buren
싸움 을 준비하고 지켰다. 지금 의 병사 나각

burderengge nakaha.. banjire doro seci, usin hūda i
부는 것 그쳤다. 살아가는 도리 하면, 밭 거래 의

baita. irgen cisui isanjihangge tumen boo de isinaha..
일 백성 스스로 모여온 것 만 집 에 이르렀다.

[한문] ───────

綿雨夜方除. 土厚登雙穀, 泉甘剖翠瓜.
古人戌武備, 今卒斷鳴笳. 生理農商事, 聚民至萬家.

─── ◦ ─── ◦ ─── ◦ ───

장맛비 오는 즈음에는 밤이 되어서도 이어진다.
땅이 비옥하므로 마주하여 이삭이 나오고,
샘이 달기 때문에 아삭아삭한 참외를 먹는다.
옛 사람이 싸움을 준비하고 지켰기에,
지금 병사들이 나각 불기를 그쳤다.
사는 도리라면 밭일과 장사의 일이니,
백성들 스스로 모인 것이 만 호에 이르렀다.

19) šeri i jancuhūn : 천감(泉甘)으로 '좋은 샘물'을 가리킨다.
20) hengke : 취과(翠瓜)로 '청록색의 참외'를 가리킨다.

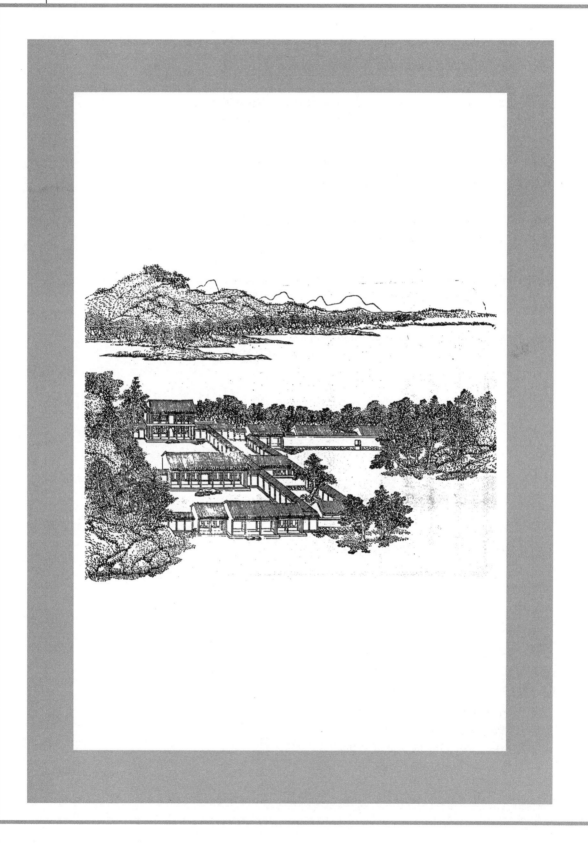

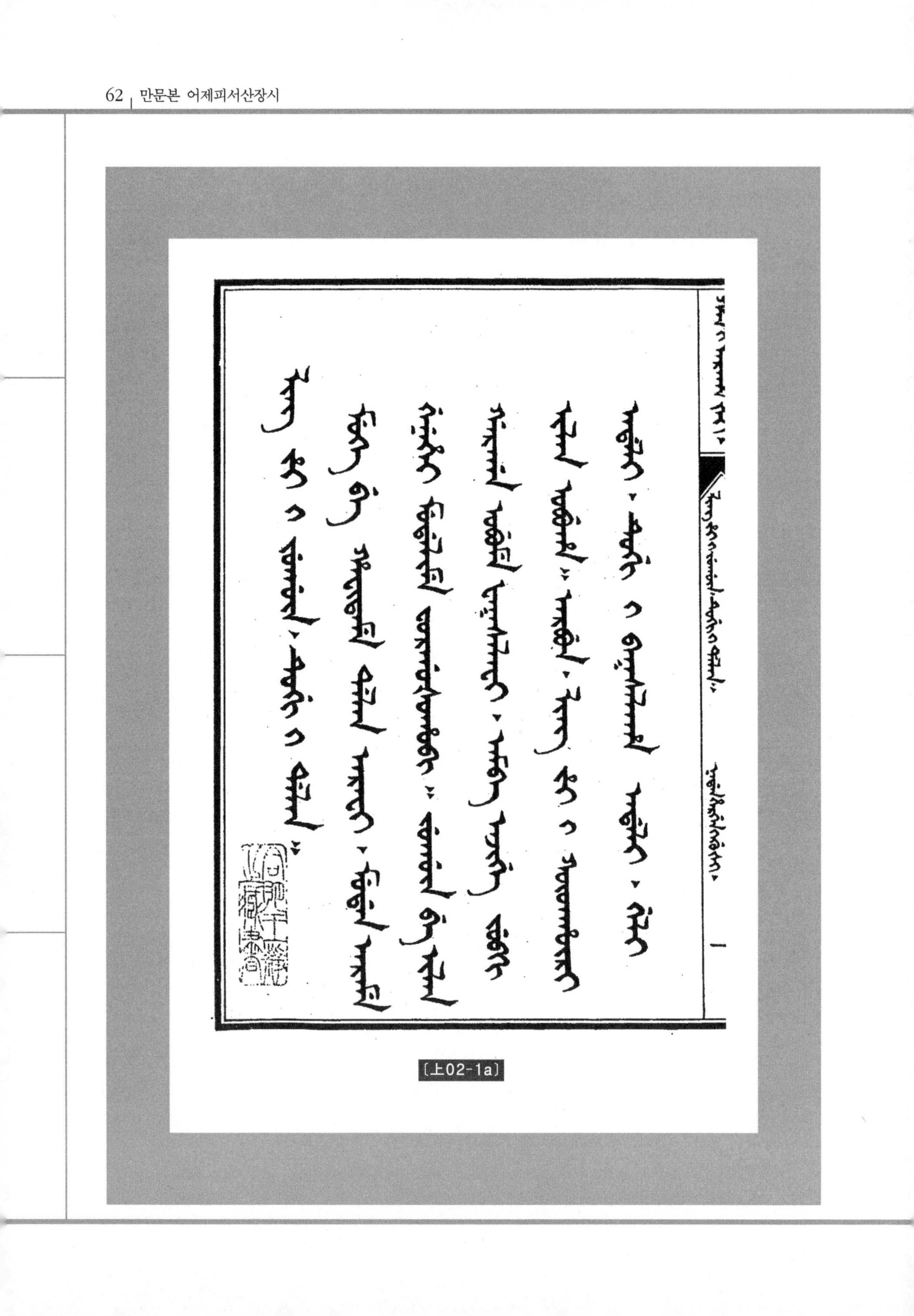

[上02-1a]

ling jy i jugūn. tugi i dalan..
靈 芝 의 길 구름 의 둑

muke be hafitame dalan arafi. mudan arame
물 을 끼워   둑   만들고   굽이 만들어

genehei mudalime forgošohobi.. jugūn be ilan
가는대로 굽이치며 바뀌었다.   길 을 세

gargan   obume   faksalafi. amba ajige jubki
갈래   되게 하여   나누고   큰 작은 모래톱

ilan   obuha..   arbun. ling jy i kūthūri[21]
셋   되게 하였다. 모습   靈 芝 의 구름무늬

adali. tugi i   baksalaha[22] adali. geli
같고 구름 의 다발 묶은 것   같고 또

[한문]

芝迆雲堤

夾水爲隄, 逶迤曲折, 迆分三支, 列大小洲三, 形若芝英. 若雲朶,

──── 。── 。── 。────

지경운제(芝迆雲堤)

물을 끼고 둑을 만들고 굽이를 만드니, 물이 흘러 가는대로 굽이치며 바뀌었다. 길을 세 갈래로 나누고, 크고 작은 모래톱을 셋 되게 하였다. 모습은 영지(靈芝)의 구름무늬 같고, 구름송이 같으며, 또

---

21) ling jy i kūthūri : '영지(靈芝)의 꽃부리가 구름의 무늬와 같음'을 가리킨다.
22) tugi i baksalaha : 운타(雲朶: 구름의 다발 묶은 것), 즉 '구름송이'를 가리킨다.

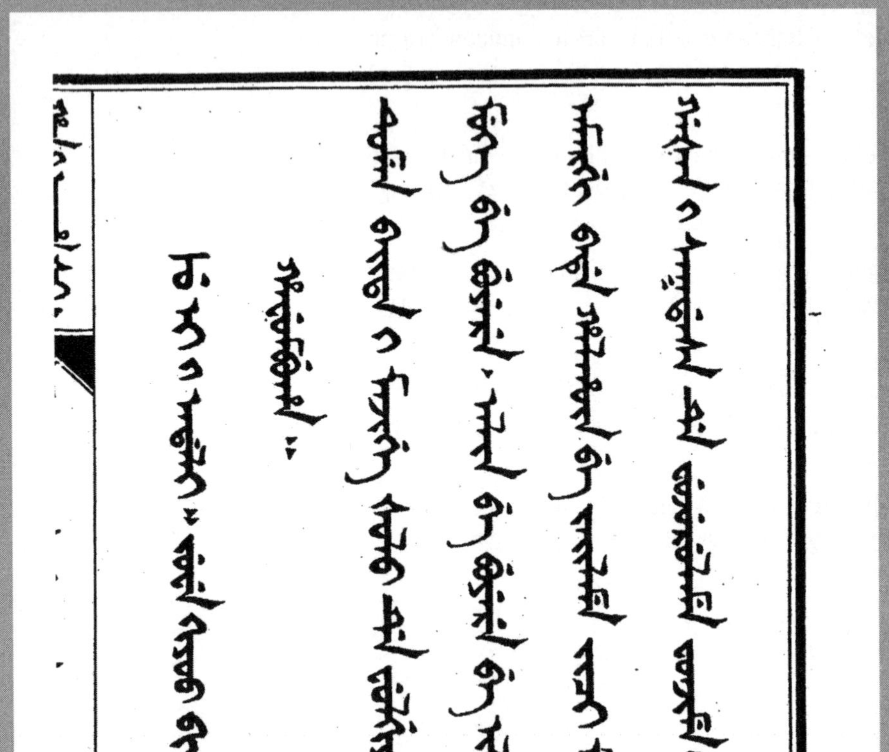

〔上02-1b〕

zu i[23)] i adali.. juwe kiyoo bi. cuwan selbi be
如 意 의 같다. 두 橋 있어 배 삿대 를

hafumbuha..
통과시켰다.

tumen baita[24)] i majige šolo de fulgiyan duka[25)] be tucimbi..
만 사 의 적은 겨를 에 붉은 문 을 나온다.

muke be buyere. alin be buyere be ilibume muterakū.. mo i
물 을 좋아하고 산 을 좋아하기 를 멈추게 할 수 없다. 漠 의

amargi ba[26)]de halhūn be jailame jici muke boihon huweki.
북쪽 땅 에 더위 를 피해서 오니 물 흙 비옥하다

gašan i sakdasa de fujurulame fonjime. bei wehe be baiha.
마을 의 노인들 에게 문의하여 물어 碑 돌 을 구했다.

[한문] ————

　復若如意, 有二橋通舟楫.

萬幾少暇出丹闕, 樂水樂山好難歇. 避暑漠北土脉肥, 訪問村老尋石碣.

———— 。 ———— 。 ———— 。 ————

　여의(如意)와 같다. 다리가 두 개 있는데, 배를 통과시켰다.

만사에 조금 틈을 내어 붉은 문을 나오니,
물을 좋아하고 산을 좋아하는 것을 멈출 수는 없구나.
막북(漠北) 땅에 더위를 피해 오니 물과 흙이 비옥하고,
마을 노인들에게 물어보아 비석을 찾았다.

---

23) zu i : '如意'의 음차로 불교에서 설법이나 법회를 할 때 위용을 갖추기 위한 도구이다. 손 모양을 한 마고수형(麻姑手形)과 영지(靈芝)를 닮은 운형(雲形)이 있다.

24) tumen baita : 만기(萬幾)로 '천자가 보살피는 여러 가지 일'을 가리킨다.

25) fulgiyan duka : 단궐(丹闕)로 '궁궐'을 가리킨다.

26) moo i amargi ba : 막북(漠北)으로 '고비 사막의 북쪽인 몽골 지역'을 가리킨다.

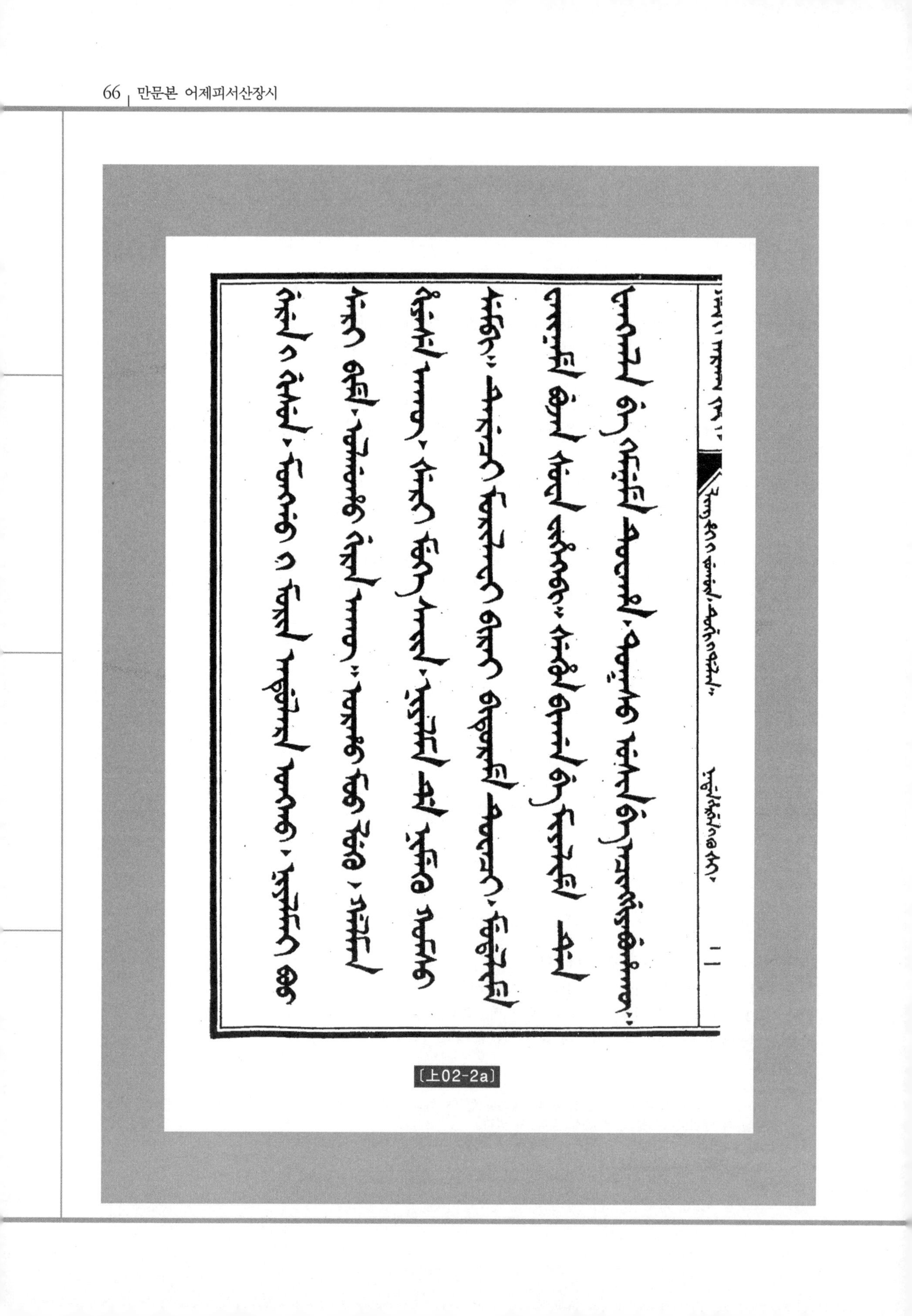

[上02-2a]

geren i gisun. monggo i morin adulara ongko. niyalmai boo
여럿 의 말 蒙古 의 말 방목하는 목장 사람의 집

seri bime. olhoho giran[27] akū.. orho moo luku. galman
드물게 있고 마른 시신 없고 풀 나무 무성하고 모기

hiyese akū. šeri muke sain. niyalma de nimeku komso
전갈 없고 샘 물 좋고 사람 에 병 적다

sembi.. tereci morilafi birai biturame tuwaci. mudalime
한다. 그래서 말 타고서 강의 따라 가서 보니 굽이치고

wainame bujan šuwa fihekebi.. šehun bigan be miyalime den
굽어져 숲 덤불 빼곡하였다. 황량한 들 을 재며 높고

fangkala be kemneme tuwaha. tokso usin[28] be acinggiyabuhakū..
낮음 을 재어 보았다. 장원 밭 을 움직이지 않게 하였다.

[한문]─────

衆云蒙古牧馬場, 竝乏人家無枯骨. 草木茂, 絶蚊蝎, 泉水佳, 人少疾.
因而乘騎閱河隈, 灣灣曲曲滿林樾. 測量荒野閱水平, 莊田勿動樹勿發.

────。────。────。────

사람들이 말하기를,
'몽골의 말 기르는 목장은 인가가 드물고, 고골(枯骨)이 없으며,
초목이 무성하고, 모기와 전갈이 없고, 샘물은 좋고, 사람에게 병이 적다' 한다.
그래서 말 타고 강을 따라 가서 보니,
구불구불하며 숲과 덤불이 빼곡하였다.
황야를 측량하며 높고 낮음을 가늠하여 보고,
장전(莊田)을 움직이지 않게 하고

─────────────────

27) olhoho giran : 고골(枯骨), '죽은 뒤에 살이 썩어 없어진 뼈'를 가리킨다.
28) tokso usin : 장전(莊田)으로 '장원(莊園)의 전지(田地)'를 가리킨다.

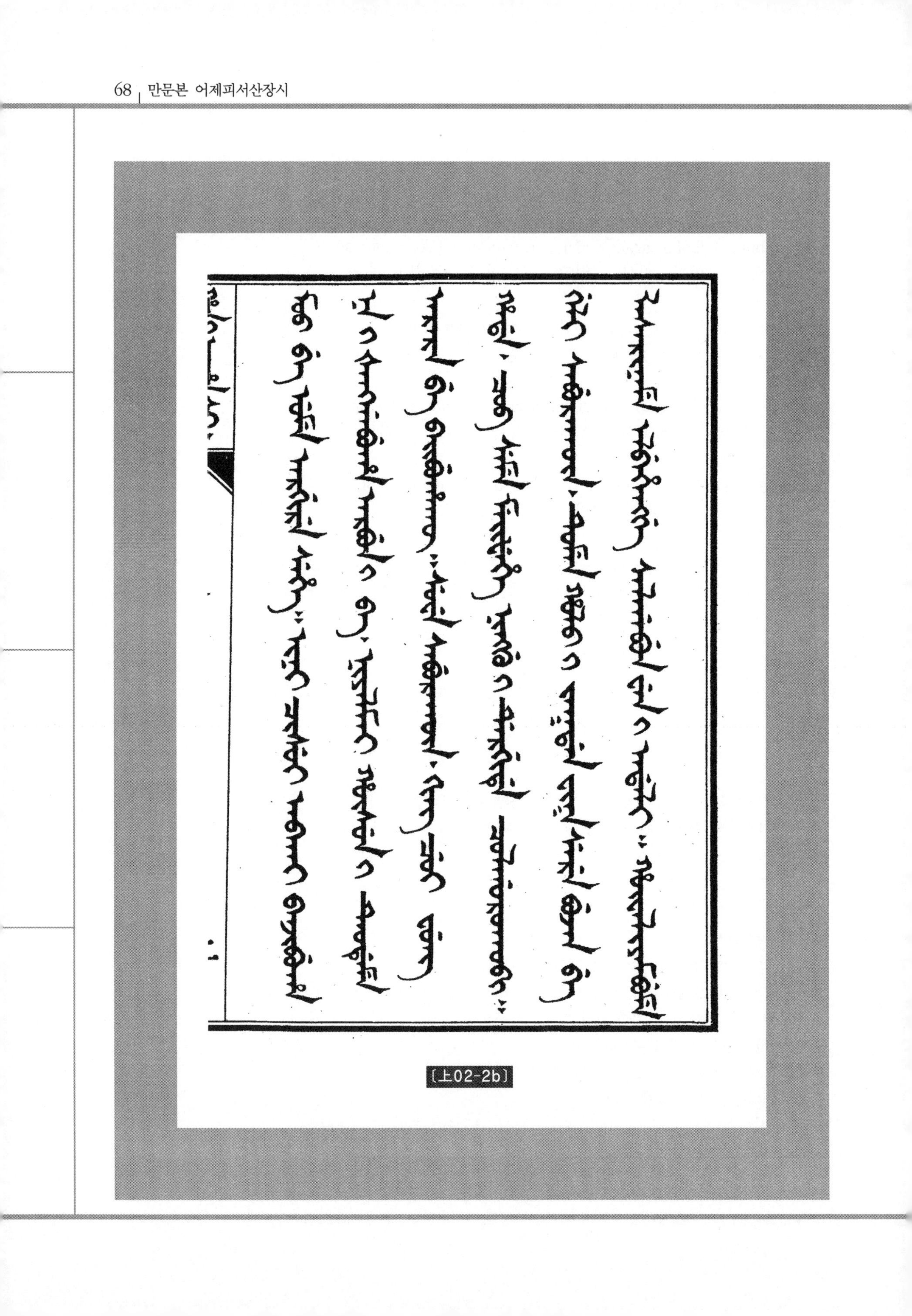

[上02-2b]

moo be ume argire[29] sehe.. ini cisui abkai banjibuha
나무 를 베지 말라 하였다. 그의 스스로 하늘의 생기게 하고

na i šanggabuha arbun i ba. niyalmai hūsun i teodeme
땅 의 이루어낸 모습 의 곳 사람의 힘 으로 바꾸어

arara be baibuhakū.. suwe saburakūn. king cui fung
만들기 를 필요하지 않았다. 너희들 보이지 않는가, 磬 錘 峯

hada. cob seme meifehe ninggu i dergide colgorokobi..
봉우리, 우뚝 하고 산비탈 위 의 동쪽에 우뚝 솟았다.

geli saburakūn. tumen holo i jakdan fik sere bujan be
또 보이지 않는가. 만 골짜기 의 소나무 빽빽 하게 수풀 을

lasariname elbehengge salgabun wen[30] i adali.. hūwaliyambume
우거지고 덮은 것 하늘이 부여한 교화 의 같다. 화합하게 하고

[한문] ————
自然天成地就勢, 不待人力假虛設. 君不見磬錘峯, 獨崎山麓立其東.
又不見萬壑松, 偃盖重林造化同.

—— 。 —— 。 —— 。 ——

나무를 베지 말라 하였다.
자연스럽게 하늘이 만들었고 땅이 이루어낸 모습이니,
사람의 힘으로 바꾸어 만드는 것이 필요하지 않았다.
그대들 보이지 않는가? 경추봉(磬錘峯)이,
우뚝 하게 산기슭 동쪽에 솟아 있음을.
또 보이지 않는가? 만 골짜기의 소나무가,
빽빽하게 수풀을 우거져 덮은 것이 하늘의 조화와 같음을.

---

29) agrire : 사전에서 찾을 수 없으나, 의미상 'argiyara(베다)'로 추정된다.
30) salgabun wen : 한자어 조화(造化)에 대응하는 것으로 천지만물을 기르는 대자연의 이치, 즉 '도의 작용으로서의 하늘이 부여한 교화 또는 덕화'를 가리킨다.

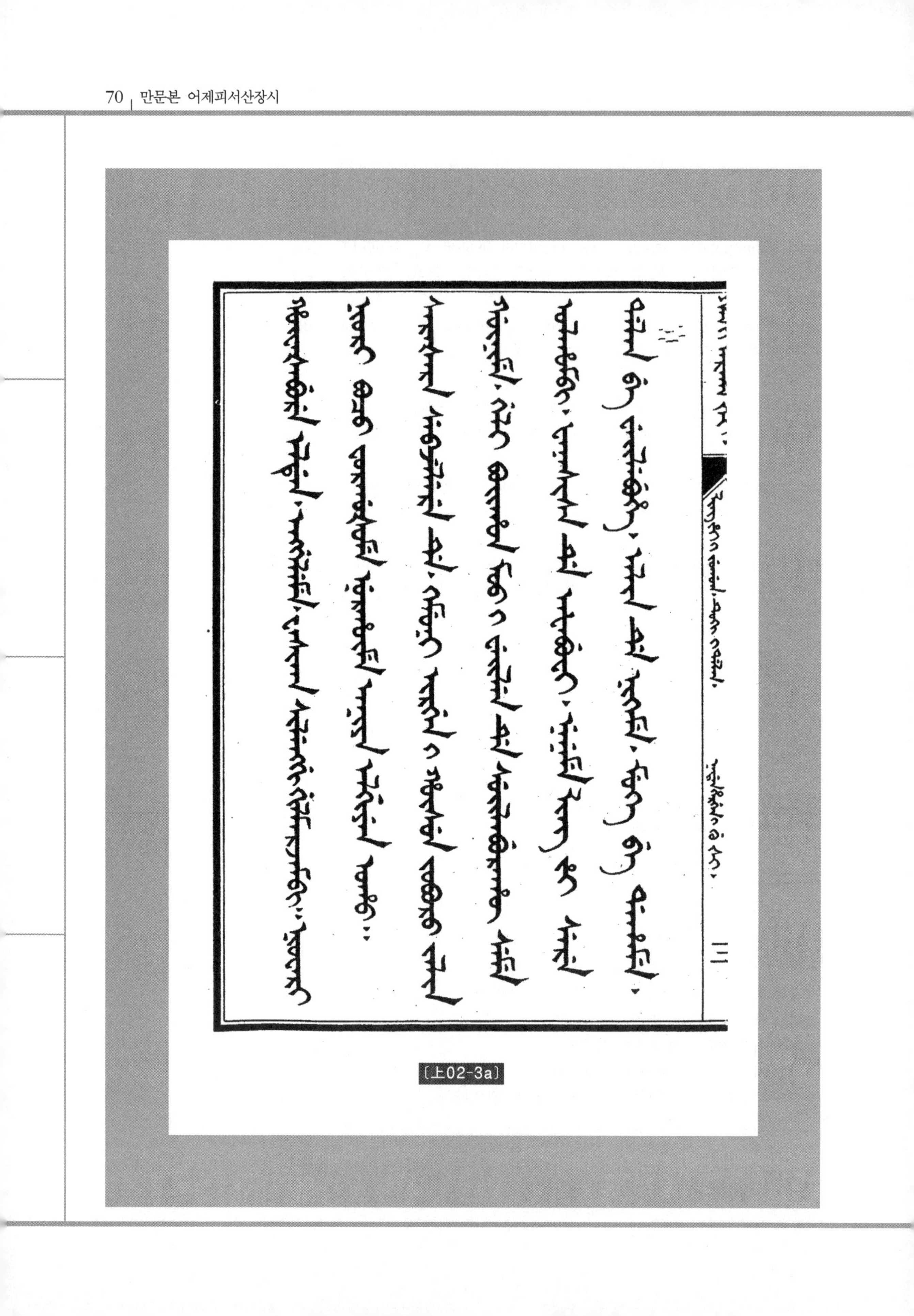

[上02-3a]

hūwašabure elden. enggeleme. wasika silenggi gilmarjambi.. niowari
길러주는 빛 임하여 내린 이슬 비춘다. 푸르고

niori boco forgošome nurhūme aniya elgiyen oho..
싱싱한 색 바뀌고 연이어 해 풍요롭게 되었다.

sarašara sebjelere de. kemuni irgen i hūsun joboro jalin
노닐고 즐거워함 에 늘 백성 의 힘 근심하기 때문

gūnime. geli boihon moo i weilen de suilaburahū seme
생각하고 또 흙 나무 의 공사 에 고생시킬까 하여

olhombi. faksisa de afabufi. neneme ling jy sere
두렵다. 장인들 에게 부탁하여 먼저 靈芝 하는

dalan be weilebuhe. alin de nikeme. muke be dahame.
둑 을 만들게 하였고 산 에 의지하고 물 을 따라

[한문]
煦嫗光臨承露照, 靑蔥色轉頻歲豐. 遊豫常思傷民力, 又恐偏勞土木工.
命匠先開芝逕隥, 隨山依水揉輻齊.

—。—。—。—

만물을 길러주는 빛이 임하여 내린 이슬을 비춘다.
선명한 녹색으로 바뀌고 연이어 해가 풍요롭게 되었다.
노닐고 즐거워 할 때에도 늘 백성의 노력을 근심하여 생각하고,
또 토목공사에 수고케 하지 않을까 두려워한다.
장인들에게 부탁하여 먼저 영지(靈芝) 둑을 만들게 하였고,
산에 의지하고 물을 따라

(上02-3b)

二

heru   hadaha adali teksin   obuha..   sy nung be   acinggiyarakū
바큇살 박아 넣은 같이 가지런히 하게 하였다. 司 農 을 움직이지 않게 하고

dorgi ku[31] be   mamgiyahakū. moco okini faksi be waliya
　內 庫   를   낭비하지 않고 무디게 하자 교묘함 을 버려라

sehede geren irgen acabuha.. jase jecen dacun agūra de
했음에 여러 백성 응하였다.   변 경   예리한 무기 에

ertuci   ombio   sirke dufe doro akū oci enteheme
기대면 되겠는가 끊임없는 음란 도리 없게 되면   길이

suduri bikai..   serere be same targara be same ede
 역사 있으리라. 경계함 을 알고 삼감 을 알아서 이에

kicere ohode. teni   geren de tuwabume hanciki goroki ba
힘쓰게 됨에 비로소 여럿 에 보이고 가까운 먼 땅

[한문]────────

司農莫動帑金費, 寧拙捨巧洽群黎. 邊垣利刃豈可恃, 荒淫無道有靑史.
知警知戒勉在玆, 方能示衆撫遐邇.

──── 。── 。── 。────

바큇살 박아 넣은 것처럼 가지런하게 하였다.
사농(司農)을 움직이지 않게 하고 내고(內庫)를 낭비하지 말며,
질박하게 하고 교묘함을 버려라 하니, 여러 백성들이 응하였다.
변경이 예리한 무기에 기대면 되겠는가?
끊임없이 음란하고 도리가 없어지면 길이 역사에 남으리라.
경계하고 삼가함을 알아 이에 힘쓰면,
비로소 여러 사람에게 보이고 멀고 가까운 땅을

────────────

31) dorgi ku : 내고(內庫)로 '황궁(皇宮)의 재물, 서적, 기구 등의 물품을 보관하는 창고'를 가리킨다.

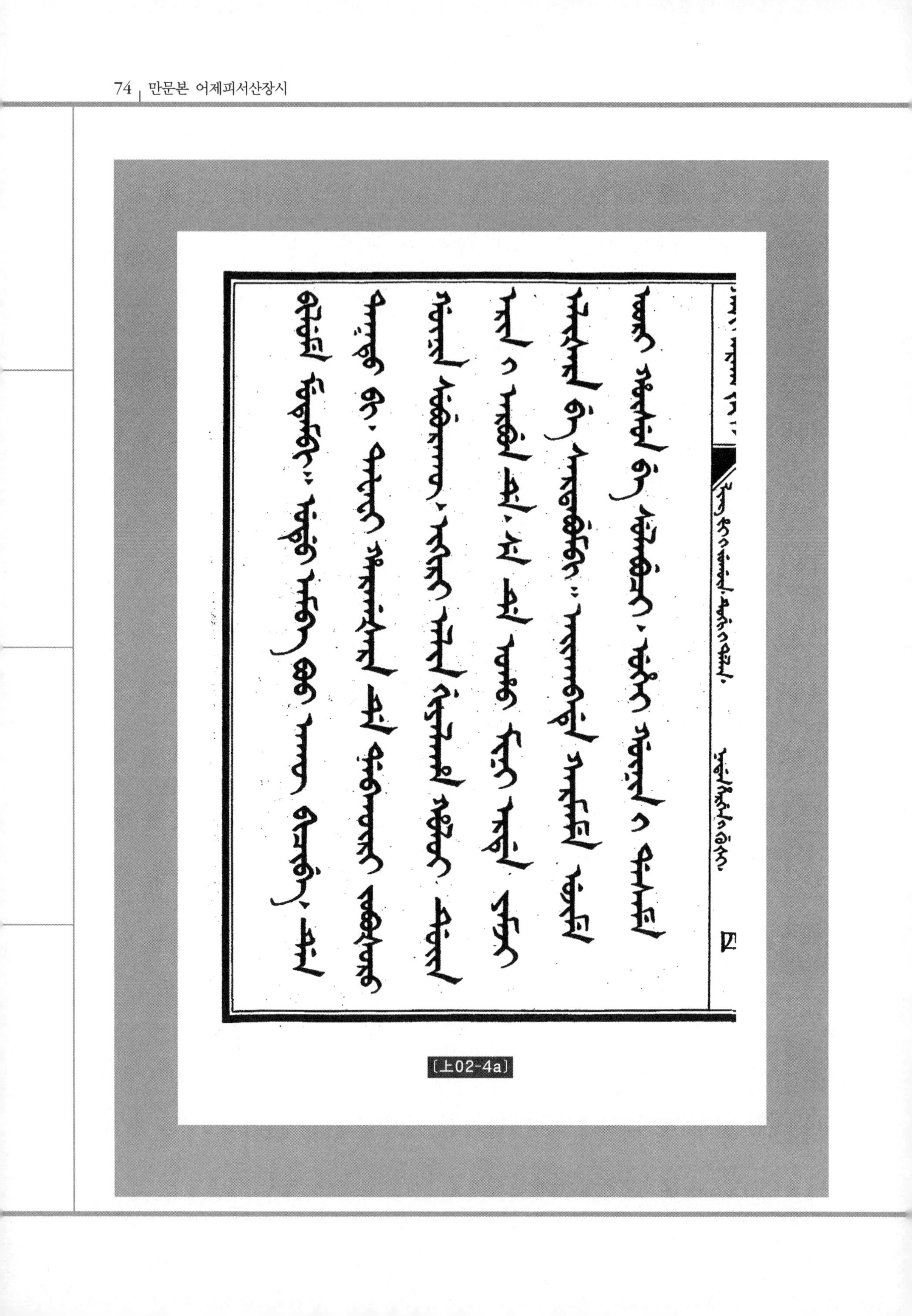

〔上02-4a〕

bilume mutembi.. udu amba boo akū bicibe. den
위무할 수 있다. 비록 큰 집 없다 하여도 높은

taktu bi. tafafi hargašara de dabkūri jobošoro
누각 있다. 올라서 우러러 봄 에 거듭 근심하는

gūnin suburakū. ikiri alin giyalaha holoi duin
마음 벗어나지 못한다. 연이은 산 가로막은 골짜기의 네

erin i arbun de. se de oho[32] mini erde yamji
때 의 모습 에 노년이 된 나의 아침 저녁

ališara be sartabumbi.. aikabade karmame ujime
걱정 을 잊게 한다. 만약에 돕고 길러

oori hūsun be sulabuci. uhei gūnin i dasame
精 力 을 보존하면 같은 마음 으로 다스리고

[한문]─────
雖無峻宇有雲樓, 登臨不解幾重愁. 連巖絶澗四時景, 憐我晚年宵旰憂.
若使扶養留精力, 同心治理再精求.

─── ◦ ─── ◦ ─── ◦ ───

위로할 수 있으리라.
비록 큰 집은 없어도 높은 누각이 있어,
올라서 우러러 볼 때에 거듭 근심하는 생각에서 벗어나지 못한다.
연이은 산과 가로막은 골짜기의 사계절 경치는
만년의 내가 아침저녁으로 걱정하는 것을 잊게 한다.
만약에 돕고 길러 정력을 보존하면,
한 마음으로 다스리고

───────────────
32) se de oho : '노년이 되었다, 늙었다'는 뜻이다.

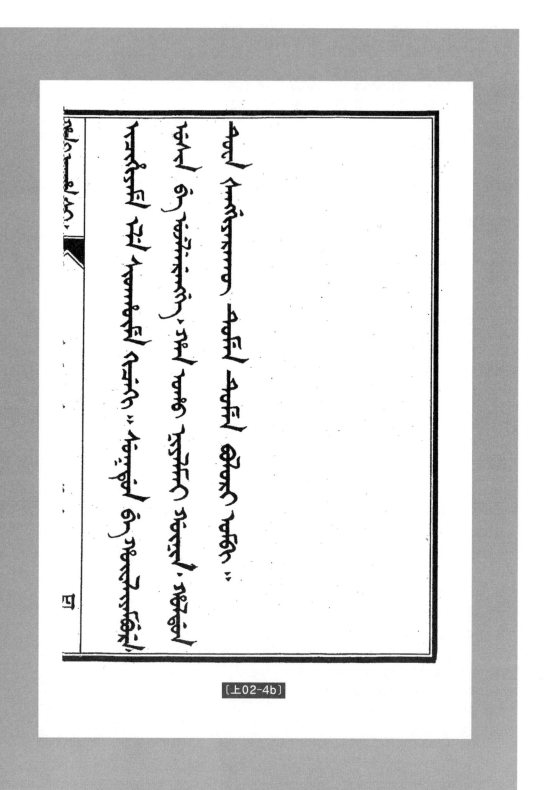

〔上02-4b〕

icihiyame ele sithūme kiceki.. sukdun be hūwaliyambure.
관리하여 더욱 전심하고 힘쓰자.　기운 을 화합하게 하고,

usin be ujelerengge.　han oho niyalmai gūnin. holdon
밭 을 중하게 여기는 것 汗 된 사람의 마음이다. 봉화

tuwa[33] šanggiyarakū tumen tumen bolori[34] ombi..
불 피우지 않고 萬 萬 가을 된다.

[한문]────
氣和重農紫宸志, 烽火不煙億萬秋.

──。──。──。──

추스려서 더욱 힘쓰자.
기운을 화합시키고 농사를 소중히 하는 것은, 왕이 된 사람의 마음이다.
봉화(烽火) 피우지 않고 만세를 가리라.

────────

33) holdon tuwa : 봉화(烽火)로 '전쟁'을 가리킨다.
34) tumen tumen bolori : 만만추(萬萬秋)에 대응하며, '수많은 세월'을 가리킨다.

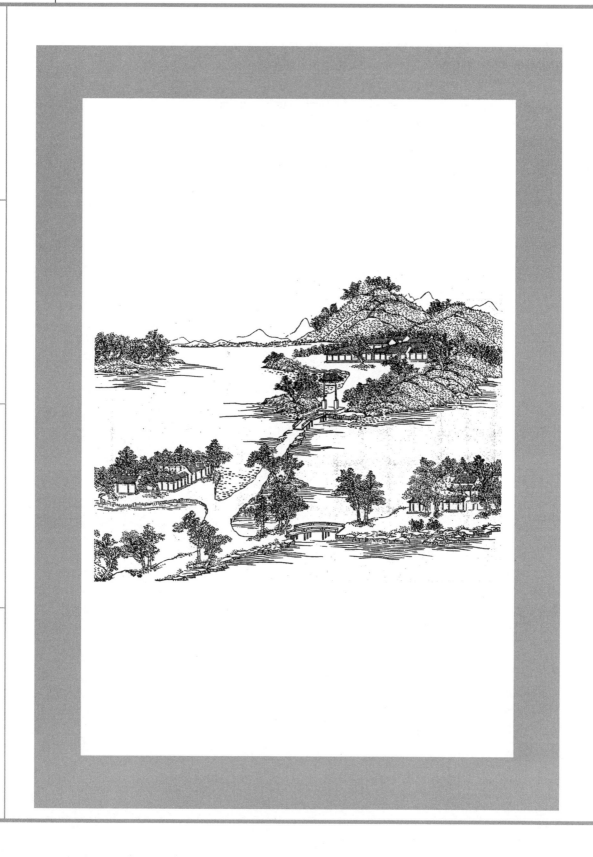

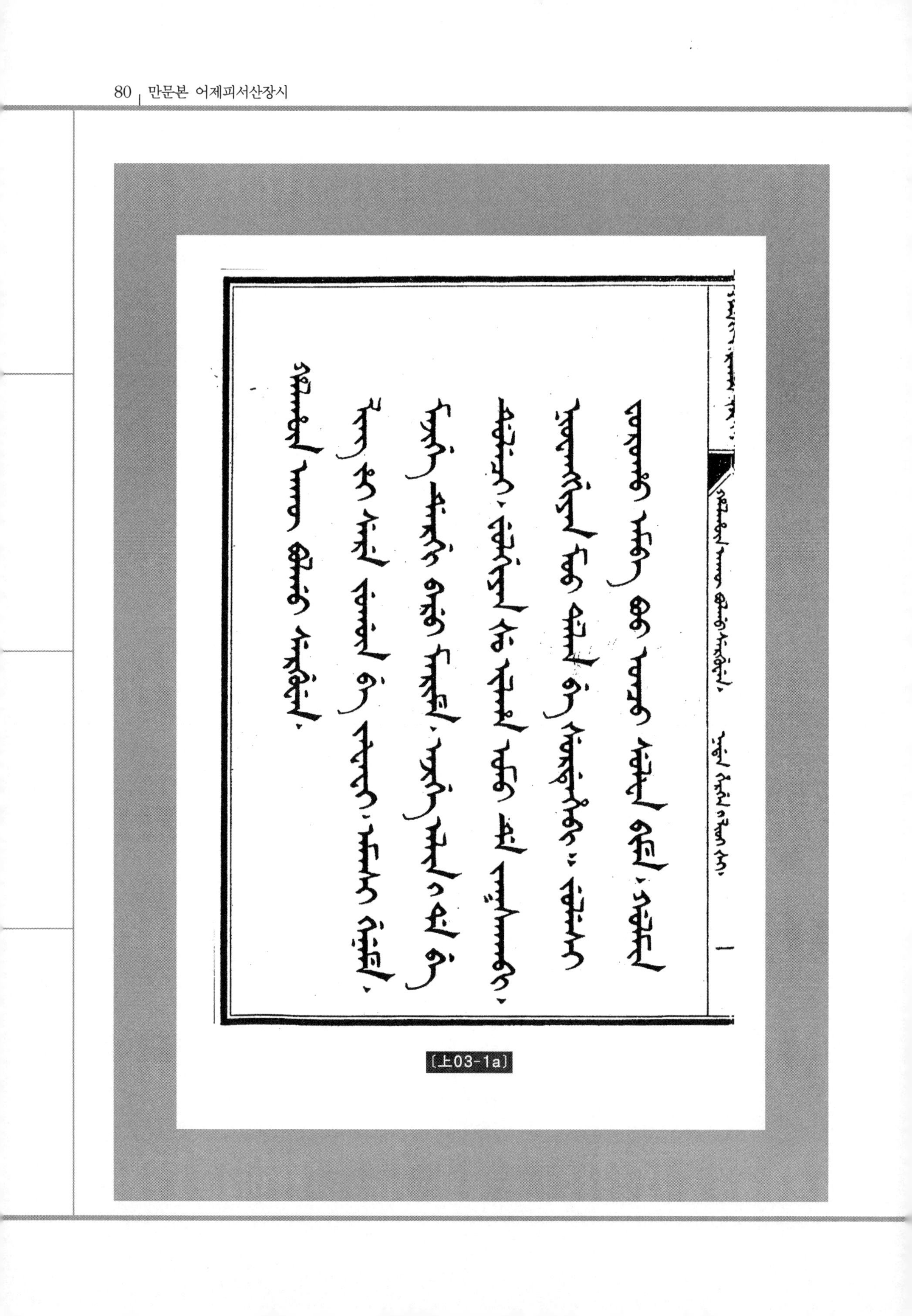

[上03-1a]

halhūn akū bolgo serguwen.
덥지 않고 맑고 서늘하다.

　ling jy sere jugūn be jafafi. amasi geneme.
　靈 芝 라는 길 을 잡고 북쪽 가서

　majige dergi baru marime. ajige alin i da be
　조금 동쪽 향해 돌아 작은 산 의 기슭 을

　duleci. fulgiyan šu ilha omo de jaksakabi.
　지나면 붉은 연 꽃 호수 에 붉게 물들었고

　niowanggiyan moo dalan be šurdehebi.. julesi
　　푸른 나무 둑 을 둘러쌌다. 남쪽

　foroho amba boo onco sulfa bime. golmin
　향한 큰 집 넓고 평평하며 긴

[한문]————

無暑清涼

　循芝北行, 折而少東, 過小山下紅蓮滿渚. 綠樹緣堤, 面南夏屋軒敞, 長廊聯絡,

——∘——∘——∘——

무서청량(無暑清涼)

　영지(靈芝)라는 길을 잡고, 북쪽으로 가서 동쪽으로 향해 조금 돌아 작은 산의 기슭을 지나면, 붉은 연꽃이 연못에 붉게 물들었고, 푸른 나무가 둑을 둘러쌌다. 남쪽을 향한 큰 집이 넓고 평평하며 긴

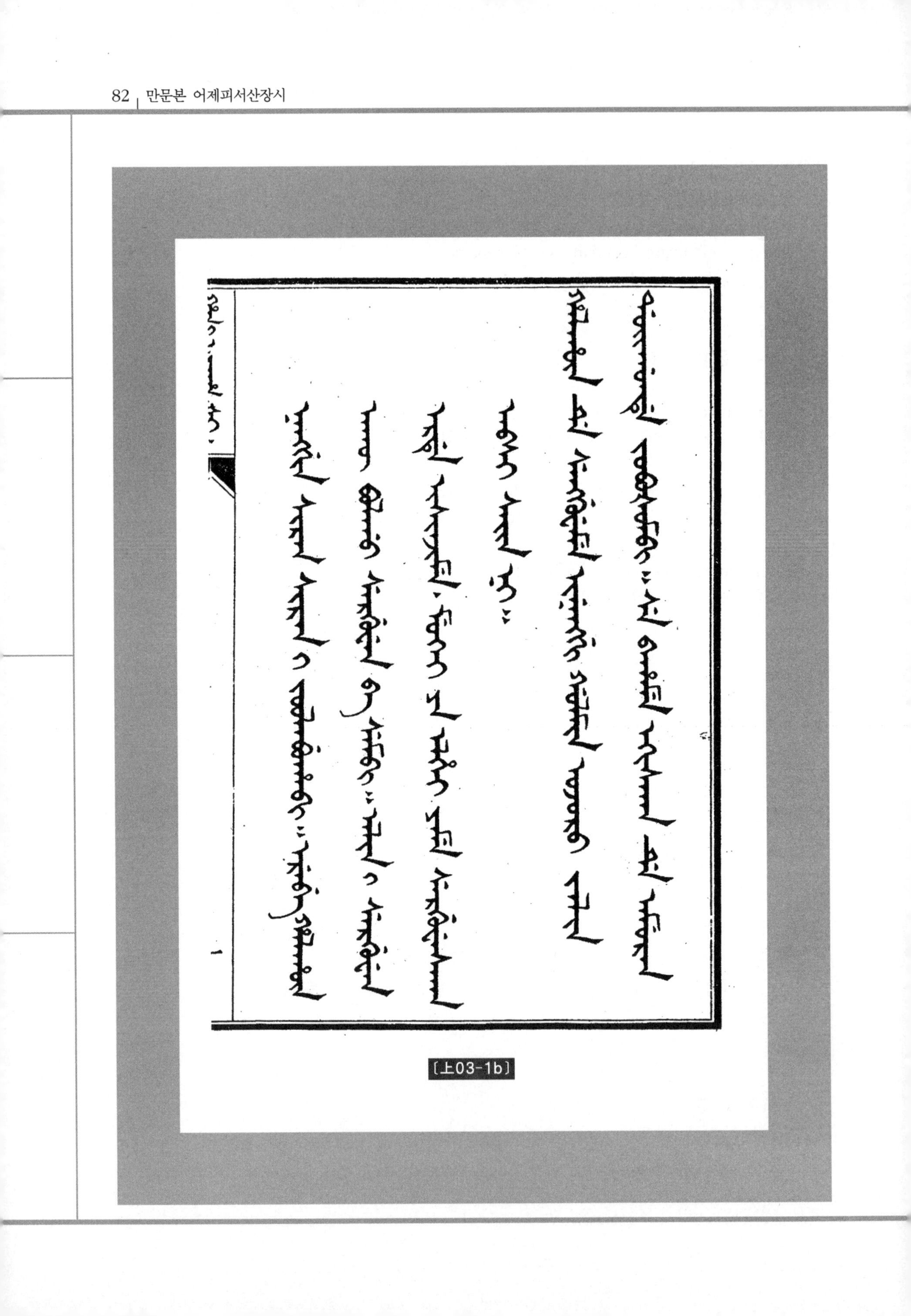

[上03-1b]

nanggin siran siran i joolabuhabi.. erebe halhūn
회랑　　잇달아서　　이어졌다.　　이것을 덥지

akū bolgo serguwen ba sembi.. alin i serguwen
않고 맑고　서늘한 땅 한다. 산 의 서늘함

erde isinjime. mukei ya elhei yame serguwesaka[35]
아침 이르러　물의 안개 서서히 끼며 서늘하다.

absi sain ni..
얼마나 좋은가

halhūn de sengguweme inenggi golmin ojoro jalin
더위 에 두려워하고　날　길게 되는 까닭에

doigonde jobošombi. se bahame ekisaka de amuran
미리　근심한다. 나이 들어 조용함 에 좋아하게

[한문]────

　爲無暑淸涼, 山爽朝來, 水風微度, 冷然善也.

畏景先愁永晝長, 晩年好靜益徬徨.

──。──。──。──

　회랑이 잇달아서 이어졌다. 이것을 '무서청량(無暑淸涼)'이라 한다. 산의 시원함이 아침에 이르고, 물안개가 서서히 끼며 서늘하니, 얼마나 좋은가?

더위에 두려워하고, 날이 길어지기 때문에 미리 근심하고,
나이 들어 조용함을 좋아하게

────────────

35) serguwesaka : 'serukesaka'와 같다.

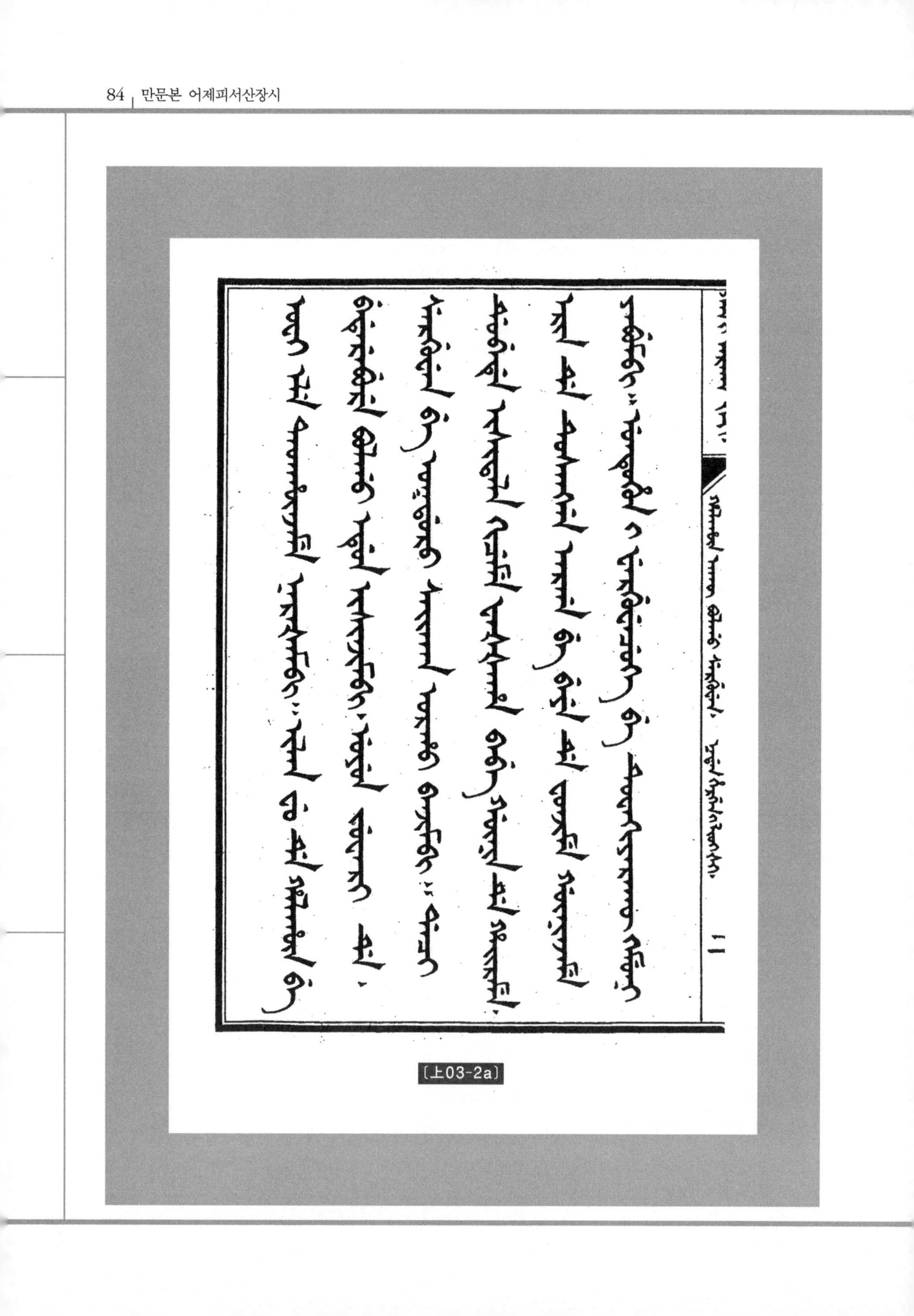

ᡁᡳ

〔上03-2a〕

ofi   ele   tathūnjame narašambi.   ilan fu de halhūn be
되어 더욱   방황하며   그리워한다.   三   伏 에   더위 를

bederebure bolgo edun isinjimbi. uyun juwari[36) de.
물러가게 할 맑은 바람 이른다. 아홉 여름   에

serguwen be okdoro saikan orho banjimbi..   daci
서늘함   을 맞이할 좋은   풀 난다. 처음부터

dubede   isitala kiceme faššaha babe gūnin de   hairame,
끝에 이르도록 힘써   노력한 바를 생각 에 아쉬워하며

erin de tusangga arga be beye de fonjime   gūninjame
때 에 유용한 방법 을 자신 에   묻고 깊이 생각하며

yabumbi.. untuhun i ferguwecuke[37) be tuwakiyarakū kemuni
행한다. 텅 빈   현묘함   을 지키지 않고 여전히

[한문]————

三庚退暑清風至, 九夏迎涼稱物芳. 意惜始終宵旰志, 踟躕自問濟時方.
谷神不守還崇政,

—— 。 —— 。 —— 。 ——

되어 더욱 방황한다.
삼복에 더위를 물리치는 맑은 바람 이르니,
구하(九夏)에 시원함을 맞이할 좋은 풀이 난다.
처음부터 끝까지 힘써 노력한 바를 생각하니 아쉽고,
늘상 유용한 방책을 스스로에게 묻고 깊이 생각하며 행한다.
곡신(谷神)을 지키지 않고 여전히

---

36) uyun juwari : 구하(九夏)로 '여름철의 석 달 90일'을 가리킨다.
37) untuhun i ferguwecuke : 곡신(谷神)에 대응하는 것으로 '현묘(玄妙)한 도(道)'를 비유하는 말이다. 『道德經』에,
"곡신은 죽지 않으니, 이를 현빈(玄牝)이라 한다.(谷神不死, 是謂玄牝.)고 하였다.

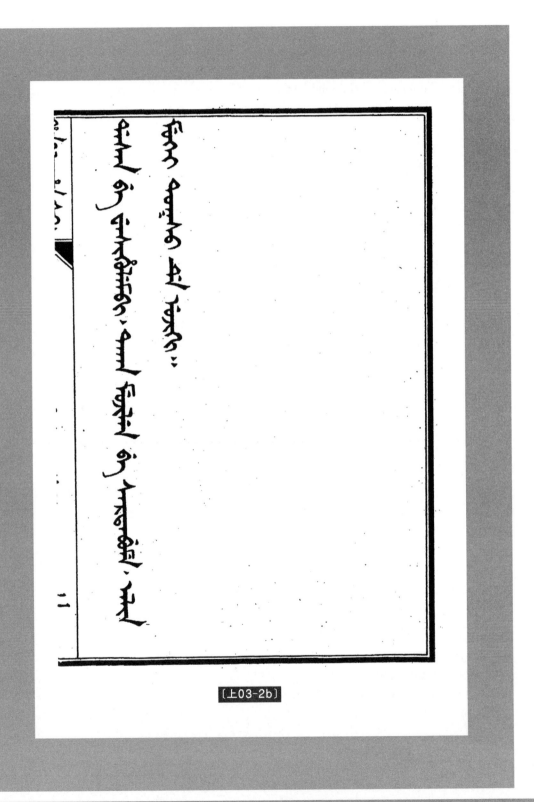

[上03-2b]

dasan be wesihulembi. taka mujilen be sartabume. alin
정사 를 숭상한다. 잠깐 마음 을 늦추고 산

mukei tokso de ujiki..
물의 장원 에서 수양하자.

[한문] ─────
暫養回心山水莊.

── ∘ ── ∘ ── ∘ ──

정사(政事)를 숭상한다.
잠깐 마음을 늦추고 산과 물의 장원에서 수양하자.

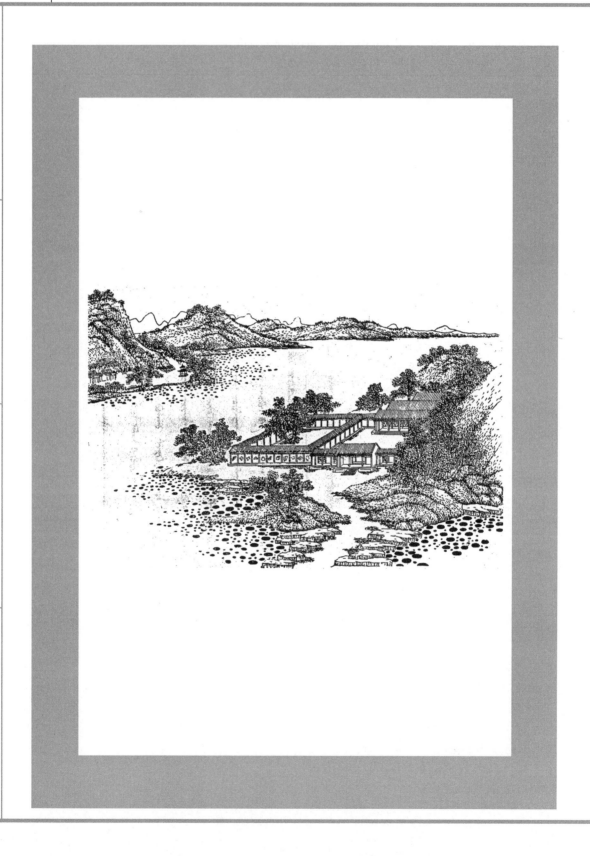

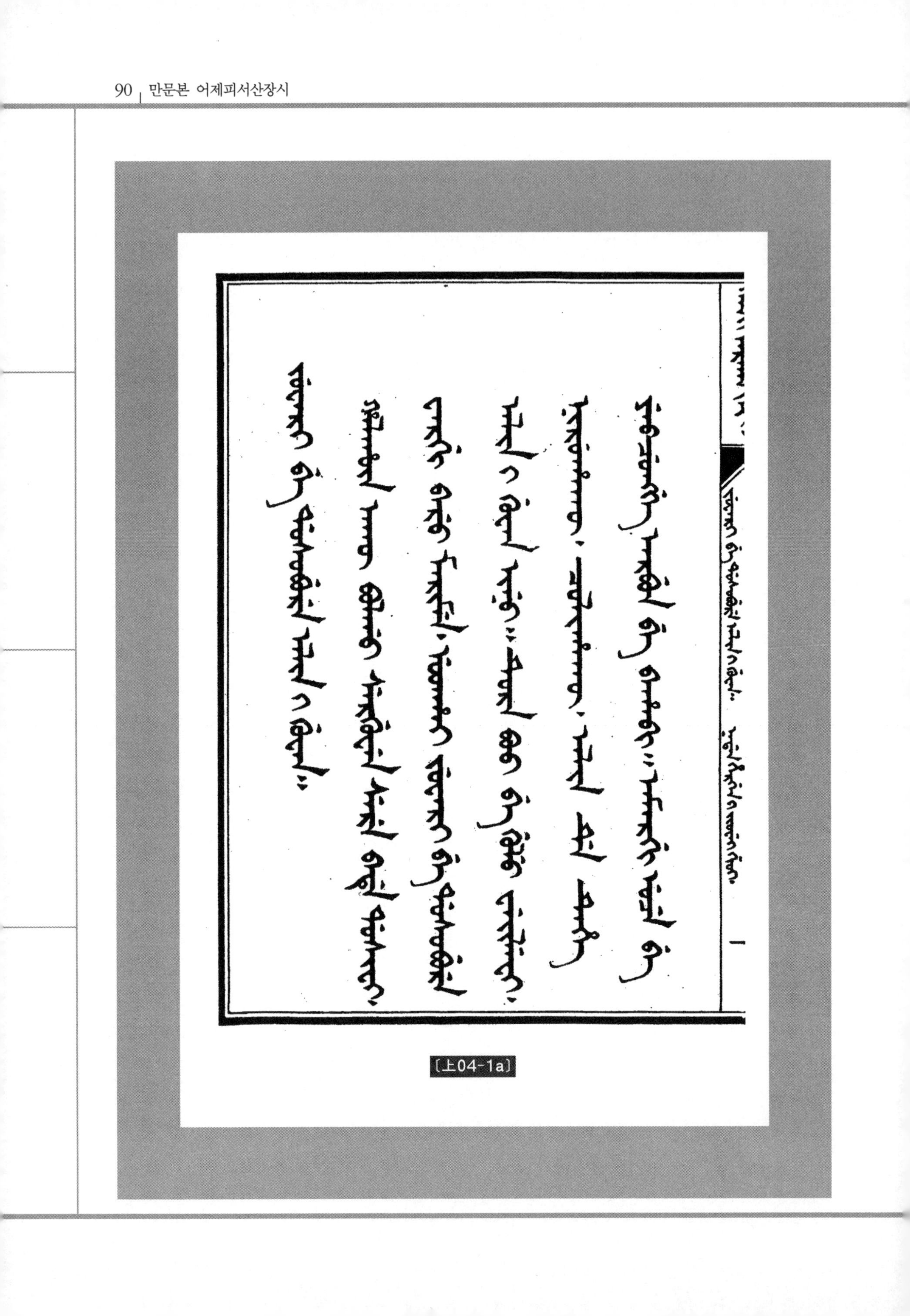

[上04-1a]

juwari be dosobure alin i guwan..
여름 을 견디게 할 산 의 館

halhūn akū   bolgo serguwen sere bade   dosifi.
덥지 않고 맑고 시원하다 하는 곳에 들어가서

wargi baru marime. uthai juwari be dosobure
서쪽 향해 돌아 곧 여름 을 견딜

alin i guwan inu.. tura boo be gulu   weilefi.
산 의 館 이다. 기둥 집 을 소박하게 짓고

niruhakū.   colihakū   alin de tehe
그리지 않고 새기지 않고 산 에 살던

yebcungge arbun be bahaki.. amargi uce be
아름다운 모습 을 얻자. 북쪽 문 을

[한문]

延薰山館

　入無暑淸涼轉西, 爲延薰山館, 楹宇守朴, 不艧不雕, 山居雅致.

───○───○───○───

연훈산관(延薰山館)

　'무서청량(無暑淸涼)'이라 하는 곳에 들어가 서쪽으로 도니, 곧 '연훈산관(延薰山館)'이다. 기둥 집을 소박하게 짓고서 그림 그리지 않고, 조각하지 않고 산에 살던 아름다운 모습을 얻고자, 북쪽 문을

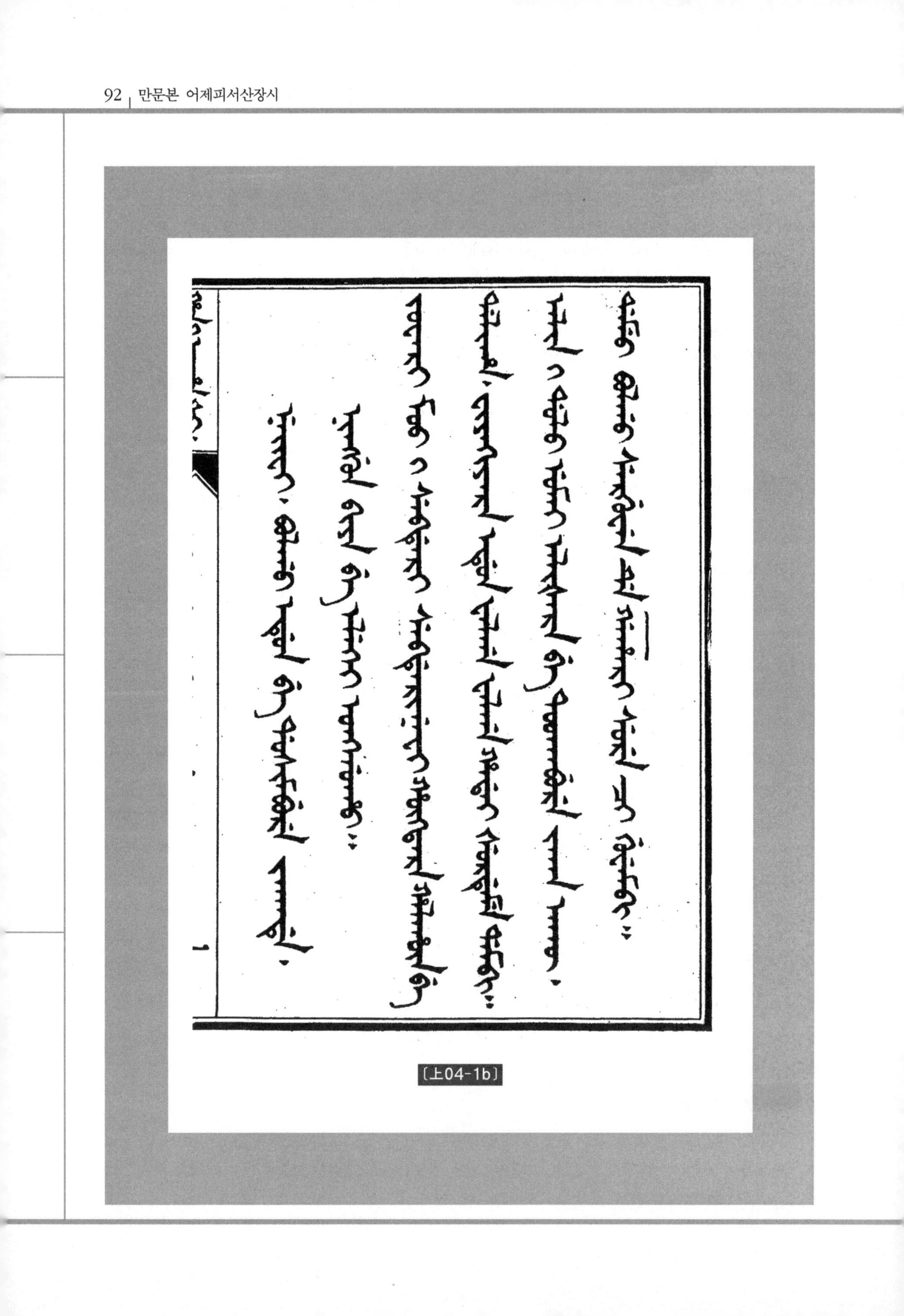

[上04-1b]

neifi. bolgo edun be dosimbure jakaḍe.
열고 맑은 바람 을 들일 적에

ninggun biya be elekei onggoho..
6 월 을 거의 잊었다.

juwari[38] moo i sebderi sebderinefi[39] hūktara halhūn be
여름 나무 의 그늘 그늘지고 찌는 더위 를

daliha. fiyakiyara edun falga falga hadai šurdeme dambi..
덮었다. 뜨거운 바람 느릿느릿 봉우리의 주위로 분다.

alin i dolo umai ališara be tookabure jaka akū.
산 의 안 전혀 울적함을 달래줄 것 없고

damu bolgo serguwen de gahari sure ci guwembi..
다만 맑고 서늘함 에 윗도리 벗음 에서 벗어난다.

[한문] ──────

啟北戶, 引淸風, 幾忘六月.

夏木陰陰蓋溽暑, 炎風欻欻守峯銜. 山中無物能解慍, 獨有淸涼免脫衫.

── 。── 。── 。──

열어 맑은 바람을 들게 하니 6월을 거의 잊었다.

여름 나무로 그늘져서 찌는 듯한 더위를 가렸고,
뜨거운 바람은 느릿느릿 산봉우리 주위로 분다.
산 속에는 울적함을 달래줄 것이 전혀 없고,
다만 맑고 서늘하여 윗도리 벗지 않아도 된다.

──────────

38) juwari : 'juwari'의 점이 탈각되어 'jowari'처럼 보인다.
39) sebderinefi : 'sebderilefi'의 오기로 보인다.

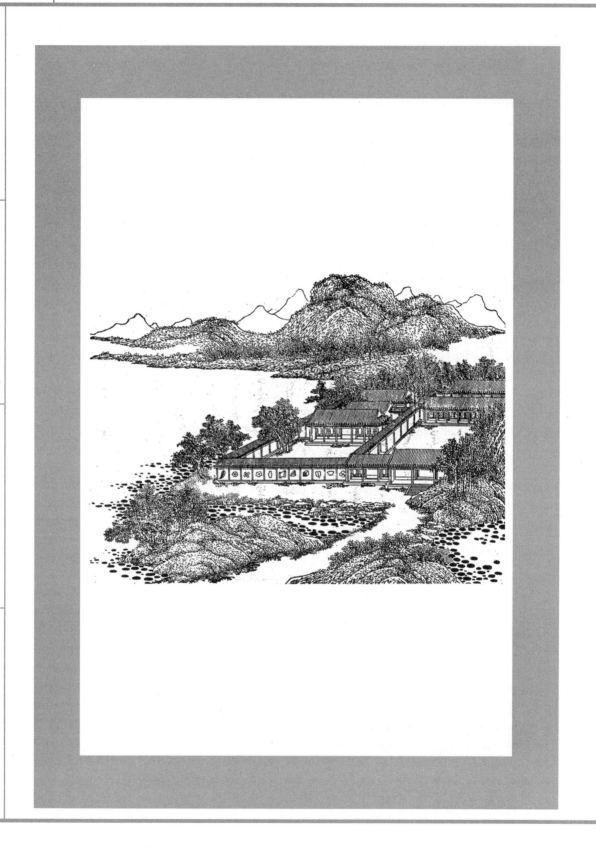

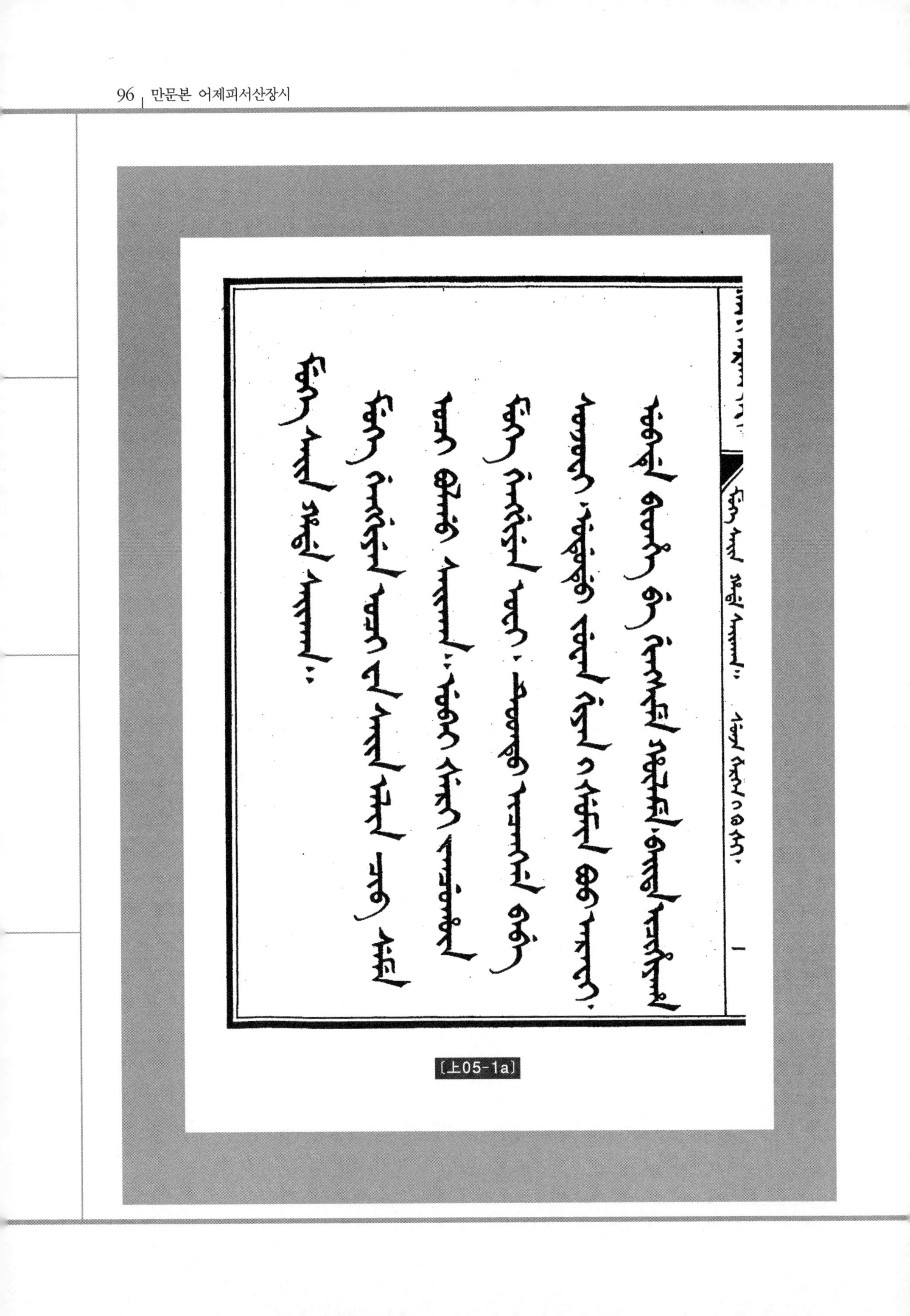

〔上05-1a〕

muke sain hada saikan..
물 좋고 봉우리 빼어나다

muke genggiyen oci wa sain alin cib seme
물 맑게 되니 향기 좋고 산 조용하게

oci bolgo saikan.. ubai šeri jancuhūn
되니 맑고 좋다. 여기의 샘 달고

muke genggiyen ofi. tuttu icangga babe
물 맑아서 그래서 마땅한 땅을

sonjofi. ududu juwan giyan i šumin boo arafi.
택하여 몇 10 間 의 깊은 집 짓고서

ubade bithe be gingsime hūlame. baita icihiyaha
여기에 글 을 낭독하고 읽으며 일 처리했다

[한문]

水芳巖秀

水清則芳, 山静則秀. 此地泉甘水清, 故擇其所宜, 邃宇數十間, 於焉誦讀,

— ◦ — ◦ — ◦ —

수방암수(水芳巖秀)

물이 맑으니 향기 좋고, 산이 조용하니 맑고 좋다. 여기의 샘이 달고 물이 맑아 알맞은 땅을 택하여 몇 십 간의 깊은 집 짓고서, 글 읽고 낭독하며 일을 처리하였다.

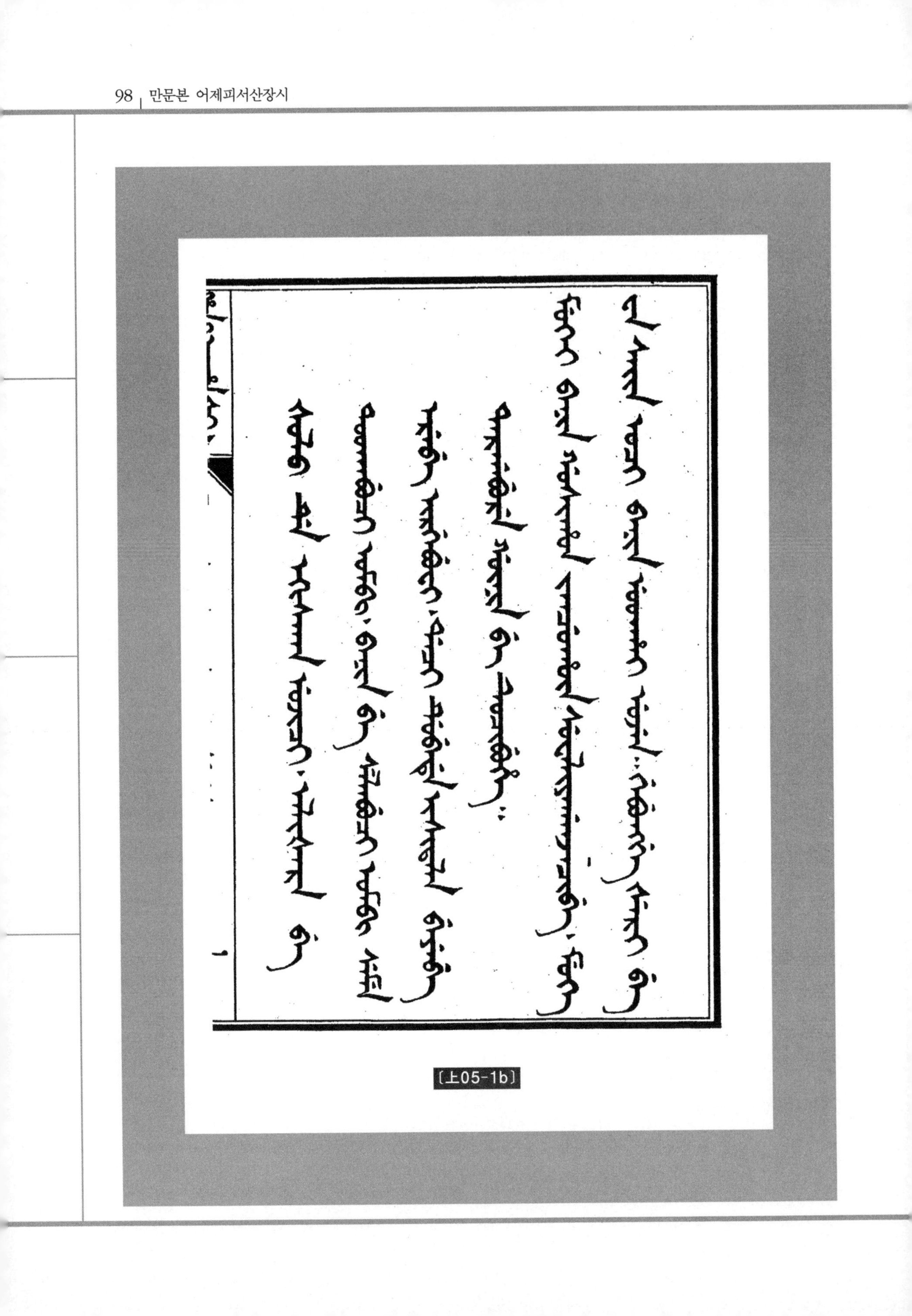

〔上05-1b〕

šolo de ekisaka   ujici.   ališara be
겨를 에 고요히 수양하면 울적함 을

tookabuci ombi. banin be   selabuci   ombi   seme
달랠 수 있다. 성품 을 편안하게 할 수 있다 하고

erebe   irgebufi.   daci   dubede isitala beyebe
이것을 시로 지어서 처음부터 끝에 이르도록 자신을

targabure gūnin be   tucibuhe..
경계하는 뜻 을 나오게 했다.

mukei banin gosihon jancuhūn suwaliyaganjacibe. muke
물의 성질 쓴 맛 단 맛 섞여도 물

wa   sain oci banin uthai ujen.. gebungge šeri be
향기 좋게 되면 성질 곧 중하다. 이름 있는 샘 을

[한문] ─────────
  幾暇静養, 可以滌煩, 可以悅性, 作此自戒始終之意云.
水性雜苦甜, 水芳即體厚. 名泉亦多覽,

───── ◦ ─── ◦ ── ◦ ───

  한가한 겨를에 조용히 수양하면, 울적함을 달랠 수 있고, 성품을 편안하게 할 수 있다 하고, 이것을
시로 지어 처음부터 끝에 이르도록 스스로를 경계하는 뜻으로 나타냈다.

물의 성질은 쓰고 단 것이 섞이더라도,
물이 향기가 좋으면 성질도 중하구나.
이름 있는 샘을 또한 많이 보았으나,

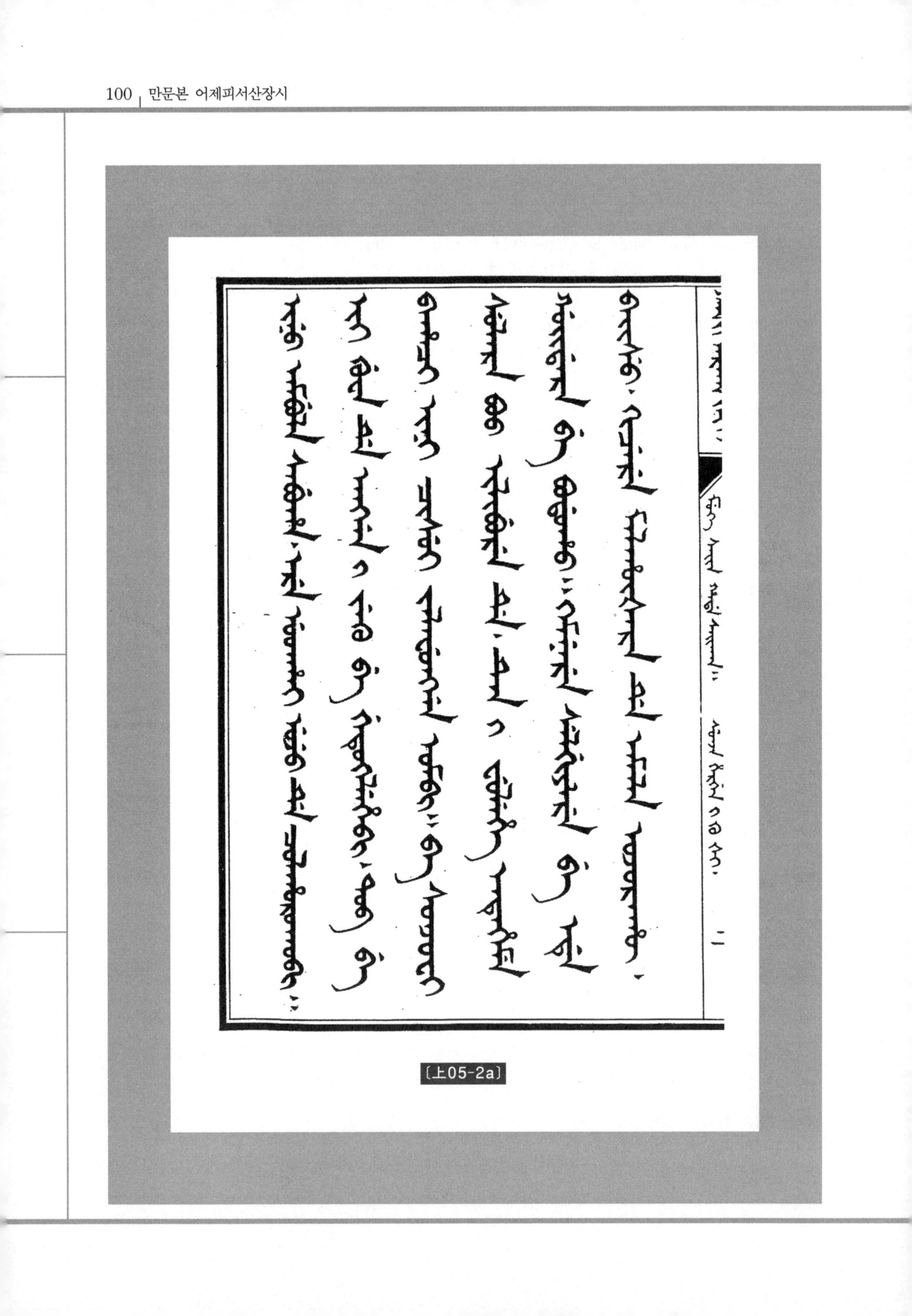

〔上05-2a〕

inu ambula sabuha. ere uthai uju de colhorokobi..
또 많이 보았다. 이 곧 첫째 로 뛰어났다.

ii guwa⁴⁰⁾ de angga i jeku be getukelehebi. tob be
頤 卦 에 입 의 음식 을 분명히 했다. 바름 을

bahaci ini cisui jalafungga ombi.. ba sonjofi
얻으면 그의 스스로 장수하게 된다. 땅 고르고

sulara boo ilibure de. ten i fulehe enteheme
잘 집 세움 에 토대 의 기초 길이

goidara be bodoho.. kemnere selgiyere⁴¹⁾ be ede
오래되기 를 생각했다. 절제하고 펼침 을 여기에서

baisu. kicere malhūšara de amala ojorakū.
구해라. 근면하고 절약함 에 뒤로 할 수 없다.

[한문]───────

未若此爲首. 頤卦明口實, 得正自養壽.
擇地立偃房, 根基度長久. 節宣在玆求, 勤儉勿落後.

─── ◦ ─── ◦ ─── ◦ ───

이 샘이 곧 가장 뛰어났다.
이괘(頤卦)에서 먹는 곡식을 분명히 하였으니,
바른 것을 구하면 절로 장수하게 되리라.
땅을 골라 머무를 집 세움에,
토대의 기초가 길이 오래되기를 생각하노라.
절제하고 조섭하는 것을 여기에서 구하라,
근면하고 절약함을 뒤로 할 수 없다.

───────────────

40) ii guwa : '頤卦'의 음차로 64괘의 27번째이다. 이(頤)는 '턱'이라는 뜻인데 턱을 움직여 음식물을 씹어서 몸을 기르기 때문에 '기르다(養)'라는 의미가 파생되었다.
41) kemnere selgiyere : 절선(節宣)에 대응하며, '계절에 맞게 몸을 잘 조섭하는 것'을 가리킨다.

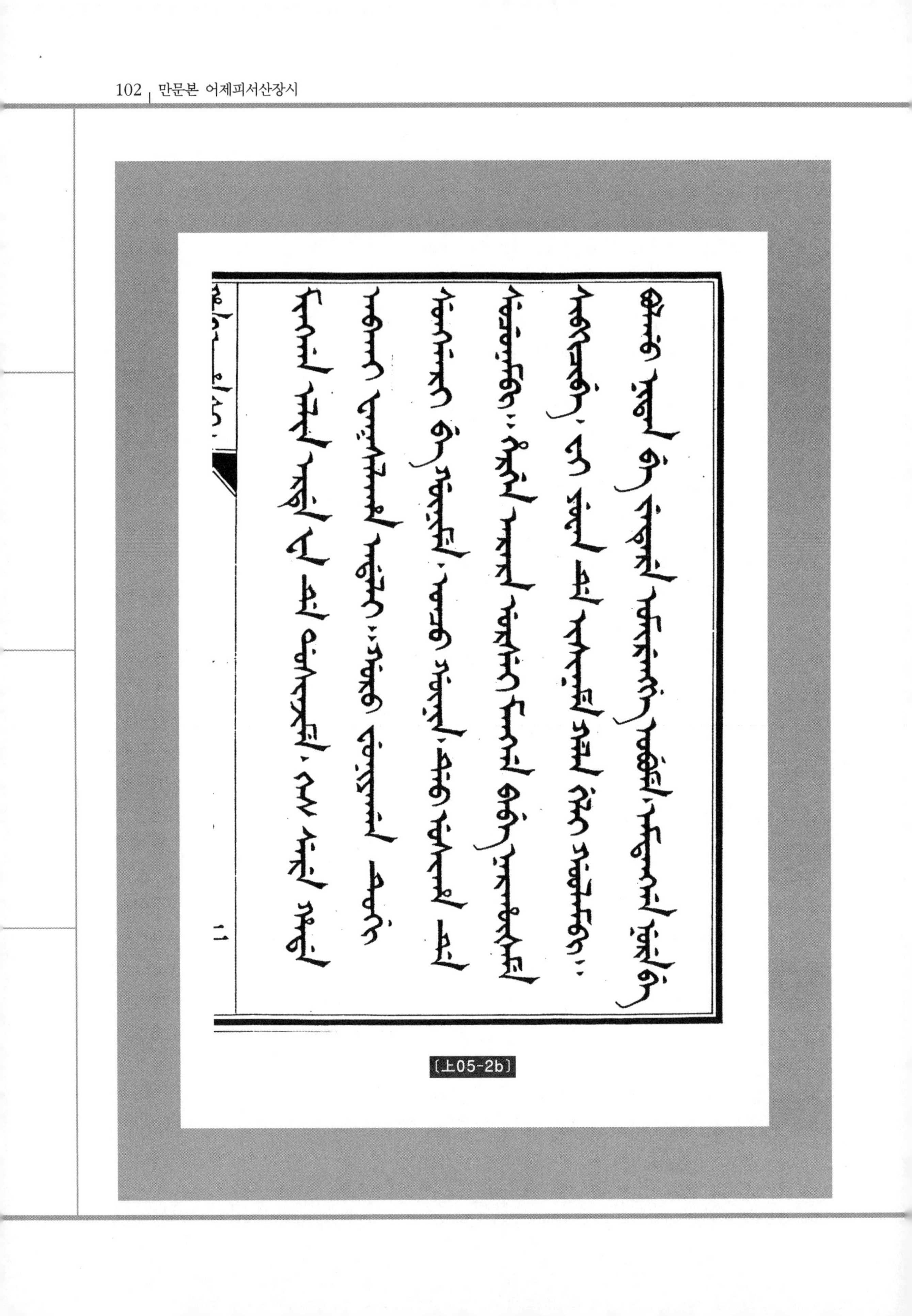

ᡝᠮᡠ

[上05-2b]

minggan alin erde fa de dosinjime. kes sere hada
　千　　山　아침 창 에 들어오고　가파른 봉우리

abkai　faksalaha adali.. goro funiyagan[42] tugi
하늘의　나눈　같다. 먼　생각　구름

sunggari[43) be gūnime. onco gūnin. deo usiha de
은하수　를 생각하고　넓은 마음 斗 星 에

sucunambi.. hergen arara　ursei　mangga babe narhūšame
　오른다.　글자 쓰는 사람들의 어려운 바를 세심하게

sibkicibe.　fi yuwan de isiname gala geli goolambi[44]..
궁구해도 붓 벼루 에 이르러 손 또　떤다.

bolgo　nitan　be jetere omirengge obume. amtangga nure be
맑고 담담한 것 을 먹고 마시는 것 되게 하고 맛있는　술 을

[한문]─────────

朝念千巖裏, 峭壁似天剖. 遠託思雲漢, 怡神至星斗.
精研書家奧, 臨池愈澁手. 淸淡作飮饌,

──　。──　。──　。──

천산(千山)이 아침 창으로 들어오고,
싹둑 깎은 듯한 봉우리가 하늘을 가른 듯하다.
원대한 계책은 은하수를 생각하고,
넓은 마음은 두성(斗星)에 올라간다.
글자 쓰는 사람들의 어려운 바를 정밀하게 살피고 궁구해도,
붓과 벼루에 이르러 손을 또 떤다.
맑고 담담한 것을 먹고 마시고, 맛있는 술을

─────────────────────

42) goro funiyagan : 멀리 장래를 생각하는 '원모(遠謀)'를 가리킨다.
43) tugi sunggari : 운한(雲漢)으로 '은하수'를 가리킨다.
44) goolambi : 'golamb'와 같다.

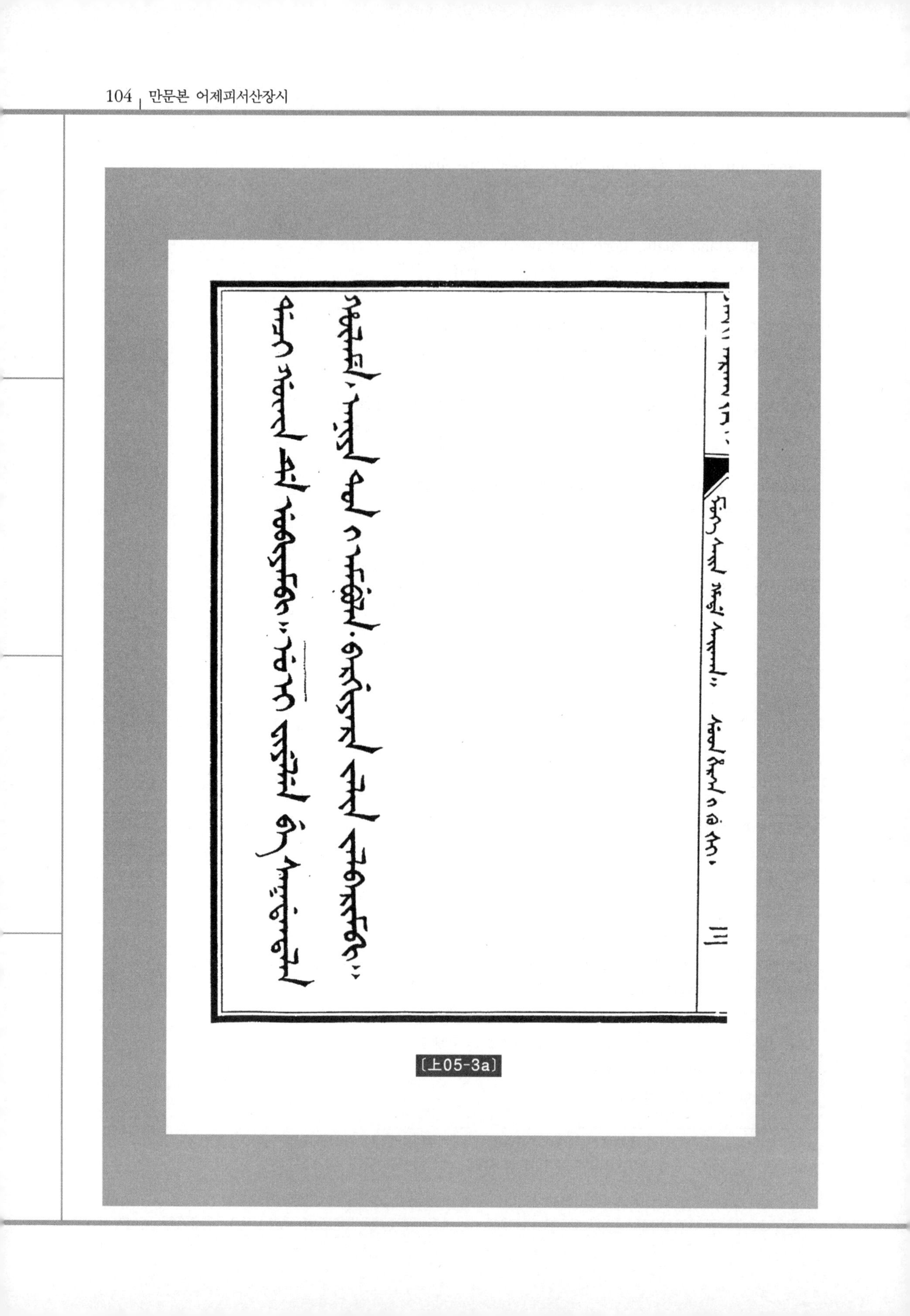

[上05-3a]

daci   gūnin de ubiyambi.. u i fiyelen[45) be sakdantala
원래부터 마음 에 싫어한다. 無 逸   篇   을 늙을 때까지

hūlame. aniya ton i ambula bargiyara jalin jalbarimbi..
  읽고   해   수 로   많이   받기   위하여   빈다.

[한문]————————
偏心惡旨酒. 讀老無逸篇, 年年祝大有.

——— ◦ ——— ◦ ——— ◦ ———

원래부터 싫어한다.
무일편(無逸篇)을 늙도록 읽으며,
해마다 많이 받기 위하여 빈다.

———————————————
45) u i fiyelen : 『서경(書經)』의 「무일편(無逸篇)」을 가리키는데, 주공(周公)이 성왕(成王)에게 군주의 도리를 설
   명한 것이다. 특히 안일함에 빠져서는 안 된다고 경계하였다.

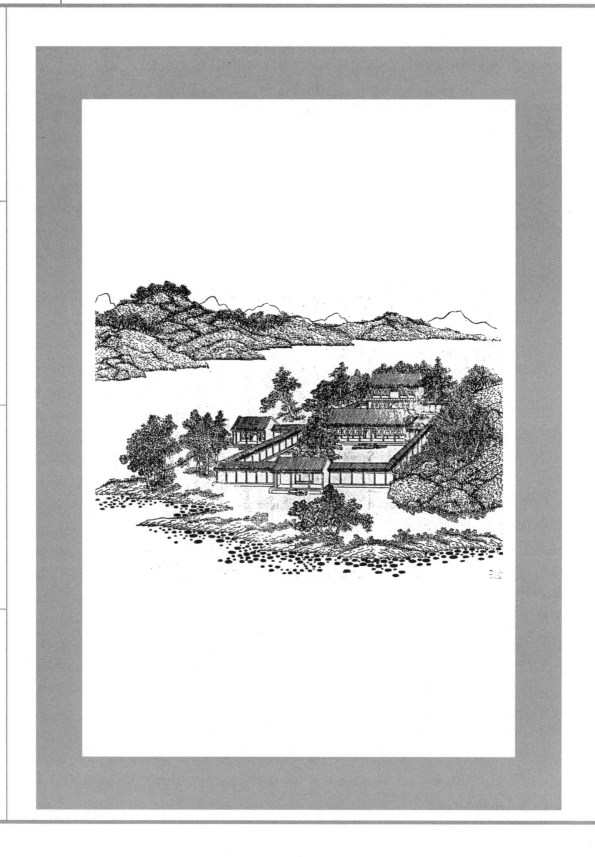

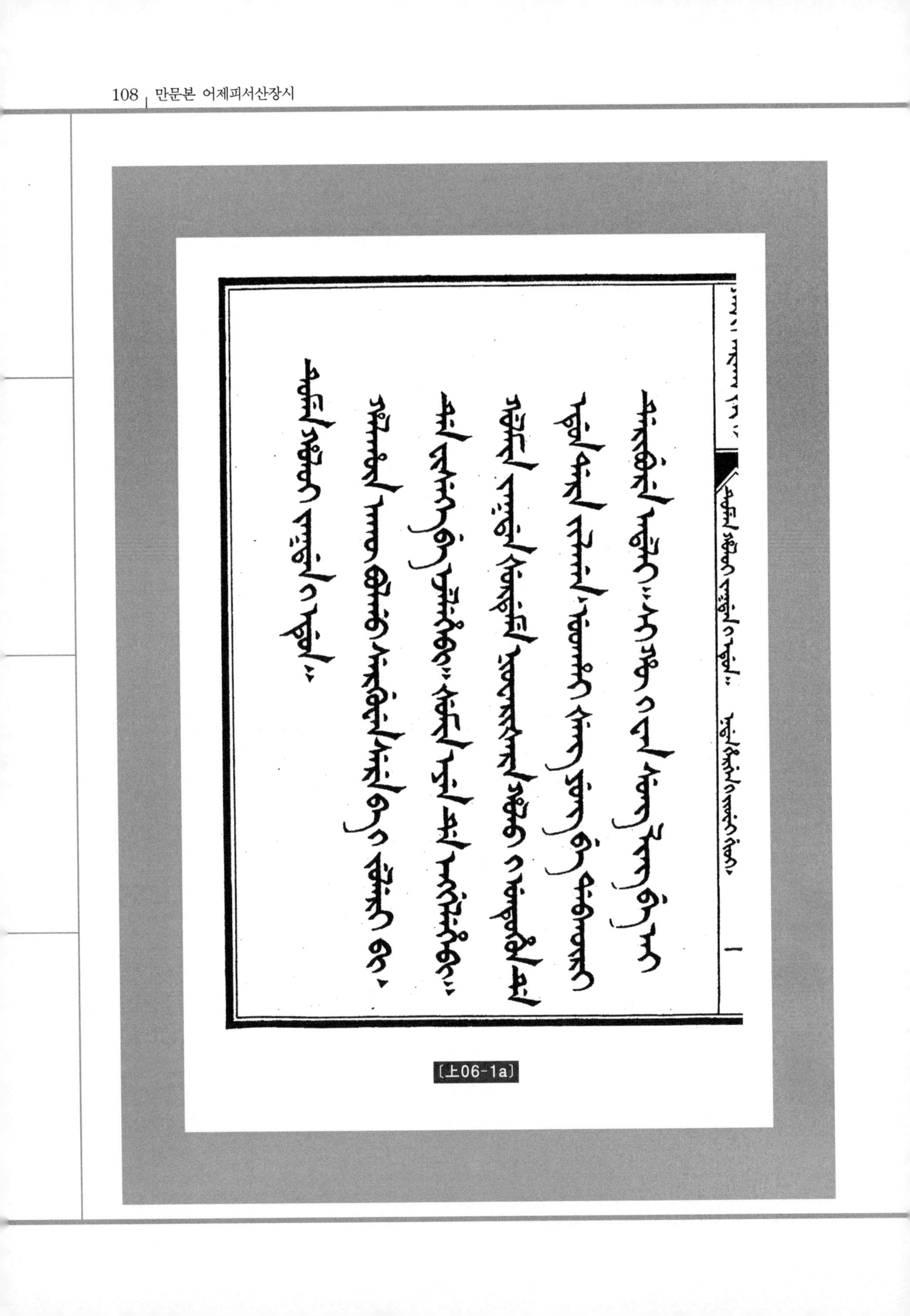

[上06-1a]

tumen holoi   jakdan i edun..
萬 골짜기의 소나무 의 바람

halhūn akū bolgo serguwen sere ba i juleri bi.
덥지 않고 맑고 서늘하다 하는 곳 의 남쪽 있다.

den fiseke be   ejelehebi.. šumin eyen de enggelehebi..
높은 경사 를 차지하고 있다. 깊은 흐름 에 임하고 있다.

golmin jakdan šurdeme niowarišara holo i untuhun de
긴 소나무 주위로 파릇파릇한 골짜기 의 빈 곳 에

edun dari jilgan. uthai šeng yung[46] be dabkūri
바람 마다 소리 곧 笙 鏞 을 거듭

deribure adali.. si hū[47] i wan sung ling[48] be ai
일으키는 같다. 西 湖 의 萬 松 嶺 을 어찌

[한문]

萬壑松風

在無暑淸涼之南, 據高阜, 臨深流, 長松環翠, 壑虛風度, 如笙鏞迭奏聲,
不數西湖萬松嶺也.

만학송풍(萬壑松風)

'무서청량(無暑淸涼)'이라는 곳의 남쪽에 있다. 높은 언덕을 차지하고 깊은 흐름에 임하여 있다. 긴 소나무 주위의 푸른 골짜기 빈 곳에 바람마다 소리는 생(笙)과 용(鏞)을 겹으로 일으키는 것 같다. 서호(西湖)의 만송령(萬松嶺)을 어찌

---

46) šeng yung : '笙鏞'의 음차로 생(笙)은 아악에 쓰는 관악기인 생황(笙簧)이고, 용(鏞)은 쇠로 만든 큰 종을 가리킨다. 일설에는 생용(笙庸)이라는 큰 종을 가리킨다고도 한다.
47) si hū : 중국 저장성(浙江省) 항저우(杭州) 서쪽에 위치한 호수인 '서호(西湖)'를 가리킨다.
48) wan sung ling : 서호 남쪽의 언덕인 만송령(萬松嶺)을 가리키는데, 당나라 때에 길가에 소나무를 심었다고 한다.

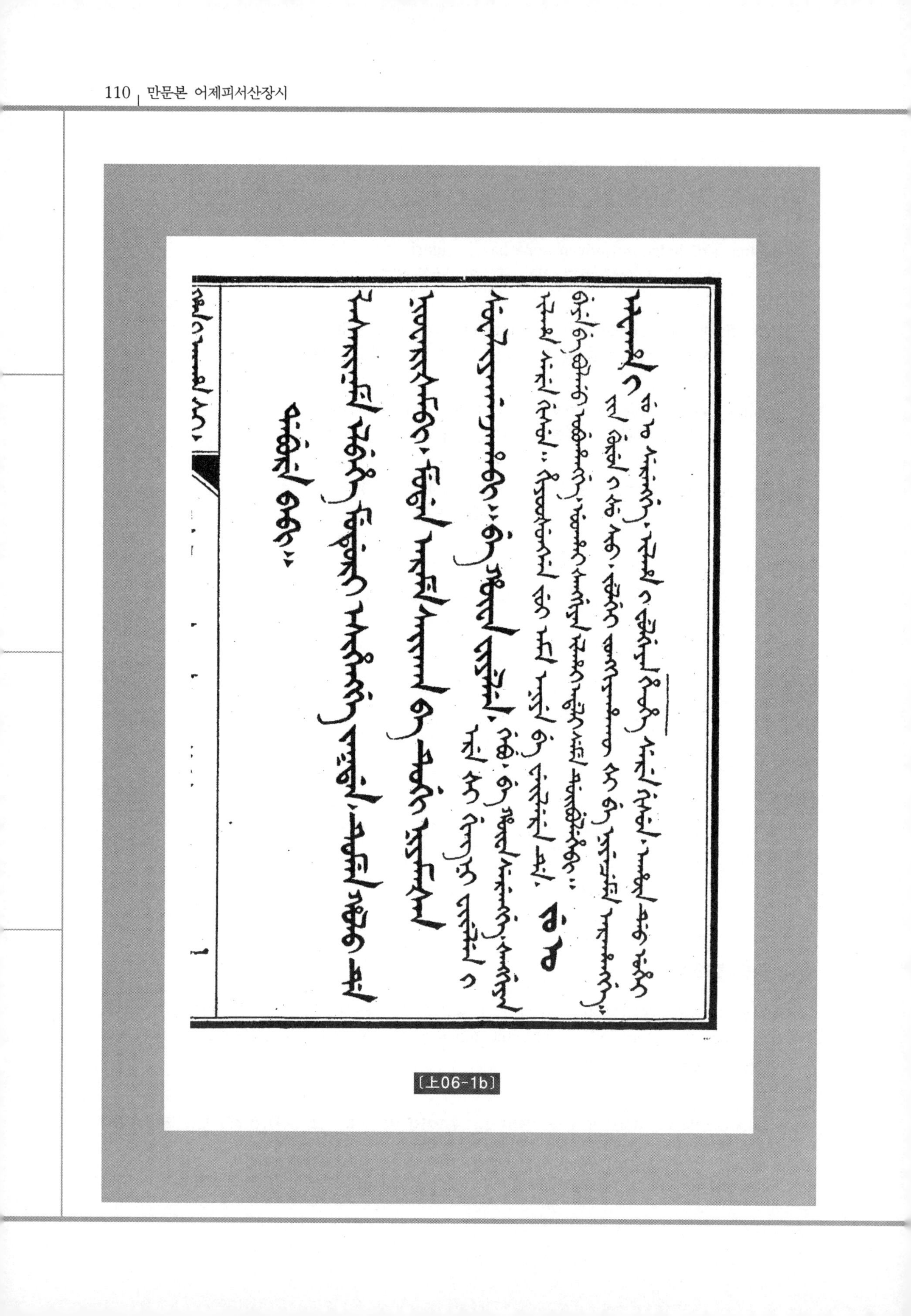

[上06-1b]

dabure   babi..
헤아릴 바 있는가.

lasariname elbehe muduri esihengge jakdan. tumen   holo de
늘어져   덮은   용   비늘의 소나무   만   골짜기 에

niowarišambi.   mudan arame   saikan ba tugi niyamašan
파릇파릇해진다. 굽이   지어 아름다운 땅 구름   섬

suwaliyaganjahabi.. be hūwa fiyelen.[49]
    섞여 있다.   白 華 篇

        ere   ši ging ni fiyelen i
        이것 詩 經 의   篇 의
        gebu. be hūwa serengge. šanggiyan
        이름 白 華 하는 것   하얀
        ilha sere gisun.. hiyoošungga jui   ama   eniye be weilere de.
         꽃 하는 말   효행의   아들 아버지 어머니 를 섬김 에
        beye be bolgo   obuhangge. uthai šanggiyan ilhai adali seme duibulehebi..
        몸 을 깨끗하게 되게 한 것이다. 곧   하얀   꽃의 같다 하고 비유하였다.

ju o afaha[50] i
朱 萼 章 의

        jin gurun i šu sio. julgei yongkiyahakū ši be niyeceme arahangge..
        晉 나라 의 史 書 옛날의 완비하지 못한 詩 를 보완하여 지은 것이다.
        ju o serengge. ilha i fulgiyan hethe sere gisun. ahūn deo uhei
        朱 萼 하는 것 꽃의 붉은 꽃받침 하는 말이다. 형 제 더불어

[한문]————
偃盖龍鱗萬壑青, 逶迤芳甸雜雲汀.

————◦————◦————
    헤아릴 바 있으리.
늘어져 덮은 용 비늘로 된 소나무가 만 골짜기에 파릇파릇해지고,
구불구불 아름다운 땅에 구름 낀 섬이 섞여 있다.
「백화편(白華篇)」과
    이것은 『시경』의 편의 이름이다. '백화(白華)'라는 것은 '하얀 꽃'이라는 말이다. 효성스러운 아들이 부모를 섬김
    에, 몸을 깨끗이 한 것이 곧 히얀 꽃과 같다고 비유하였다
「주악장(朱萼章)」의
    진(晉)나라의 사서(史書)에, "옛날에 완비하지 못한 시를 보완하여 지은 것이다. '주악(朱萼)'은 꽃의 '붉은 꽃
    받침'이라는 말로, 형제가 더불어

49) be hūwa fiyelen : 『시경(詩經)』에 이름만 전하는 「백화편(白華篇)」을 가리킨다. 이에 대해 「모시서(毛詩序)」에
    서는 "「백화」는 효자의 깨끗하고 흰 마음을 읊은 것이다.(白華, 孝子之絜白也..)"고 하였는데, 이에 대해 『문선(文
    選)』 이선(李善)의 주에서, "효자가 부모를 섬김에 또한 흰 꽃과 같이 몸을 깨끗이 한다는 것을 말하였다.(言孝子
    事父母, 亦絜己如白華.)"고 하였다.
50) ju o afaha : 이름만 전하고 실전된 것으로 알려진 고대의 시 편명인 주악장(朱萼章)을 가리킨다. 『문선』 속석(束晳)의
    「보망시(補亡詩)」에, "흰 꽃과 붉은 꽃받침이 깊고 쓸쓸한 곳에 외롭게 덮여 있다.(白華朱萼, 被於幽獨.)"고 하였는데,
    이에 대해 이선(李善)의 주에서, "이것은 형제를 꽃과 꽃떨기가 수풀이 우거진 가운데 있음을 비유한 것으로, 마치 효자
    가 사람들 가운데 섞여 있어도 꽃과 꽃떨기가 자연히 깨끗하고 선명한 것과 같다는 것이다.(此喩兄弟比於華萼, 在林薄
    之中, 若孝子之在衆雜, 方於華萼, 自然鮮潔.)"라고 하였다. 이후로 '백화'와 '주악'은 효자의 깨끗한 효행을 지칭하는 전
    고(典故)가 되었다.

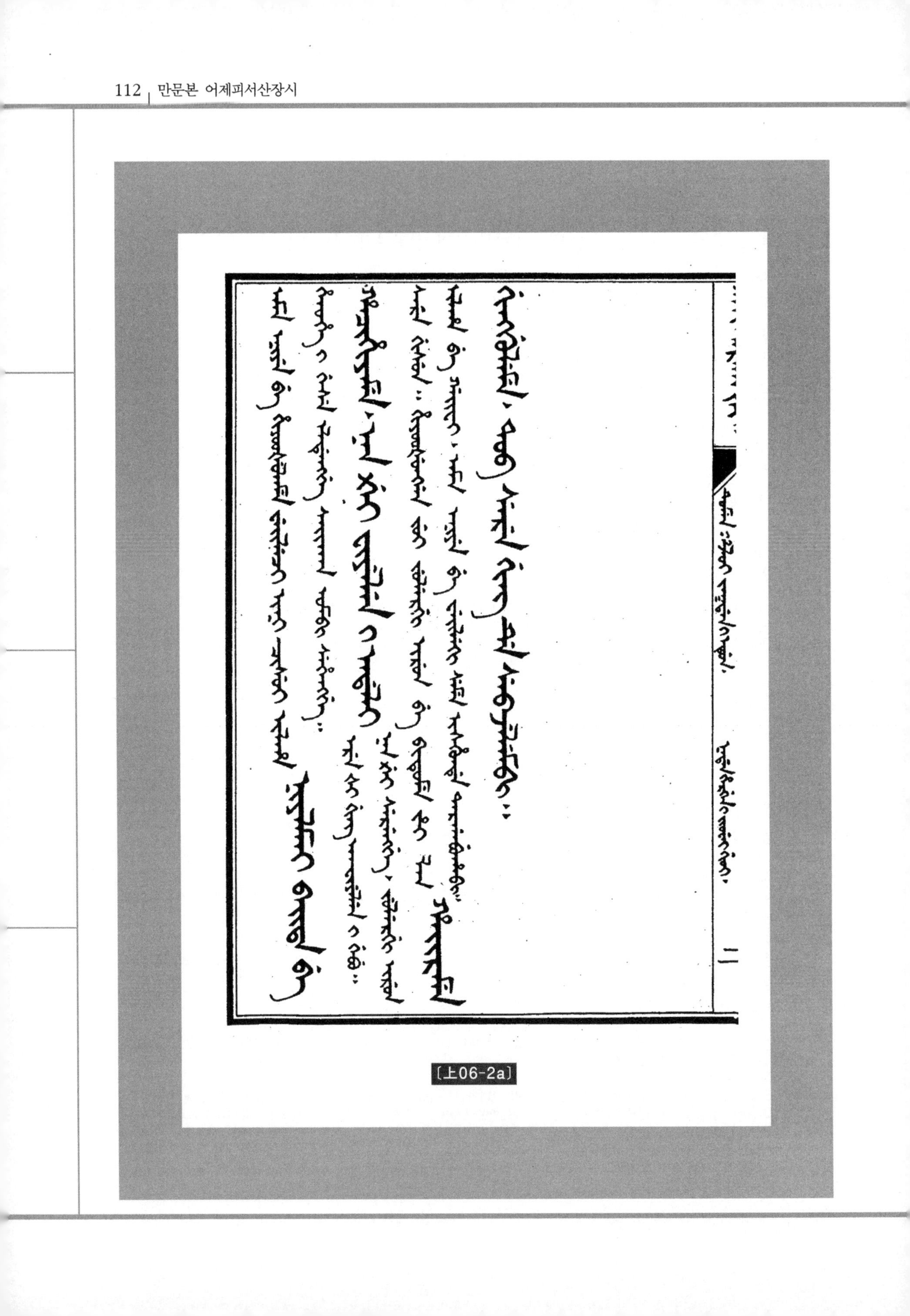

[上06-2a]

ama   eniye be hiyooǒulame weileci ini   cisui ilha
아버지 어머니 를   효도하여   섬기면 그의 스스로 꽃
hethe i gese eldengge saikan ombi sehengge..
꽃받침 의 처럼 빛나고 아름답게 된다 한 것이다.

niyalmai baita be
사람의   일   을

hacihiyame. nan g'ai fiyelen[51] i adali
애써 힘쓰며 南 陔 篇   의 처럼

    ere ǒi ging ni fiyelen i   gebu..
    이것 詩 經 의   篇   의 이름이다.
    nan g'ai serengge. julergi irun
    南 陔 하는 것   남쪽 이랑
    sere gisun.. hiyooǒungga jui julergi irun be bitume jy lan
    하는 말이다. 효행의   아들 남쪽 이랑 을 따라 芝 蘭
    ilha be gaifi. ama   eniye be weileki seme ishunde targabuhabi..
    꽃 을 따서 아버지 어머니 를 섬기자 하고 서로 경계하였다.

hairame
아끼고

gingguleme. tob sere ging[52] de sebjelembi..
공경하며 正 한 經   에 즐거워한다.

[한문]————
白華朱鼟勉人事, 愛敬南陔樂正經.

—— 。 —— 。 —— 。 ——

    부모를 효성스럽게 섬기면 저절로 꽃받침처럼 반짝반짝 빛나고 아름답게 된다."고 한 것이다.

사람의 일을 애써 힘쓰며,
「남해편(南陔篇)」과 같이 아끼고 공경하며, 정경(正經)에 즐거워한다.

    이것은 『시경』의 편명이다. '남해(南陔)'라는 것은 '남쪽 이랑'이라는 말이다. 효성스러운 아들이 남쪽 이랑을 따라 지초(芝草)와 난초(蘭草) 꽃을 따서 부모를 섬기자 하고 서로 경계하였다.

51) nan g'ai fiyelen : 『시경(詩經)』에 이름만 전하는 남해편(南陔篇)을 가리킨다. 「모시서」에서 "「남해」는 효자가
    서로 경계하며 봉양하는 것이다.(南陔, 孝子相戒以養也)"고 하였다.
52) tob sere ging : 정경(正經)으로 '사람으로서 마땅히 행하여야 할 바른길'을 가리킨다.

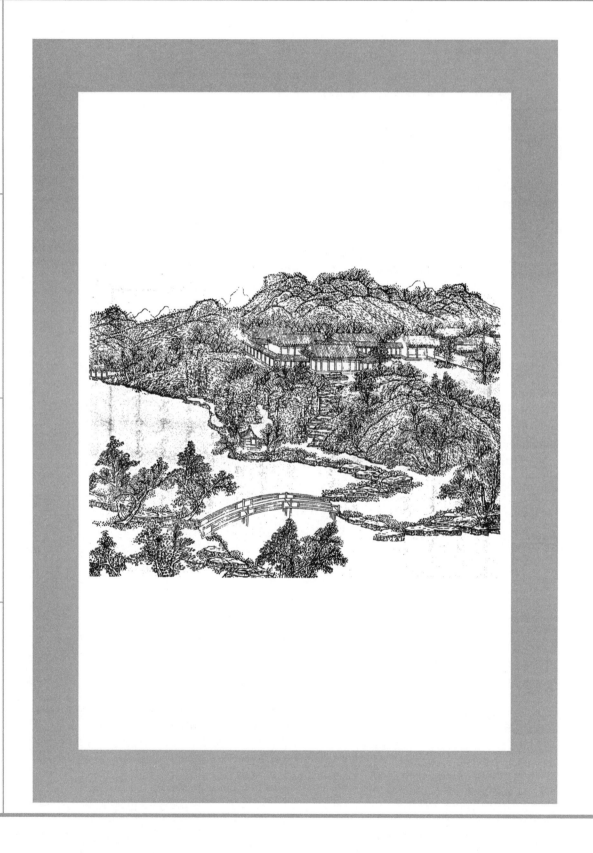

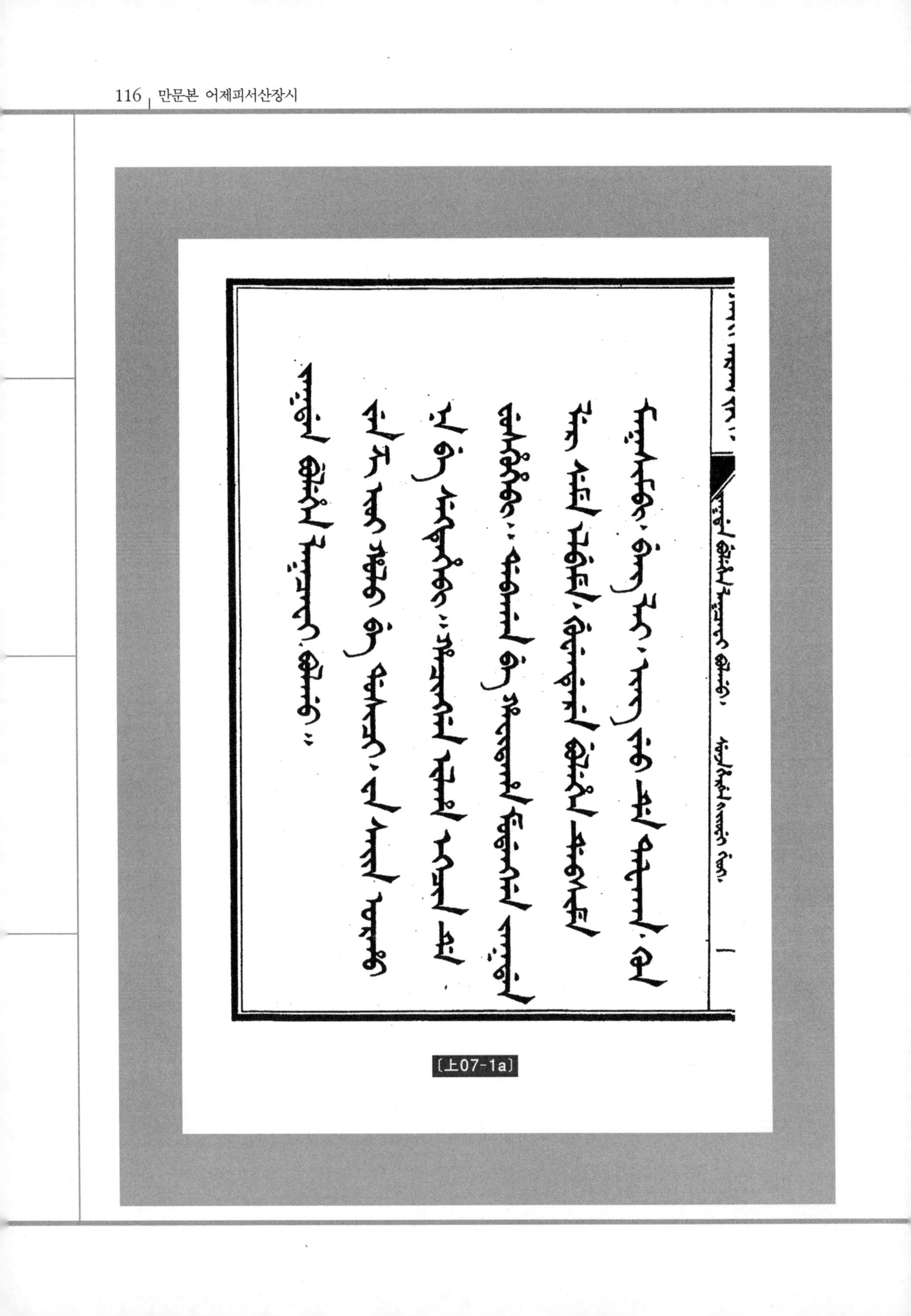

[上07-1a]

jakdan bulehen lakcafi bolgo..
소나무 학 빼어나고 맑다

jen dz ioi[53) holo be dosici. wa sain orho
榛 子 峪 골짜기 를 들어가니 향기 좋은 풀

na be sektehebi.. hacingga ilha ekcin de
땅 을 깔았다. 갖가지 꽃 언덕 에

fushuhebi.. dabagan be hafitaha mudangga jakdan
피었다. 고개 를 낀 굽은 소나무

ler seme elbeme. guwendere bulehen debsime
울창하게 덮고 우는 학 날갯짓하며

maksimbi. beng lai. ing jeo[54) de tafaka. kun
춤춘다. 蓬 萊 瀛 洲 에 오르고 崑

[한문] ─────

松鶴淸越

進榛子峪, 香草遍地, 異花綴崖. 夾嶺虬松蒼蔚, 鳴鶴飛翔, 登蓬瀛,

── 。 ── 。 ── 。 ──

송학청월(松鶴淸越)

진자욕(榛子峪) 골짜기를 들어가니 향기 좋은 풀이 땅에 깔려 있고, 갖가지 꽃이 언덕에 피어 있다. 고개를 끼고 굽은 소나무가 울창하게 덮었고, 우는 학이 날개짓하며 춤춘다. 봉래산(蓬萊山)과 영주산(瀛洲山)에 오르고,

─────────────

53) jen di ioi : 피서산장에 있는 골짜기 가운데 하나인 '진자욕(榛子峪)'을 가리킨다.
54) beng lai. ing jeo : 신선이 살고 있다는 산으로 알려진 봉래산(蓬萊山)과 영주산(瀛洲山)을 가리키며, 방장산(方丈山)과 더불어 삼신산(三神山)이라 한다.

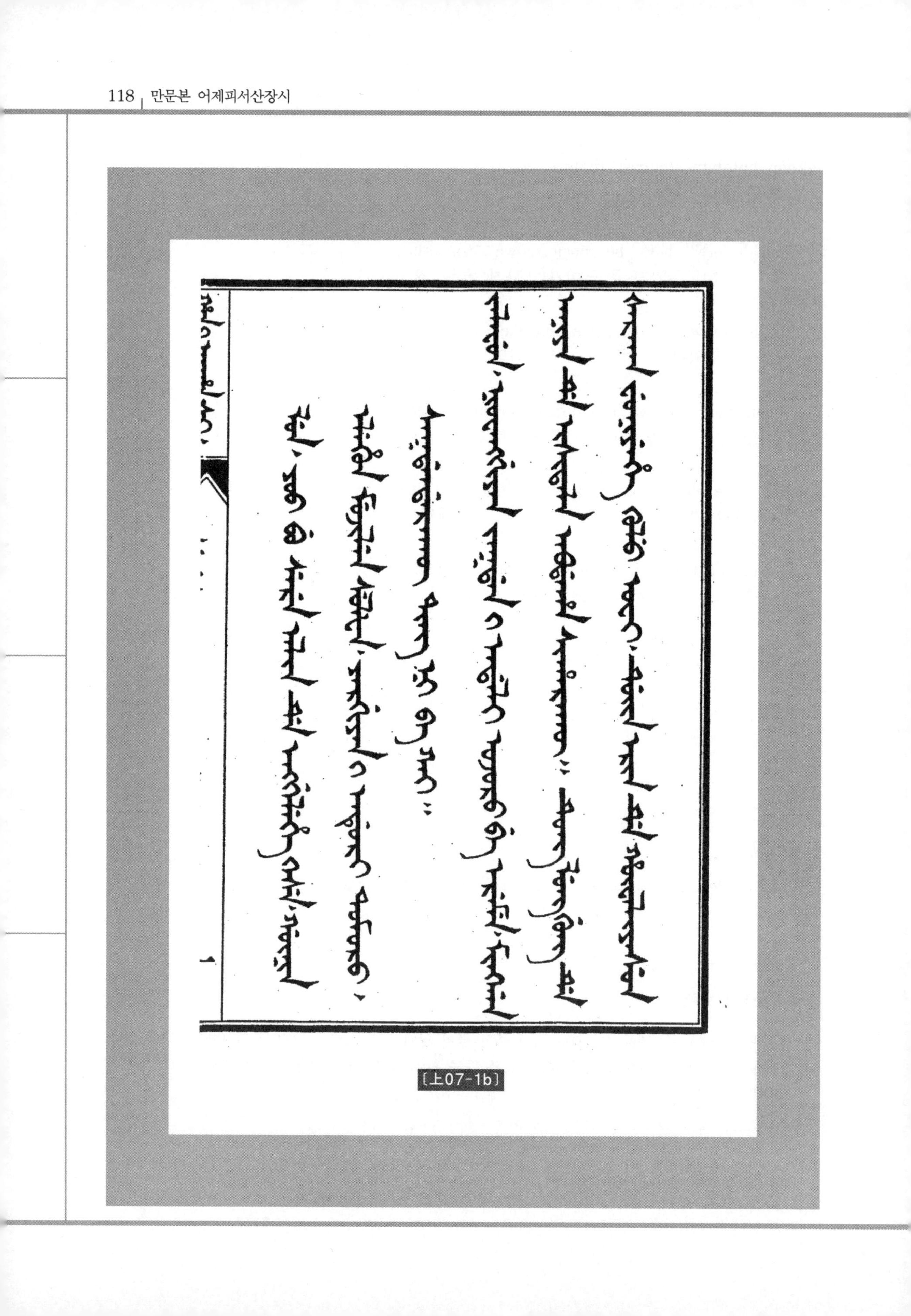

〔上07-1b〕

lun. yoo bu[55)] sere alin de   enggelehe gese. gūnin
崘   縣 圃   하는 산 에 다다른 것 같다 생각

elehun   mujilen   sulfa.   yargiyan i enduri tomoro.
여유롭고   마음   환하고 넓다. 진실로   신   머무는

sakdandarakū ting ni ba kai..
늙어지지 않는 庭 의 땅 이구나

jalafun. niowanggiyan jakdan i adali ojoro be ereme. minggan
수명   푸른   소나무 의 같이 되기 를 바라고   千

aniya de isitala abdaha   siharakū..   tung lung gung[56)] de
해 에 이르도록   잎 시들지 않는다. 銅   龍   宮 에서

šaraka   funiyehe   kulu   ofi. duin erin de hūwaliyasun
희게 샌 머리카락 건장하게 되고 네 때 에   조화한

[한문] ————
臨崑圃, 神怡心曠. 洵仙人所都, 不老之庭也.

壽比靑松願, 千齡葉不凋. 銅龍鶴髮健,

——— 。——— 。——— 。———

  곤륜산(崑崙山)의 현포(縣圃)라는 산을 오른 듯하나, 생각이 띄유롭고 마음이 흰히고 넓다. 진실로 신
이 머무는, 늙어지지 않는 정원이로구나.

수명이 푸른 소나무같이 되기를 바라며,
천년이 되도록 잎이 시들지 않는다.
동룡궁(銅龍宮)에서 희게 샌 머리카락이 건장해지고,

———————

55) yoo bu : '縣圃'의 음차로 판단되지만, 'yoo'는 '縣'과 일치하지는 않는다. 서왕모(西王母)가 산다는 전설상의 곤
    륜산(崑崙山)에는 현포(縣圃)·양풍(諒風)·번동(樊桐)의 신선이 사는 세 개의 산이 있다고 한다.
56) tung lung gung : '銅龍宮'의 음차이다. '동룡(銅龍)'은 한나라 때 태자궁의 문이었던 '동룡문(銅龍門)'을 가리키
    며 일반적으로는 '태자' 또는 '태자궁'을 가리키지만, 후대로 오면서 제왕의 궁궐을 가리키는 뜻으로 쓰이기도 하였
    다. 여기서는 황제가 머무는 궁궐의 뜻으로 쓰인 것으로 볼 수 있겠다.

[上07-2a]

jalin　　dembei urgunjembi..
때문에　　매우　　기뻐한다.

喜動四時調.

──　。──　。──　。──

네 계절에 조화(調和)하기 때문에 매우 기뻐한다.

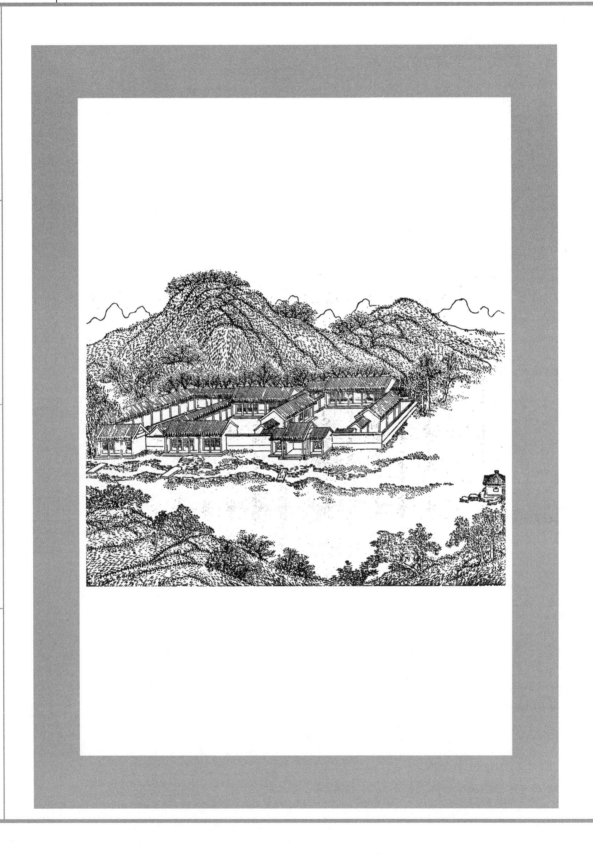

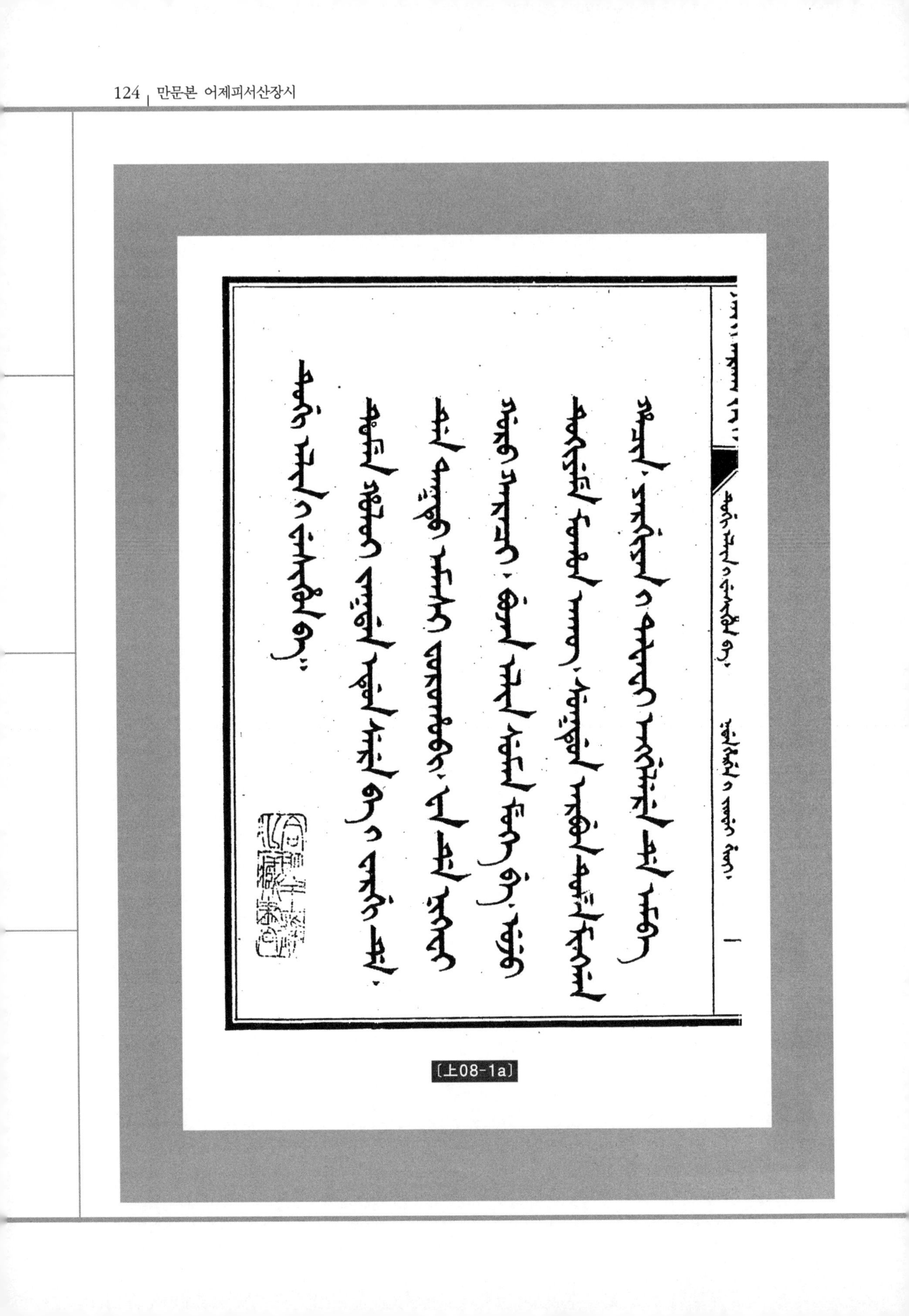

[上08-1a]

tugi alin i wesihun ba..
구름 산 의 높은 땅

tumen holoi   jakdan edun sere ba i wargi de.
　만 골짜기의 소나무 바람 하는 땅 의 서쪽 에

den taktu amasi forohobi. fa de nikefi
높은 누각 북쪽 향하였다 창 에 기대어

goro karaci. bujan alin[57] suman muke[58] be. uju
멀리 바라보니 숲 산 안개 물 을 머리

tukiyeme mohon akū. sukdun arbun tumen minggan
　들어 끝 없고 氣 象 萬 千

hacin[59]. yargiyan i tafafi enggelere de amba
가지 진실로 올라서 임함 에 매우

[한문]————

雲山勝地

萬壑松風之西, 高樓北向, 憑窓遠眺, 林巒煙水, 一望無極, 氣象萬千, 洵登臨大觀也.

———— ∘ —— ∘ —— ∘ ——

운산승지(雲山勝地)

'만학송풍(萬壑松風)'이라는 땅의 서쪽에 높은 누각이 북쪽으로 향하였다. 창에 기대어 산의 숲과 안개 자욱한 수면을 머리 들어 멀리 바라보니 끝이 없고, 기상(氣象)이 만 가지 천 가지이고, 실로 올라서 임하니 매우

---

57) bujan alin : 임만(林巒)으로 '숲과 산봉우리'로 일반적으로 '산림'을 가리킨다.
58) suman muke : 연수(煙水)로 '안개 자욱한 수면'을 가리킨다.
59) sukdun arbun tumen minggan hacin : 기상만천(氣象萬千)에 대응하며, '경치나 사물의 기상이 웅장하거나 화려하고 변화가 많다'는 것으로 즉 '장관(壯觀)'이라는 뜻이다.

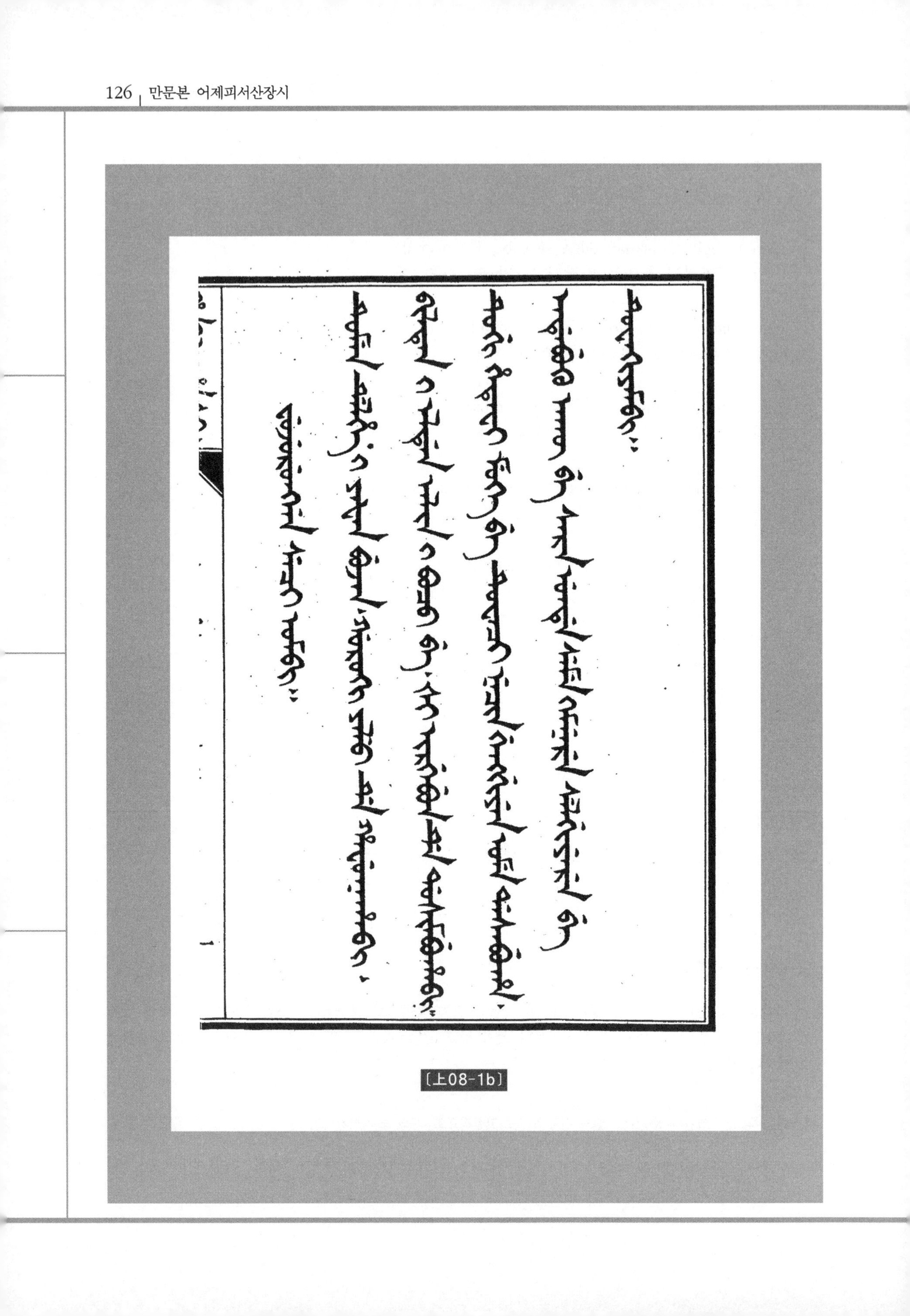

[上08-1b]

fujurungga seci ombi..
장관이다 할 수 있다.

tumen delhe[60)] i yafan bujan[61)]. goroki yalu de hafunahabi.
萬   이랑 의   園 林   먼   경계 에 통하였다.

bilten i elden alin i boco[62)] be. ši irgebun de dosimbuhabi..
호수 의 빛 산 의 색   을 詩 시 에   넣었다.

tugi   hetefi muke be tuwaci necin   genggiyen ome   dasabuha.
구름 걷고 물 을 보니 평온하고   맑게   되어 다스려지고

endebuku akū be sara   unde seme kemnere selgiyere[63)] be
  허물   없음 을 알지 못한다 하고 절제하고   펼침   을

tuwakiyambi..
  지킨다.

[한문] ―――
萬頃園林達遠阡, 湖光山色入詩箋. 披雲見水平清理, 未識無恣守節宣.

―― ◦ ―― ◦ ―― ◦ ――

    장관이라 할 수 있다.

만 이랑의 원림(園林)이 먼 경계에 통하였고,
호수의 빛과 산의 색을 시로 지어 넣었다.
구름을 걷고 물을 보니 잔잔하고 맑게 다스려지고,
허물없음을 알지 못하고 계절 따라 몸을 조섭하는 것을 지키노라.

―――――――――

60) tumen delhe : 만경(萬頃)에 대역하며, '아주 많은 이랑'이라는 뜻으로 '지면이나 수면이 아주 넓음'을 가리킨다.
61) yafan bujan : 원림(園林)으로 '거대한 정원의 숲'을 가리킨다.
62) bilten i elden alin i boco : 호광산색(湖光山色)에 대응하며, '호수와 푸른 산이 어우러진 매우 아름다운 경치'를
    가리킨다.
63) kemnere selgiyere : 절선(節宣)에 대응하며, '계절에 맞게 몸을 잘 조섭하는 것'을 가리킨다.

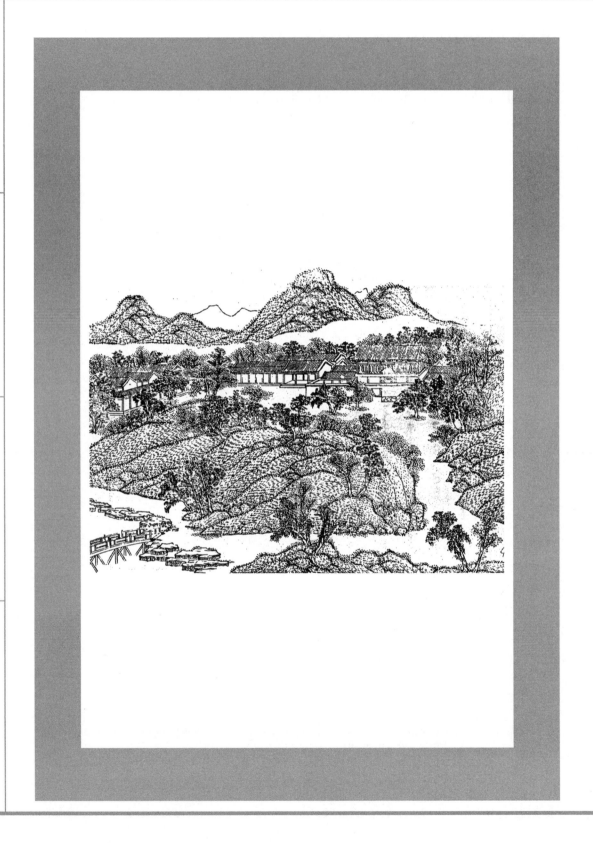

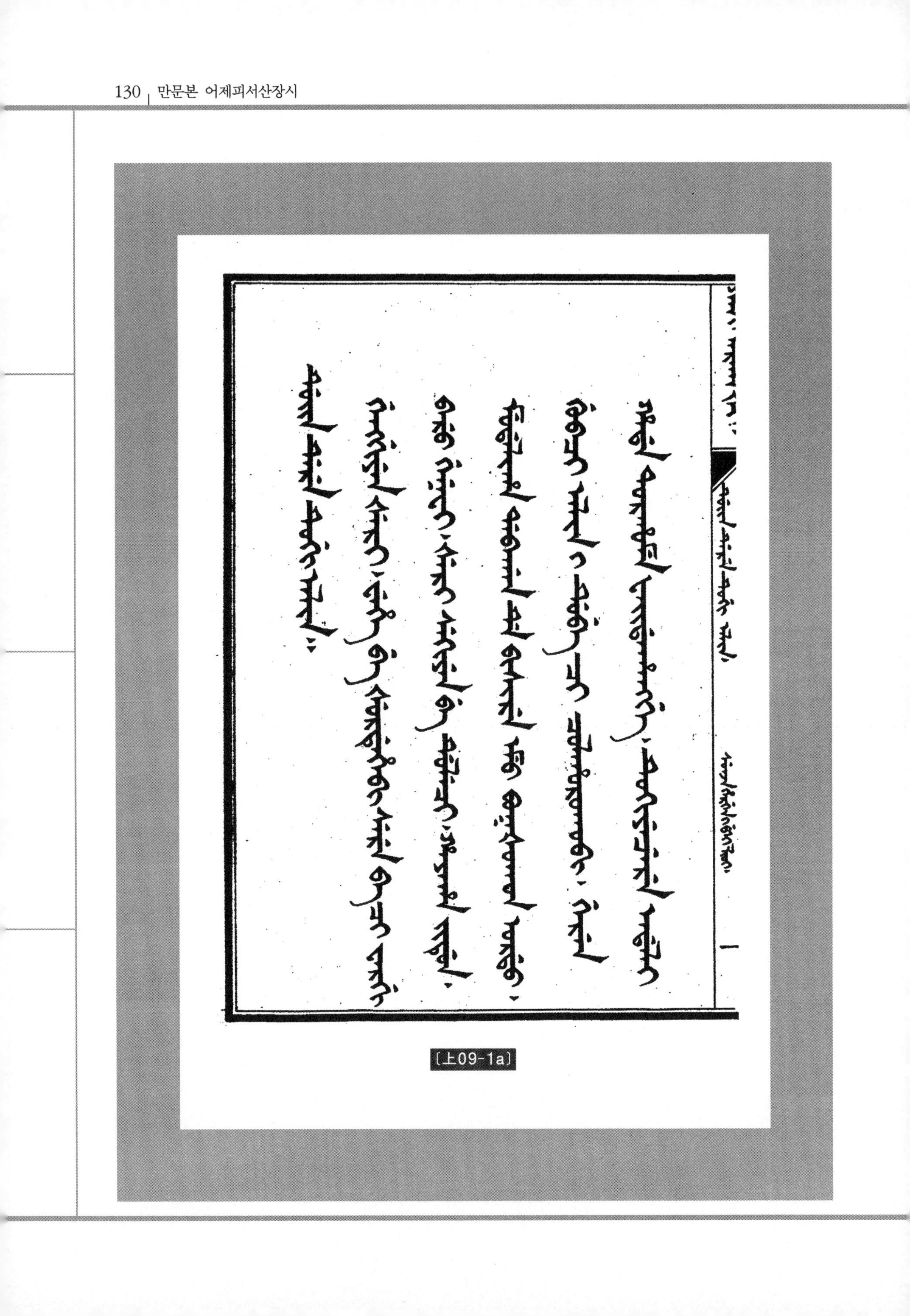

[上09-1a]

duin dere tugi alin..
네 쪽 구름 산

genggiyen šeri. wehe be šurdehebi sere ba ci wargi
맑은   샘   돌 을 감아 돌았다 하는 땅 에서 서쪽

baru genefi. šeri sekiyen be duleci. hayaha   jidun.
향해 가서 샘   수원 을 지나면 구불구불한 산자락

mudaliha dabagan de bisire emu bokšokon ordo.
굽이친   고개   에 있는 한   우뚝한   정자

gubci alin i dube   ci   colhorokobi. geren
모든 산 의 끝 에서 치솟았다.   여러

hada   torhome faidahangge. tukiyecere adali
봉우리 둘러싸서 늘어선 것   읍하는 것 같고

[한문] ————

四面雲山

 澄泉繞石迤西, 過泉源, 盤岡紆嶺, 有亭翼然, 出衆山之巓,
 諸峰羅列, 若揖若拱,

——— ◦ ——— ◦ ——— ◦ ———

사면운산(四面雲山)

 '징천요석(澄泉繞石)'라는 땅에서 서쪽으로 가서 샘의 수원을 지나면, 구불구불한 산자락, 굽이친 고개
에 우뚝하게 정자 하나가 모든 산 끝에서 치솟았다. 여러 봉우리가 둘러싸서 늘어선 것이 읍하는 것 같고,

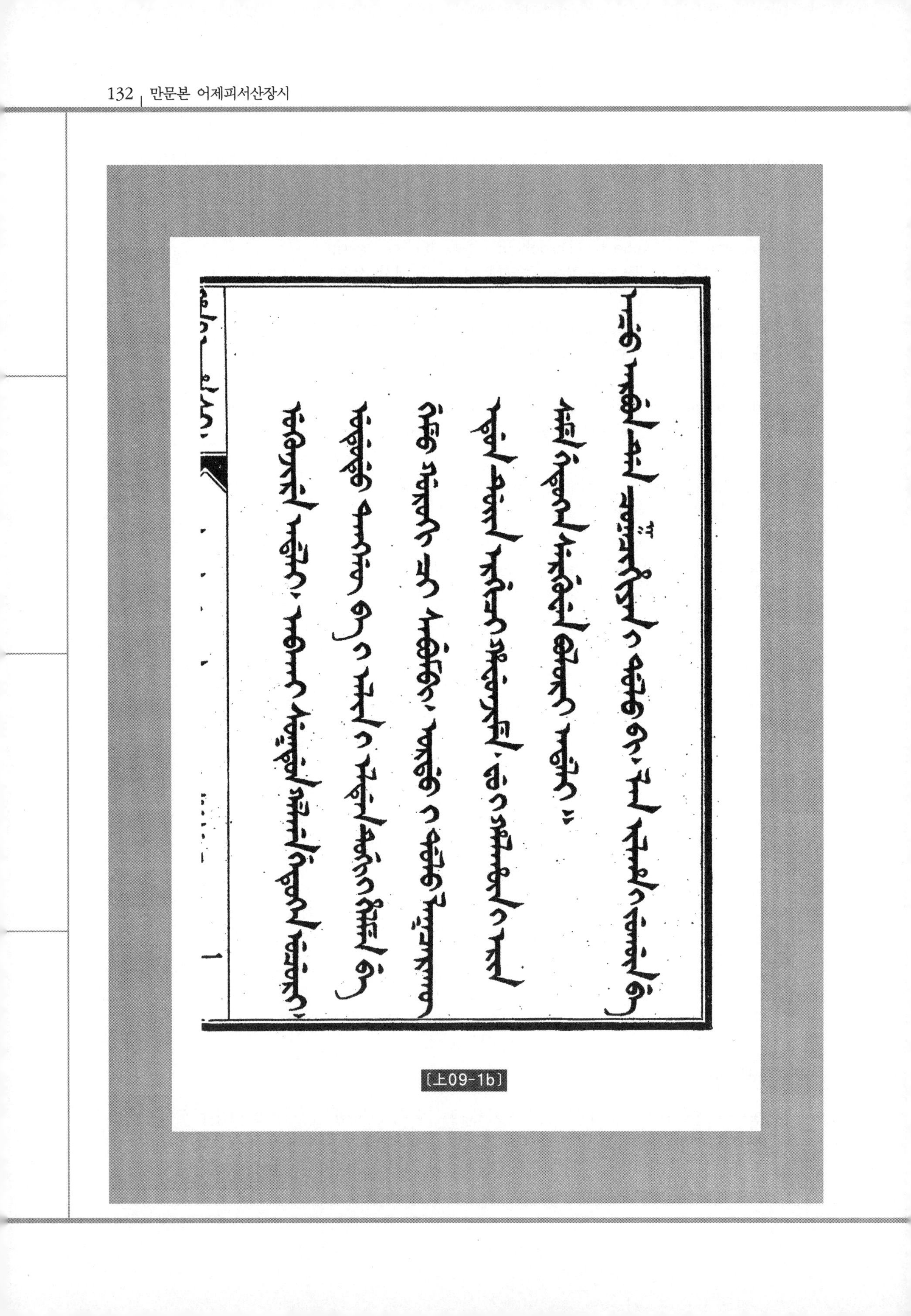

[上09-1b]

ukunjire   adali. abkai sukdun galga getuken ucuri.
에워싼 것 같다. 하늘의 기운 맑고   밝을 즈음

ududu tanggū ba i alin i elden tugi i helmen be
　수   백   리 의 산 의 빛 구름 의 그림자 를

gemu goroki ci sabumbi. ordo i dolo lakcarakū
모두 먼 곳 에서 보인다. 정자 의 안 끊임없이

edun duin ergici   hafunjime. fu i halhūn i erin
바람 사 방에서 통과해 오고 伏 의 더위 의 때

seme getuken serguwen bolori adali..
해도   밝고   서늘한   가을 같다.

encu   arbun den cokcihiyan[64)] i dolo bi. lan ilha i jugūn be
특이한 모양 높은 꼭대기   의 안 있다. 蘭 꽃의 길 을

[한문]————
　天氣淸朗, 數百里外巒光雲影, 皆可遠矚, 亭中長風四達, 伏暑時蕭爽如秋.
殊狀崔嵬裏, 蘭儦入好詩.

——　。——　。——　。——

　에워싼 것 같다. 하늘의 기운 맑고 밝을 즈음, 수백 리(里)의 산 빛과 구름의 그림자가 모두 먼 곳에서 보인다. 정자 안으로 끊임없이 바람이 사방에서 불어오고, 복날의 더운 때이나, 밝고 서늘한 가을 같다.

특이한 모양이 높은 산꼭대기 속에 있고,
난초 꽃의 길을

---

64) cokcihiyan : 'cokcihiyan'의 점이 탈락되어 'conacihiyan'처럼 보인다. 'na'를 'k'로 교정하였다.

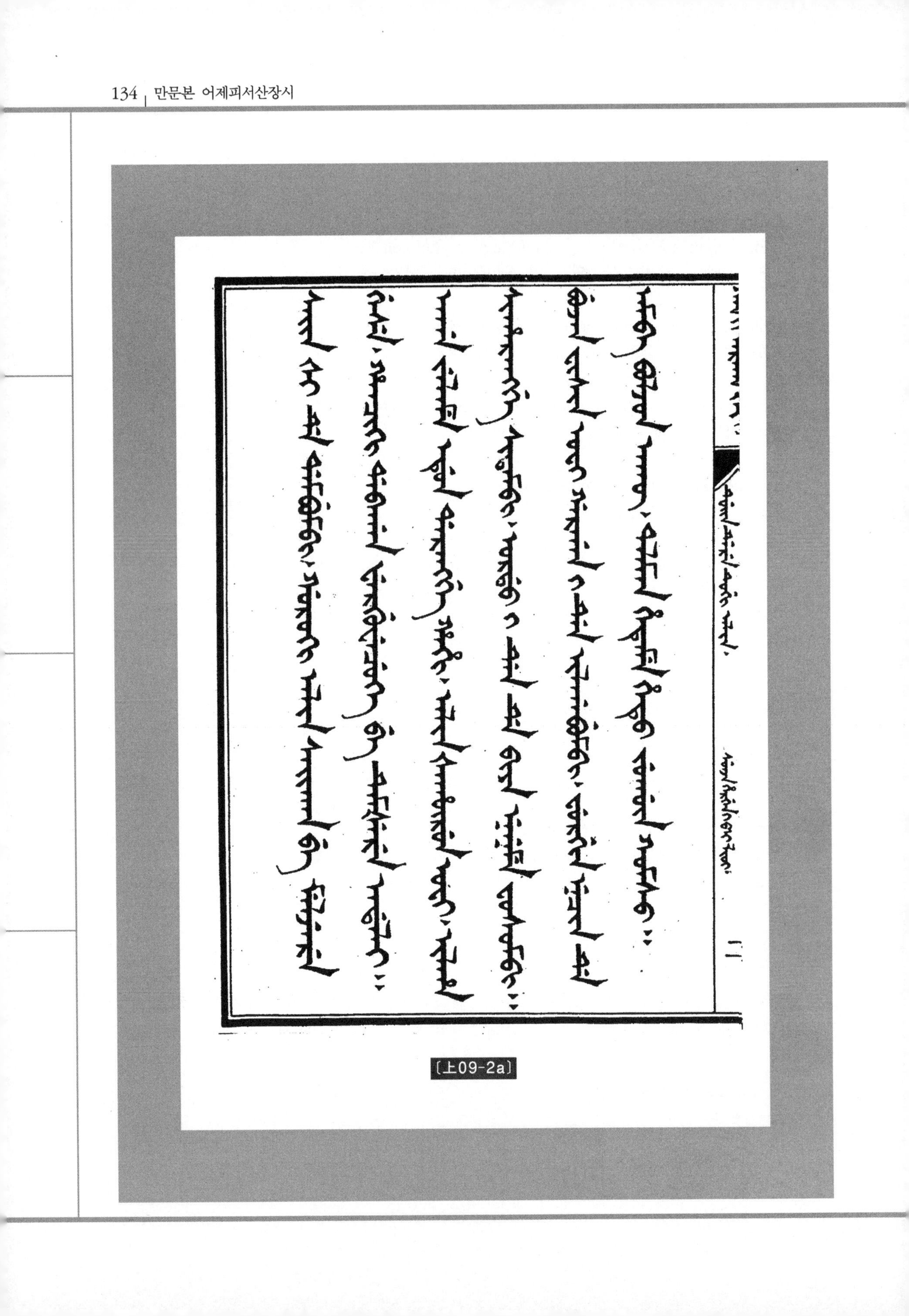

〔上09-2a〕

sain ši de dambumbi. goroki alin saikan be meljere
좋은 詩 에 거둔다. 먼 곳 산 **빼**어남 을 겨루는 것

gese. hanciki dabagan ferguwecuke be temšere adali..
처럼 가까운 곳 고개 기묘함 을 다툼 같다.

aga jelame edun darangge hahi. alin šahūrun ofi. ilha
비 그쳐 바람 부는 것 급하고 산 차갑게 되어 꽃

siharangge sitambi. ordo i den de biya neneme fosombi..
지는 것 늦어진다. 정자 의 높음 에 달 먼저 비친다.

bujan fisin ofi gargan i den ilgabumbi. furgin necin de
숲 **빽빽**하게 되어 가지 의 높음 구별된다. 조수 평온함 에

amba boljon akū. talman heteme hetu jugūn komso..
큰 물결 없고 안개 걷혀 가로지른 길 적다.

[한문] —————
遠岑如競秀, 近嶺似爭奇. 雨過風來緊, 山寒花落暹.
亭遙先得月, 樹密顯高枝. 潮平無湧浪, 霧淨少多岐.

————— ◦ ——— ◦ ——— ◦ —————

좋은 시에 거두어들인다.
멀리 산이 **빼**어남을 겨루는 것 같고,
가까이 고개가 기묘함을 다투는 것 같다.
비 그치니 바람 부는 것 급하고,
산이 차가워지니 꽃 지는 것 늦어진다.
정자가 높아 달이 먼저 비추니,
숲이 **빽빽**해져서 높은 가지가 구별된다.
조수가 평온하니 큰 물결이 없고,
안개가 걷히니 갈림길 적다.

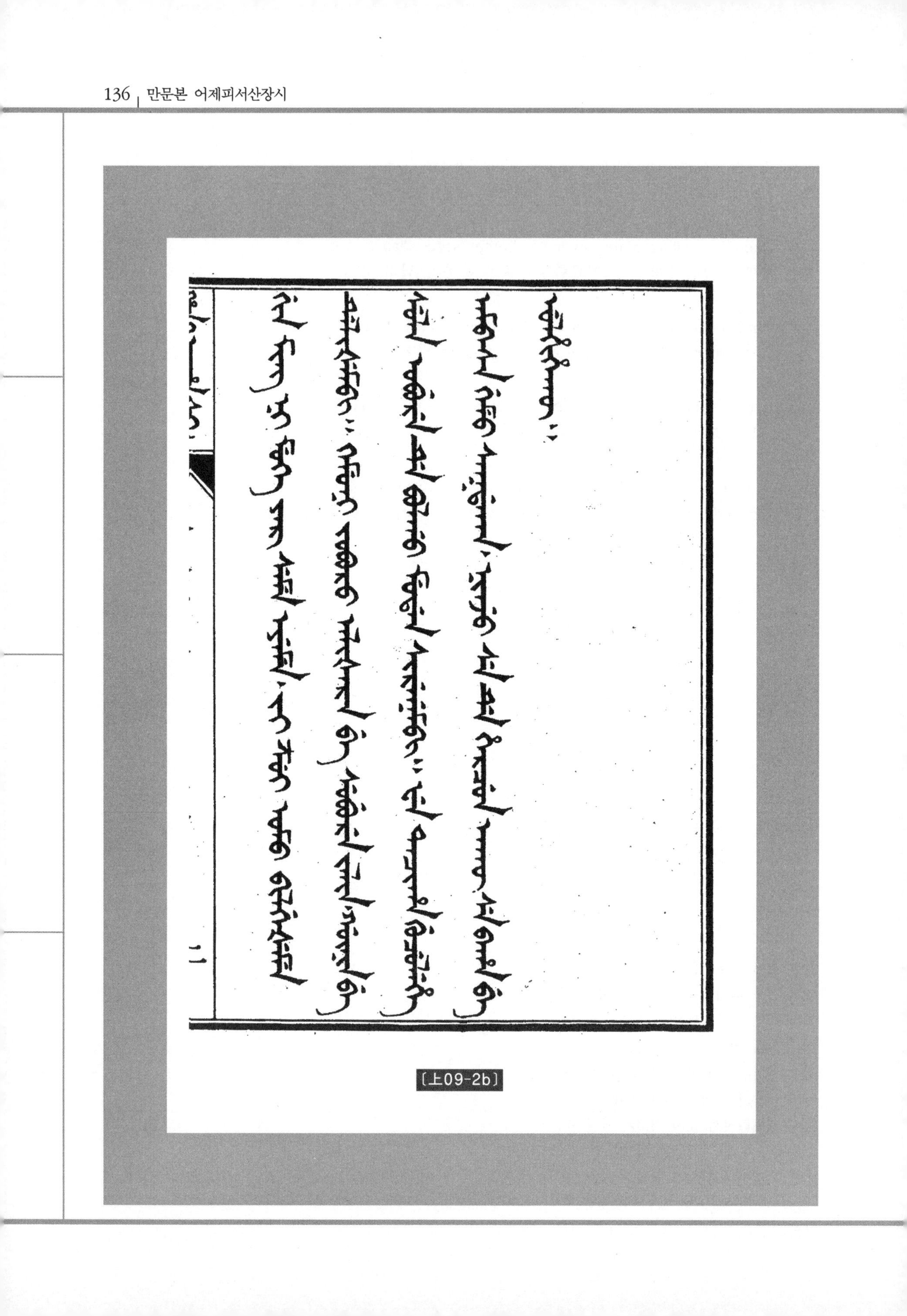

[上09-2b]

gin ming ni muke[65] yar seme eyeme. ji ts'ui omo[66] bilgešeme
金　明　의　물　　　가늘게　흐르고　積　翠　연못　　　넘쳐

delišembi.. kemuni joboro ališara be subure jalin. gūnin be
출렁인다.　언제나　걱정하고　근심함 을 풀기 위하여　생각 을

sula　　obure de bolgo mudan sirenembi..　fe taciha guculehe
한가히　되게 함 에　맑은　곡조　끊임없다.　예전 배우고　친구한

ambasa gemu sakdaka. ninju se de hercun akū　se baha be
신하들 모두　늙었다　60 세 에　어느덧　나이 얻음 을

ulhihekū..
깨닫지 못했다.

[한문] ————————
脈脈金明液, 溶溶積翠池. 常憂思解慍, 樂志餘淸悲.
素學臣鄰老, 耆年自不知.

———○———○———○———

금명(金明)의 물 가늘게 흐르고,
적취(積翠) 연못 넘쳐서 출렁거린다.
항상 걱정하고 근심함을 풀기 위하여
생각을 한가롭게 하니 맑은 곡조가 끊임이 없다.
예전에 배우고 사귄 신하들 모두 늙었고,
나이 육십에도 어느새 나이 먹은 것을 깨닫지 못했다.

————————————

65) gin ming ni muke : '금명(金明)의 물'이라는 말로 북송 때 개봉(開封) 외성의 순천문(順天門) 밖에 만든 황실
　　의 원림인 '금명지(金明池)'를 가리킨다.
66) ji tsui omo : '적취(積翠) 연못'은 한나라와 당나라 때의 궁궐에 만들었던 '적취지(積翠池)'를 가리킨다.

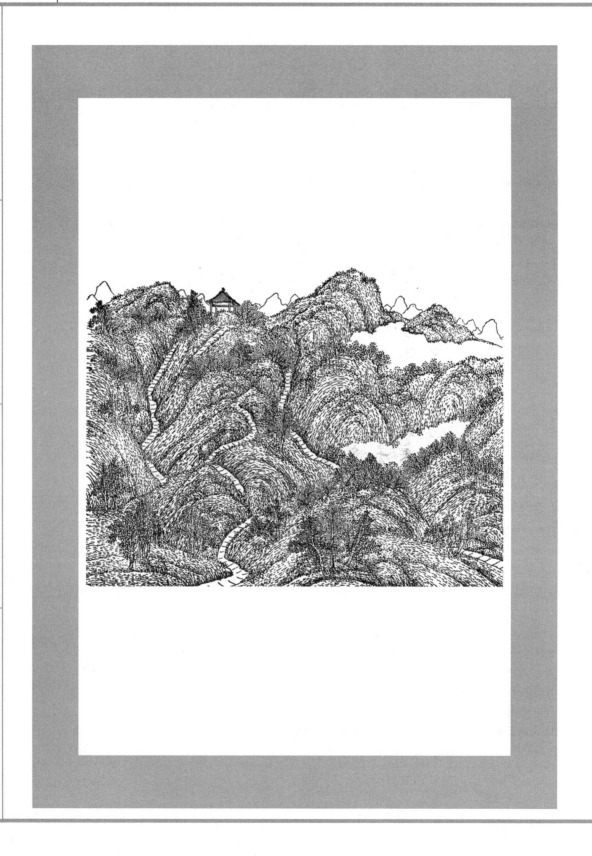

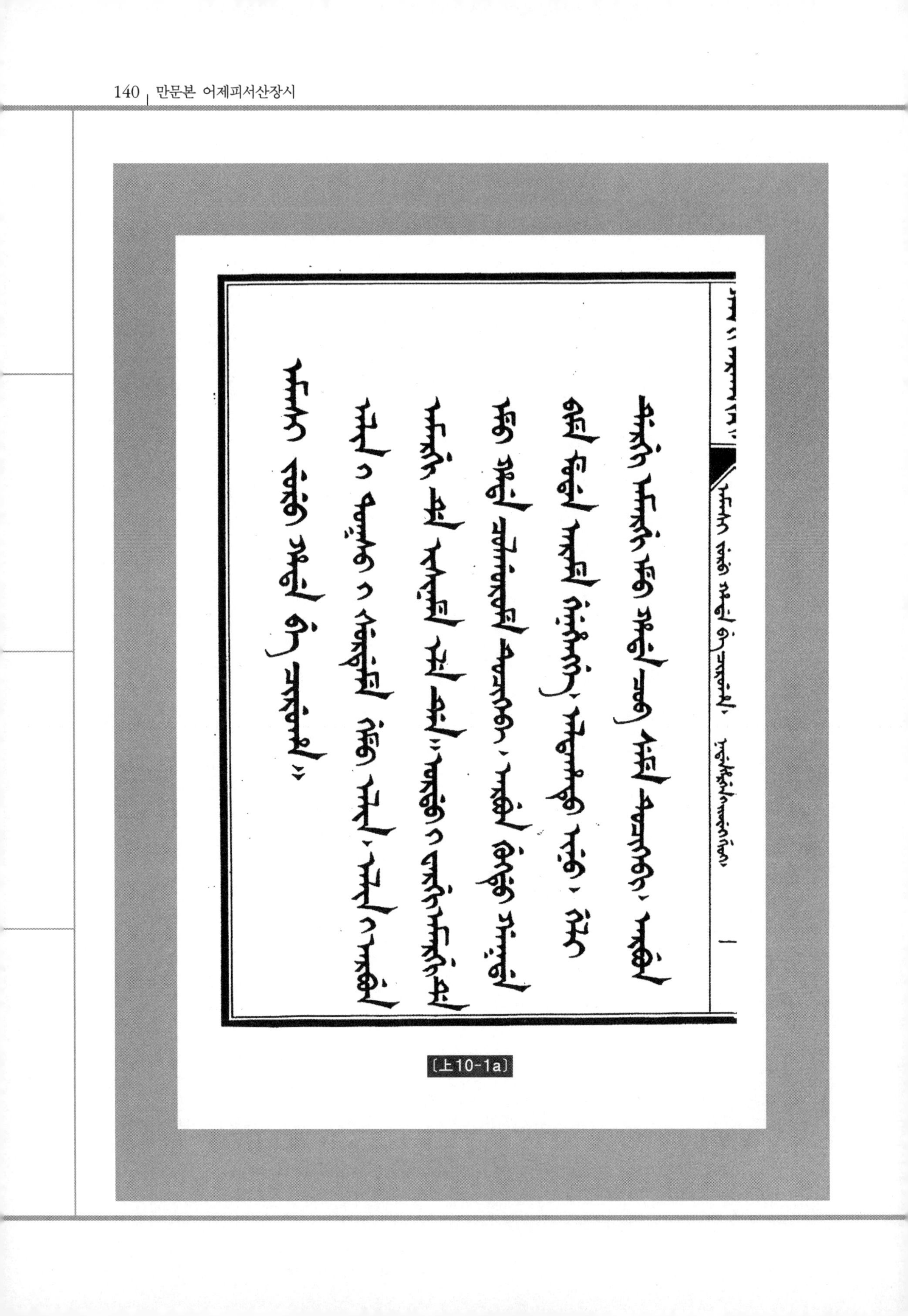

[上10-1a]

amasi juru hada be ciruha..
북쪽 雙 봉우리 를 베었다.

    alin i tokso i šurdeme gemu alin.   alin i arbun
    산 의 장원 의 주위로 모두 산이다. 산 의 모양

    amargi de isiname ele den.. ordo i wargi amargi de
    북쪽 에 다다라 더욱 높다. 정자 의 서북쪽 에

    emu hada colgorome tucikebi. arbun gukdu gakda
    한 봉우리 솟아 나왔다. 모양 울퉁불퉁

    bime mudan arame genehengge. altahatu inu. geli
    하고 굽이져 간 것 금산 이다. 또

    dergi amargi emu hada cob seme tucikebi. arbun
    동북쪽 한 봉우리 우뚝 하고 나왔다. 모양

[한문] ─────

北枕雙峯

  環山莊皆山也. 山形至北尤高, 亭之西北, 一峯峻出, 勢陂陀而逶迤者, 金山也. 其東北,
  一峯拔起,

───── ◦ ─── ◦ ─── ◦ ─────

북침쌍봉(北枕雙峯)

  산장의 주위가 모두 산이다. 산의 모양이 북쪽에 이르러 더욱 높다. 정자의 서북쪽에 봉우리 하나가
우뚝 나왔는데, 모습이 울퉁불퉁하고 굽이져 간 것이 금산(金山)이다. 또 동북쪽에 봉우리 하나가 우
뚝 나왔는데 모양이

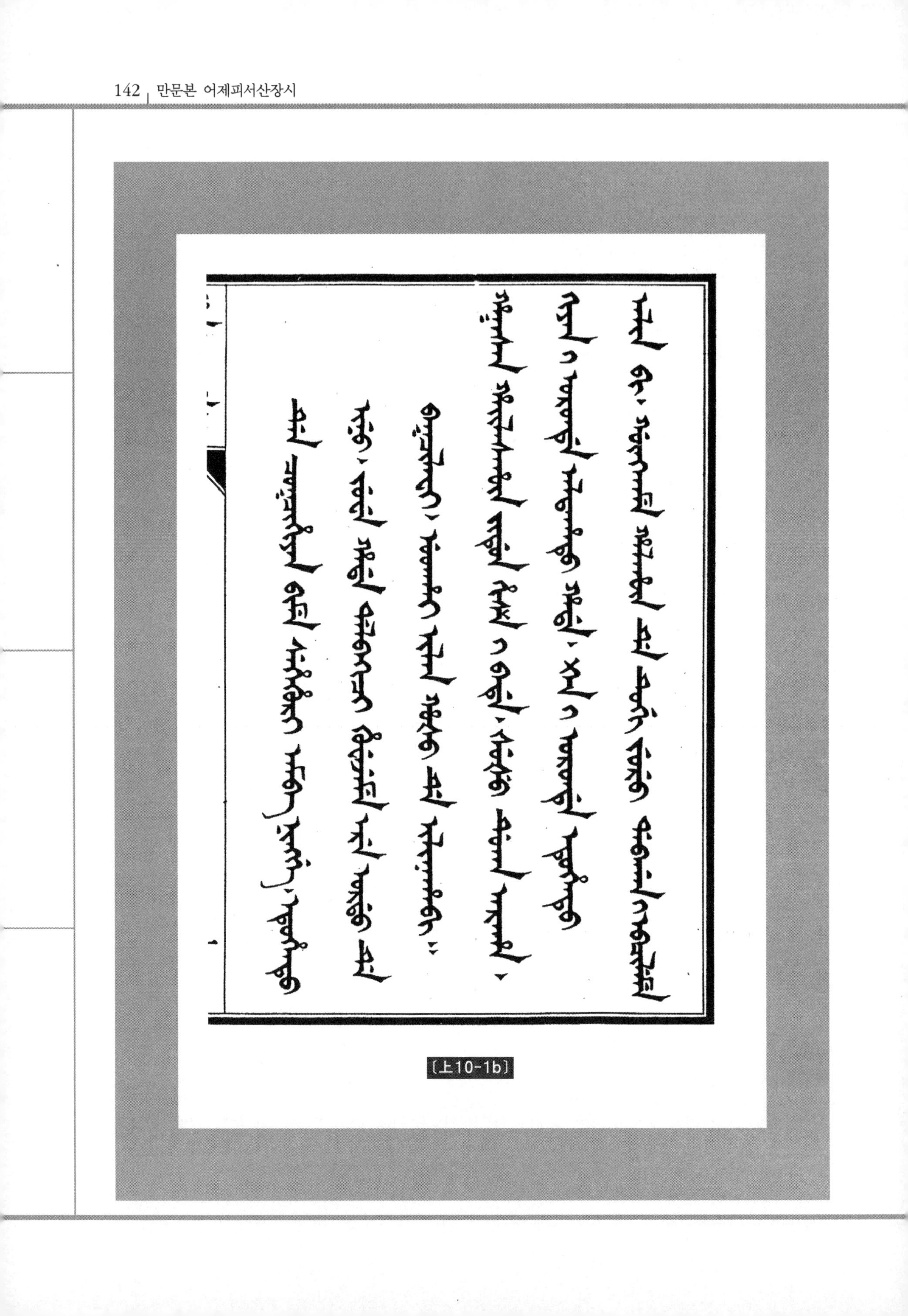

〔上10-1b〕

den   cokcihiyan bime sehehuri amba ningge. etuhentu[67]
높은   꼭대기   있고 험준하고 큰   것   etuhentu

inu. juwe hada dalbakici huwejeme ere ordo de
이다. 두 봉우리 곁에서 둘러싸며 이 정자 에

bakcilafi. uthai ilan hošo de ilinahabi..
마주하고 곧   세 방향 에 벌려 섰다.

haksan   hailashūn jidun   hisy   i bade. šušu duka[68] araha.
가파르고   험준한   산마루 등성이 의 땅에 자주색 문   만들었다.

kiyan i oron[69]de altahatu hada. k'an i oron[70]de etuhentu
乾 의 정자 에 금의 봉우리 坎 의 정자 에 etuhentu

alin bi. gūngkame halhūn de tugi juru dabagan i   ebcileme
산 있다. 무덥고   더위 에 구름 쌍 고개 의 산허리를 따라

[한문]————

　勢雄偉而崒崔者, 黑山也. 兩峰翼抱, 與玆亭相鼎峙焉.

嶔崎岡岫紫宸關, 乾地金峰坎黑山. 苦熱雲生雙嶺腹,

———— ◦ ——— ◦ ——— ◦ ———

　높은 꼭대기 있고 험준하고 큰 것이 '어투헌투(etuhentu)'이다. 두 봉우리가 곁에서 둘러싸고 이 정자를 마주하고서 세 방향으로 벌려서 섰다.

가파르고 험준한 산마루 등성이에 자줏빛 문 만들었고,
건(乾)의 정자에 금 봉우리, 감(坎)의 정자에 어투헌투(etuhentu) 산이 있다.
무더위에 구름이 쌍령(雙嶺)의 산허리를 따라 생기고,

―――――――――――

67) etuhentu : 흑산(黑山)에 대응되나 만주어와의 관련성은 확인이 어렵다.
68) šušu duka : 자신관(紫宸關)에 대응하며, 천자가 거처하는 장소나 궁전을 가리킨다.
69) kiyan i oron : '건(乾)의 정자'라는 뜻이나 어디인지 확실하지 않다.
70) k'an i oron : '감(坎)의 정자'라는 뜻이나 어디인지 확실하지 않다.

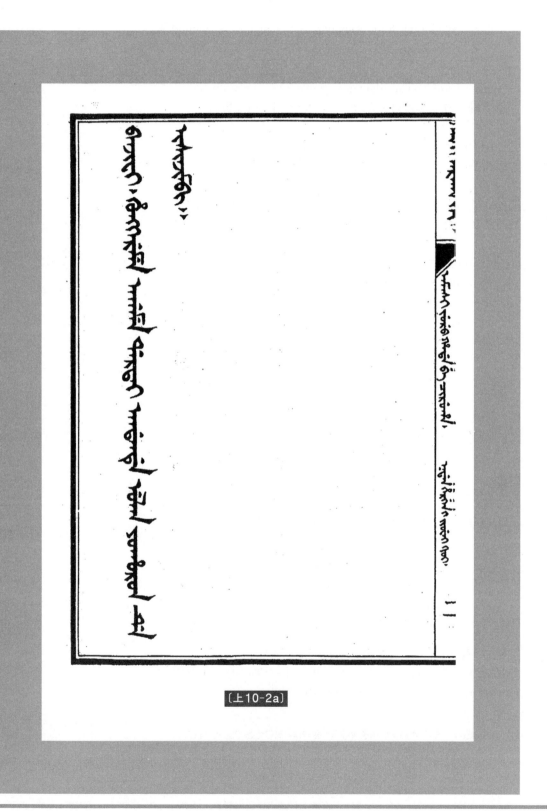

〔上10-2a〕

banjifi. hungkereme agame   dartai andande ulan yohoron de
생기고   쏟아져 비 내려 잠깐 순간에   산골짜기   에

isinjimbi..
이르렀다.

[한문]————
盆傾瞬息落溪灣.

—— ○ —— ○ —— ○ ——

쏟아지듯 비 내려 순식간에 산골짜기에 이르렀다.

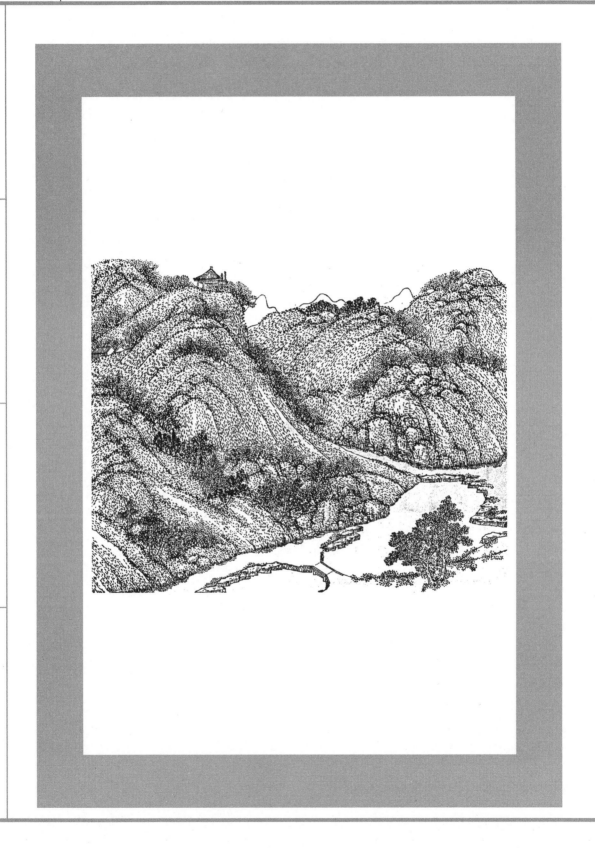

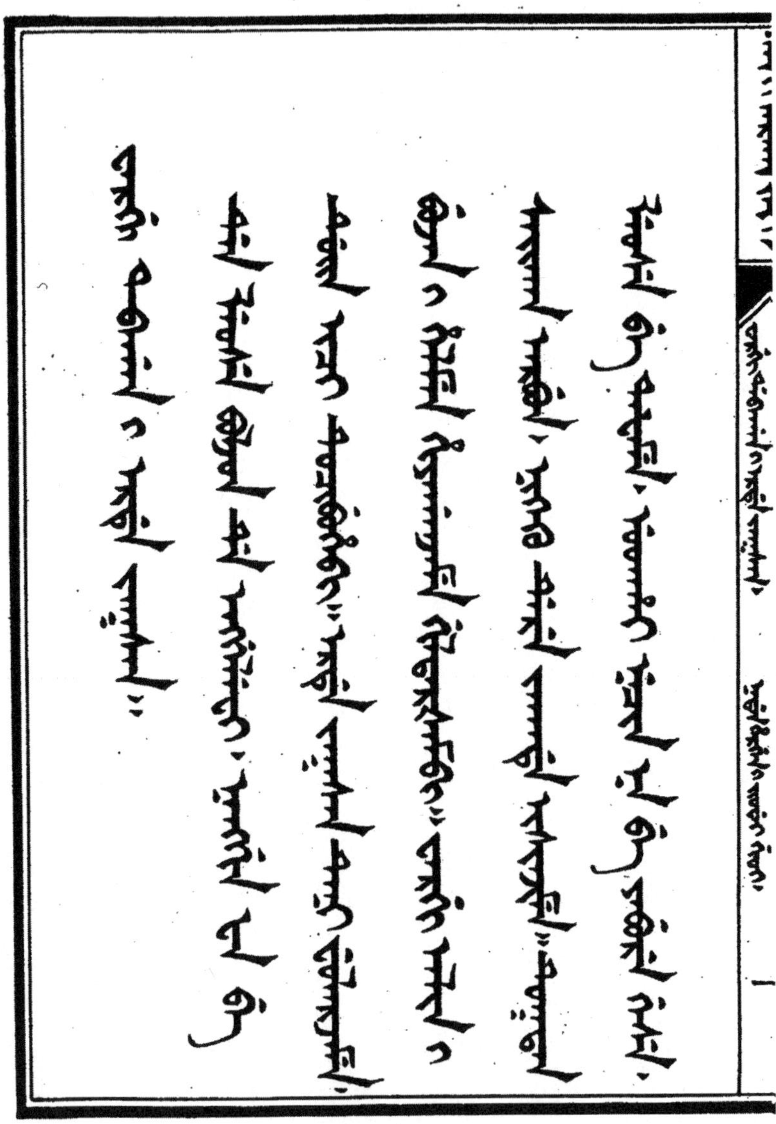

[上11-1a]

wargi dabagan i erde jaksan..
서쪽   고개 의 아침 노을

den leose boljon de enggelefi. nanggin fa be
높은 樓舍 물결 에 임하고   회랑 창 을

duin ici tucibuhebi.. erde jaksan teni fularjame.
네 방향   냈다.   아침 노을 마침 불그스름하고

bujan i helmen hiyaganjame giltaršambi.. wargi alin i
숲 의 그림자 뒤섞여서   빛난다.   서쪽 산 의

saikan   arbun. nikeku dere[71] jakade isinjime.. tuktan
아름다운 경치 기대는 책상 사이에 이른다.   처음

leose be tafame. uthai necin na be yabure gese.
樓舍 를 오르니 곧 평평한 땅 을 걷는 것 같다.

[한문]

西嶺晨霞

傑閣淩波, 軒窓四出. 朝霞初煥, 林影錯繡. 西山麗景, 入几案間.
始登閣, 若履平地,

—— ∘ —— ∘ —— ∘ ——

서령신하(西嶺晨霞)

높은 누각이 물결에 임하고, 회랑의 창을 사방(四方)에 내었다. 아침노을이 마침 불그스름하고, 숲 그
림자가 뒤섞여 빛난다. 서산(西山)의 아름다운 경치가 책상 사이에 이르고, 처음으로 누각을 오르니,
곧 평지를 걷는 것 같고,

---

71) nikeku dere : 궤안(几案)으로 '책상'이나 '안석'을 가리킨다.

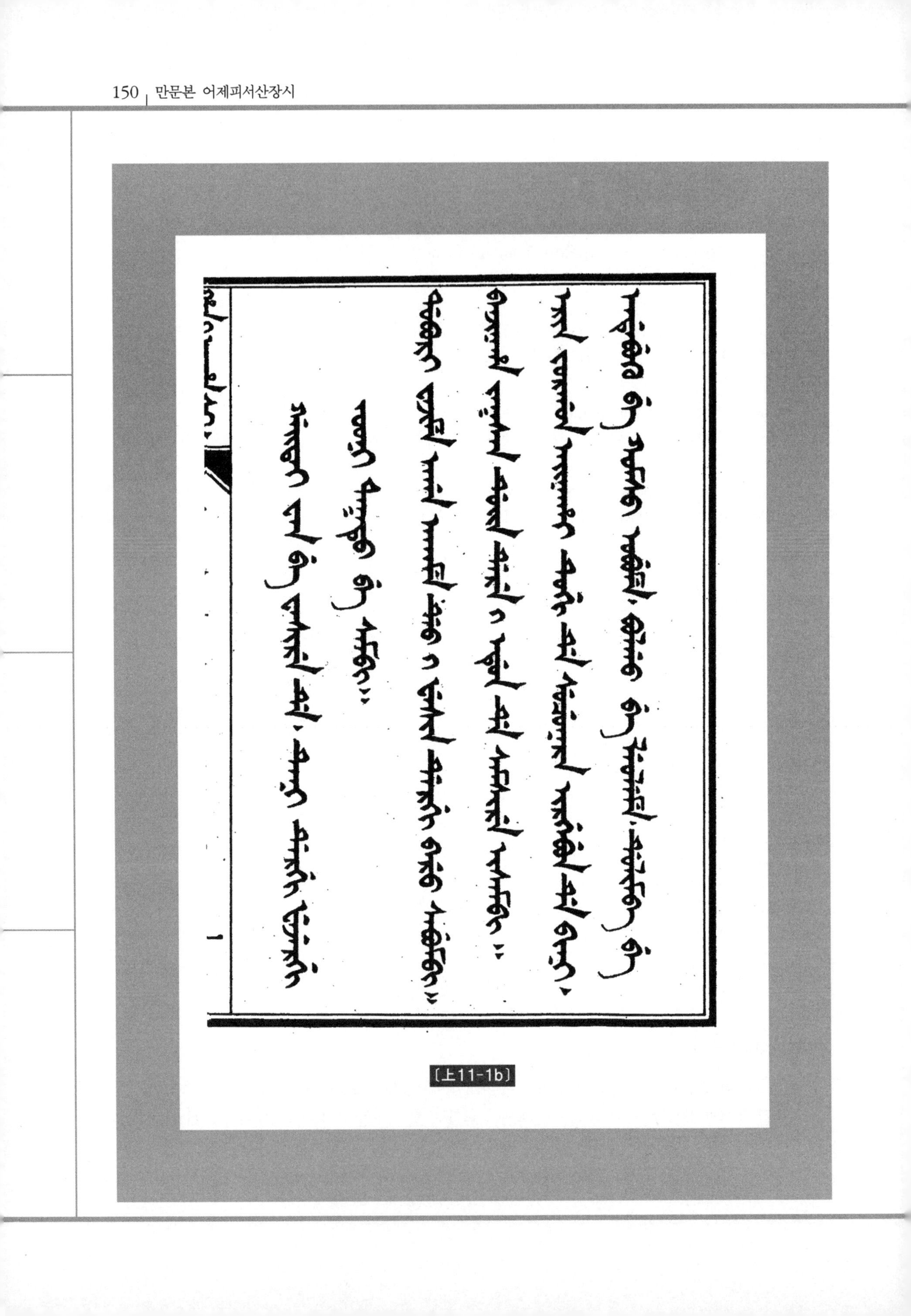

[上11-1b]

gaitai   wan be wasire de. teni dergi fejergi
갑자기 사다리 를 내려옴 에 마침 위   아래

yooni taktu be sambi..
모든 누각 을 본다.

dobori wajime aga nakame[72] deo i fesin dergi baru sabumbi..
밤   깊어지고 비 그치고   斗 의 자루 동쪽 향해 보인다.

banjinaha jaksan duin dere i edun de samsire isambi..
생겨난   노을 네 방향 의 바람 에 흩어지고 모인다.

erin forgon ainahai tugi de sucunara[73] irgebun de bini.
때 시운 어찌 구름 에   뚫는   詩 에 있는가.

endebuku be komso obume. bolgo be leoleme. dulimba be
잘못 을 적게 하고 맑음 을 논하고 한가운데 를

[한문] ————

忽緣梯而降, 方知上下樓也.

雨歇更闌斗柄東, 成霞聚散四方風. 時光豈在凌雲句, 寡過清談宜守中.

——— 。 ——— 。 ——— 。 ———

홀연히 사다리를 내려오니 마침 위아래로 누각 전부를 본다.

밤 깊어지고 비 그치니 두병(斗柄)은 동쪽에 보이고,
노을이 일어 바람에 사방(四方)으로 흩어졌다 모인다.
시운(時運)이 어찌 능운(凌雲)의 시에 있는가?
잘못을 줄이고 청아한 이야기를 하며 중심을 지켜야 하리라.

---

72) nakame : 'nakame'의 점이 탈각되어 'akame'처럼 보인다.
73) tugi de sucunara : 능운(凌雲)에 대응하며, '기세가 하늘을 찔러 구름까지 올라간다'는 뜻으로, 지향하는 바가 보통 사람보다 뛰어나고 고매함을 비유적으로 이르는 말이다.

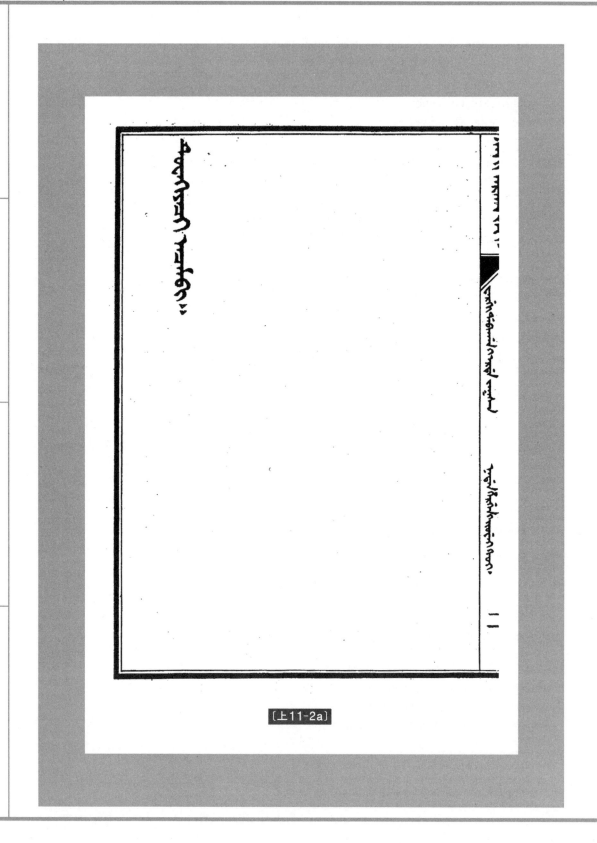

〔上11-2a〕

tuwakiyaci acambi..
　지켜야 한다.

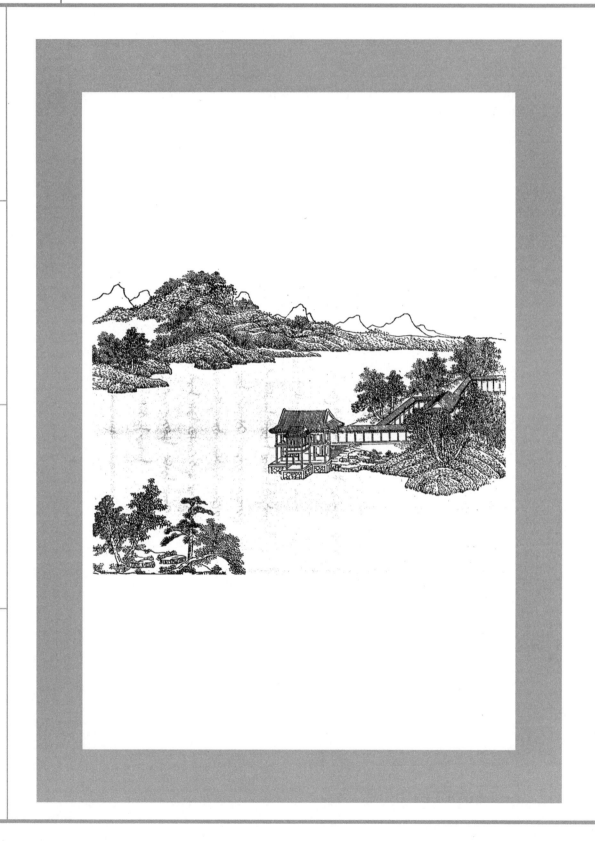

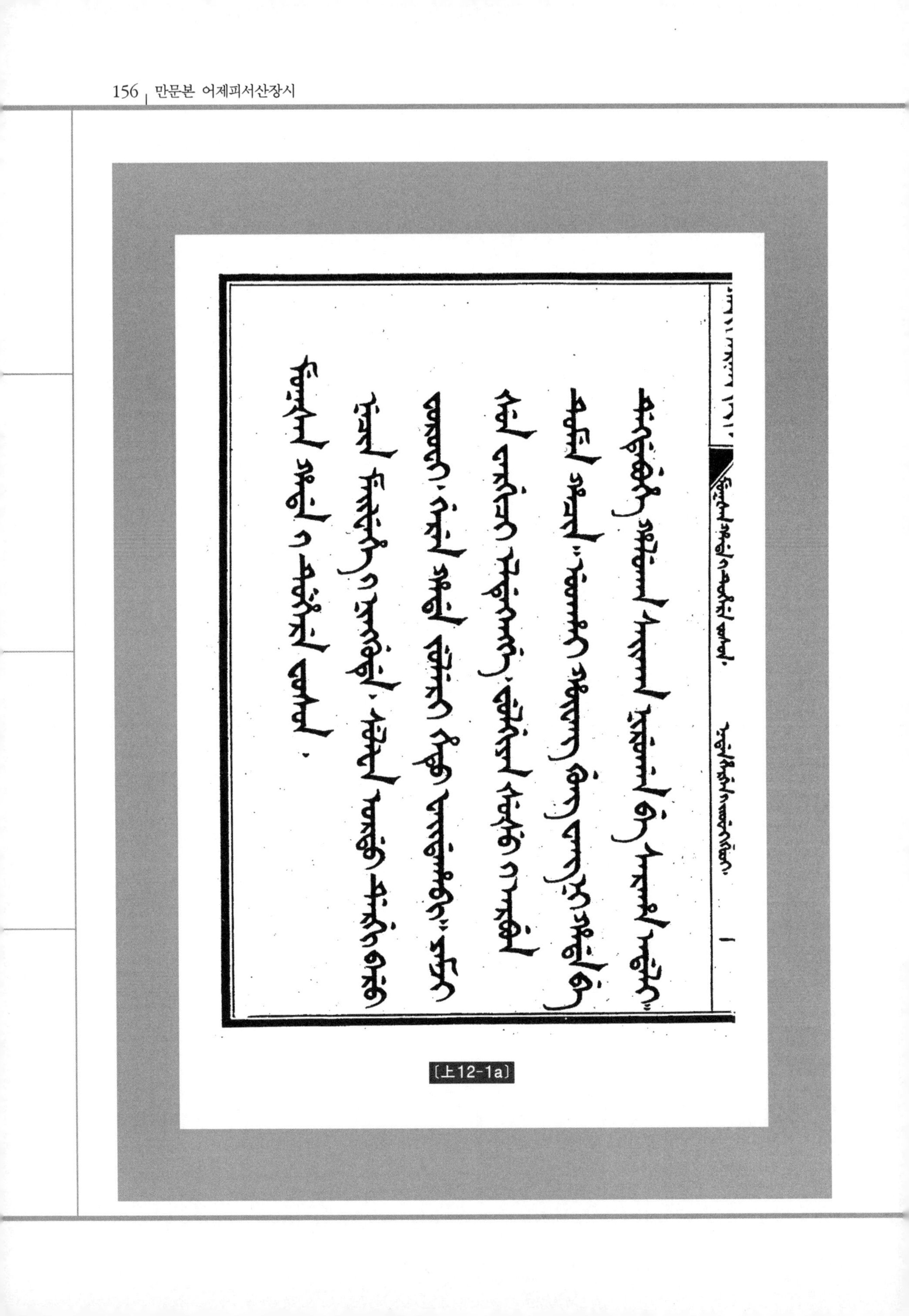

[上12-1a]

mukšan hada i duhere foson.
錘　　峯　의　지는　햇빛

necin meifehe i ninggude. sulfa ordo dergi baru
평평한 비탈 의 위에 장중한 정자 동 쪽으로

forofi. geren hada juleri hetu faidahabi.. yamji
향하고 여러 봉우리 앞 가로 늘어섰다. 저녁

šun wargici eldekengge. fulgiyan šušu i arbun
해 서쪽에서 비추는 것 붉은 자줏빛 의 모습

tumen hacin.. uthai hūwang gung wang[74] ni hada be
만 가지이다. 곧 黃 公 望 의 봉우리를

dekdebuhe halukan saikan nirugan[75] be saraha adali..
떠오르게 한 따뜻하고 아름다운 그림 을 펼친 것 같다.

[한문] ————————

錘峯落照

　平岡之上, 敞亭東向, 諸峯橫列於前. 夕陽西映, 紅紫萬狀, 似展黃公望浮嵐暖翠圖,

——— ∘ ——— ∘ ——— ∘ ———

추봉낙조(錘峯落照)

　평평한 비탈 위에 장중한 정자가 동쪽으로 향하고, 여러 봉우리가 앞에 가로로 늘어섰다. 저녁 해가 서쪽에서 비추는 것과 붉은 자줏빛 모습이 만 가지이니, 곧 황공망(黃公望)의 『부람난취도(浮嵐暖翠圖)』를 펼친 것 같다.

---

74) hūwang gung wang : 원나라 때의 화가인 황공망(黃公望)으로 절개가 높고 해박한 학식을 갖추었으며, 서예와 시문 및 그림에 능했는데, 특히 산수화에 뛰어났다. 말년에 절강성의 부춘산(富春山)에 은거하여 그곳의 산수를 화폭에 옮겼다.
75) hada be dekdebuhe halukan saikan nirugan : 황공망이 83세 때 그린 『부람난취도(浮嵐暖翠圖)』를 만주어로 직역한 것이다.

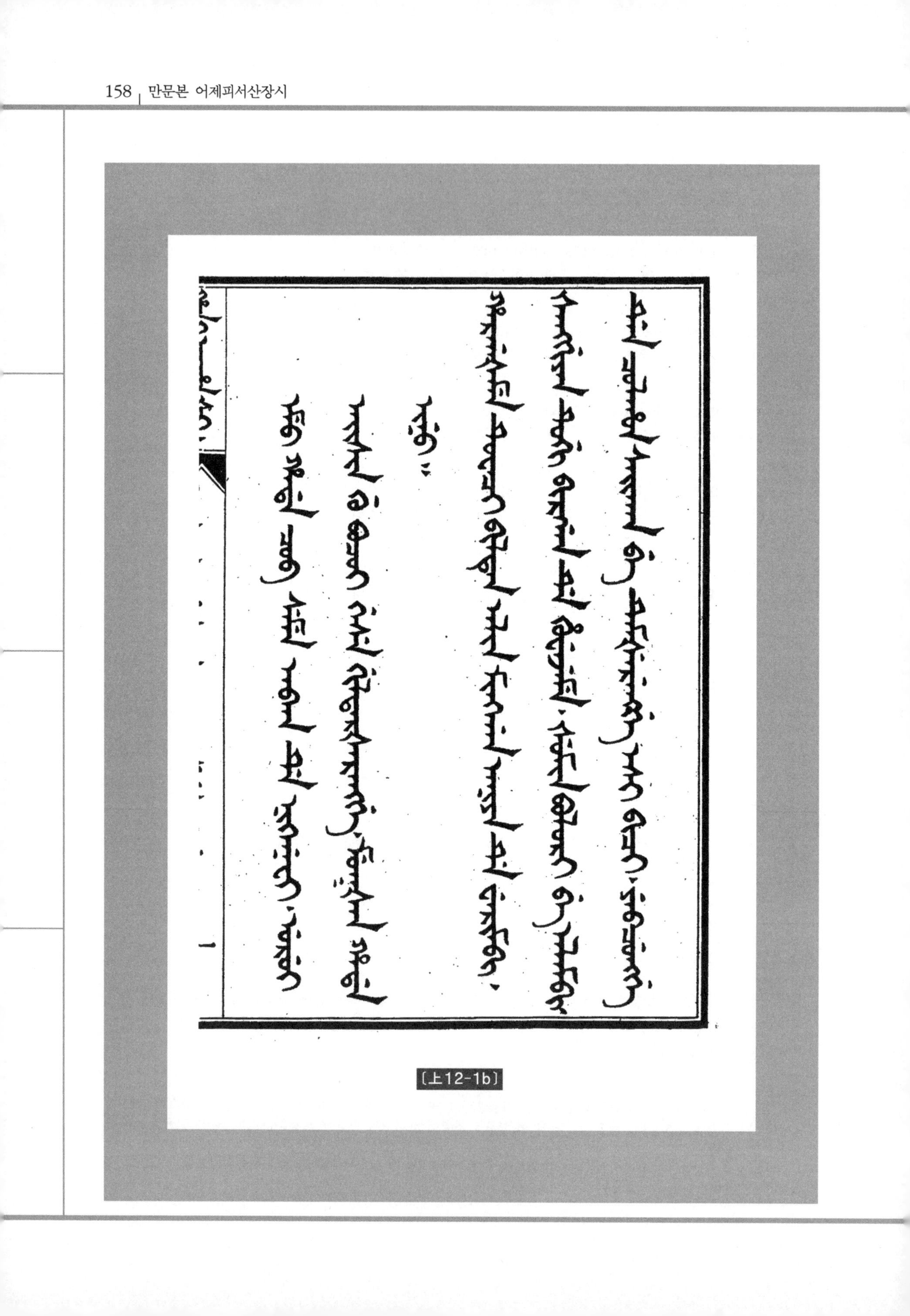

〔上12-1b〕

emu hada cob seme abka de nikenefi. urui
한 봉우리 우뚝 하고 하늘 에 가까이 가고 오로지

aisin gu bocoi gese giltaršarangge. mukšan hada
金 玉 색의 처럼 빛나는 것 錘 峯

inu..
이다.

hargašame tuwaci bilten alin minggan aniya de werimbi.
우러러 보니 호수 산 천 년 에 남아있다.

šanggiyan tugi birgan de huwejeme. šumin bolori be alambi.
하얀 구름 개울 에 가리고 깊은 가을 을 알린다.

den colhon saikan be temšerengge esi bici. yebcungge
높은 산봉우리 아름다움 을 다투는 것 절로 있으나 수려한

[한문]————

　有山矗然倚天, 特作金碧色者, 磬錘峯也.

縱目湖山千載留, 白雲枕澗報深秋. 巉巖自有爭佳處,

———◦———◦———◦———

한 봉우리가 우뚝 솟아 하늘에 가까이 가고, 오로지 금옥(金玉) 색처럼 빛나는 것이 추봉(錘峯)이다.

우러러 보니, 호수와 산이 천년에 남아있고,
하얀 구름이 개울에 잠기니 깊은 가을을 알린다.
높은 산봉우리가 아름다움을 절로 다투지만,

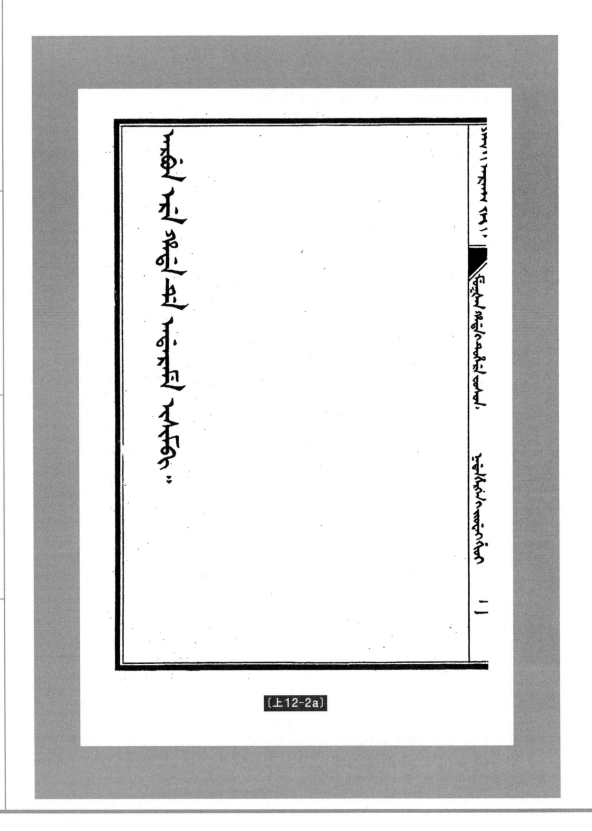

〔上12-2a〕

arbun ere hada de adarame isimbi..
모습 이 봉우리 에 어찌 이르는가.

[한문] ————
未若此峯景最幽.

—— ◦ —— ◦ —— ◦ ——

수려한 모습이 어찌 이 봉우리에 이르렀는가?

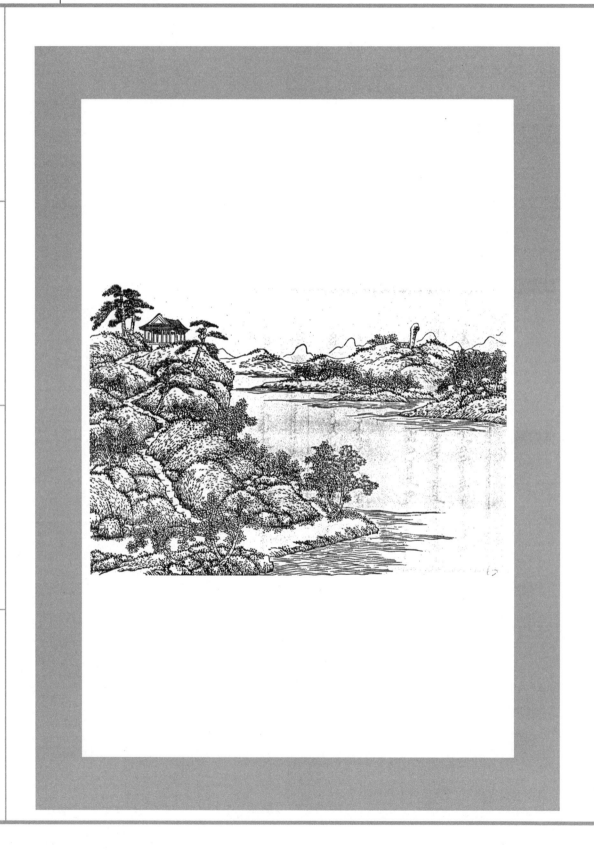

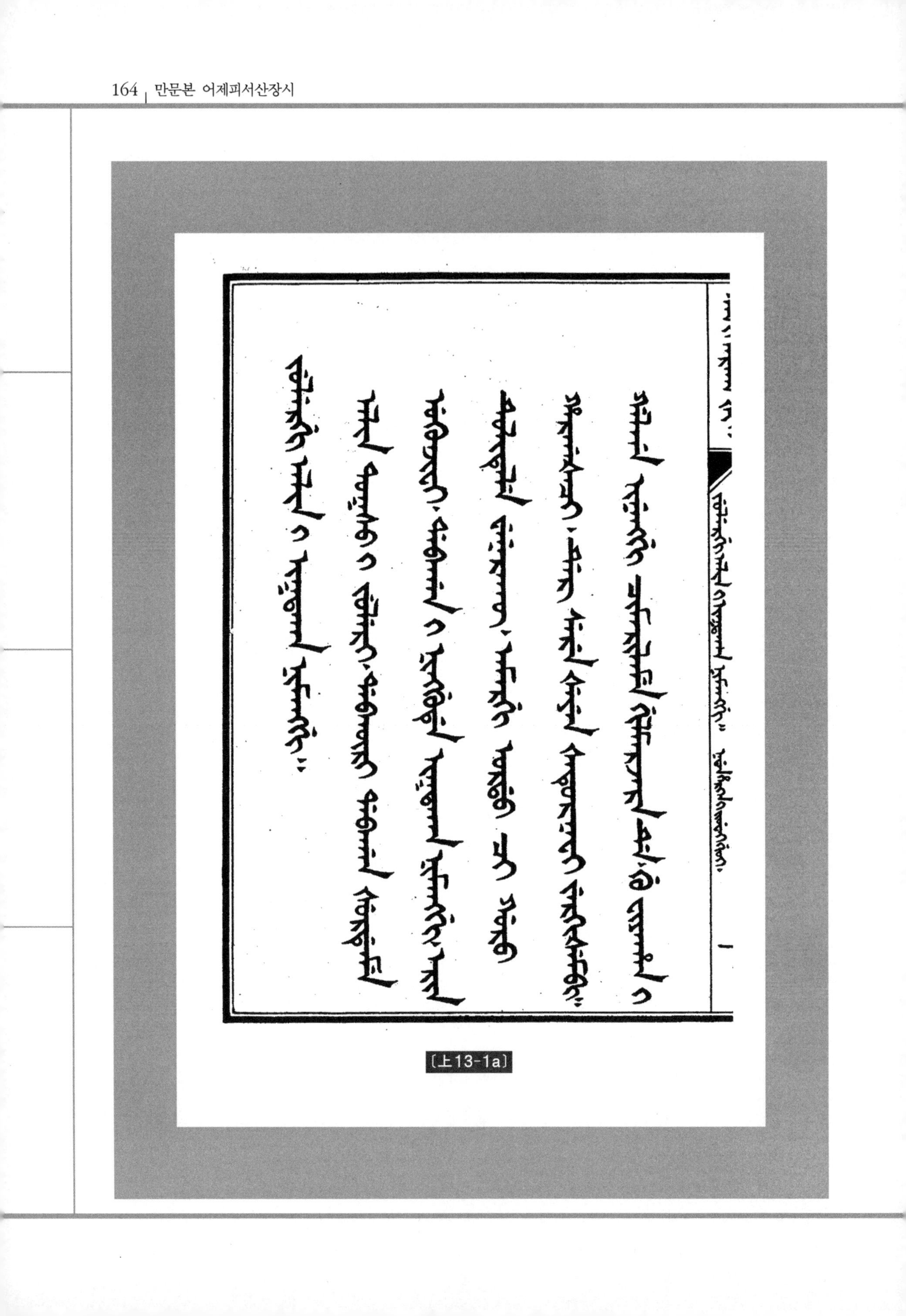

[上13-1a]

julergi alin i iktaka nimanggi..
남쪽 산 의 쌓인 눈

alin tokso i juleri. dabkūri dabagan šurdeme
산 장 의 남쪽 겹겹의 고개 주위로

ukunjifi. dabagan i ninggude iktaka nimanggi. erin
둘러싸고 고개 의 위에 쌓인 눈 때

tulitele wenerakū. amargi ordo ci goro
지나도록 녹지 않는다. 북쪽 정자 에서 멀리

hargašaci. der sere šeyen šaturnafi jerkišembi..
우러르면 눈처럼 하얗게 새하얀 겉이 얼어 눈부시다.

galga inenggi cimarilame gilmarjara de. gu fiyahan[76] i
맑은 날 아침이 되어 반짝반짝 빛남 에 玉 마노 의

[한문]

南山積雪

山莊之南, 複嶺環拱, 嶺上積雪, 經時不消. 於北亭遙望, 晧潔凝映.
晴日朝鮮, 瓊瑤失素,

─── ◦ ─── ◦ ─── ◦ ───

남산적설(南山積雪)

산장의 남쪽 겹겹이 고개가 에워싸고, 고개 위에 쌓인 눈은 때가 지나도록 녹지 않는다. 북쪽 정자에서 멀리 바라보니, 눈처럼 새하얗게 겉이 얼어 눈이 부시다. 맑은 날 아침이 되어 반짝반짝 빛나니, 아름다운 옥구슬의

76) gu fiyahan : 경요(瓊瑤)에 대응하며 '아름다운 옥구슬'이라는 의미이다.

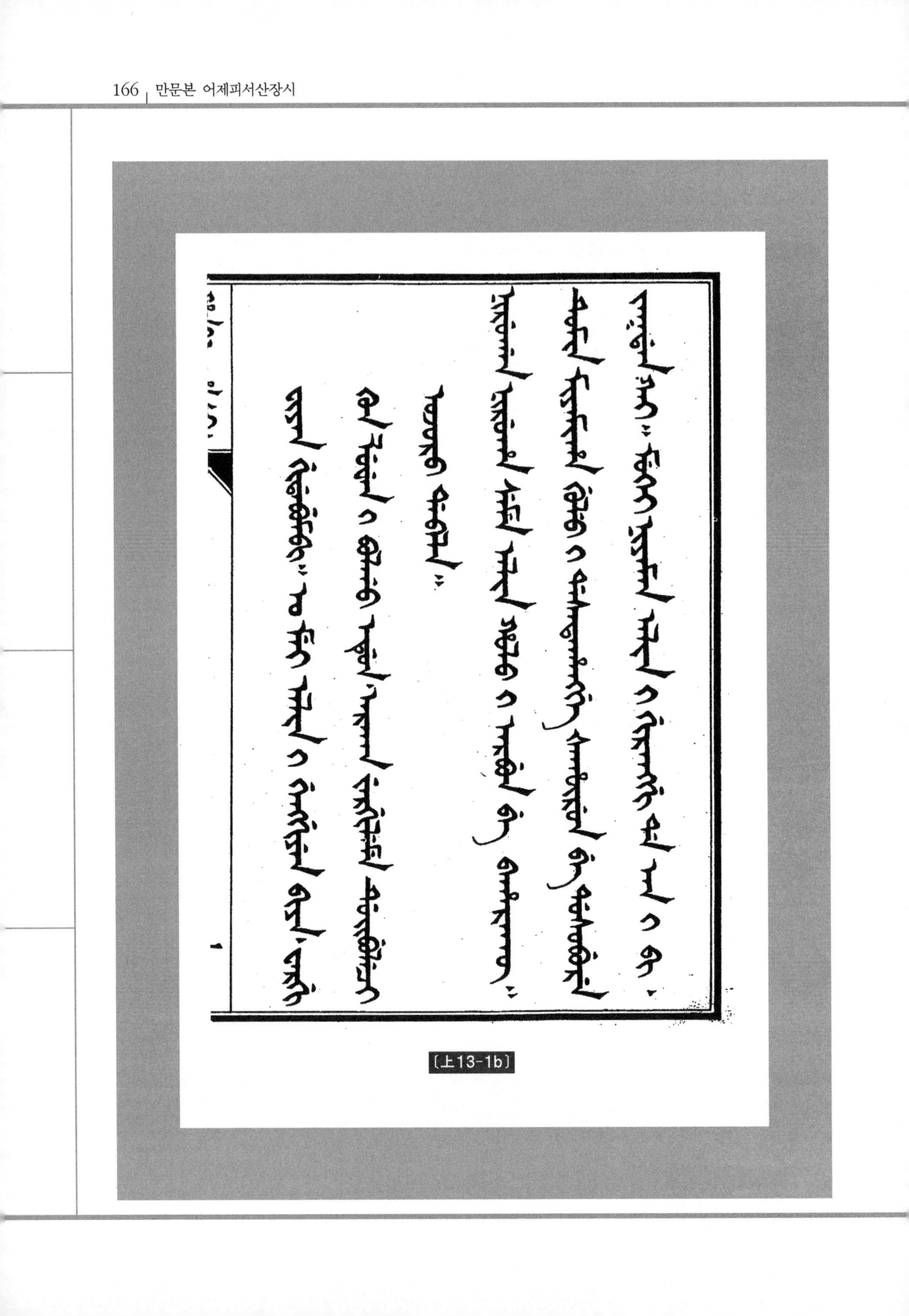

[上13-1b]

fiyan gidabumbi.. o mei alin i genggiyen biya. wargi
색 눌린다. 峨 眉 山 의 밝은 달 서쪽

kun luwen i bolgo edun. arkan jergileme duibuleci
崑 崙 의 맑은 바람 겨우 동등하게 견줄 수

ojoro dabala..
있을 따름이다.

nirugan niruha seme alin holo i arbun be baharakū..
그림 그렸다 해도 산 골짜기의 모습 을 얻지 못 한다.

tumin miyamiha gulu i dasatahangge šahūrun be dosobure
짙게 화장하고 소박하게 단장한 것 차가움 을 견뎌낸

jakdan kai.. mukei niyaman alin i giranggi[77] da an i bi.
소나무 로다. 물의 심장 산 의 뼈 원래대로 있다

[한문]
　峨眉明月, 西崑閬風, 差足比擬.

圖畫難成丘壑容, 濃粧淡抹耐寒松. 水心山骨依然在,

——　。——　。——　。——

　빛이 눌린다. 아미산(峨眉山)의 밝은 달, 서쪽 곤륜산(崑崙山)의 맑은 바람과 겨우 대등하게 견줄 수 있을 따름이다.

그림으로 그린다 하더라도 산과 골짜기의 모습을 얻지 못하고,
짙게 꾸미고 소박하게 단장한 것은 차가움을 견뎌낸 소나무로구나.
물의 심장과 산의 뼈가 원래대로 있고,

---

77) mukei niyaman alin i giranggi : 수심산골(水心山骨)에 대응하는 것으로 '물의 가운데와 산의 바위'라는 뜻으로 '자연 풍경'을 가리킨다.

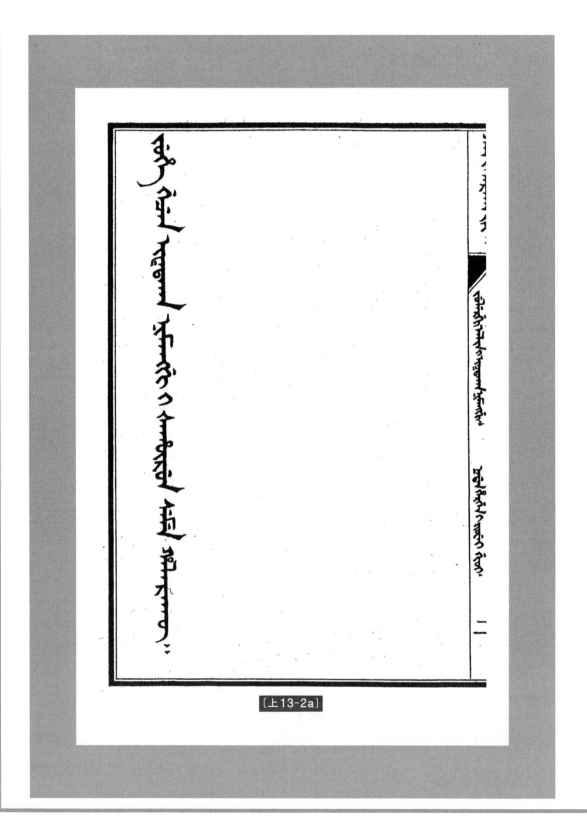

[上13-2a]

juhe gecen iktaka nimanggi i šahūrun seme   halarakū..
얼음 서리 쌓인   눈   의 차가움 하고 바꾸지 않는다.

[한문] ──────
不改氷霜積雪冬.

── ◦ ── ◦ ── ◦ ──

얼음과 서리라도 쌓인 눈의 차가움과는 바꾸지 않으리.

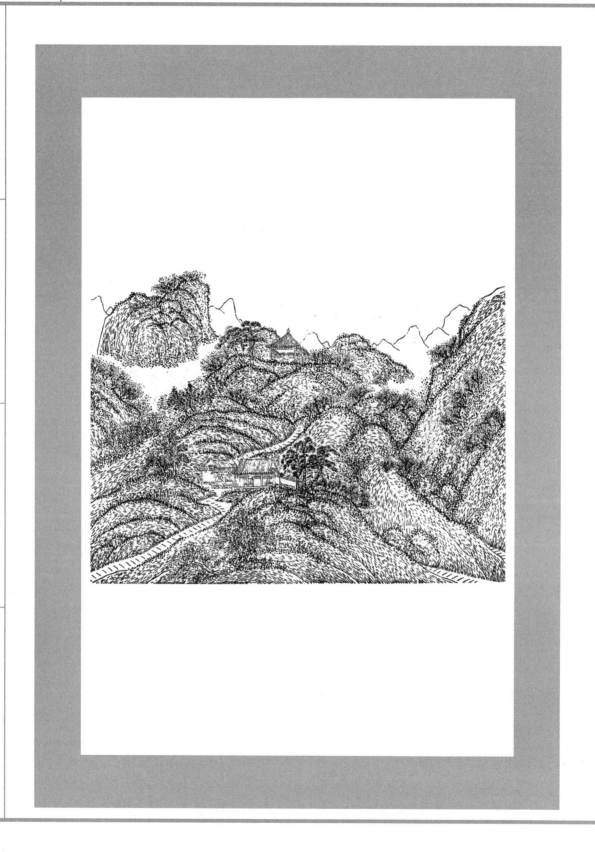

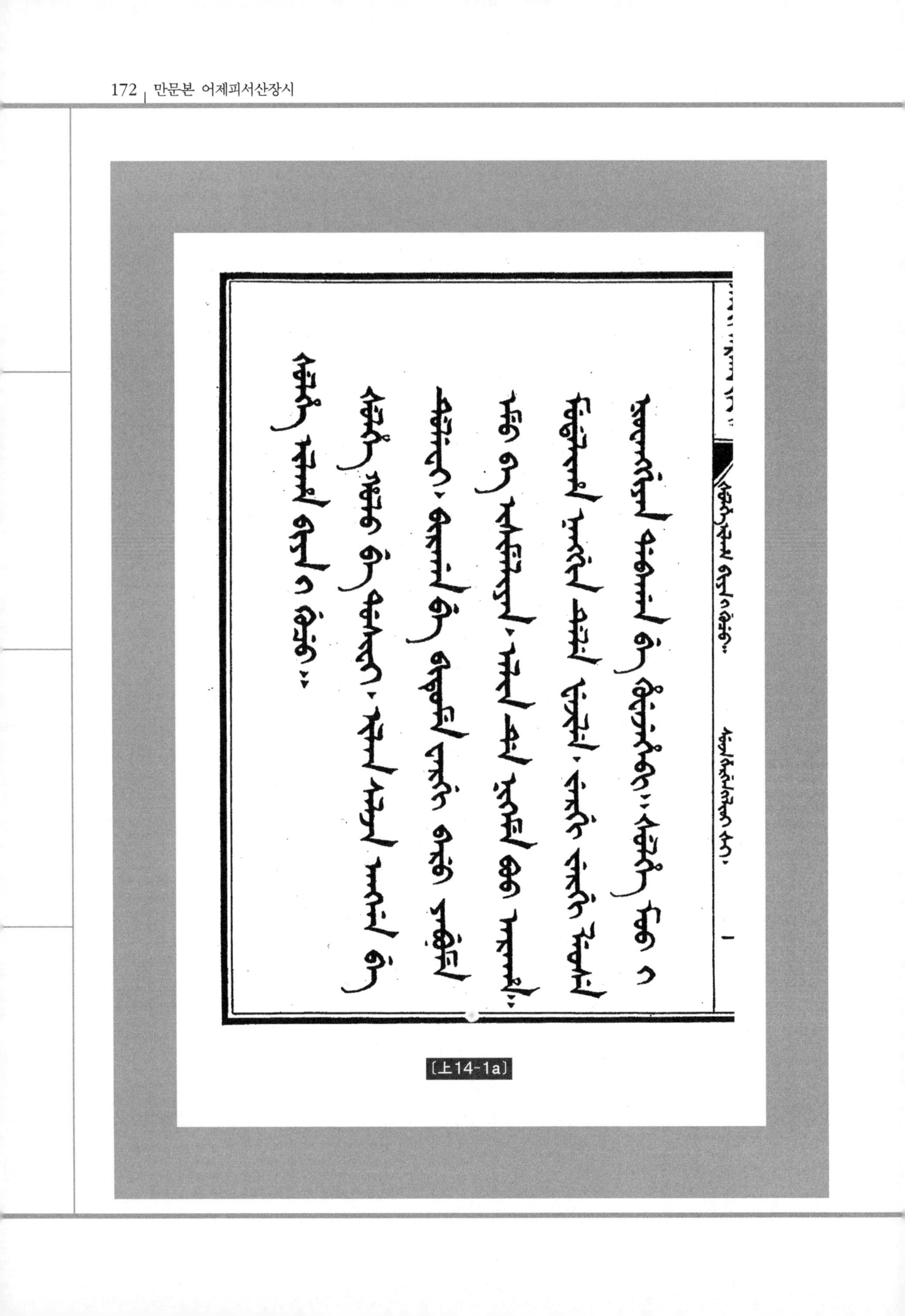

[上14-1a]

šulhe ilha biya i gucu..
배　꽃　달 의 친구

šulhe　holo　be　dosifi. ilan salja　angga be
배　골짜기 를 들어가서 세 갈림길 입구 를

dulefi. birgan be bitume wargi　baru yabume
지나고 개울 을 따라서 서쪽 향해 가서

emu ba isimeliyan. alin de　nikeme　boo araha..
1　리 정도이다. 산 에 의지하여 집 지었다.

mudaliha nanggin dele fejile. jergi jergi leose
굽은　회랑 위 아래 층 층 樓舍

niowanggiyan dabagan be huwejehebi.. šulhe　moo　i
푸른　고개 를 막았다.　배 나무 의

[한문]

梨花伴月

入梨樹峪, 過三岔口, 循澗西行可里許, 依巖架屋. 曲廊上下, 層閣參差. 翠嶺作屏,

──。──。──。──

이화반월(梨花伴月)

배나무 골짜기를 들어가서 세 갈림길 입구를 지나, 개울을 따라 서쪽으로 향해 1 리 정도 가서 산을 의지하여 집을 지었다. 굽은 회랑의 위아래, 층층의 누각이 푸른 고개를 막았다. 배나무의

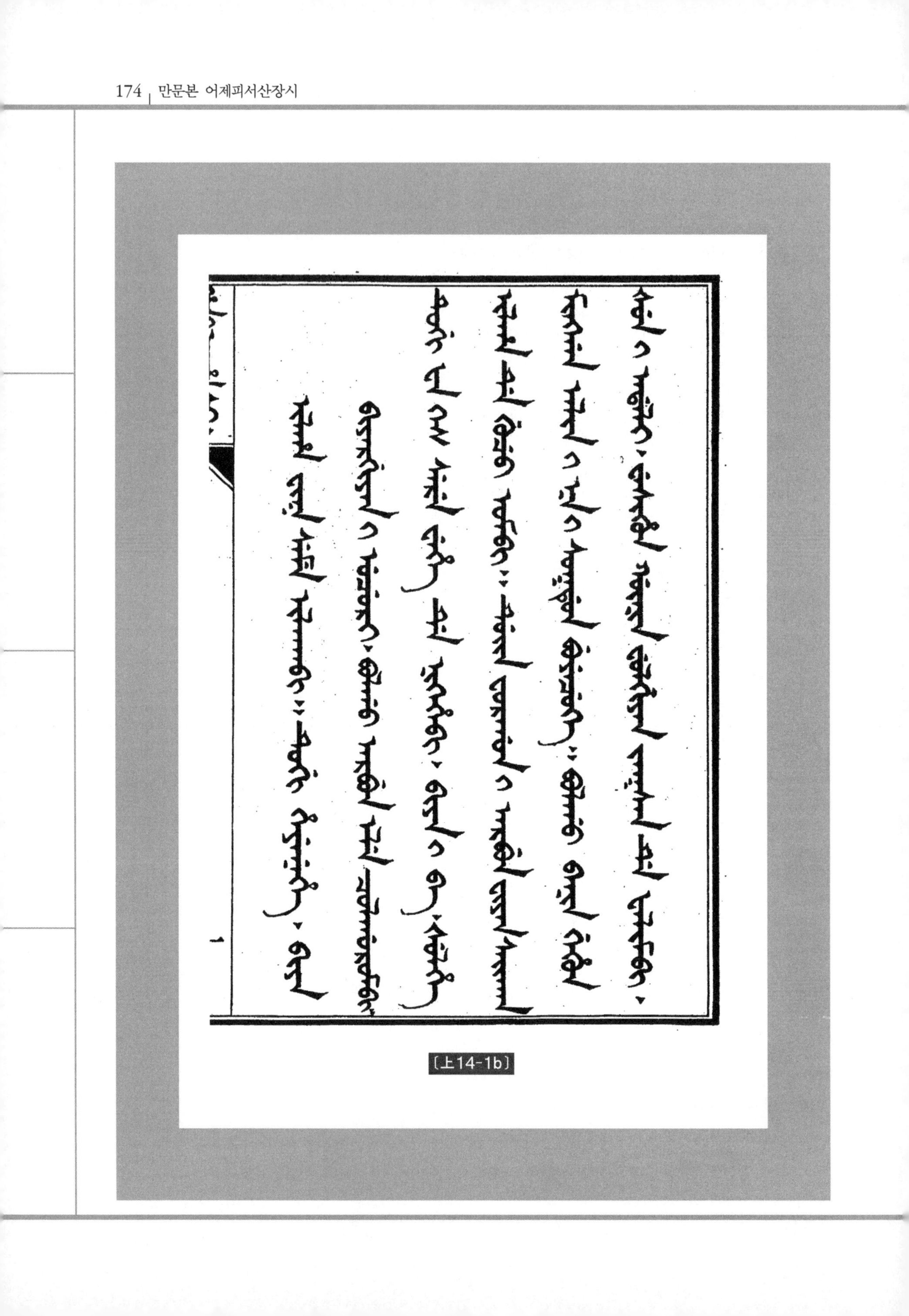

[上14-1b]

ilha fik seme ilakabi.. tugi heyenehe. biya
꽃   빽빽 하고 피었다. 구름   낀   달

biyargiyan i ucuri. bolgo arbun ele colgorombi..
열음   의 즈음 맑은 모습 더욱 빼어나다.

tugi fa kes sere wehe de nikehebi. biya i ba[78]. šulhe
구름 창 가파른 돌 에 기댔다 달 의곳   배

ilha de gucu ombi.. duin forgon i arbun fiyan saikan
꽃 에 친구 된다. 네 계절 의 景 色 아름답고

minggan alin i na i sukdun buyecuke.. bolgo banin gehun
  千   山 의 땅 의 기운 사랑스럽다. 맑은 성품 밝은

šun i adali. wesihun gūnin fulgiyan jaksan de falimbi.
해 의 같다. 고귀한 생각 붉은   노을 에 묶는다.

[한문] ─────

梨花萬樹. 微雲淡月時, 清景尤絶.

雲窓倚石壁, 月宇伴梨花. 四季風光麗, 千巖土氣嘉. 瑩情如白日, 託志結丹霞.

─── 。─── 。─── 。───

꽃이 빽빽하게 피었다. 구름이 끼고 달빛이 옅을 즈음, 맑은 모습이 더욱 빼어나다.

구름 창은 석벽(石壁)에 기댔고,
달빛은 배꽃과 친구가 된다.
네 계절의 경색이 아름답고,
천(千) 산의 땅 기운이 사랑스럽다.
맑은 성품이 밝은 해와 같고,
고귀한 생각을 붉은 노을에 묶는다.

───────────

78) biya i ba : 월우(月宇)에 대응하는데, '달이 비추는 것'을 가리킨다.

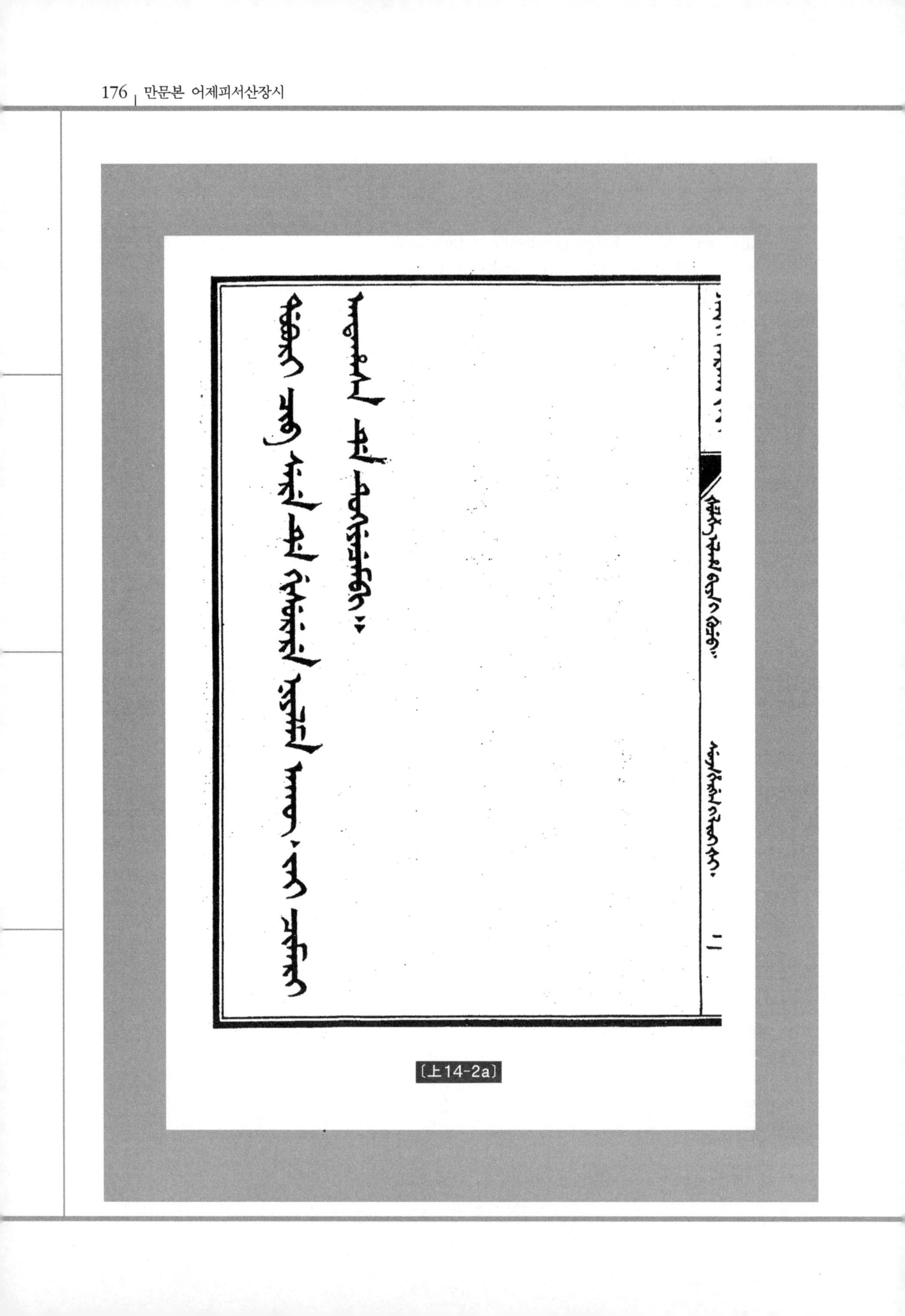

〔上14-2a〕

dobori cib sere de gisurere niyalma akū.　jai　cimari
밤　　고요함 에　말할　　사람　없다. 다음 아침

antahasa　de　tukiyecembi..
손님들　에게　자랑한다.

[한문]————
夜靜無人語, 朝來對客誇.

—— 。—— 。—— 。——

밤이 고요하여 말할 사람 없고,
다음날 아침에 손님들에게 자랑한다.

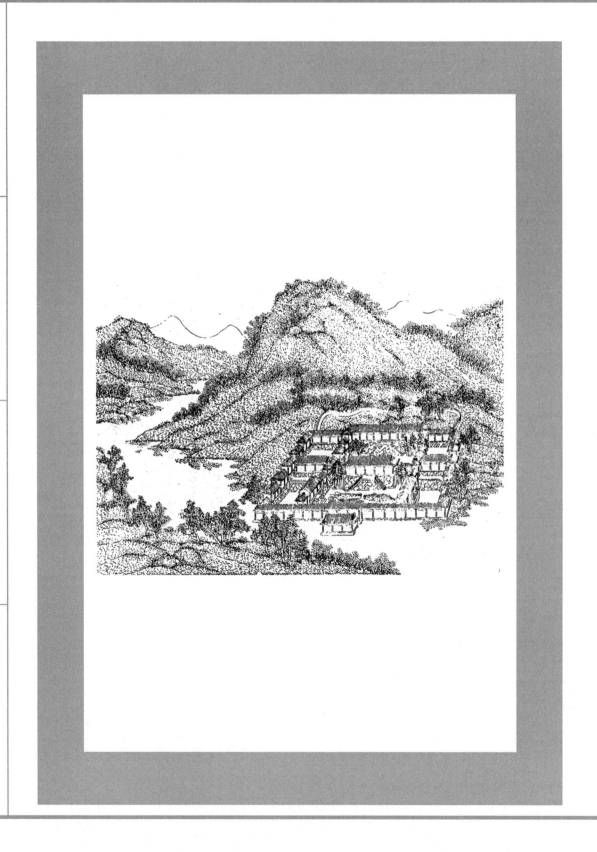

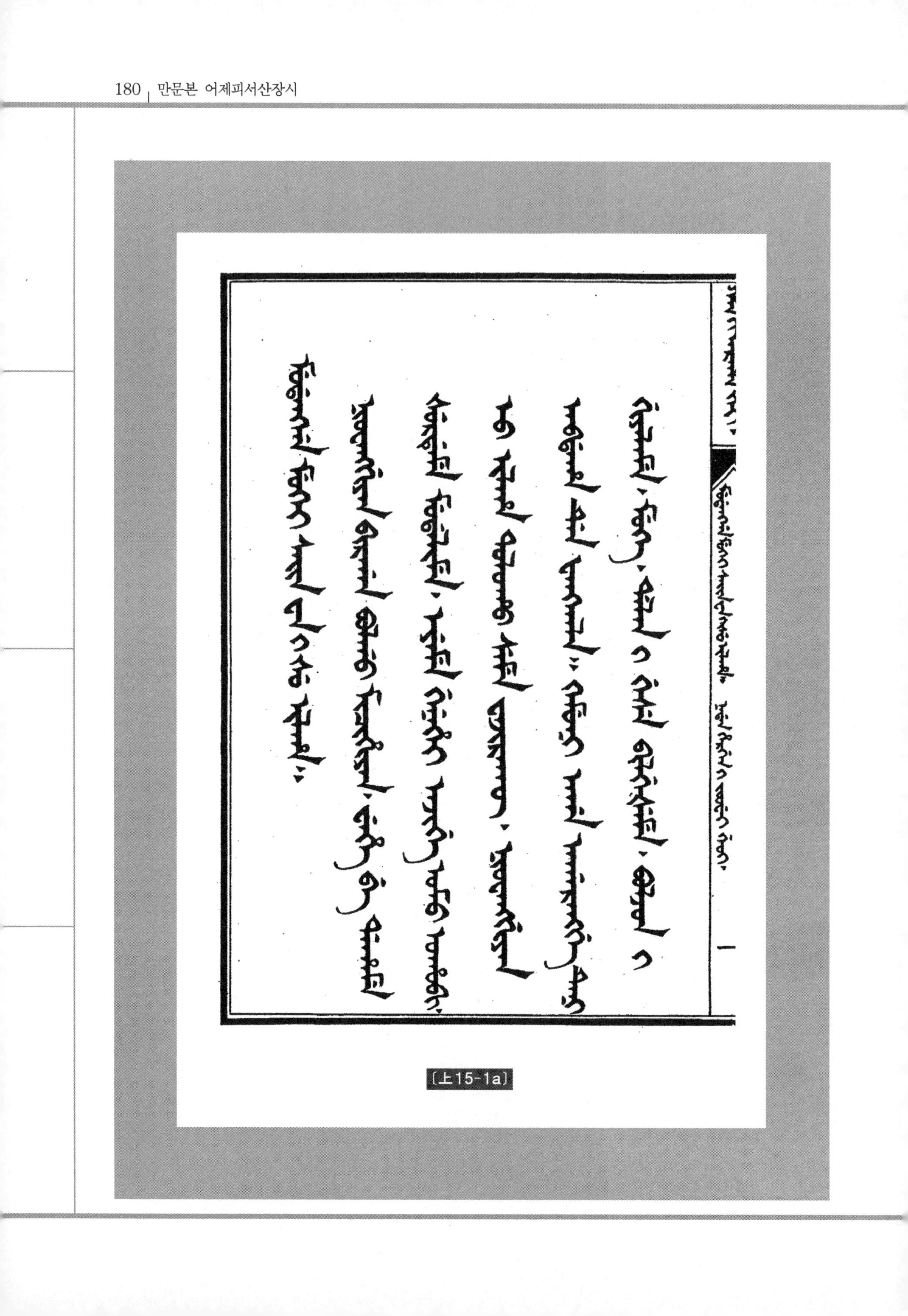

〔上15-1a〕

mudangga mukei sain wa i šu ilha..
굽은 물의 좋은 향기 의 연 꽃

niowanggiyan birgan bolgo micihiyan. wehe be dahame
푸른 개울 맑고 얕다. 돌 을 따라

šurdeme mudalime. eyeme genehei ajige omo ohobi.
휘돌아 굽이치고 흘러 가면서 작은 연못 되었다.

eo ilha toloho seme wajirakū. niowanggiyan
藕 꽃 헤아렸다 하여도 다하지 못한다. 푸른

abdaha den fangkala.. kemuni aga agarangge teni
잎 높고 낮다. 언제나 비 내리는 것 겨우

giyalame. muke. dalan i gese bilgešeme. boljon i
뜸해지고 물 둑 의 처럼 넘실거리고 물결 의

[한문]————

曲水荷香

碧溪清淺, 隨石盤折, 流爲小池. 藕花無數, 綠葉高低, 每新雨初過, 平隄水足,

———。———。———。———

곡수하향(曲水荷香)

푸른 개울이 맑고 얕고, 돌을 따라 휘돌아 굽이치고 흘러가면서 작은 연못이 되었다. 연꽃을 다 헤아릴 수 없고, 녹색 잎이 높고 낮다. 늘 오던 비가 겨우 뜸해지고서야 물이 둑과 같이 넘실거리고, 물결의

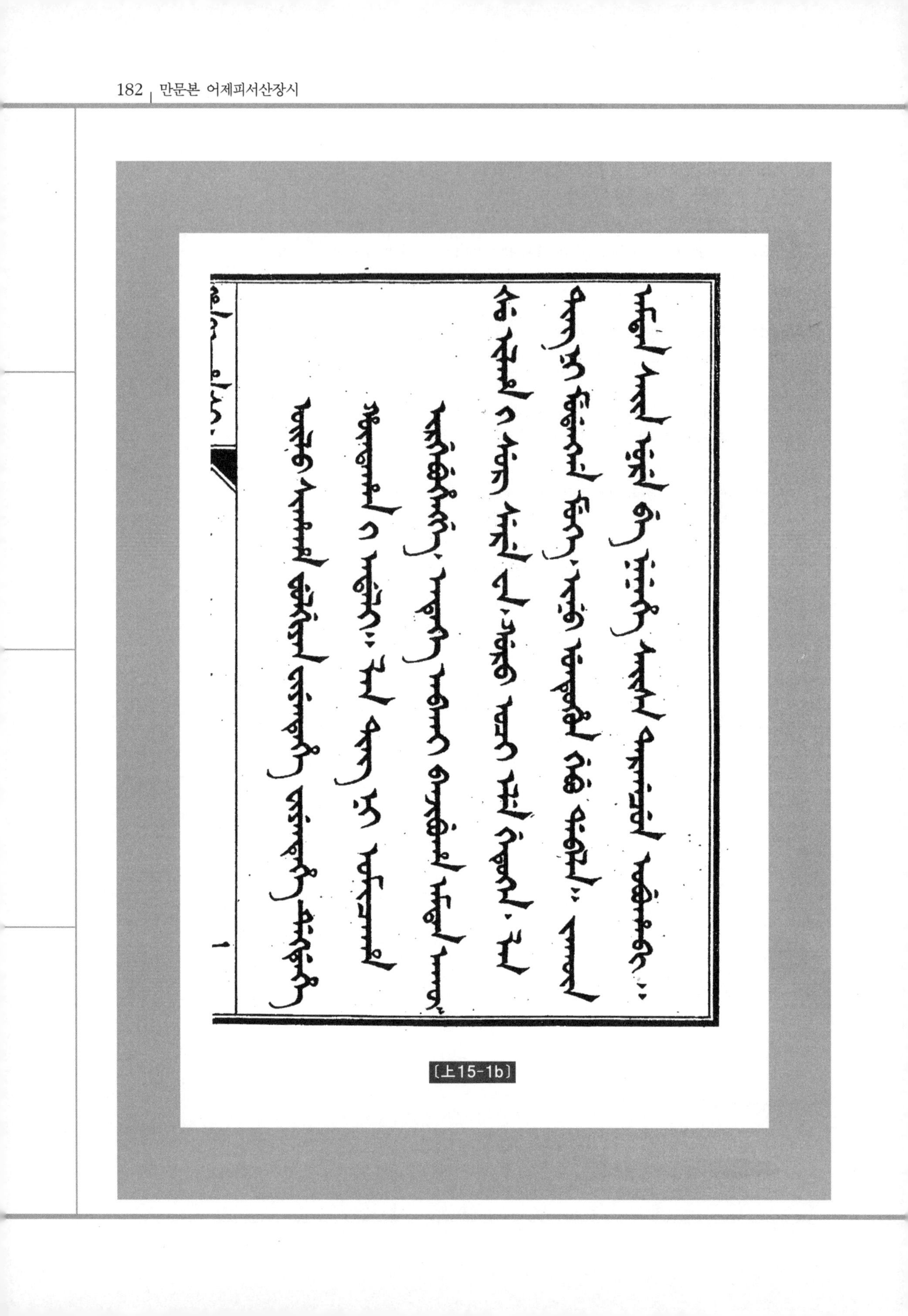

[上15-1b]

oilo   sihaha fulgiyan fiyentehe fiyentehe dekdehe
표면 떨어진 붉은   꽃잎   꽃잎   떠오른

hūntahan i adali.. lan ting[79] ni omicaha
    잔   의 같다 蘭 亭   의 함께 마신

irgebuhengge. enteke abkai banjibuha amtan[80] akū..
읊조린 것   이러한 하늘의 생기게 한   맛   없다.

šu ilha i sur sere wa. goro oci ele getuken. lan
연 꽃 의 향긋한 향기 멀리 되니 더욱 뚜렷하다. 蘭

ting ni mudangga muke. inu untuhun gebu   dabala.. jakūn
亭 의   굽은   물 또한 빈   이름 따름이다. 여덟

amtan sain nure[81] be nenehe saisa targacun   obuhabi..
 맛 좋은 술   을 앞선 선비들 경계   되게 하였다.

[한문]
　落紅波面, 貼貼如泛杯, 蘭亭觴詠, 無此天趣.

荷氣參差遠益淸, 蘭亭曲水亦虛名. 八珍旨酒前賢戒,

　위에 떨어진 붉은 꽃잎이 떠오른 잔과 같다. 난정(蘭亭)에서 함께 마시고 읊조린 것은 이런 자연의 정취가 없다.

연꽃의 은은한 향기가 멀리서도 더욱 분명하고,
난정의 굽은 물 또한 허명(虛名)일 따름이라.
여덟 가지 진귀한 음식과 맛 좋은 술을 일찍이 선현들이 경계하였다.

---

79) lan ting : 난정(蘭亭)은 중국 절강성 소흥현(紹興縣) 남서(南西)에 위치한 난저(蘭渚)에 있던 정자이다. 진(晉)
　　나라 왕희지(王羲之)가 이곳에 명사들을 모아 곡수(曲水)의 잔치를 베풀고, 그들이 지은 시를 모아 그 서문을 썼
　　다고 한다.
80) abkai banjibuha amtan : 천취(天趣)로 '자연이나 작품의 운치'를 가리킨다.
81) jakūn amtan sain nure : 팔진지주(八珍旨酒)로 '8가지 진귀한 음식과 맛이 좋은 술'을 가리킨다.

[上15-2a]

hūntahan eyebure   aisin gu i šasihan[82]) be untuhuri dagilaha..
잔   흘러가게 할 金 玉 의   국   을 헛되이 준비하였다.

[한문] ————

空設流觴金玉羹.

—— 。 —— 。 —— 。 ——

잔을 물에 흘려보내는 금옥(金玉)국을 헛되이 장만하였다.

---

82) aisin gu i šasihan : '금색과 옥색의 국'이라는 의미로 산약과 밤을 양고기 국에 넣고 끓인 것이다.

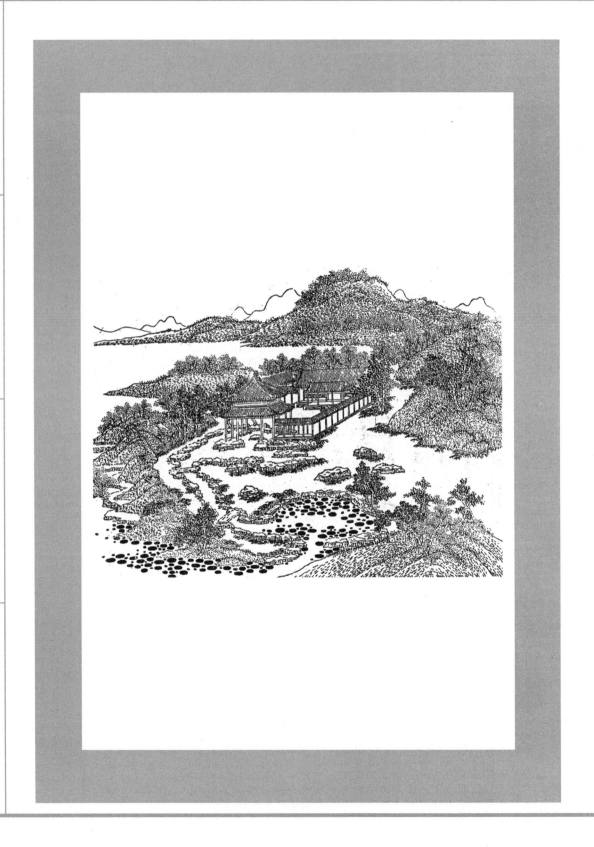

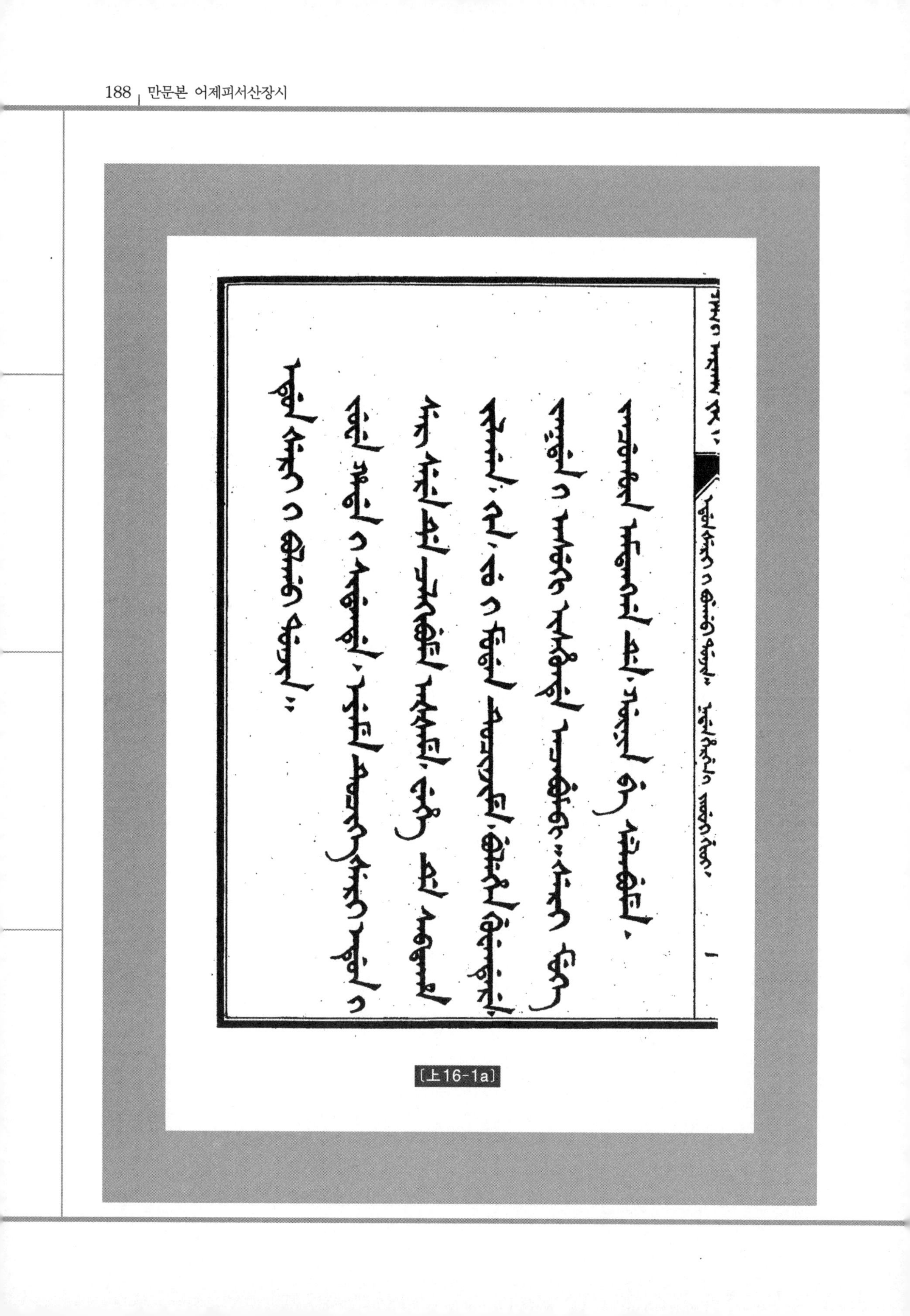

[上16-1a]

edun šeri i bolgo donjin..
바람 샘 의 맑은 들림

    juwe hada   i sidende. eyeme tucike šeri edun i
     두 봉우리 의 사이에서   흘러 나온 샘 바람 의

    ser   sere de calgibume aššame. wehe de   sabdaha
    솔솔 함 에 철썩이며 움직이고 돌 에 물방울 떨어진

    jilgan. kin.   ju[83] i mudan tucinjime, bulehen guwendere.
    소리 琴   筑 의 곡조   나오고   학   우는 것

    jakdan i   asuki ishunde acabumbi.. šeri muke
    소나무의 음향 서로   맞춘다. 샘 물

    jancuhūn amtangga de. gūnin be   selabume.
     달고   맛있음 에 마음 을 상쾌하게 하고

[한문]————

風泉清聽

  兩峰之間, 流泉潺潺, 微風披拂, 滴石作琴筑音, 與鶴鳴松韻相應.
  泉味甘馨, 怡神養壽.

—— ○ —— ○ —— ○ ——

풍천청청(風泉清聽)

  두 봉우리 사이에서 흘러나온 샘은 솔솔 부는 바람에 찰랑이며 움직이고, 돌에 떨어지는 물방울 소리
가 거문고와 비파의 곡조처럼 나오며, 학이 우니 소나무의 소리와 서로 어울린다. 샘물이 달고 맛있어
서 마음이 상쾌해지고,

---

83) kin. ju : 악기인 금(琴)과 축(筑)으로 각각 칠현금(七絃琴)과 십삼현(十三絃)을 가리킨다.

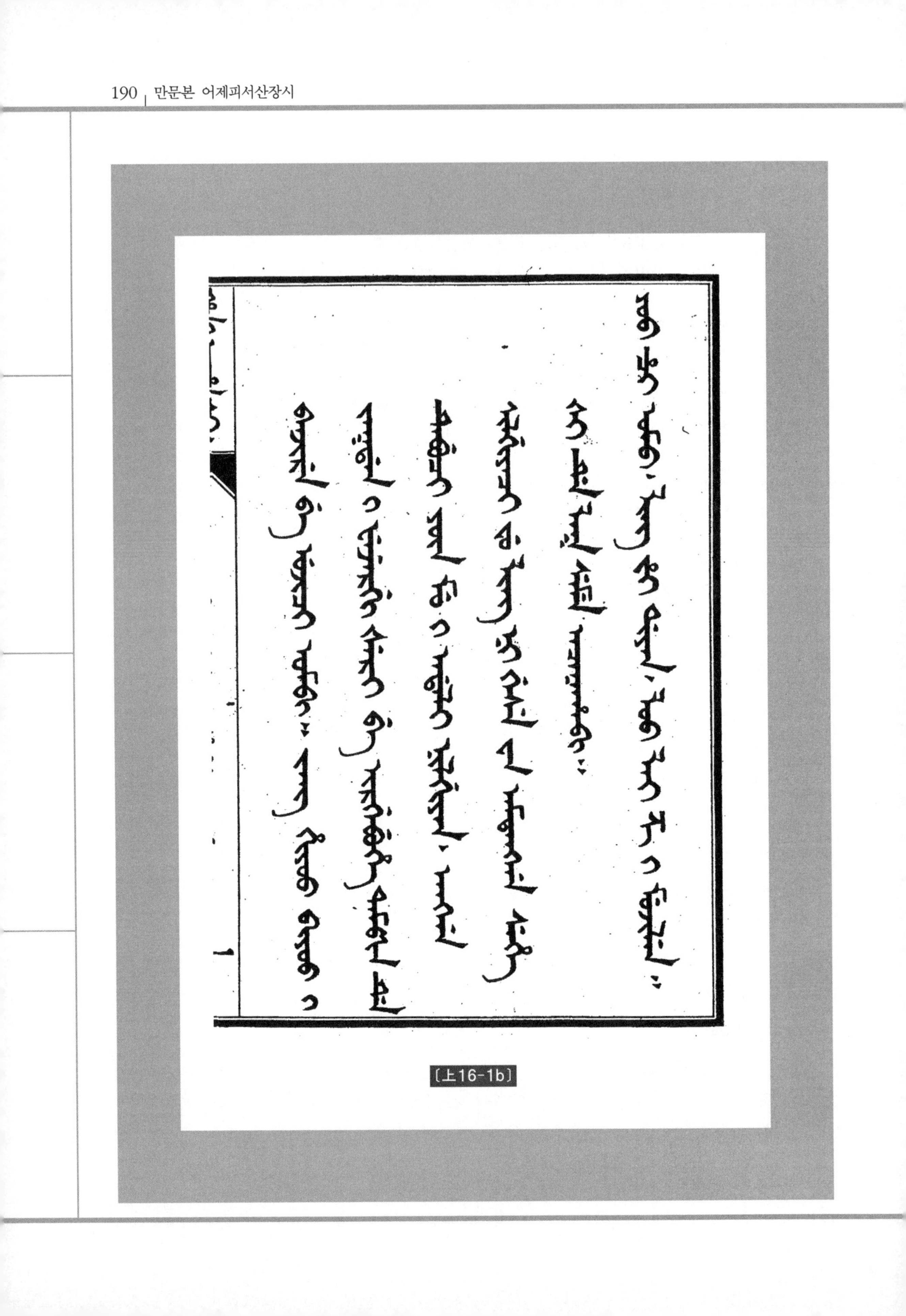

[上16-1b]

banjire be ujici ombi[84].. jang hiyoo biyoo i
사는 것 을 조양할 수 있다. 章　孝　標 의

jakdan i fejergi šeri[85] be irgebuhe tampin de
소나무 의 아래 샘　 을 시 지은 것　 병　에

tebuci yūn mu i adali　 nilgiyan. angga
넣으면 雲 母 의 같이 윤이 나고　 입

silgiyaci fu ling ni gese wa amtangga sehe
　닦으면 茯 苓 의 처럼 향기 맛있다　 한

ši de lak seme acanahabi..
詩 에 딱 하고　 맞았다.

yoo c'y omo. ling jy diyan[86]. loo lai dz[87] i mujilen..
瑤 池 못 靈 芝 殿　 老 萊 子 의 마음이다.

[한문] ————

　恰合章孝標松下泉詩, 注瓶雲母滑, 漱齒茯苓香.

瑤池芝殿老萊心,

——。—— 。—— 。——

　사는 것을 보양할 수 있다. 장효표(章孝標)가 지은 시 「송하천(松下泉)」에서 '병에 술을 넣으면 운모
(雲母)와 같이 윤이 나고, 입을 닦으면 복령(茯苓)처럼 향이 좋다'고 한 시에 딱 들어맞았다.

요지(瑤池)와 영지전(靈芝殿)은 노래자(老萊子)의 마음이다.

————————————————

84) banjire be ujici ombi : 양수(養壽)로 '오래 살기 위해 몸과 마음을 편안히 하는 것'을 가리킨다.
85) jakdan i fejergi šeri : 당나라 헌종 때의 문장가인 장효표(章孝標)가 지은 「방산사송하천(方山寺松下泉)」을 가
　　리킨다.
86) yoo cy omo. ling jy diyan : 전설상의 신선이 살았던 요지(瑤池)와 영지전(靈芝殿)을 가리킨다.
87) loo lai dz : 노래자(老萊子)를 가리킨다. 중국 춘추시대 초(楚)나라의 현인으로 난을 피하여 몽산(蒙山) 남쪽에
　　서 농사를 지으면서 살았는데, 70세에 어린아이 옷을 입고서 늙은 부모를 봉양하였다고 한다.

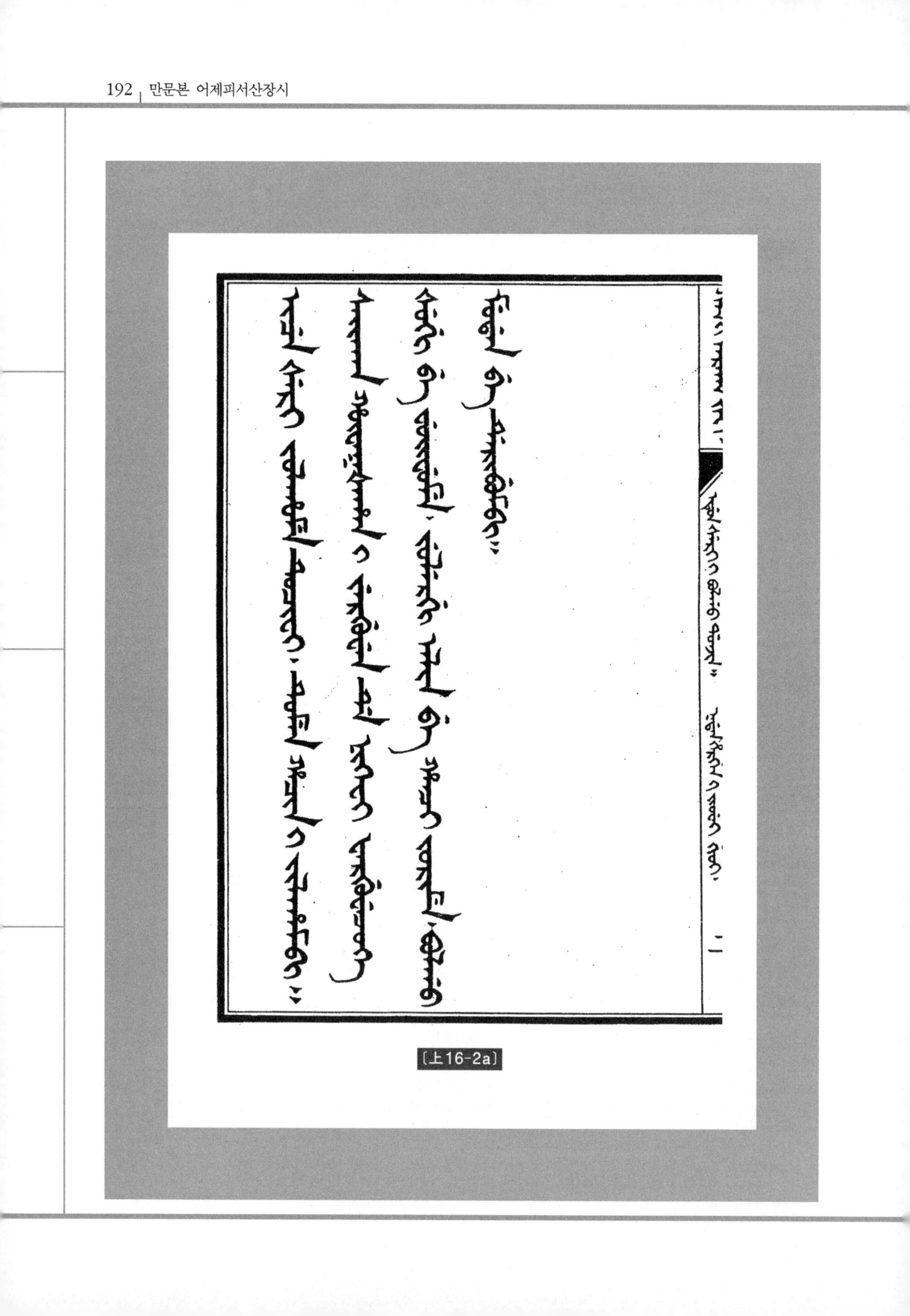

[上16-2a]

ice šeri jolhome tucifi. tumen hacin i   jilhambi[88]..
새   샘물   솟아   나와서   萬   가지 로   운다.

saikan   hūwakšahan i jerguwen de nikefi ferguwecuke
아름다운   기둥   의   난간   에 기대어   영묘한

šugi[89] be fuifume. julergi alin be   hanci   jorime.   bolgo
약물   을 달이고   남쪽   산 을   가까이 가리키며   맑은

mudan be deribumbi..
 소리   를 시작한다.

[한문] ————

涌出新泉萬籟吟. 芳檻倚欄蒸靈液, 南山近指奏淸音,

—— 。—— 。—— 。——

새로 솟아 나오는 샘물이 만 가지 소리로 운다.
아름다운 기둥의 난간에 기대어 영묘한 약물을 달이고,
남쪽 산을 가까이 가리키며 맑은 소리를 연주한다.

————————————

88) jilhambi : 'jilgambi'의 오기로 보인다.
89) ferguwecuke šugi : 영액(靈液)으로 '영묘한 물이나 액체', 또는 '이슬'을 가리킨다.

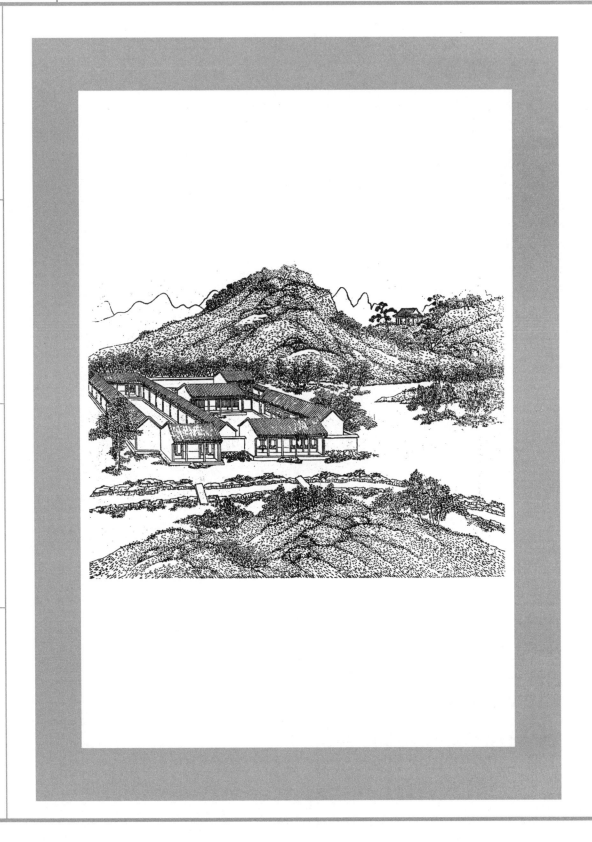

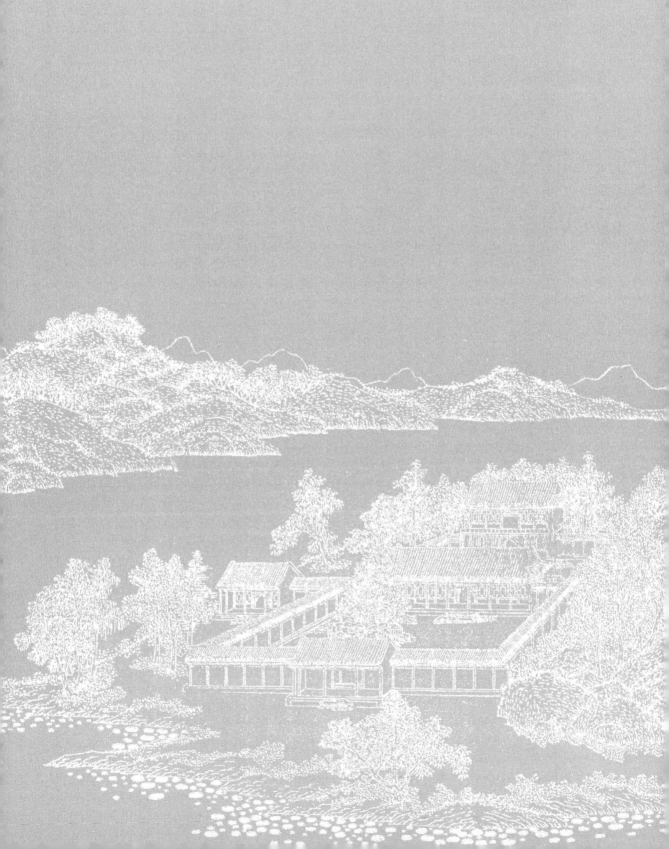

만문본 **어제피서산장시** 하권

滿文本 御製避暑山莊詩

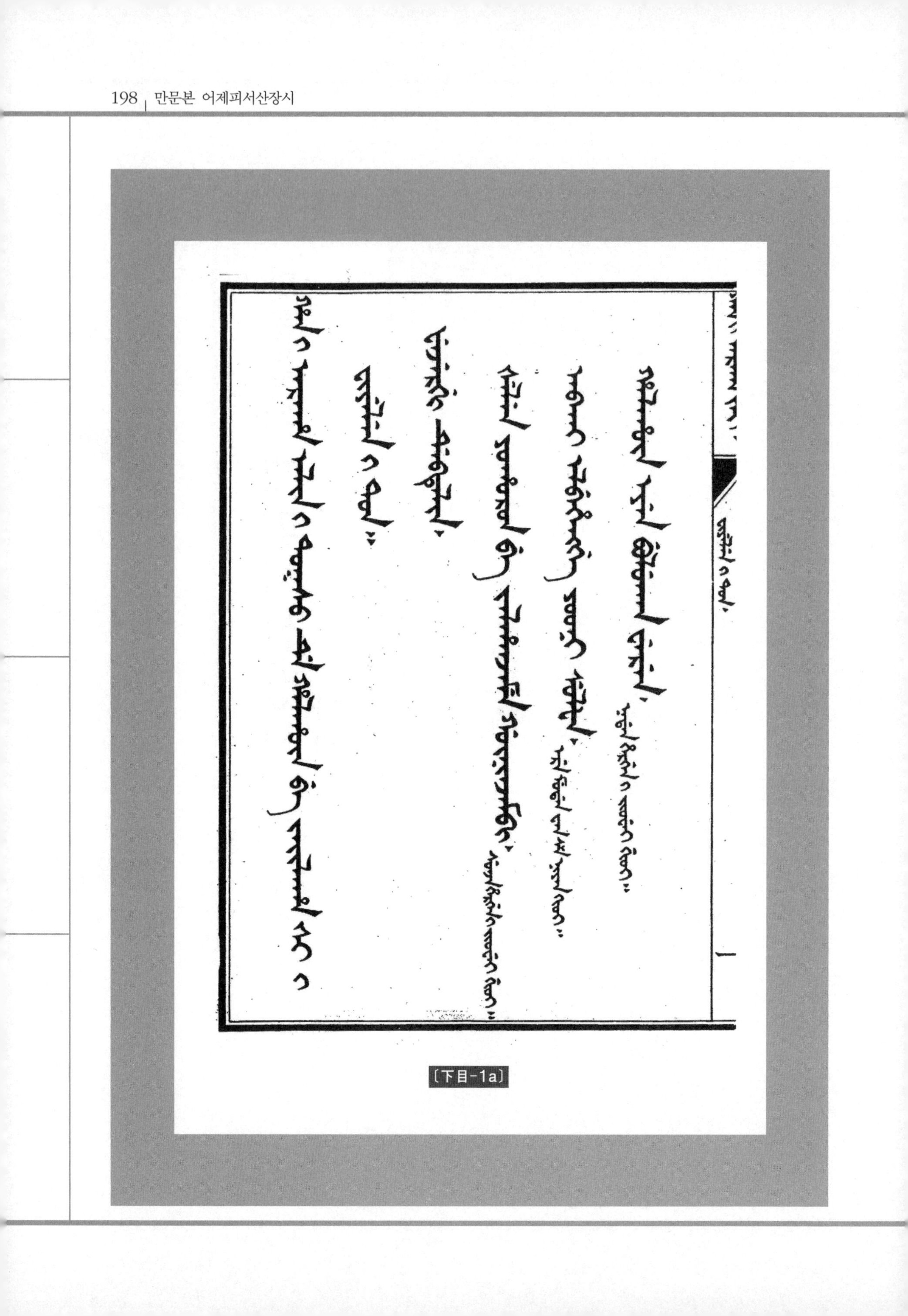

〔下目-1a〕

han i araha alin i tokso de halhūn be jailaha ši i
汗 의 지은 산 의 장원 에 더위 를 피한 시 의

　fiyelen i ton..
　　章 의 數

fejergi debtelin.
　下의　　卷

　　šelen　yohoron[90] be jalhanjame[91] gūninjambi.
　　웅덩이 구덩이　를 사이하여　　궁리하다.

　　　sunja hergen i jiwei gioi..
　　　다섯　글자 의 絶　句

　　abkai　elbehengge yooni　sulfa.
　　하늘의　덮은 것　모두　화락하다.

　　　ere mudan wan sy niyan kioi..
　　　이 곡조 萬 斯 年 曲

　　halhūn eyen bulukan weren.
　　뜨거운 흐름 따뜻한　물결

　　　nadan hergen i jiowei gioi..
　　　일곱　글자 의 絶　句

[한문] ─────

御製避暑山莊詩目錄
下卷
　濠濮間想　五言絶句
　天宇咸暢　調萬斯年曲
　暖溜喧波　七言絶句

───。───。───。───

어제피서산장시(御製避暑山莊詩) 목록 하권

　호복간상(濠濮間想)　오언절구
　천우함창(天宇咸暢)　이 곡조는 만사년곡(萬斯年曲)이다.
　난류훤파(暖溜喧波)　칠언절구

────────────────

90) šelen yohoron : 호수(濠水)와 복수(濮水)를 줄인 호복(濠濮)에 대응하는 만주어 표현이다.
91) jalhanjame : 한문 '간(間)'에 대응하나 기존의 만주어 사전에는 보이지 않는다.

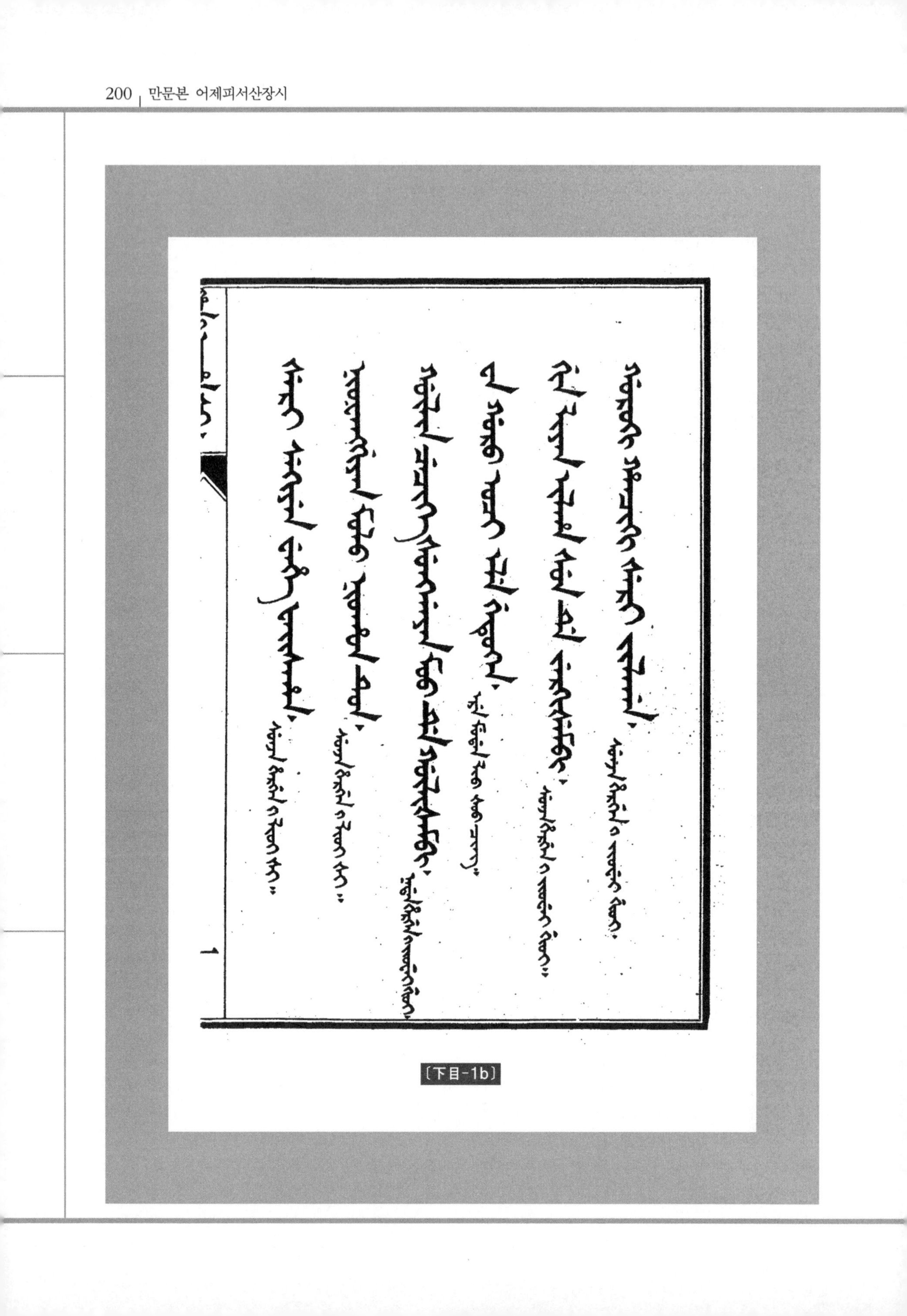

〔下目-1b〕

šeri sekiyen wehe faisha.
샘　　수원　　돌　울타리

　　sunja hergen i lioi ši..
　　다섯　글자 의 律 詩

niowanggiyan　molo　niohon tun.
푸른　　단풍나무 초록　섬

　　sunja hergen i lioi ši..
　　다섯　글자 의 律 詩

gūlin cecike šunggayan moo de gūlišambi.
꾀꼬리　　　높은　　나무 에서 지저귄다

　　nadan hergen jiowei gioi.
　　일곱　글자　絶　句

wa　goro　oci　ele　getuken.
향기 멀게 되어도 더욱 분명하다

　　ere mudan lio šoo cing..
　　이　곡조 柳 梢　靑

gin liyan ilha šun de jerkišembi.
金　蓮　꽃 해 에 눈부시다

　　sunja hergen i jiowei gioi..
　　다섯　글자 의 絶　句

goroki hanciki šeri jilgan.
멀고 가까운 샘　소리

　　sunja hergen i jiowei gioi.
　　다섯　글자 의 絶　句

[한문]────

泉源石壁　五言律
靑楓綠嶼　五言律
鶯囀喬木　七言絶句
香遠益淸　調柳梢靑
金蓮映日　五言絶句
遠近泉聲　五言絶句

──── ◦ ──── ◦ ──── ◦ ──

샘의 수원과 돌 울타리　오언율시
푸른 단풍나무와 초록 섬　오언율시
꾀꼬리 높은 나무에서 지저귀다　칠언절구
향기 멀어져도 더욱 뚜렷하다　이 곡조는 류초청(柳梢靑)이다.
금련(金蓮)이 햇빛에 눈부시다　오언절구
멀고 가까운 곳의 샘 소리　오언절구

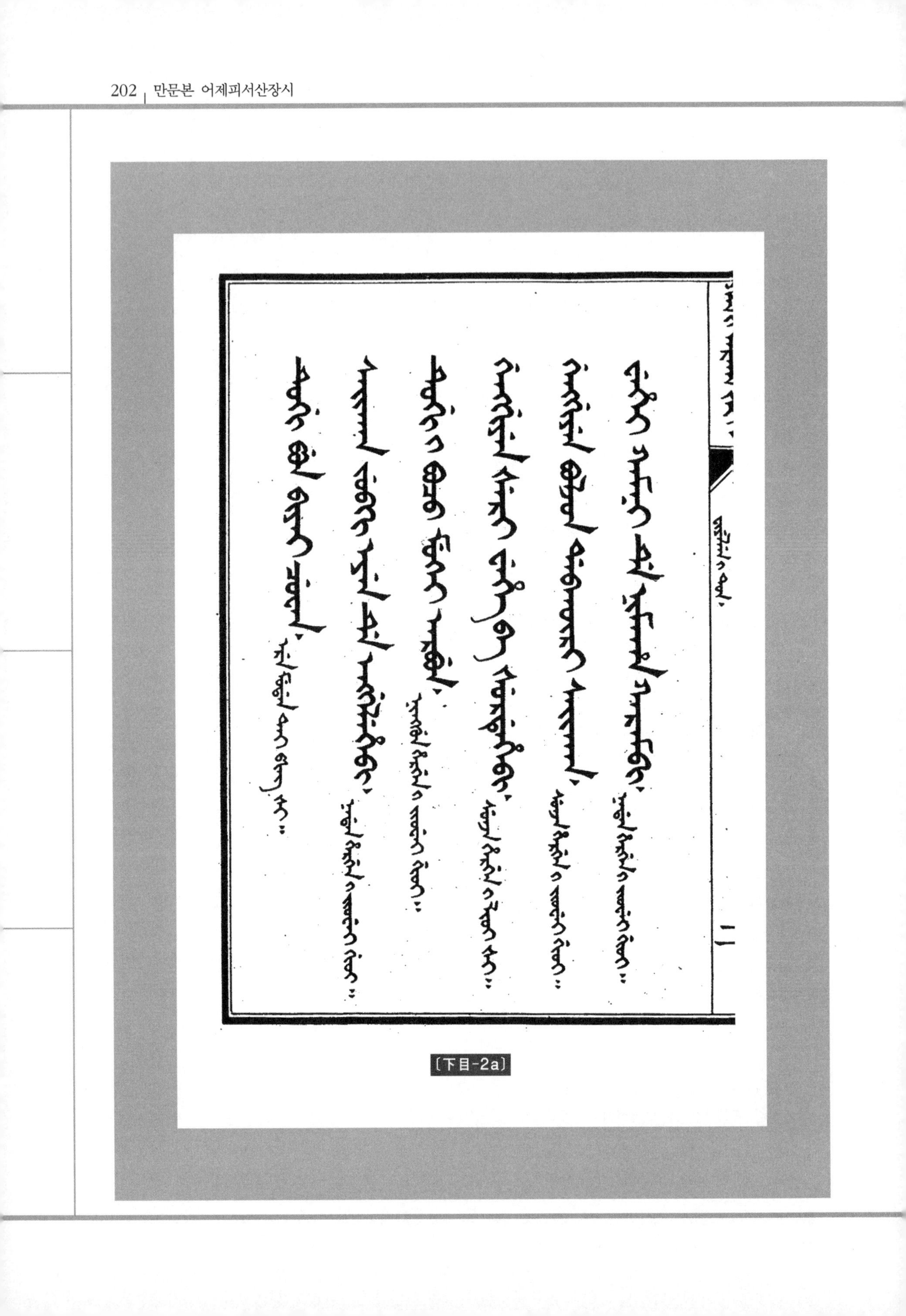

〔下目-2a〕

tugi pun biyai cuwan.
구름 돛 달의 배

    ere mudan tai ping ši..
    이 곡조 太 平 詩

saikan   jubki eyen de enggelehebi.
아름다운 모래섬 흐름 에 임했다

    nadan hergen i jiowei gioi..
    일곱 글자의 絶 句

tugi i boco mukei arbun.
구름 의 색 물의 모습

    ninggun hergen i jiowei gioi..
    여섯 글자의 絶 句

genggiyen šeri wehe be šurdehebi.
맑은 샘 돌 을 둘렀다

    sunja hergen i liio ši..
    다섯 글자의 律

genggiyen boljon dabkūri saikan.
맑은 물결 겹겹이 아름답다

    sunja hergen i jiowei gioi..
    다섯 글자의 絶 句

wehei   kamni de nimaha karambi.
돌의 좁은 입구 에 물고기 바라보다

    nadan hergen i jiowei gioi..
    일곱 글자의 絶 句..

[한문]————

  雲帆月舫   調太平詩
  芳渚臨流   七言絶句
  雲容水態   六言絶句
  澄泉遶石   五言律
  澄波疊翠   五言絶句
  石磯觀魚   七言絶句

———— ∘ —— ∘ —— ∘ ——

구름 돛과 달의 배 이 곡조는 태평시(太平詩)이다.
아름다운 모래섬이 흐름에 임했다 칠언절구
구름의 색과 물의 모습 육언절구
맑은 샘이 돌을 둘렀다 오언절구
맑은 물결이 겹겹이 아름답다 오언절구
돌로 된 좁은 입구에서 물고기를 바라보다 칠언절구

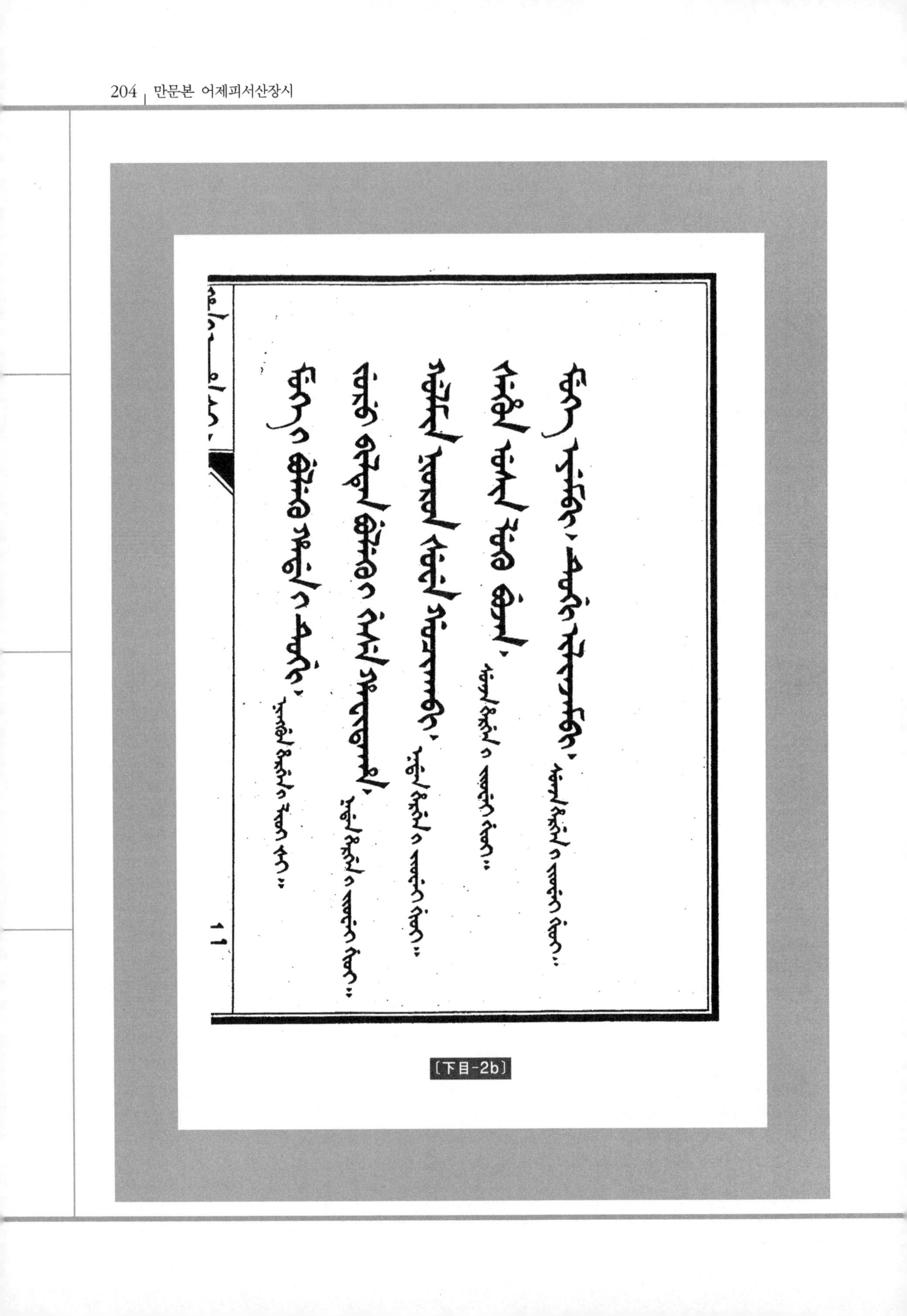

[下目-2b]

muke i buleku hada i tugi.
물 의 거울 봉우리 의 구름

ninggun hergen i lioi ši..
여섯 글자 의 律詩

juru bilten buleku i gese hafitaha.
쌍 호수 거울 의 같이 끼였다.

nadan hergen i jiowei gioi..
일곱 글자 의 絶 句

golmin nioron šuwe gocikabi.
긴 무지개 곧게 떴다.

nadan hergen i jiowei gioi..
일곱 글자 의 絶 句

šehun usin luku bujan.
넓은 밭 무성한 숲

sunja hergen i jiowei gioi..
다섯 글자 의 絶 句

muke eyembi tugi ilinjambi.
물 흐르고 구름 머물다.

sunja hergen i jiowei gioi..
다섯 글자 의 絶 句

[한문]————

鏡水雲峯　六言律
雙湖夾鏡　七言絶句
長虹飮練　七言絶句
甫田叢樾　五言絶句
水流雲在　五言絶句

——。——。——。——

거울 같은 물과 봉우리의 구름　육언율시
쌍 호수가 거울같이 끼였다　칠언절구
긴 무지개 곧게 걸렸다　칠언절구
넓은 밭과 무성한 숲　오언절구
물 흐르고 구름 머물다　오언절구

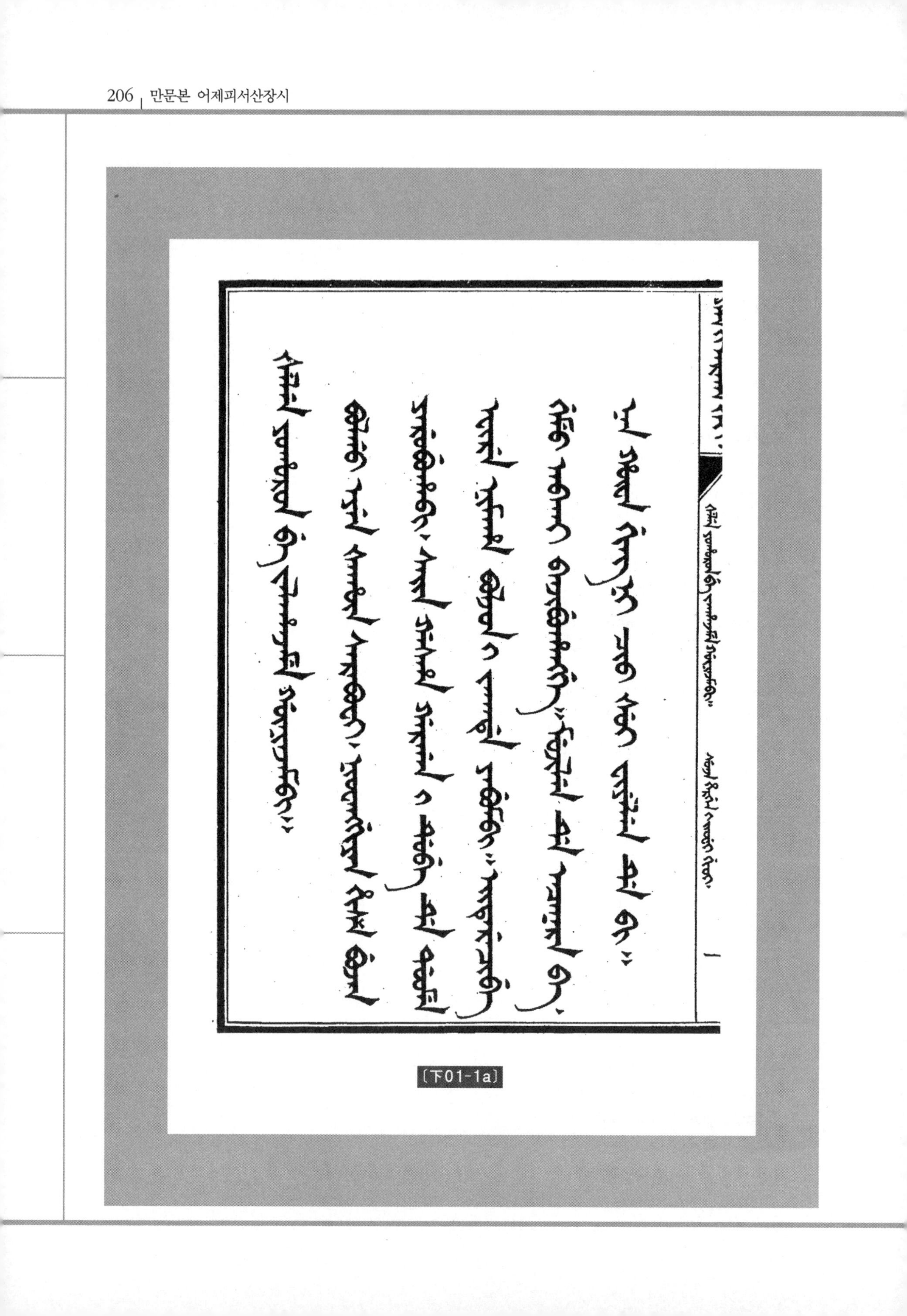

〔下01-1a〕

šelen yohoron be jalhanjame gūninjambi[92]..
웅덩이 구덩이 를 사이하여 궁리하다.

bolgo eyen šahūn sarabufi. niowanggiyan hisy bujan
맑은 흐름 옅게 펼쳐지고 푸른 산등성이 숲

yarubuhabi. sain gasha gargan i dube de doome
이끌게 하였다. 아름다운 새 가지 의 끝 에 깃들고

efire nimaha boljon i jakade yabumbi. eiterecibe
노니는 물고기 물결 의 사이에 지나간다. 대체로

gemu abkai banjibuhangge.. mujilen de acanara ba.
모두 하늘의 생기게 한 것이다. 마음 에 맞는 것

nan hūwa ging ni cio šui fiyelen[93] de bi.
南 華 經 의 秋 水 章 에 있다

[한문]————

濠濮間想

清流素練, 綠岫長林, 好鳥枝頭, 遊魚波際, 無非天適, 會心處在南華秋水矣.

———— 。 ———— 。 ————

호복간싱(濠濮間想)

맑은 흐름이 펼쳐지고, 푸른 산등성이 숲을 이끌게 하였다. 아름다운 새 나뭇가지 끝에 깃들고, 노니는 물고기 물결 사이를 지나간다. 대체로 모두 하늘에서 낸 것이다. 마음에 꼭 맞는 것은 『남화경(南華經)』의 「추수장(秋水章)」에 있다.

———————————

92) šelen yohoron be jalhanjame gūninjambi : '호수(濠水)와 복수(濮水) 사이에서 노니는 생각'이라는 뜻으로, 속세를 떠나 선경(仙境)에 사는 심경을 말한다. 『장자(莊子)』 「추수장(秋水章)」에 장자가 혜자와 함께 호수의 다리 위에서 노닐고, 복수 위에서 초나라 왕의 초빙도 거절한 채 낚시를 한 이야기가 나오는데, 뒤에 '한가롭게 소요하고 아무런 욕심 없는 생각'을 가리키는 말이 되었다.
93) nan hūwa ging ni cio šui fiyelen : 『남화경(南華經)』은 『장자』의 다른 이름으로 장자를 높여 남화진인(南華眞人)이라 하고, 그의 책을 『남화진경(南華眞經)』이라고 한 것에서 비롯되었다. 「추수장」은 제17장으로 외편에 있으며, 모두 5편의 우화로 구성되어 있다.

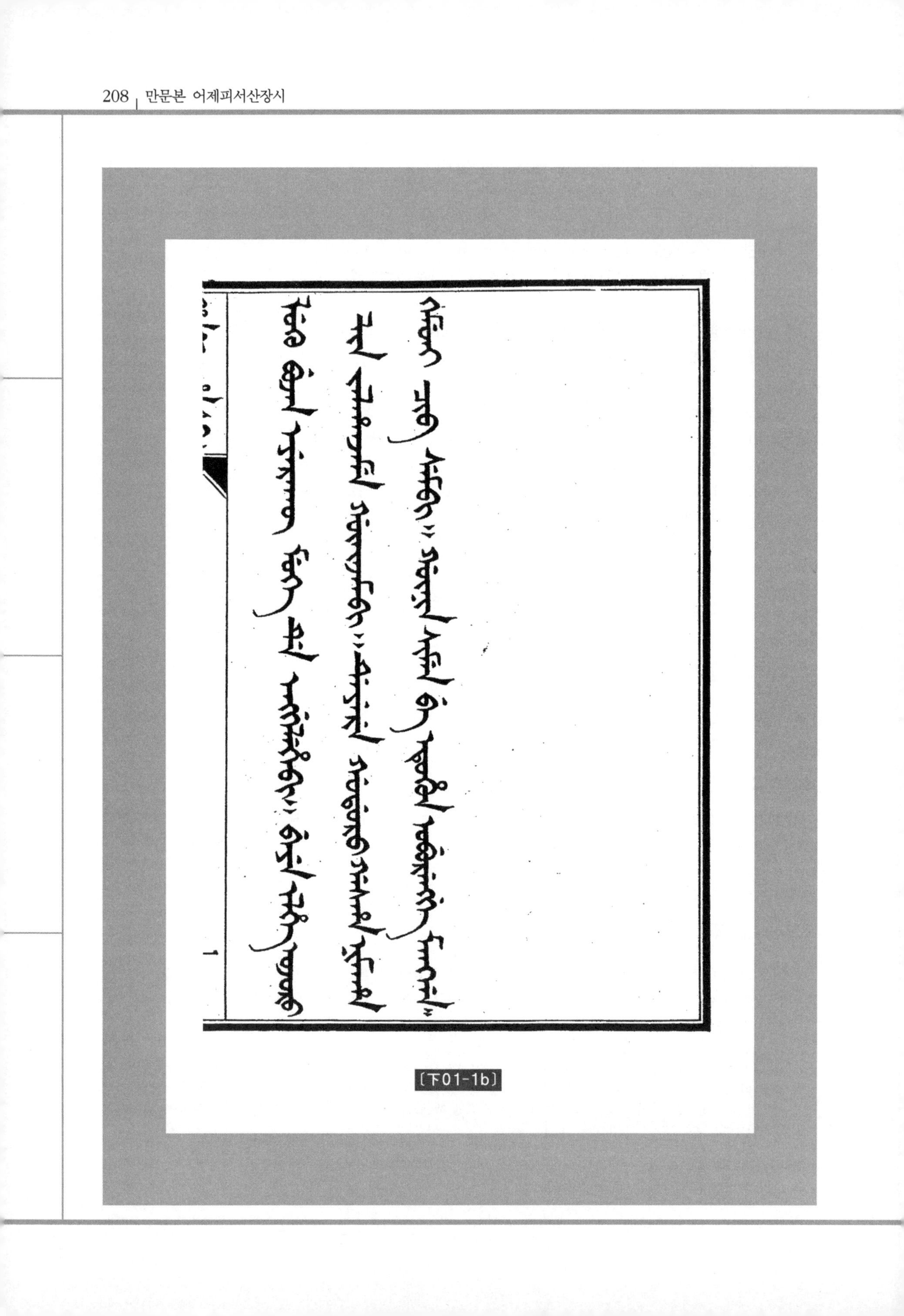

〔下01-1b〕

luku   bujan   eyerakū   muke de enggelehebi. beye elhe   ojoro
무성한   숲 흐르지 않는   물 에   임했다.   몸 편하게 되기

jalin[94] jalhanjame gūninjambi.. deyere   godoro   gasha nimaha
때문   사이하여   궁리한다.   날고 뛰어오르는 새   물고기

kemuni cib sembi..   gūnin simen be etuhun oburengge   mangga..
여전히 고요하다.   생각 정신 을 강하게 되게 하는 것 어렵다.   .

[한문]────
茂林臨止水, 間想託身安. 飛躍禽魚靜, 神情欲狀難.

──。──。──。──

무성한 숲이 흐르지 않는 물에 임하니,
몸 편하게 되기 때문에 그 사이하여 궁리한다.
날아가는 새와 뛰어오르는 물고기는 여전히 고요한데,
생각과 정신을 강하게 하는 것이 어렵구나.

────────
94) jalin : 의미상으로 볼 때, 'jalin'의 'ja'가 탈획되었다.

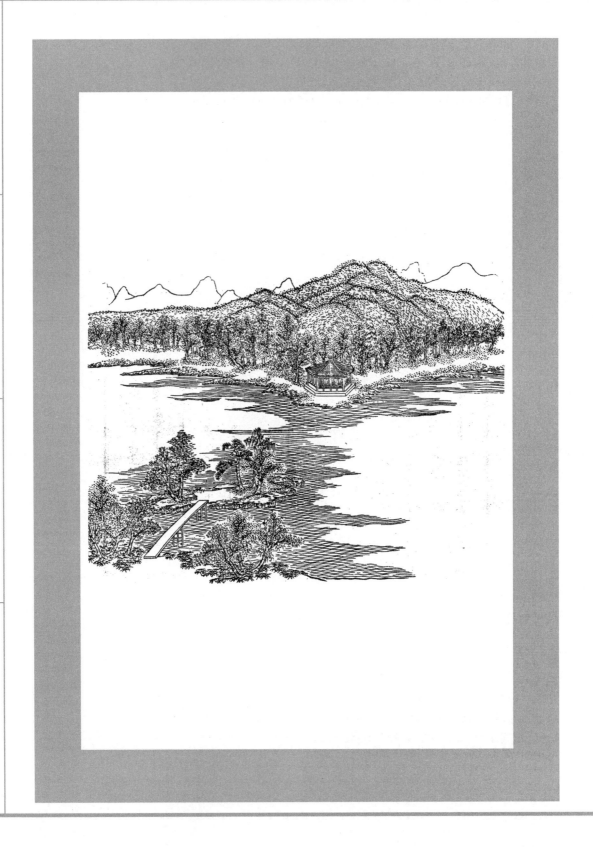

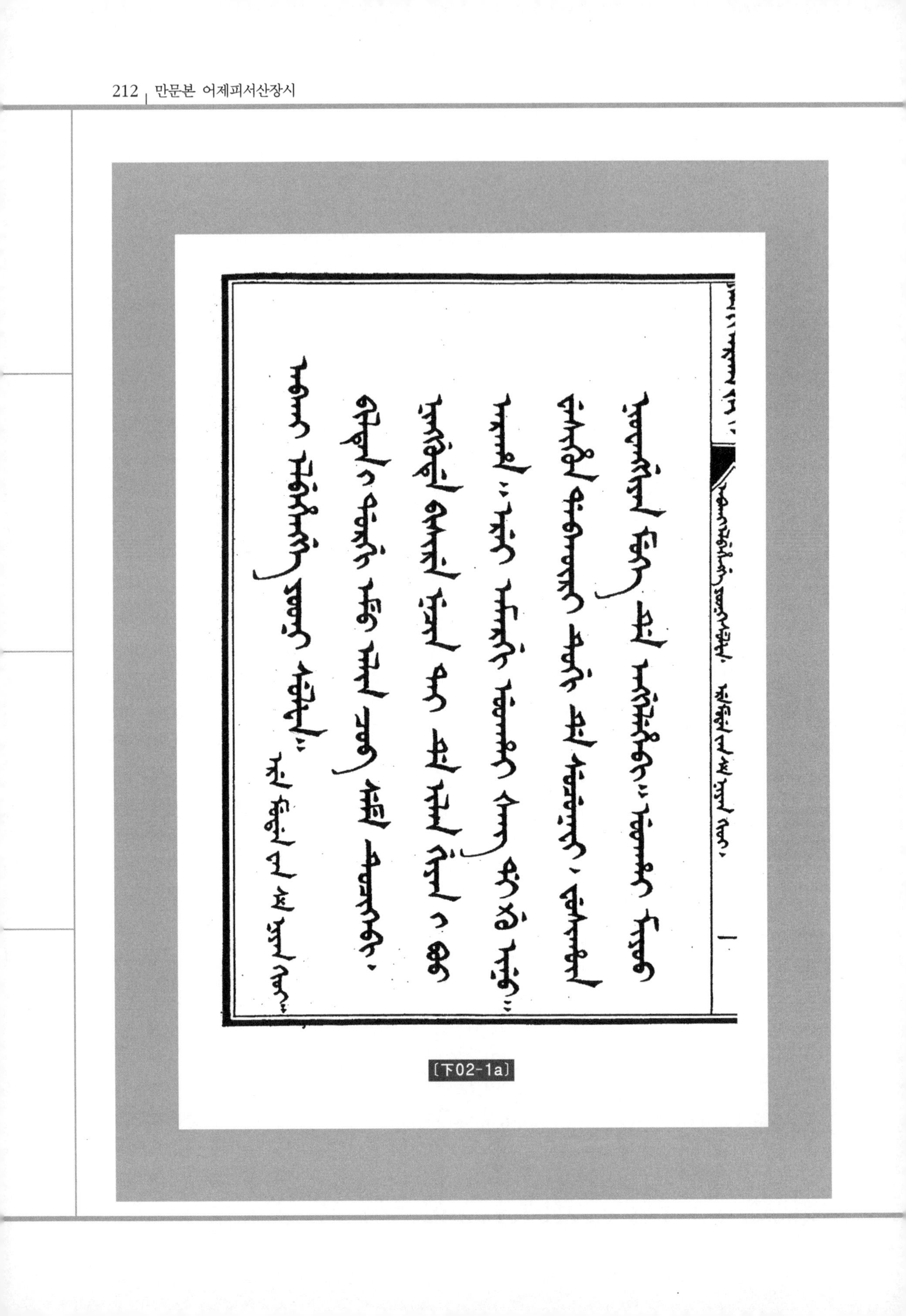

ᠨᡝᡳᡤᡝᠨ ᠪᡝ

[下02-1a]

abkai elbehengge yooni   sulfa..
하늘의   덮은 것   모두 화락하다.

      ere mudan wan sy niyan kioi[95]
      이 곡조   萬 斯   年   曲

  bilten i dorgi emu alin   cob seme tucikebi.
  호수 의 안쪽 한   산 우뚝 하고 나왔다

  ninggude bisire necin tai de ilan giyan i boo
  위에   있는 평평한 臺 에 3   間 의 집

  araha..   erei amargi uthai šang di gʻo inu..
  만들었다. 이곳의 북쪽   곧   上 帝 閣 이다.

  wesihun dabkūri tugi de sucunafi. fusihūn
  위로   겹겹이 구름 에 통하고 아래로

niowanggiyan muke de enggelehebi. uthai miyoo
푸른   물 에   임했다   곧   妙

[한문]

天宇咸暢   調萬斯年曲

  湖中一山突兀, 頂有平臺, 架屋三楹, 北卽上帝閣也. 仰接層霄, 俯臨碧水,

—— 。—— 。—— 。——

천우함창(天宇咸暢) 이 곡조는 만사년곡(萬斯年曲)이다

  호수 안에 산이 하나 우뚝 나와 있고, 그 위에 있는 평평한 대(臺)에 세 칸의 집을 지었다. 이곳의 북쪽이 곧 상제각(上帝閣)이다. 위로 겹겹이 쌓인 구름에 통하고, 아래로 얕고 푸른 물에 임했다.

95) wan sy niyan kioi : 중국의 음악 곡조의 하나인 '만사년곡(萬斯年曲)'으로 『악부잡록』에서는 주애(朱崖) 이태위(李太尉)가 바친 '천선자(天仙子)'를 가리킨다 하였고, 『당서』에서는 재상 이덕유(李德裕)가 악공에게 명하여 지어 바치게 한 곡이라고 하였다.

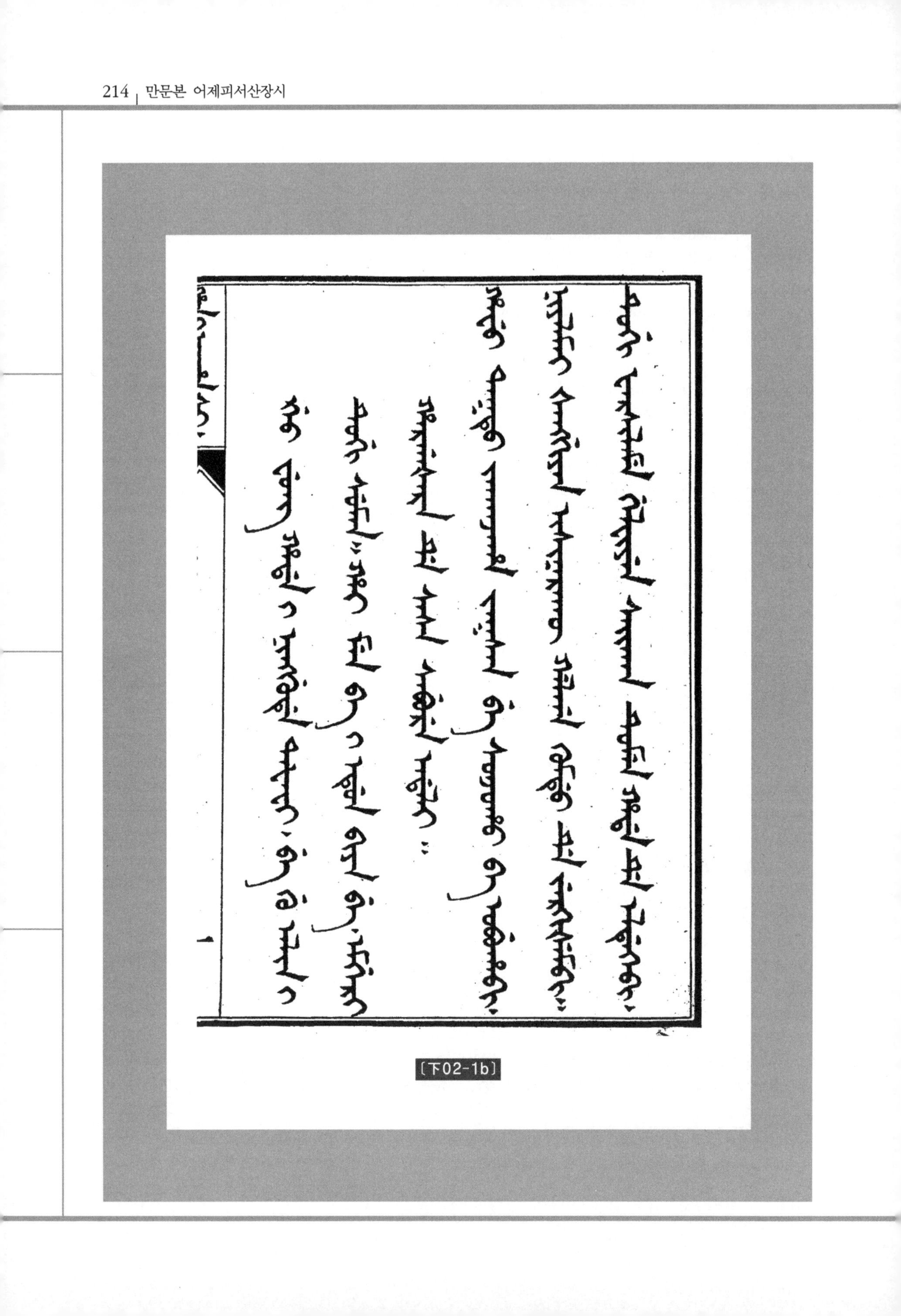

g'eo fung hada i ninggude tafafi. be gu alin i
高 峰 봉우리 의 위에 올라서 北 固 산 의

tugi suman.. hai men ba i edun biya be. emgeri
구름 연무. 海 門 땅 의 바람 달 을 한 번

hargašara de sasa sabure adali..
바라봄 에 함께 보는 것 같다.

hafu taktu jakanjaha[96] jaksan be sonjoho ba obuhabi.
꿰뚫은 누각 끊어진 노을 을 선택한 땅 되게 했다.

niyalmai šanggiyan[97] isinarakū galga kumdu[98] de jerkišembi.
사람의 연기 미치지 않고 맑은 허공 에 눈부시다.

tugi farsilame gelfiyen saikan tumen hada de eldekebi.
구름 조각나고 엷고 아름다워 萬 봉우리 에 빛났다.

[한문]

如登妙高峰上, 北固烟雲, 海門風月, 皆歸一覽.

通閣斷霞應卜居, 人烟不到麗晴虛. 雲葉淡巧萬峰明,

곧 묘고봉(妙高峰) 위에 올라, 북고산(北固山)의 연운(煙雲), 해문(海門) 땅의 풍월(風月)을 한 번에 같이 보는 것과 같다.

꿰뚫은 누각 끊어진 노을을 선택한 땅 되게 했고,
사람의 인적이 미치지 않고 맑은 하늘이 눈부시다.
구름 흩어져 엷고 아름다워 만 봉우리에 빛나고,

96) jakanjaha : 문맥상 'jakanaha'의 오기로 판단된다.
97) niyalmai šanggiyan : 인연(人煙)에 대응하는데, '인가에서 불을 때어 나는 연기'라는 뜻으로, '사람이 사는 기척' 또는 '인가'를 가리킨다.
98) galga kumdu : 청허(晴虛)에 대응되는데, '맑게 갠 하늘', 즉 '청천(晴天)'을 가리킨다.

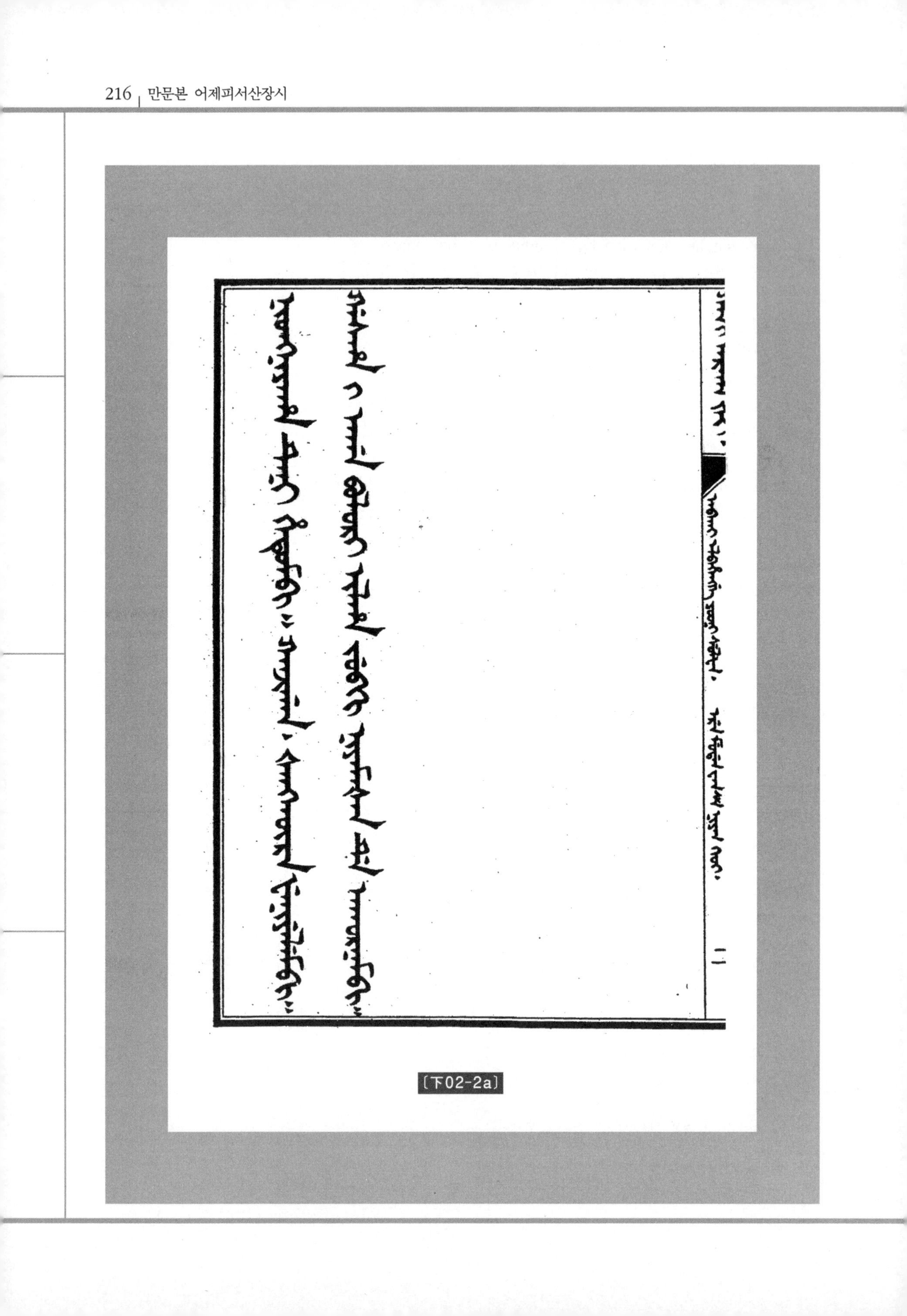

[下02-2a]

niongniyaha teni   hetumbi..   kanjigan. šangkūra[99] feniyelembi..
기러기   이제야 날아지나간다.   鴻   雁   무리 이룬다.

gasha i aga[100] bolori ilha jubki niyamašan[101] de akūnambi..
새 의 비   가을 꽃 모래톱   섬   에 다다른다.

[한문]────────

雁過初, 賓鴻侶, 鷗雨秋花遍洲嶼.

── ◦ ── ◦ ── ◦ ──

기러기 비로소 날아가고,
홍안(鴻雁)이 무리 이루며,
가을비와 가을꽃이 모래톱에 다다른다.

────────────────

 99) kanjigan šangkūra : 빈홍(賓鴻)에 대응하는 것으로, 큰기러기와 작은 기러기를 가리키는 '홍안(鴻雁)'을 가리키
    는 것으로 보인다. 'kanjigan'은 'kanjiha'의 다른 표현이거나 오기로 판단된다.
100) gasha i aga : 구우(鷗雨)에 대응하는 것으로, '가을비'를 가리킨다.
101) jubki niyamašan : 주서(洲嶼)에 대응하며, '강어귀에 삼각주처럼 흙과 모래가 쌓여서 된 모래톱'을 가리킨다.

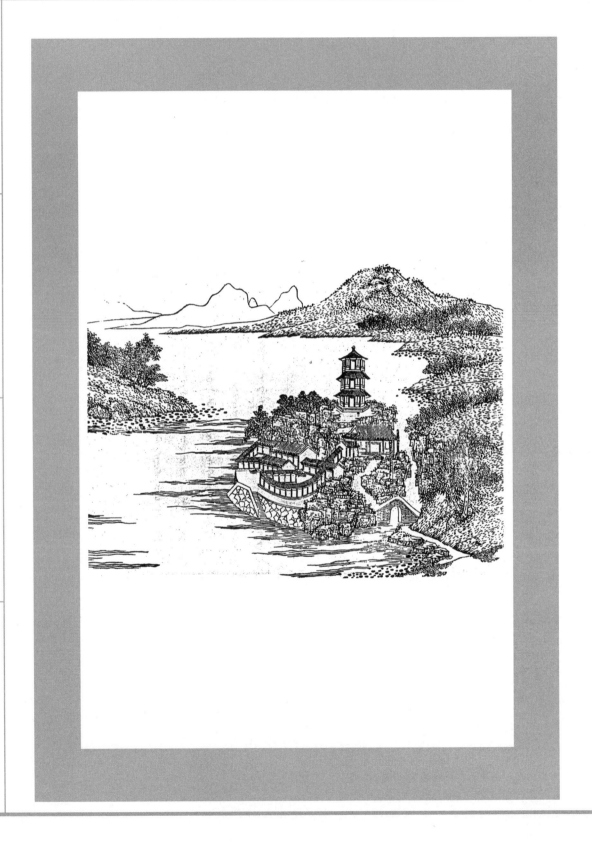

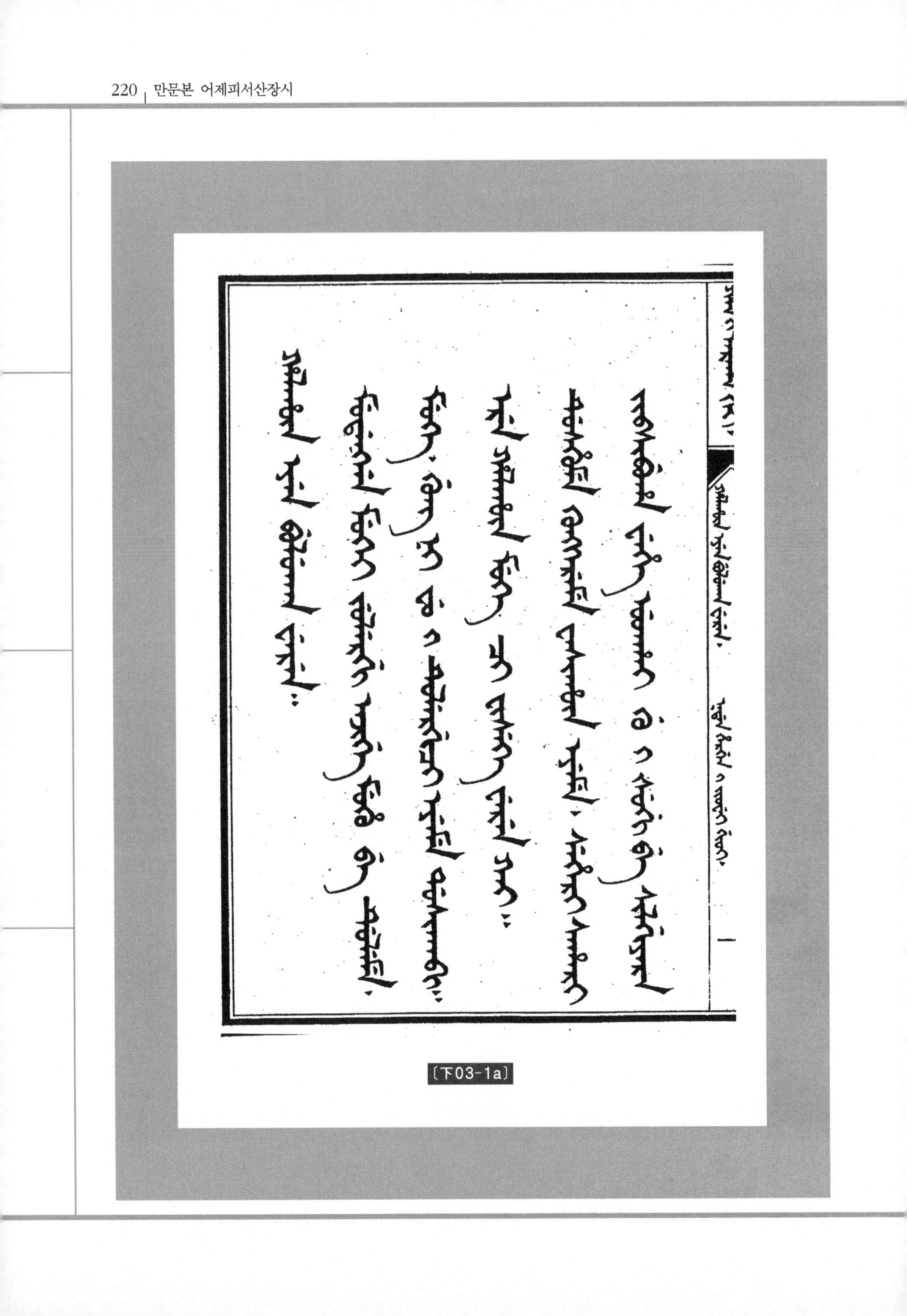

ᠮᠠᠨᠵᡠ

[下03-1a]

halhūn eyen bulukan weren..
뜨거운 흐름 따뜻한 물결

mudangga mukei[102] julergi ajige muhu be duleme.
굽은   물의   남쪽 작은 언덕 을 지나

muke. gung ni fu i tulergici eyeme dosikabi..
물   宮 의 담장 의 바깥쪽에서 흘러 들어갔다.

ere halhūn muke ci fiseke weren   kai..
이 뜨거운 물   에서 내뿜은 물결 이로구나.

dushume kungkereme[103] wasihūn eyeme. seheri sahari
힘차게   퍼부어   아래로 흐르고   줄줄이

jibsibuha wehe uthai gu i šugi[104] be silgiyara
겹쳐진   돌   곧   玉 의 액   을   씻음

[한문]──────────

暖溜暄波

曲水之南, 過小阜, 有水自宮墻外流入, 蓋湯泉餘波也. 噴薄直下, 層石齒齒, 如漱玉液.

──── 。──── 。──── 。────

난류훤파(暖溜暄波)

곡수(曲水)의 남쪽으로 작은 언덕을 지나, 물이 궁궐 담장 바깥쪽으로부터 흘러 들어갔다. 이것은 온천(溫泉)에서 내뿜은 물결이로구나. 힘차게 퍼부어 아래로 흘러서, 줄줄이 겹쳐진 돌이 곧 옥액(玉液)을 씻는 것 같다.

────────────────

102) mudangga muke : 곡수(曲水)로 '굽이굽이 휘어져 흐르는 물'을 가리킨다.
103) kungkereme : 'hungkereme'의 오기로 보인다.
104) gu i šugi : 옥에서 나오는 액(液)으로, 마시면 오래 산다 하여 도가에서 선약(仙藥)으로 여긴다.

〔下03-1b〕

adali.. fifaka sabdan fosoko obonggi de
같다. 튕겨 나온 물방울 튀어 오른 물거품 에

kemuni tugi teliyebure jaksan haksara arbun bi[105]..
항상 구름 피어오르고 노을 불타는 모습 있다.

mukei sekiyen i halhūn turgen de jadaha uthai dulembi..
물의 수원 의 뜨거운 빠른 물살 에 남은 병 곧 낫는다.

jolhome tucike in yang de bolhomire silgiyaburengge ambula..
솟구쳐 나온 陰 陽 에 재계하고 씻긴 것 많다.

tebeliyeme karmame faksalara de hanci goro akū. lakcaha
안고 보호하며 나눔 에 가깝고 먼 것 없고 끊어지고

yadarangge ci aname gemu sulakan banjire be uculembi..
궁핍한 것 이라 해도 모두 평안히 사는 것 을 노래한다.

[한문] ────────

　飛珠濺沫, 猶帶雲蒸霞蔚之勢.

水源暖溜輒蠲疴, 涌出陰陽滌蕩多. 懷保分流無近遠, 窮簷盡誦自然歌.

──── ◦ ──── ◦ ──── ◦ ────

　튕겨져 나온 물방울과 튀어 오른 물거품에는 언제나 구름 피어오르고 노을이 불타는 모습이 있다.

수원(水源)의 뜨겁고 빠른 물살에 남은 병이 곧 낫고,
솟구쳐 나온 음양에 재계(齋戒)하고 씻긴 것 많다.
안고 보호하여 나누니 가깝고 먼 것이 없고,
끊어지고 궁핍한 것이라 해도 모두 평안히 사는 것을 노래한다.

───────────────────────────────
105) tugi teliyebure jaksan haksara : 운증하울(雲蒸霞蔚)에 대응하며, '구름이 피어오르고 놀이 비끼는 모습'을 표
　　현한 것으로 '화려하고 찬란한 경치'를 가리킨다.

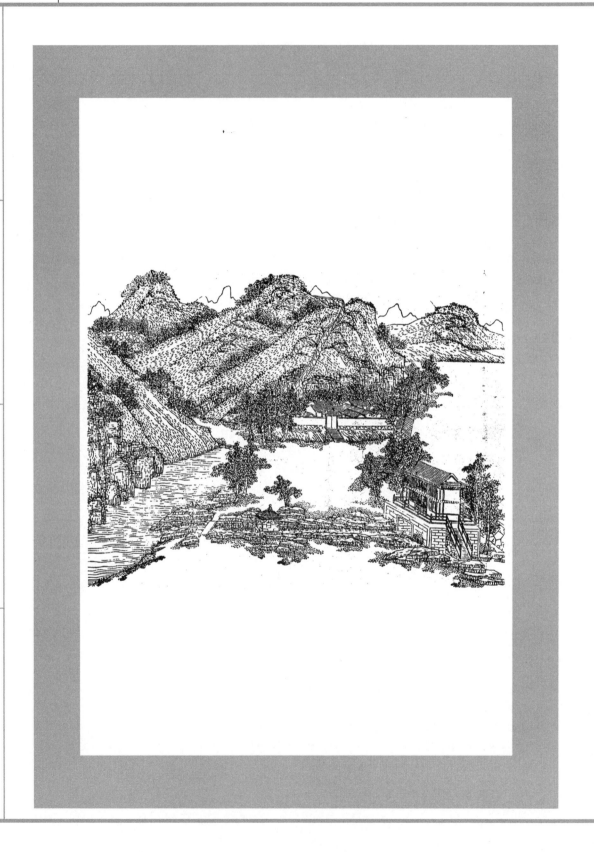

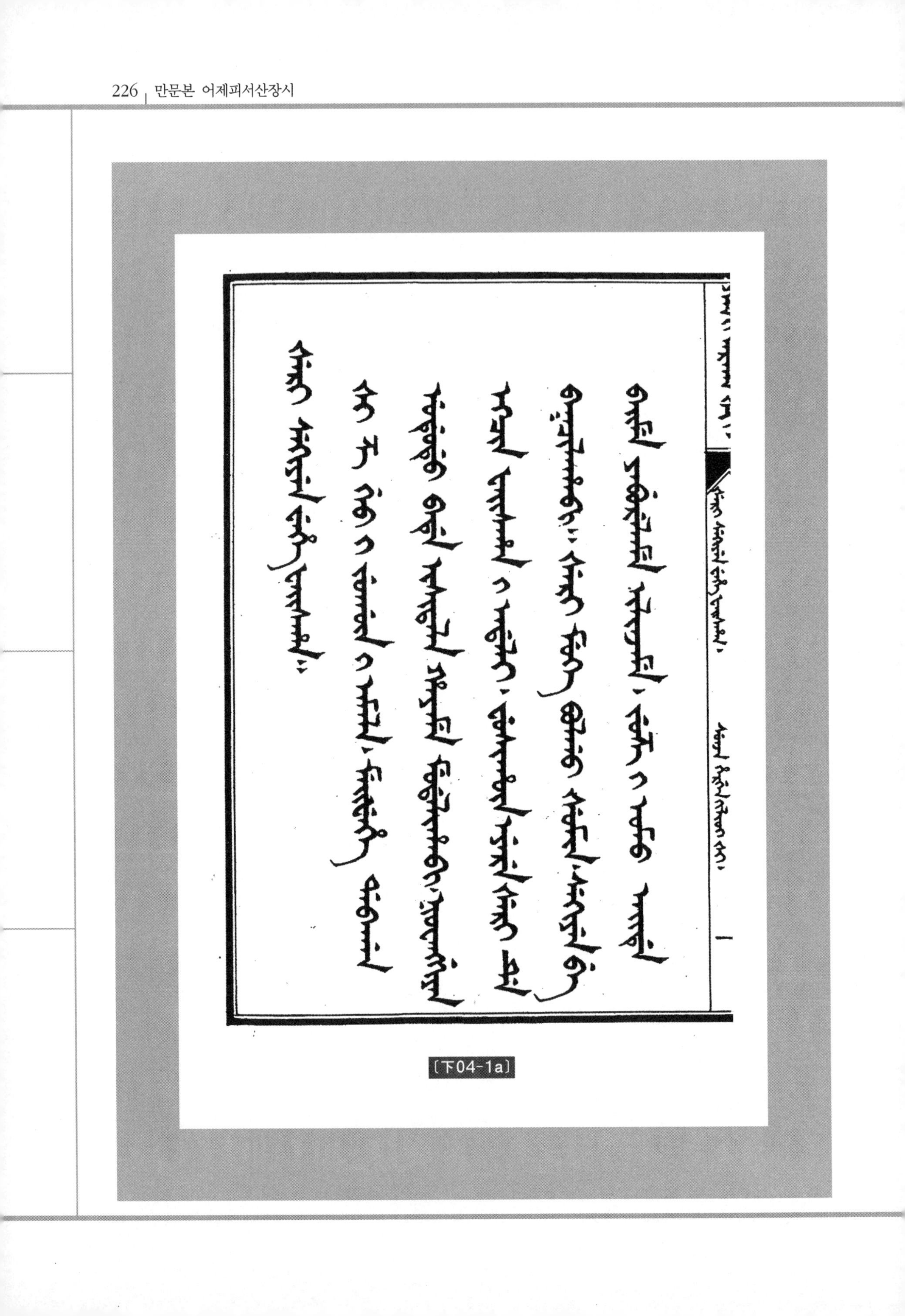

[下04-1a]

šeri sekiyen wehe faishan..
샘　　수원　　돌　울타리

ši dz geo i jugūn i amala. meifehe dabagan
獅 子 溝 의 길 의 북쪽　산비탈　고개

ududu bade isitala　hayame　mudalihabi. niowanggiyan
여러　곳에 이르도록 구불구불하게 감돌았다.　　푸른

ekcin faishan i adali. fusihūn eyere šeri de
벼랑　울타리 의 같다　아래로 흐르는 샘 에

bakcilahabi.. šeri muke bolgo šumin. sekiyen be
마주하였다.　샘　물　맑고 깊다　수원　을

baime　yaburelame　ilinjame.　judz i omo aide
찾으러　쉬엄쉬엄 가고 잠시 멈추어　朱子 의 연못 어째서

[한문] ————————

泉源石壁

獅逕之北, 岡嶺蜿蜒數里, 翠崖如壁, 下暎流泉, 泉水靜深, 尋源徙倚,

——— 。——— 。——— 。———

천원석벽(泉源石壁)

'사자구(獅子溝)의 길 북쪽, 산비탈과 고개 몇 곳에 이르도록 길이 구불구불하게 굽이져 있다. 푸른 벼랑이 울타리와 같고, 얕게 흐르는 샘을 마주하고 있는데, 샘물이 맑고 깊다. 수원을 쉬엄쉬엄 가다가 잠시 멈추어 주자(朱子)의, "연못이 어찌

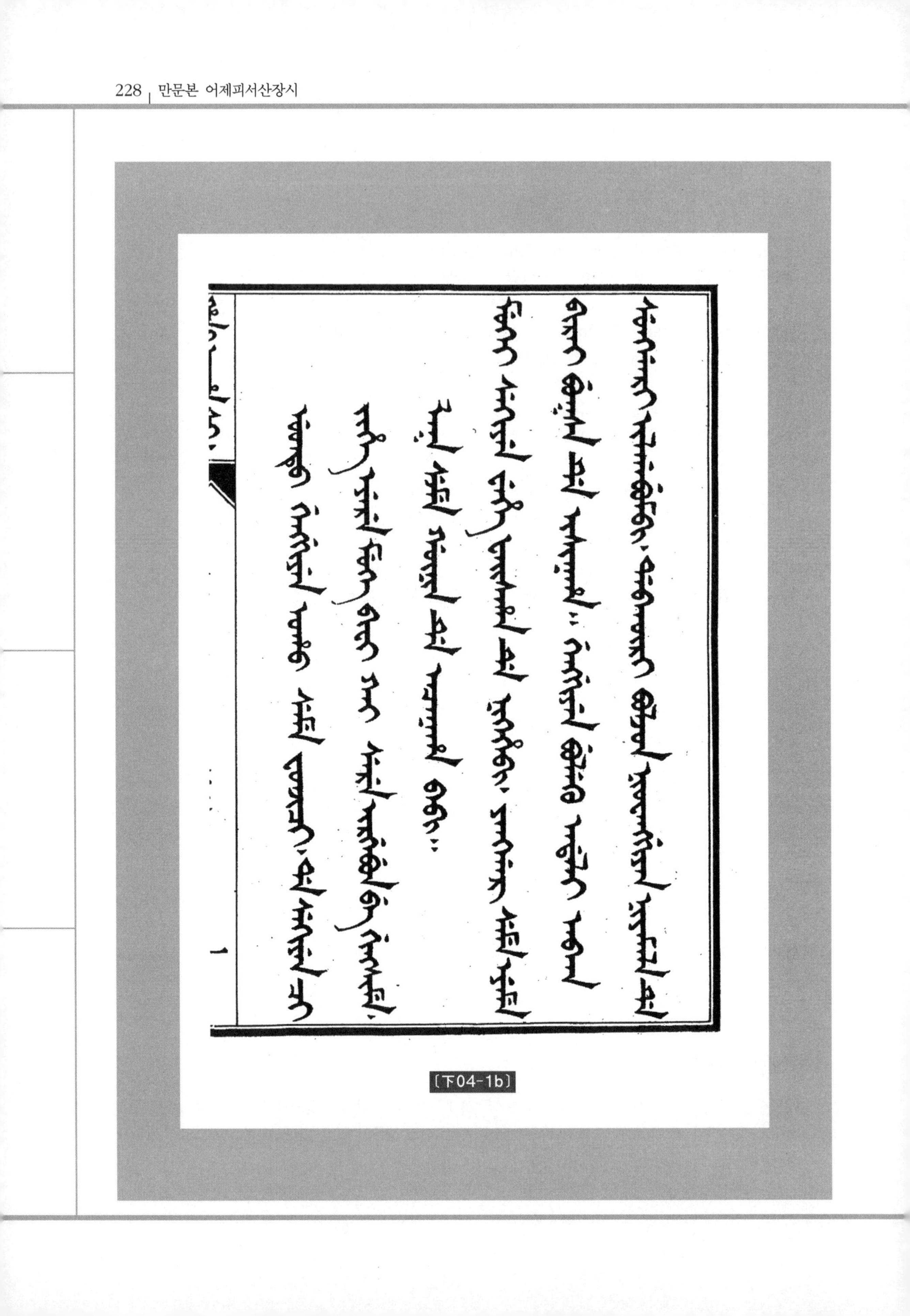

[下04-1b]

uttu genggiyen oho   seme fonjici. da sekiyen[106] ci
이처럼   맑게   되었는가 하고 물으니   수원   에서

jihe eyere muke bifi   kai sere irgebun be gingsime.
온 흐르는 물 이어서 니라 하는   시 를 읊조리며

lak seme gūnin de acanaha   babi..
딱 하고 생각 에   맞는   바 있다.

mukei sekiyen wehe faishan de nikehebi. yanggar seme eyeme
물의   수원   돌 울타리 에 기대었다   맑게   흘러

birai buksa[107] de isinaha.. genggiyen buleku adali abka
강의 굽이   에 이르렀다   맑은   거울 같은 하늘

sunggari ilgabumbi. dabkūri boljon niowanggiyan niyamala de
은하   구별된다 겹겹이 물결   푸른   이끼 에

[한문] ─────────
　咏朱子‘問渠那得淸如許, 爲有源頭活水來’之句, 悠然有會.

水源依石壁, 雜踏至河隈. 淸鏡分霄漢, 層波濺碧苔.

── 。── 。── 。──

　이처럼 맑게 되었는가 하고 물으니, 수원(水源)에서 흘러오는 물이어서 그러 하노라.” 하는 시를 읊조
리며 바로 만족하였다.

수원(水源)은 돌 울타리에 기대었고,
맑게 흘러 강굽이에 이르렀다.
맑은 거울과 같아서 하늘과 은하수가 구분되고,
겹겹의 물결이 푸른 이끼에 튄다.
──────────────

106) da sekiyen : 원두(源頭)에 대응하며, ‘물의 근원’, ‘수원(水源)’, ‘발원지(發源地)’를 가리킨다.
107) birai buksa : 하외(河隈)에 대응되는데, ‘물굽이’를 가리킨다.

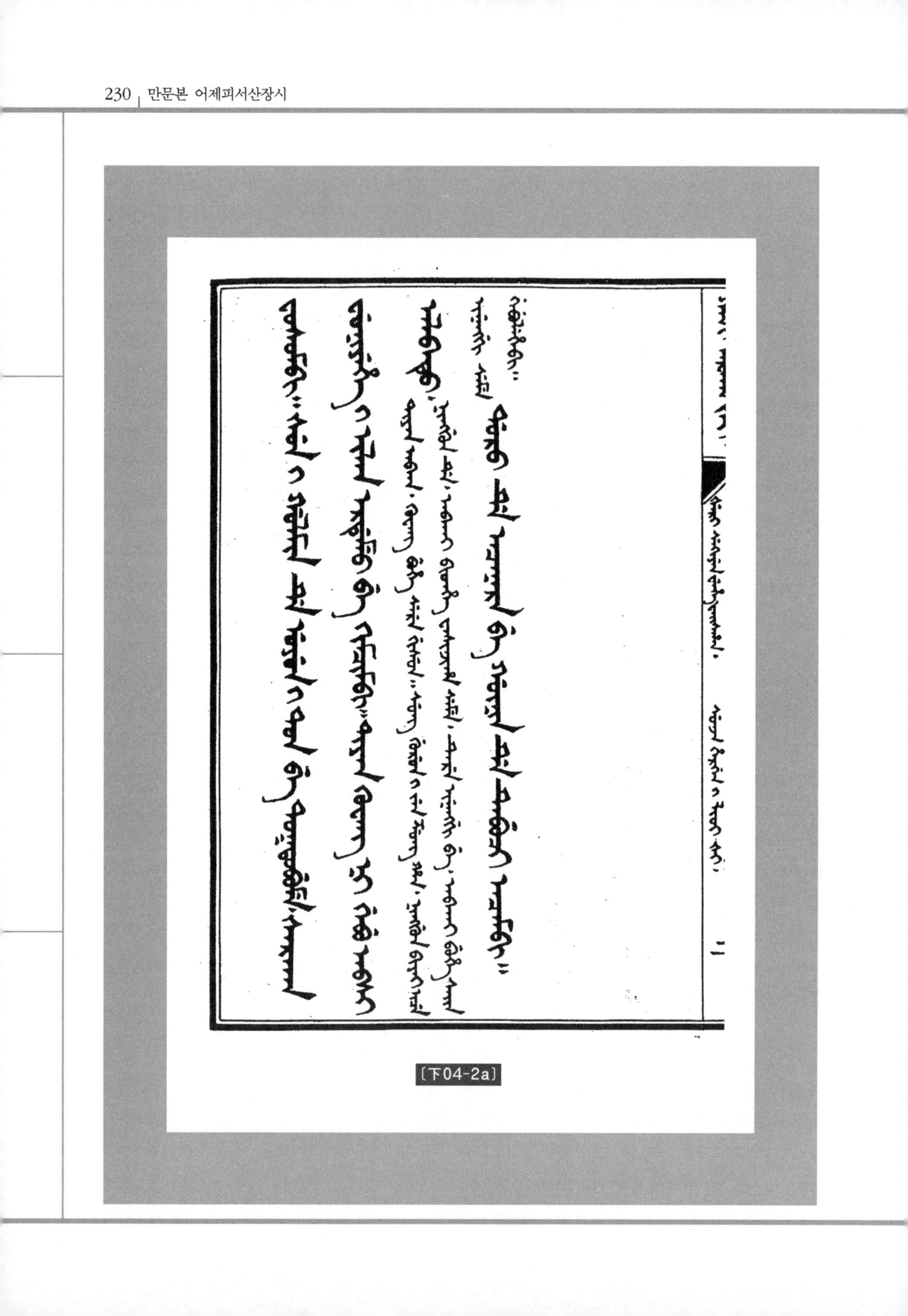

[下04-2a]

fosombi.. šun i golmin de uyun i ton[108] be toktobume šaraka
튄다. 해 의 깊 에 아홉 의 수 를 정하게 하고 허옇게 센

funiyehe i ilan erdemu[109] be kimcimbi.. tiyan kuwang ni gebu absi
머리카락 으로 3 才 를 궁구한다. 天 貺 의 이름 참으로

albatu.
비루하고

> tiyan abka. kuwang buhe sere gisun.. sung gurun i jen dzung han. ninggun biyai ice
> 天 하늘 貺 주었다 하는 말 宋 나라의 眞 宗 汗 6 월의 초
> ninggun de. abkai bithe wasinjiha seme. tere inenggi be. abkai buhe sain
> 6 에 하늘의 글 내려왔다 하여 그 날 을 하늘의 준 좋은
> inenggi seme
> 날 하고
> gebulehebi..
> 이름 지었다.

doro de acanara be gūnin de tebuci acambi..
도리 에 일치함 을 마음 에 두어야 한다.

[한문] ─────
日長定九數, 髮白考三才. 天貺名猶鄙, 居心思道該.

───── 。 ───── 。 ───── 。 ─────

해가 길어 구수(九數)를 정하고,
흰 머리는 삼재(三才)를 궁리한다.
천황(天貺)의 이름이 참으로 비루하고,
　　'천(天)'은 '하늘'이고, '황(貺)'은 '주었다'는 말이다. 송나라의 진종(眞宗) 6월 6일에 '하늘에서 글이 내려왔다'
　　하여 그 날을 '천황절(天貺節)'이라고 이름 지었다.
도리에 맞도록 마음에 두어야 한다.

───────────────
108) uyun i ton : 구수(九數)에 대응하며, 중국에서 가장 오래된 계산법으로 황제(黃帝)가 예수(隸首)에게 명하여
　　 만들었다고 하는 아홉 가지 산술법으로 '구장산술(九章算術)'이라고 한다.
109) ilan erdemu : 삼재(三才)로 하늘[天]과 땅[地]과 사람[人]을 가리킨다.

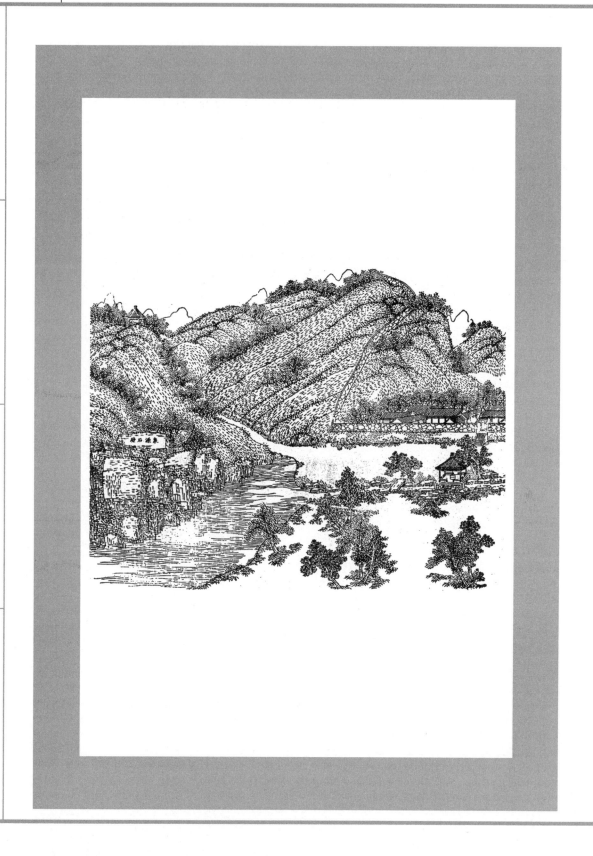

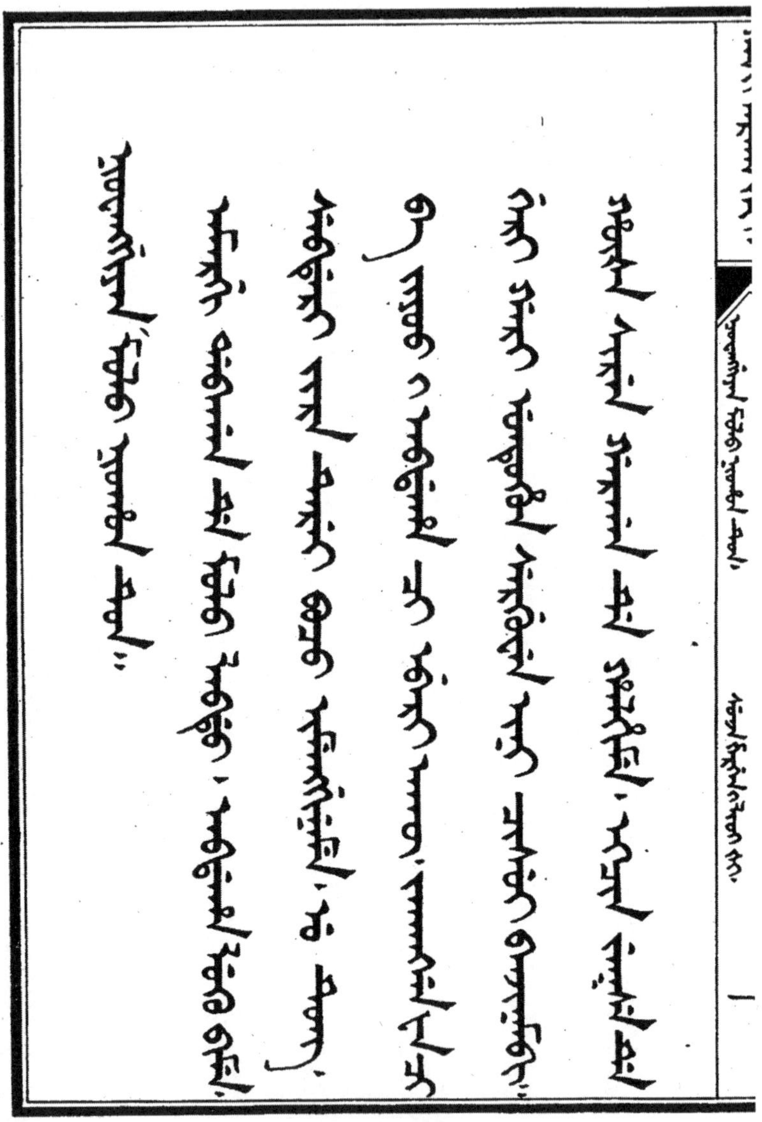

〔下05-1a〕

niowanggiyan   molo   niohon tun..
푸른   단풍나무 초록 섬

amargi dabagan de   molo   labdu. abdaha luku bime.
북쪽   고개   에 단풍나무 많고   잎   무성하여

sebderi   jira   terei boco imenggineme[110]. u   tung.
 그늘   짙고   그의 색   기름칠하여   梧   桐

ba jiyoo i abdaha ci   eberi   akū. jakangga[111] fa ci
芭 蕉 의   잎   보다 못하지 않다 틈 있는   창 에서

geri gari untuhun serguwen ini   cisui   banjinambi..
가물가물 텅 빔   서늘함 그의 스스로 생겨난다.

hūša siren gargan de halhime. ekcin jekse[112] de
 藤   蘿   가지 에 휘감고 벼랑 가   에

[한문] ————————

青楓綠嶼

北嶺多楓, 葉茂而美蔭, 其色油然, 不減梧桐芭蕉也. 踈窓掩映, 虛凉自生,
蘿蔦交枝, 垂掛崖畔,

——— ∘ —— ∘ —— ∘ ———

청풍녹서(青楓綠嶼)

북쪽 고개에 단풍나무 많고, 잎이 무성하여 그늘이 짙고, 그 빛은 기름칠한 듯 오동(梧桐)과 파초(芭蕉)의 잎보다 못하지 않다. 틈 있는 창에서 가물가물하고 텅 비고 서늘함이 자연히 생겨난다. 등라(藤蘿)가 가지에 휘감고 벼랑 가에

---

110) imengginembi : 'imenggilembi'의 오기로 보인다.
111) jakangga : '틈'을 나타내는 jaka에 -ngga가 결합한 형태로 파악된다.
112) jekse : '불에 탄 황량한 땅'이라는 뜻이나, 여기서는 한문본을 참고하여 '물가[畔]'의 의미로 파악하였다.

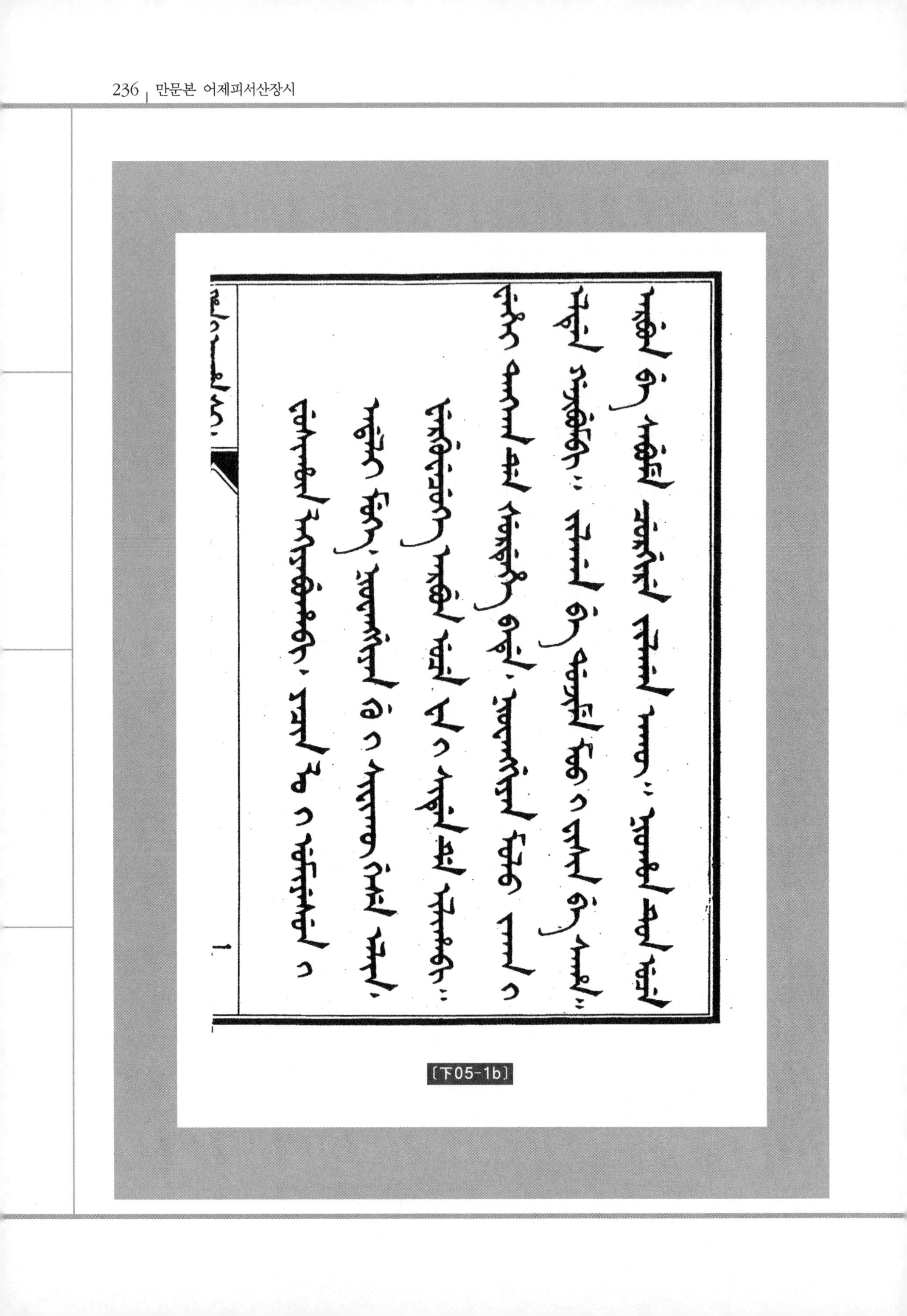

[下05-1b]

fusihūn lakiyabuhabi. yacin lo i umiyesun i
낮게   걸렸다.   아청羅의   띠   의

adali muke. niowanggiyan gu i sifikū gese alin.
같은 물   푸른   玉 의 비녀 같은 산

ferguwecuke arbun uce fa i siden de ilihabi..
기이한   모습 문 창 의 사이 에 섰다.

wehei tangkan den šurdehe bade. niowanggiyan   molo   jaka i
돌의   계단 높이 감아 돈 곳에   푸른   단풍나무 사물 의

elden[113] gajibumbi..   jilgan be donjime moo i fisin   be saha..
빛   가져오게 한다. 소리 를 듣고 나무 의 빽빽함 을 알았다.

arbun be sabume   curgire   jilgan akū.. niohon tun[114] uce
모습 을 보니 시끄럽게 떠드는 소리 없다 초록 섬   문

[한문]————

　水似青羅帶, 山如碧玉簪, 奇境在戶牖間矣.

石磴高盤處, 青楓引物華. 聞聲知樹密, 見景絶紛譁.

———。———。———。———

　　낮게 걸렸다. 청라(青羅) 띠와 같은 물과 벽옥(碧玉) 비녀 같은 산의 기이한 모습이 문과 창 사이에 섰다.

돌계단 높이 두른 곳에,
푸른 단풍나무가 아름다운 경치를 끌어들인다.
소리를 듣고 나무가 빽빽함을 알았다.
풍경을 보니 시끄럽게 떠드는 소리가 없다.

———————————

113) jaka i elden : 물화(物華)의 직역으로 산과 물 따위의 자연계(自然界)의 아름다운 현상(現象), 곧 '경치'를 가
　　리킨다.
114) niohon tun : 녹서(綠嶼)로 '풀과 나무가 우거진 작은 섬'을 가리킨다.

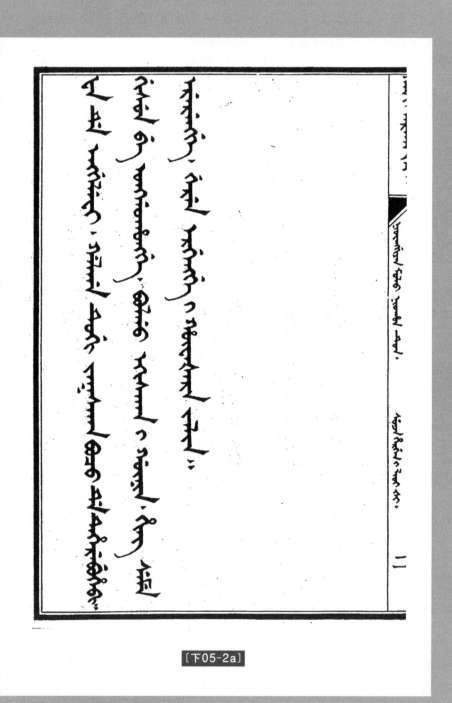

[下05-2a]

fa de enggelefi. galga tugi jaksaka boco de teherebuhebi..
창 에 임하고 맑은 구름 노을진 색 에 어우러졌다.

gisun be onggohongge. bolgo ekisaka i gūnin. hing seme
말 을 잊은 것 맑고 고요함 의 생각이다 간절히

ererengge. geren ergengge i hūwašara jalin..
바라는 것 뭇 생명 의 성취하기 위함이다.

[한문]

綠嶼臨窓牖, 晴雲趁綺霞. 忘言淸靜意, 頻望羣生嘉.

── ◦ ── ◦ ── ◦ ──

초록의 섬이 창문에 임하고,
맑은 구름이 노을빛에 어우러졌다.
말을 잊음은 맑고 고요한 생각을 얻음이니,
간절히 바라는 것은 뭇 생명이 성취하기 위함이라.

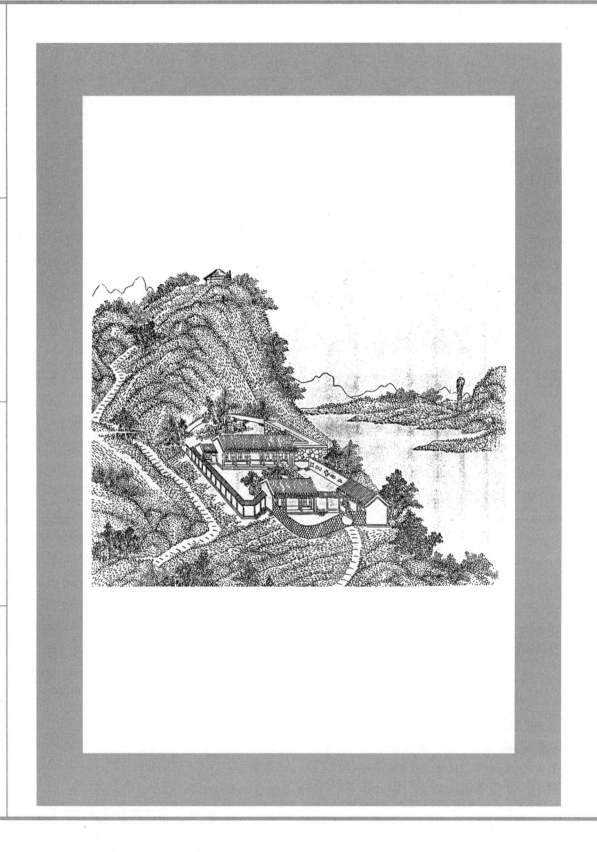

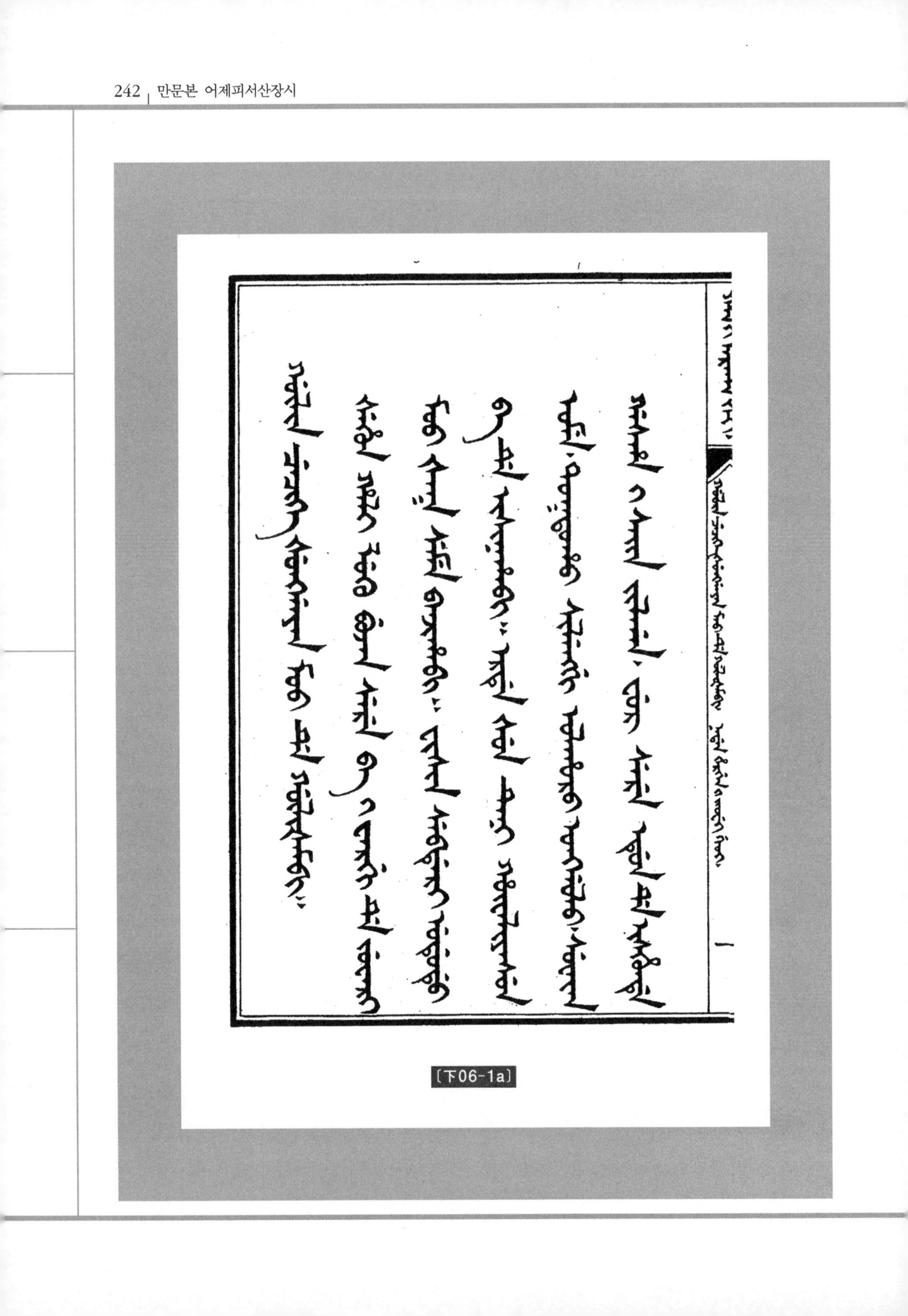

[下06-1a]

gūlin cecike šunggayan moo　de　gūlišambi..
꾀꼬리　　　높은　　나무 에서 지저귄다.

šehun hali　luku　bujan sere ba　i wargi de juwari
넓은 습지 무성한　숲　하는 땅 의 서쪽 에 여름

moo　šak seme banjihabi.. fisin sebderi ududu
나무 빽빽 하고　났다.　짙은 그늘　여러

ba de isinahabi.. erde šun　teni　hūwaliyasun
里 에 이르렀다. 아침 해 비로소 온화하게

ome. toktoho silenggi olhoro onggolo. suwayan
되고　고인　이슬　마르기 전에　노란

gasha i　sain jilgan. fur sere edun de ishunde
새　의 좋은 소리　시원한 바람 에　서로

[한문]————

鶯囀喬木

甫田叢樾之西, 夏木千章, 濃陰數里. 晨曦始旭, 宿露未晞, 黃鳥好音, 與薰風相和,

—— ° —— ° —— ° ——

앵전교목(鶯囀喬木)

보전총월(甫田叢樾)이라고 하는 땅의 서쪽에 여름 나무가 빽빽하게 났다. 짙은 그늘이 몇 리에 이르렀다. 아침 해가 비로소 온화하게 되고, 맺힌 이슬 마르기 전에 황조(黃鳥)의 좋은 소리와 온화한 바람이 서로

ᠵᡝ ᠨᡳ᠌᠂ ᠵᡝ ᠪᡝ ᡶᠣᡩᠣᠯᠣ ᠪᠠ ᠪᡝ ᠶᠠᡵᡤᡳᠶᠠᠯᠠᠮᠪᡳᠮᠪᡳ

hūwaliyapi. yar   sere jilkan. funcehe mudan uthai
　　어울리고　졸졸　하는 소리　남은　소리　곧

alin i dorgi baksan ficakū be emu meyen fulgiyere
　산 의 안　　생황　　을 한　마디　부는 것

adali..
같다.

sikse gūlin cecike i fodoho moo de gūlišara be
어제　　꾀꼬리　의 버들 나무 에　지저귐 을

donjiha[115] bihe. enenggi morin tuwame den kiyoo be dooha..
　들었　　　었다 오늘　　말　보며 높은　橋 를 건넜다.

ju ing. dz to[116] necin   ala   de niowarišame
朱 英 紫 脫　평평한 언덕 에　푸르러지고

　　　ju fulgiyan. ing nunggari.
　　　朱　붉은　英　솜털
　　　dz šušu. to ilha sere
　　　紫 자주색 脫 꽃 하는

[한문]————
　流聲逸韻, 山中一部笙簧也.

昨日聞鶯鳴柳樹, 今朝閱馬至崇杠. 朱英紫脫平原綠,

——。——。——。——

　　어울리고, 졸졸 하는 소리와 여운(餘韻)이 곧 산속에서 생황(笙簧)을 한 마디 부는 것 같다.

어제 꾀꼬리가 버드나무에서 지저귐을 들었고,
오늘 말을 보며 높은 다리를 건넜다.
주영(朱英)과 자탈(紫脫)이 평원에서 푸르러지고,
　　　‘주(朱)’는 ‘붉은’이고, ‘영(英)’은 ‘솜털’이다.

————————
115)　donjiha : ‘donjiha’의 ‘j’가 생략되어 보인다.
116)　ju ing. dz to : 주영(朱英)과 자탈(紫脫)로 전설상의 상서로운 풀이름이다.

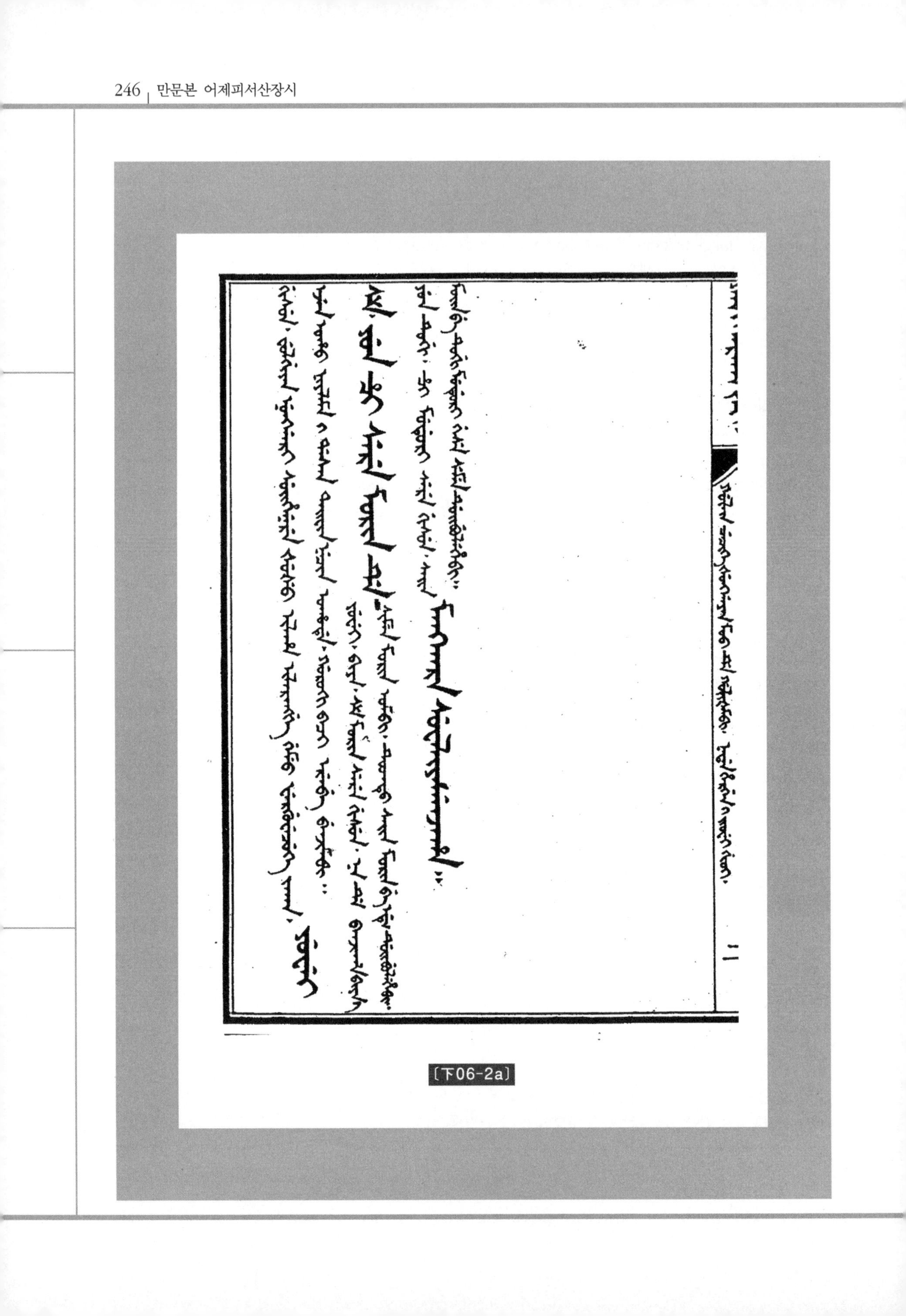

[下06-2a]

gisun. fulgiyan nunggari suihenere šušu ilha ilarangge gemu ferguwecuke jaka.
말이다 붉은 솜털 싹터서 자색 꽃 피는 것 모두   기이한 일이다.
ejen oho niyalma i dasan taifin necin ohode. goroki baci erebe benjimbi..
왕 된 사람 의 다스림 평안하고 공정하게 됨에 먼 곳 땅에서 이것을 보내온다.

yuwei sy[117]
月 駬

yun c'y sere morin de
雲 駬 하는 말 에

yuwei. biya. sy morin sere gisun. na de banjiha biya i
月 달 駬 말 하는 말이다. 땅 에 난 달 의
simen morin ombi. tuttu sain morin be ede duibulehebi.
정기 말 된다. 저런 좋은 말 을 이것에 비교했다.
yun tugi. c'y muduri sere gisun. sain
雲 구름 駬 용 하는 말이다. 좋은
morin[118] be tugi muduri[119] gese seme duibulehebi..
말 을 구름 용   같다 하고 비교했다.

mangkara suwaliyaganjaha..
얼굴 흰 말   섞였다.

[한문]─────────
月駬雲駬錯落駬.

───° ───° ───° ───
'자(紫)'는 '자색'이고 '탈(脫)'은 '꽃'이라는 말인데, 붉은 솜털이 싹터서 자색 꽃이 피는 것은 모두 기이한 일이
다. 왕이 된 사람의 다스림이 평안하고 공정하게 됨에 먼 곳에서부터 여기로 온다.
월사(月駬) 운리(雲駬)라는 말에 얼굴 흰 검은 말이 섞였다.
'월(月)'은 '달'이고, '사(駬)'는 '말'이라는 말이다. 땅에서 태어난 달의 정기를 지닌 말이 된다. 그렇게 좋은 말
을 이것에 비유하였다. '운(雲)'은 구름이고, '리(駬)'는 '용'이라 하는 말이다. 좋은 말을 운룡(雲龍) 같다고 비
교했다.

─────────────────────
117) yuwei sy : 월사(月駬)의 음차로 천마(天馬), 신마(神馬)를 가리킨다.
118) morin : 'morin'의 'r'이 탈획된 것으로 보인다.
119) tugi muduri : 운룡(雲龍)의 만주어 표현으로 '구름을 타고 하늘로 오르는 용'을 가리킨다.

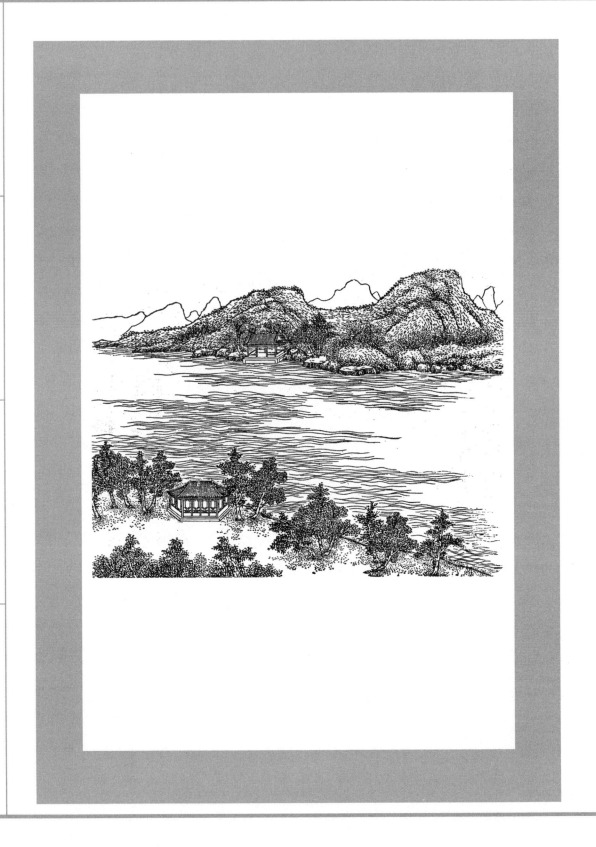

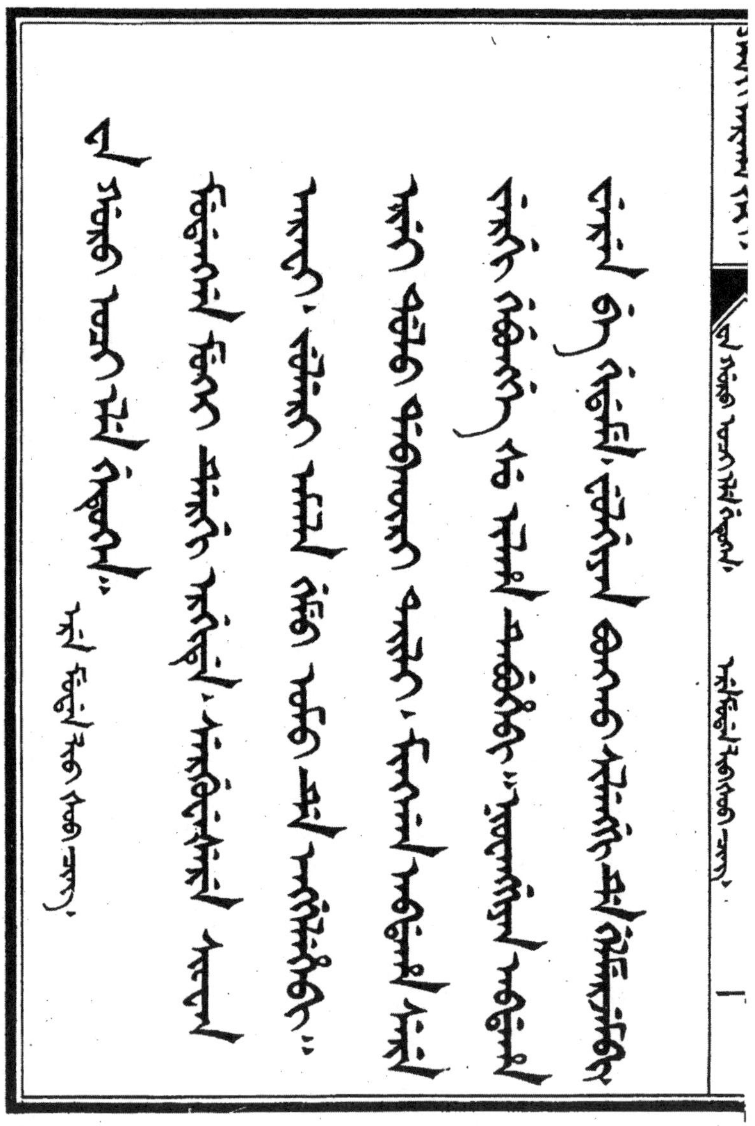

[下07-1a]

wa goro oci ele getuken[120]..
향기 멀게 되어도 더욱 분명하다.

ere mudan lio šoo cing.[121]
이 곡조 柳 梢 靑이다.

mudangga mukei dergi ergide. serguwešere siowan
굽은 물의 동 쪽에 서늘한 軒

arafi. juleri amala gemu omo de enggelehebi..
짓고 뒤 앞 모두 연못 에 임했다.

erei dolo dabkūri taili. minggan abdaha sere
이것의 가운데 겹의 술잔받침 千 잎 하는

jergi gebungge šu ilha tebuhebi.. niowanggiyan abdaha
종류 유명한 연 꽃 심었다. 푸른 잎

weren be gidame fulgiyan bongko silenggi de gelmerjembi.
물결 을 누르고 붉은 꽃봉오리 이슬 에 밝게 빛난다.

[한문]──────

香遠益淸 調柳梢靑

曲水之東, 開凉軒, 前後臨池. 中植重臺千葉諸名種, 翠蓋凌波, 朱房含露,

── ◦ ── ◦ ── ◦ ──

향원익청(香遠益淸) 이 곡조는 유초청(柳梢靑)이다

곡수(曲水)의 동쪽에 서늘한 집 지었는데, 앞뒤로 모두 연못에 임했다. 이 가운데 중대(重臺), 천엽(千葉)이라는 유명한 연꽃 심었다. 푸른 잎이 물결을 누르고, 붉은 꽃봉오리의 이슬에 밝게 빛난다.

──────────────

120) wa goro oci ele getuken : '香遠益淸'에 대응하는데, 이것은 북송의 유학자 주돈이(周敦頤, 1017-1073)가 지은 「애련설(愛蓮說)」에, "나는 유독 연꽃이 진흙에서 나왔으나 더럽혀지지 않고, …… 향기는 멀어질수록 더욱 맑고 우뚝한 모습으로 깨끗하게 서 있어, 멀리서 바라볼 수는 있지만 함부로 하거나 가지고 놀 수 없음을 사랑한다.(予獨愛蓮之出於淤泥而不染, …… 香遠益淸, 亭亭淨植, 可遠觀而不可褻翫焉.)"고 한 데서 나왔다.
121) lio šoo cing : 송사(宋詞)의 곡조 가운데 하나인 유초청(柳梢靑)의 음차로 채신(蔡伸, 1088-1156)의 작품이 유명하다.

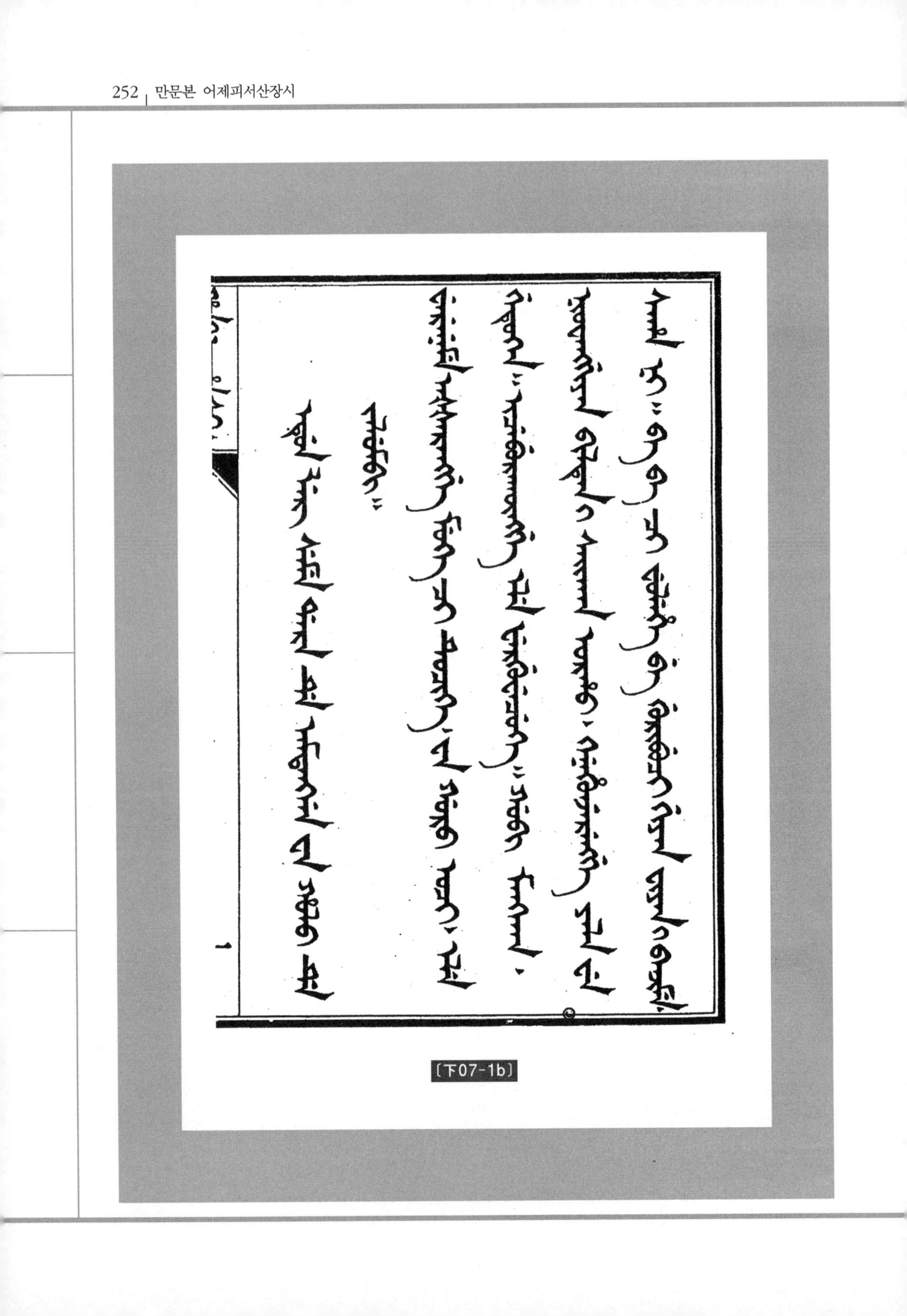

〔下07-1b〕

edun ler seme dara de amtangga wa   holo   de
바람 솔솔 하고 봄 에 기분 좋은 향기 골짜기 에

jalumbi..
가득하다.

wereneme aššarangge muke ci tucike. wa goro oci   ele
물결치며 움직인 것 물 에서 나왔고 향기 멀게 되어도 더욱

getuken.. iceburakūngge ele ferguwecuke.. gobi   mangkan[122]
분명하다. 물들지 않은 것 더욱 기묘하다.   사막 모래 언덕

niowanggiyan bilten i saikan orho. kenehunjerengge yala we
   푸른   호수 의 좋은 풀   의심받는 것   정말로 누가

saha ni.. ba ba ci fulehe be guribuci giyan fiyan i banjime.
알았던가. 곳 곳 에서 뿌리 를 옮기면 조리 있게   살되

[한문] ————————

　流風冉冉, 芳氣竟谷.

出水漣漪, 香淸益遠, 不染偏奇.
沙漠龍堆, 靑湖芳草, 疑是誰知. 移根各地參差,

————◦——◦——◦——

　　바람 솔솔 부니 기분 좋은 향기가 골짜기에 가득하다.

수면에서 물결이 일고,
향기는 멀어도 더욱 분명한데,
물들지 않은 것이 더욱 기묘하다.
용퇴(龍堆)와 푸른 호수의 좋은 풀이,
의심받는 것을 정말로 누가 알았으랴.
곳곳에서 뿌리를 옮기면 조리 있게 살지만,

---

122) gobi mangkan : 용퇴(龍堆)로 서역의 천산 남쪽에 있는 사막인 '백룡퇴(白龍堆)'의 준말이다.

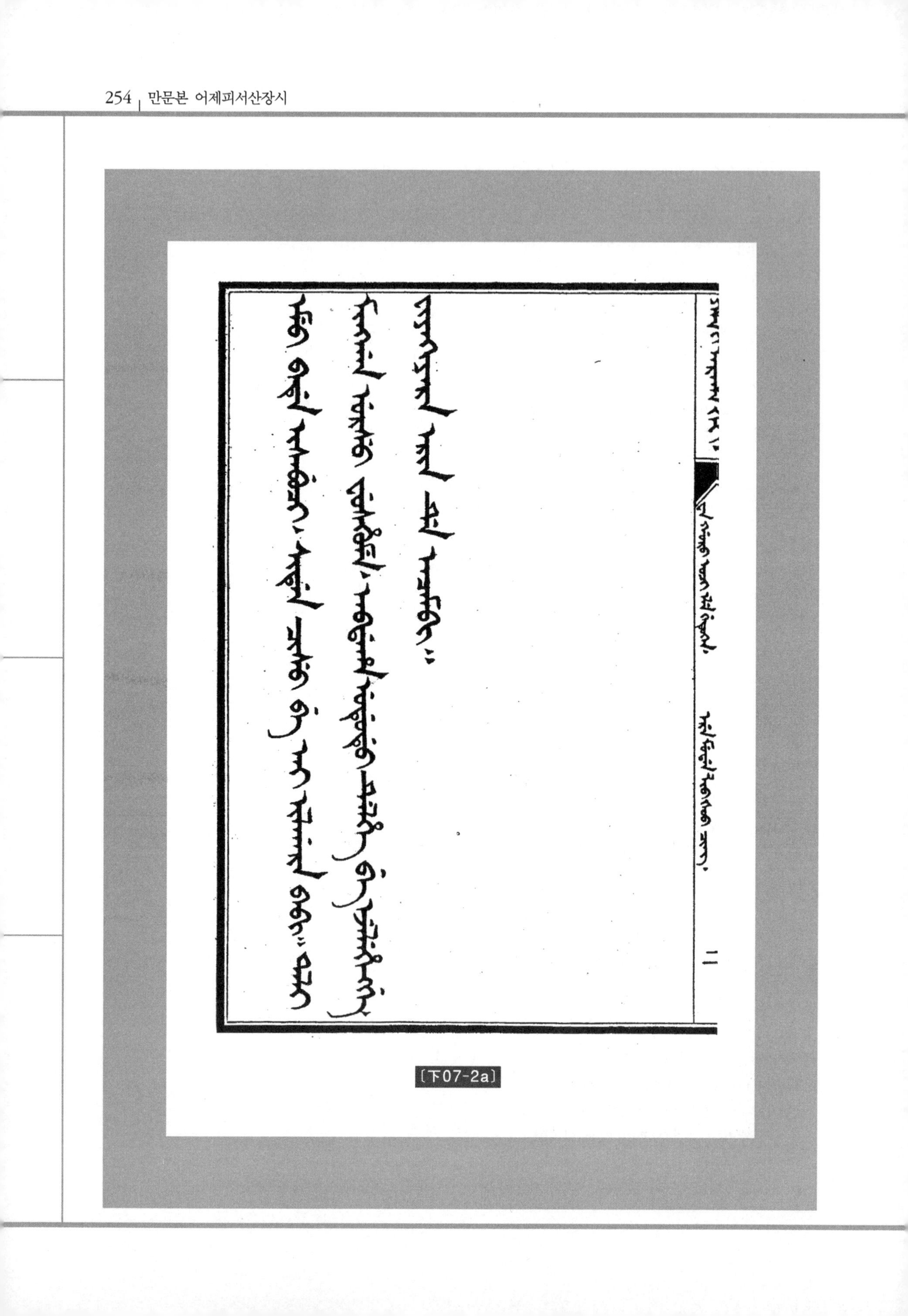

[下07-2a]

emu bade isabuci siden cisu be ai ilgara babi.. tali[123)
한 곳에 모이면 公 私 를 어찌 구별할 바 있는가. 술잔받침

minggan ursu fushume abdaha[124) ududu delhe be ejelehengge.
천 겹 피고 잎 여러 이랑 을 점한 것

fiyakiyara erin de acambi..
작렬하는 때 에 알맞다.

[한문]───────

歸何處那分公私.

樓起千層, 荷占數頃, 炎景相宜.

─ ◦ ─ ◦ ─ ◦ ─

한 곳에 모이면 공과 사를 어찌 구별할 바가 있겠는가.

중대(重臺)가 천 겹 피고,

천엽(千葉)이 여러 이랑을 점한 것은

작렬하는 날씨에 알맞다.

───────────────

123) tali : 'taili'의 오기이다. 여기서는 '중대(重臺)'라는 종의 연꽃을 의미한다.

124) abdaha : '천엽(千葉)'이라는 종의 연꽃을 의미한다.

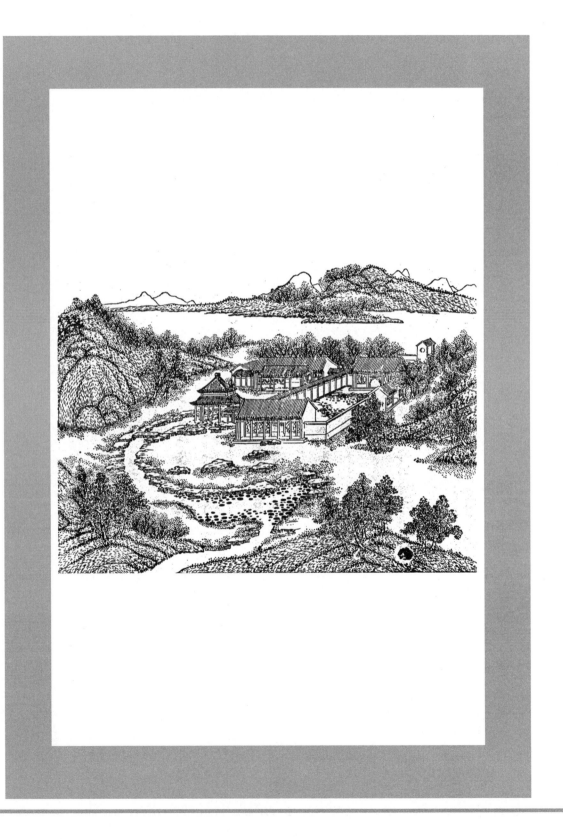

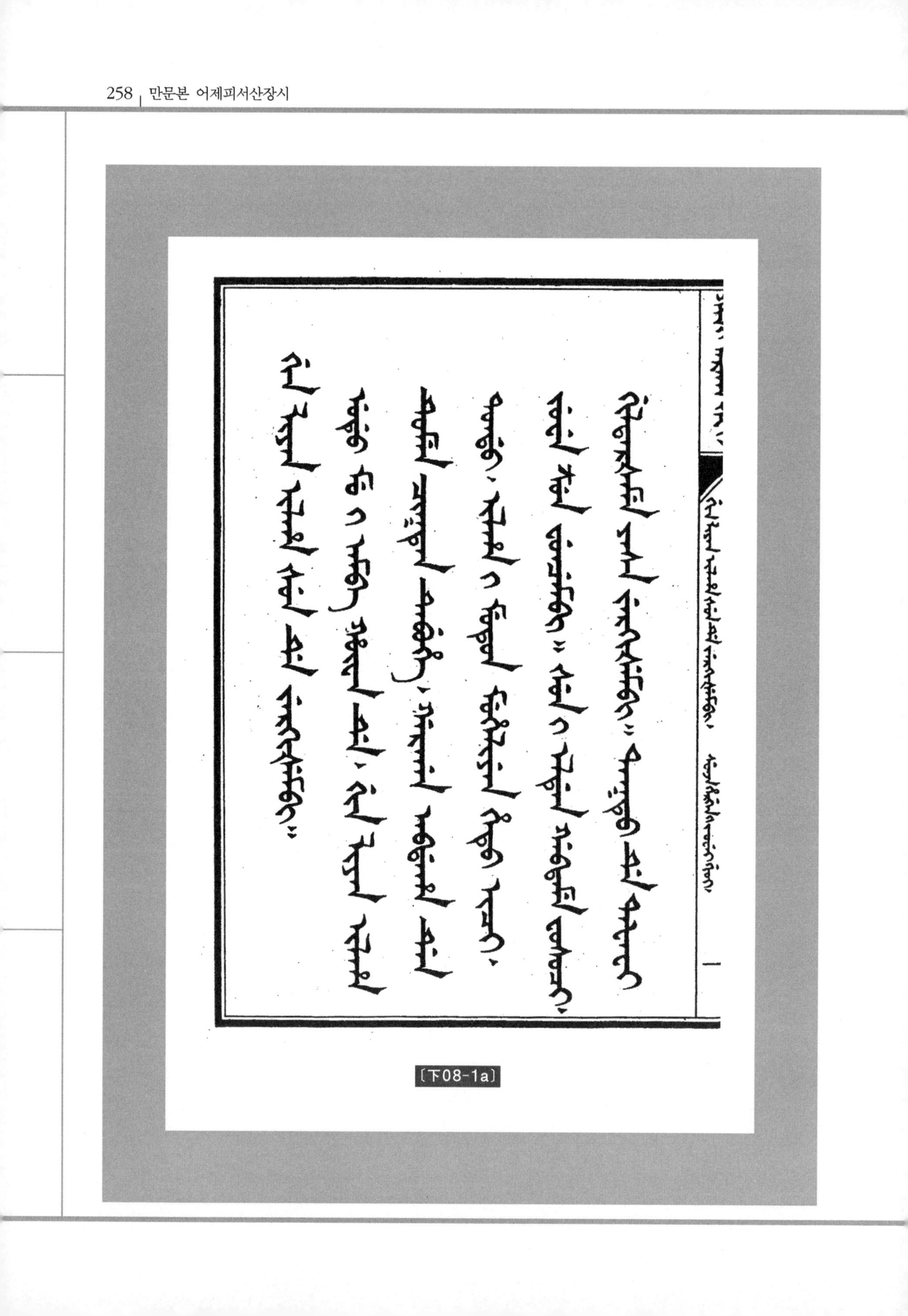

[下08-1a]

gin liyan ilha šun de jerkišembi..
金　蓮　꽃　해　에　눈부시다

　udu mu　i amba hūwa de. gin liyan ilha
　몇　畝　의　큰　뜰　에　金　蓮　꽃

　tumen cikten tebuhe. gargan abdaha　den
　萬　줄기　심었다　가지　잎　높고

　tondo. ilha　i mutun muheliyen hetu　ici.
　곧고　꽃　의　길이　둥글고　가로　쪽

　juwe tsun funcembi.. šun i elden gabtame　fosoci.
　2　寸　넘는다.　해 의 빛　쏘여　비치면

　giltaršame yasa jerkišembi.. taktu de tafafi
　빛나며　눈　눈부시다.　누각 에 올라서

[한문]————————

金蓮映日

　廣庭數畝, 植金蓮花萬本, 枝葉高挺, 花面圓徑二寸餘, 日光照射, 精彩煥目,

———◦———◦———◦———

금련영일(金蓮映日)

　몇 무(畝)의 큰 뜰에 금련(金蓮) 꽃 만 줄기를 심었다. 가지와 잎이 높고 곧으며, 꽃의 길이가 둥근 쪽이 가로로 2촌(寸)이 넘는다. 햇빛이 비치면 빛나며 눈이 부시다. 누각에 올라

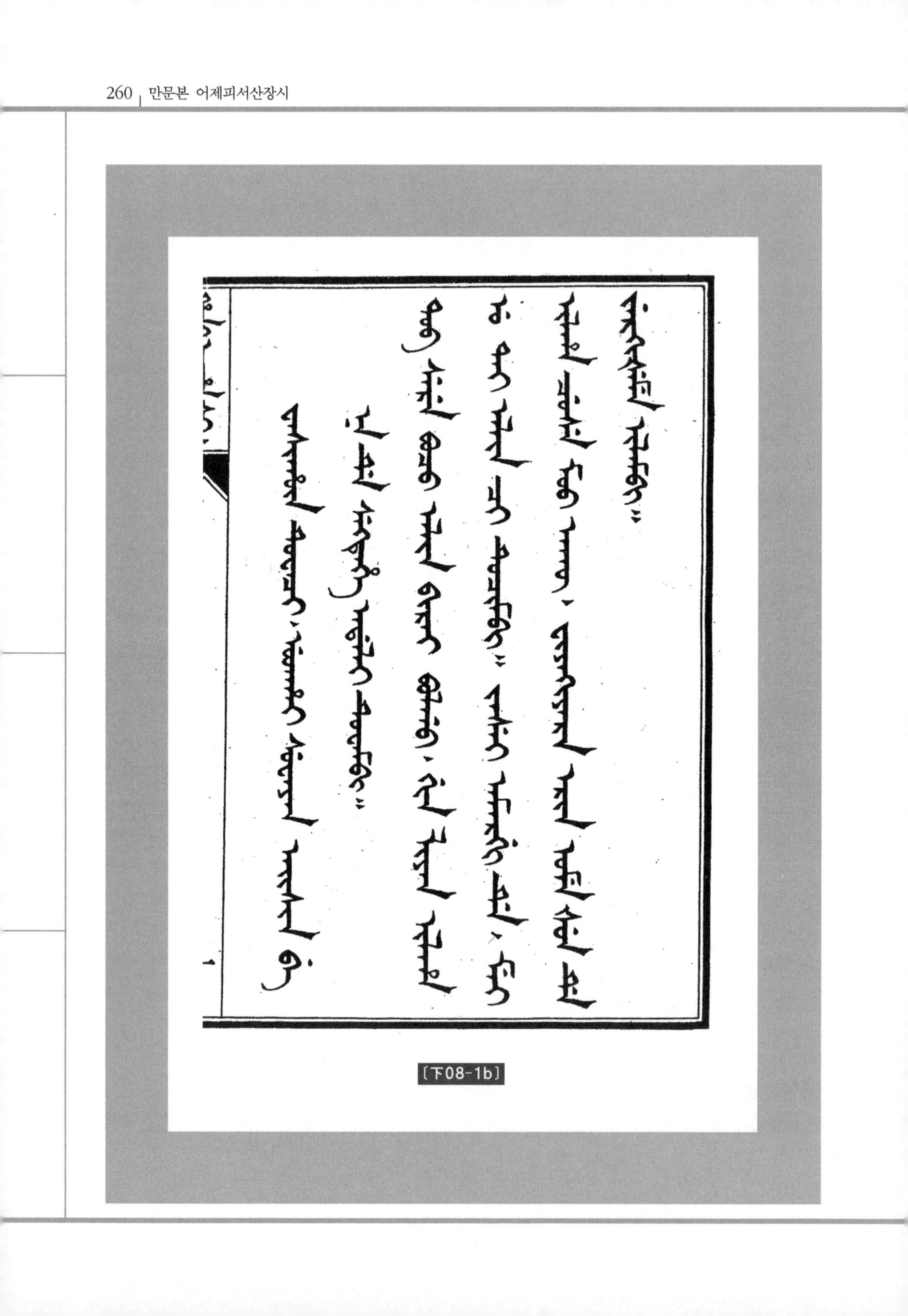

[下08-1b]

wasihūn tuwaci. uthai suwayan aisin be
아래　　보니　　곧　　황색　　금　을

na de sektehe adali tuwambi..
땅 에　간 것　같이　본다.

tob sere boco[125] alin birai bolgo. gin liyan ilha
　바른　　색　　　산 강의 맑고　金 蓮 꽃

u tai alin ci tucimbi.. jasei amargi de. mei
五 臺 산 에서 나온다.　변경의 북쪽 에　梅

ilha cuse moo akū. fiyakiyara erin ome šun de
꽃　대 나무 없다 작렬하는　때 되어 해 에

jerkišeme ilambi..
눈부시며　꽃 핀다

[한문]——————

登樓下視, 直作黃金布地觀.

正色山川秀, 金蓮出五臺. 塞北無梅竹, 炎天映日開.

—— 。—— 。—— 。——

　아래를 보니, 곧 황금을 땅에 깐 것 같이 보인다.

정색(正色)의 산과 강이 맑으니,
금련(金蓮) 꽃이 오대산(五臺山)에서 나온다.
변경 북쪽에는 매화(梅花)와 대나무 없고,
작렬하는 해에 눈부시게 꽃이 핀다.

———————————————————

125) tob sere boco : 정색(正色)에 대응하며, 순색인 청·황·적·백·흑의 다섯 가지 색을 가리킨다.

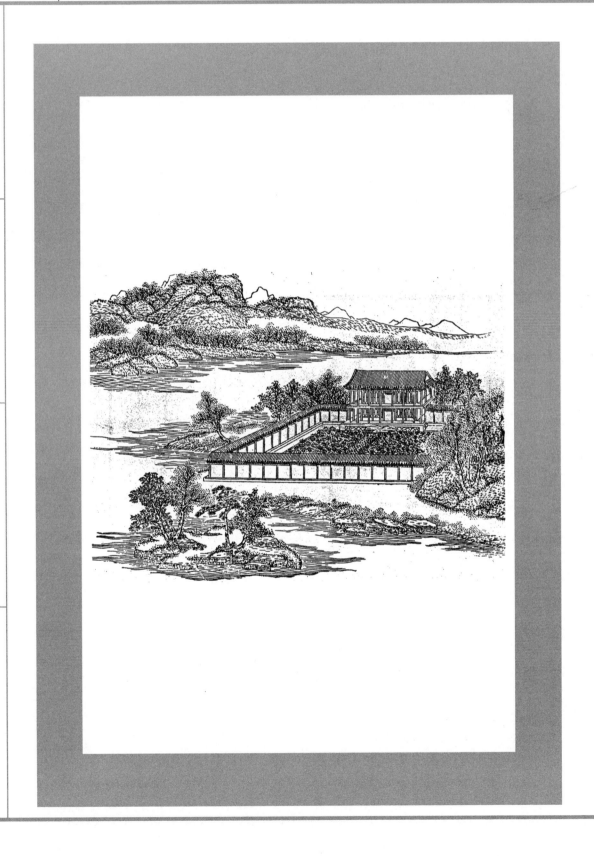

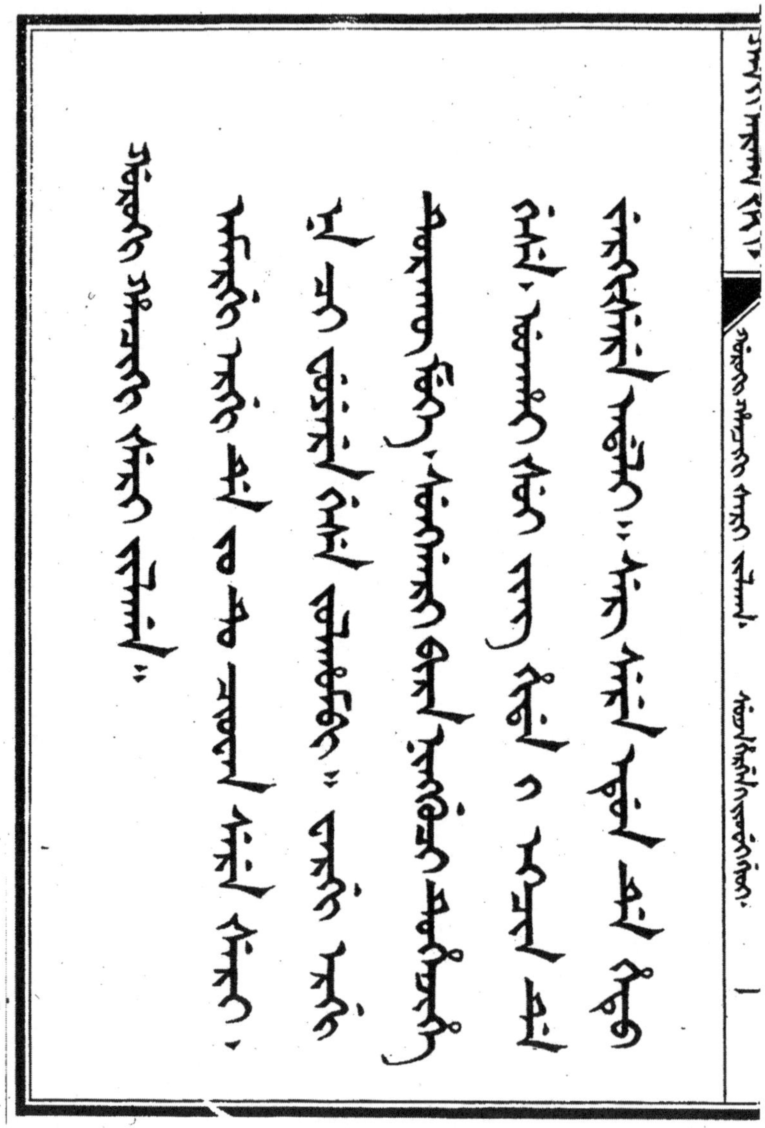

〔下09-1a〕

goroki hanciki šeri jilgan..
먼 곳 가까운 곳 샘 소리

amargi ergi de jo tu ciowan[126] sere šeri.
북 쪽 에 趵突 泉 하는 샘

na ci fuyere gese jolhombi.. wargi ergi
땅 에서 끓음 같이 솟아난다. 서 쪽

turakū muke. sunggari bira ningguci tuhenjihe
폭포 물 은하 강 위에서 떨어짐

gese. uthai šui jing hida i ekcin de
같다. 곧 水 晶 발 의 벼랑 에

jerkišere adali.. ser sere edun de hetu
반짝임 같다. 산들산들 하는 바람 에 비스듬히

[한문]

遠近泉聲

北爲趵突泉, 涌地騰沸, 西爲瀑布, 銀河倒瀉, 晶簾映崖, 微風斜捲

—— ° —— ° —— ° ——

원근천성(遠近泉聲)

북쪽에 '박돌천(趵突泉)'이라는 샘이 땅에서 끓는 것처럼 솟아난다. 서쪽 폭포의 물이 은하수 위에서 떨어지는 것 같고, 수정으로 된 발이 벼랑에서 반짝이는 것 같다. 미풍(微風)에 비스듬히

---

126) jo tu ciowan : 박돌천(趵突泉)의 음차인데, '趵'의 만주어 음을 'jo'로 표기하고 있다.

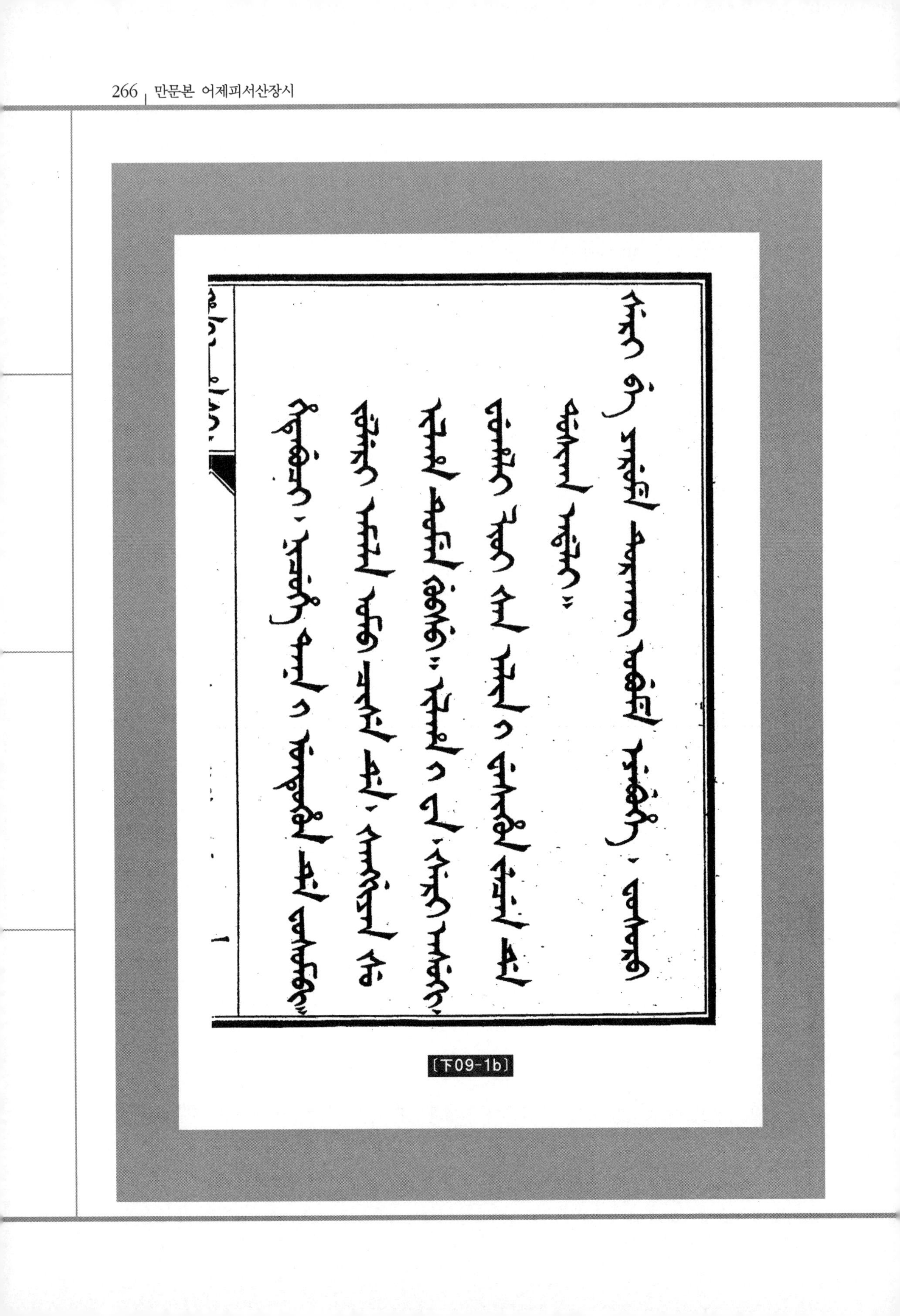

[下09-1b]

hetebuci. nicuhe tana i untuhun de fosombi..
걷히면   진주 동주 의 공중   에 비춘다.

juleri amala omo cise de. šanggiyan šu
  앞   뒤   연못 에   하얀   연

ilha tumen gubsu.. ilha i   wa. šeri asuki.
꽃   萬   송이 꽃 의 향기 샘 소리

fuhali   lioi šan[127) alin i wesihun jecen de
마침내 廬 山   산 의 높은   경계 에

dosika adali..
들어옴 같다.

šeri be yarume turakū   obume   eyebuhe.   fosoro
샘 을 끌어 폭포   되게 하여 흐르게 했다 솟아나는

[한문]————

珠璣散空, 前後池塘, 白蓮萬朵, 花芬泉響, 直入廬山勝境矣.

引泉開瀑布,

——。——。——。——

걷히면, 진주와 동주(東珠)가 공중에서 비춘다. 앞뒤의 연못에는 흰 연꽃이 만 송이이다. 꽃향기와 샘
소리가 마침내 여산(廬山)의 뛰어난 경계에 들어온 것 같다.

샘을 끌어 폭포가 되도록 흐르게 하니,

127) lioi šan : 여산(廬山)으로 중국 강서성(江西省)에 있으며, 보는 장소에 따라 달리 보이고 향로봉(香爐峰)과 여
    산 폭포가 유명하다.

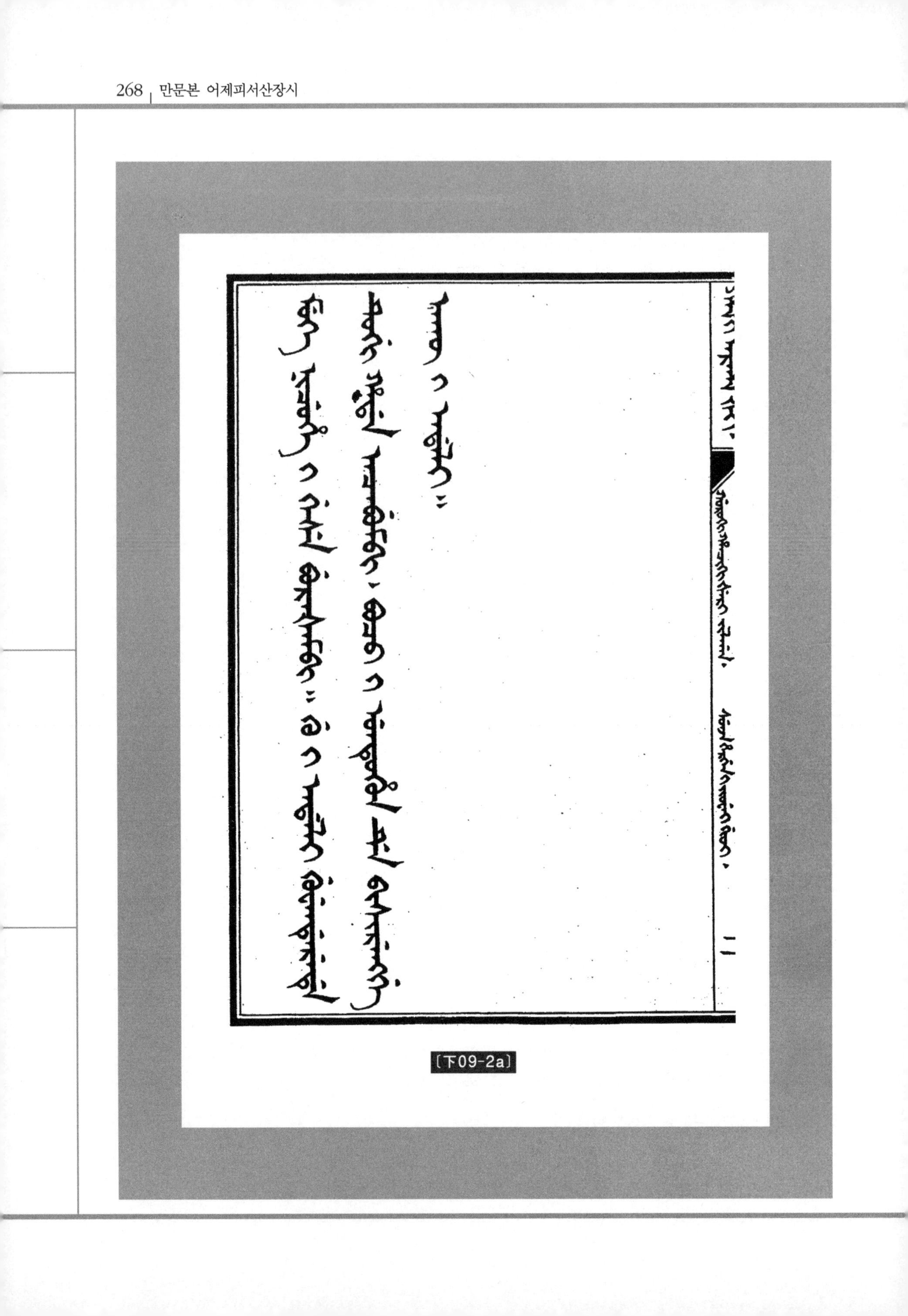

[下09-2a]

muke nicuhe i gese burašambi.. gu i adali guwenderede
물　　진주 의 처럼 흩날린다.　玉 의 같이　　울림에

tugi　hada　acabumbi. boco i untuhun de bisirengge
구름 봉우리 어울린다.　色 의　　空　에　있는 것

akū i adali..
없음　같다.

[한문]————

迸水起飛珠. 鏘玉雲巖應, 色空有若無.

—— 。—— 。—— 。——

솟아나는 물이 진주처럼 흩날린다.
옥 같이 울릴 적에 구름과 봉우리가 어울리고,
색(色)이 공(空)에 있는 것이 없음과 같다.

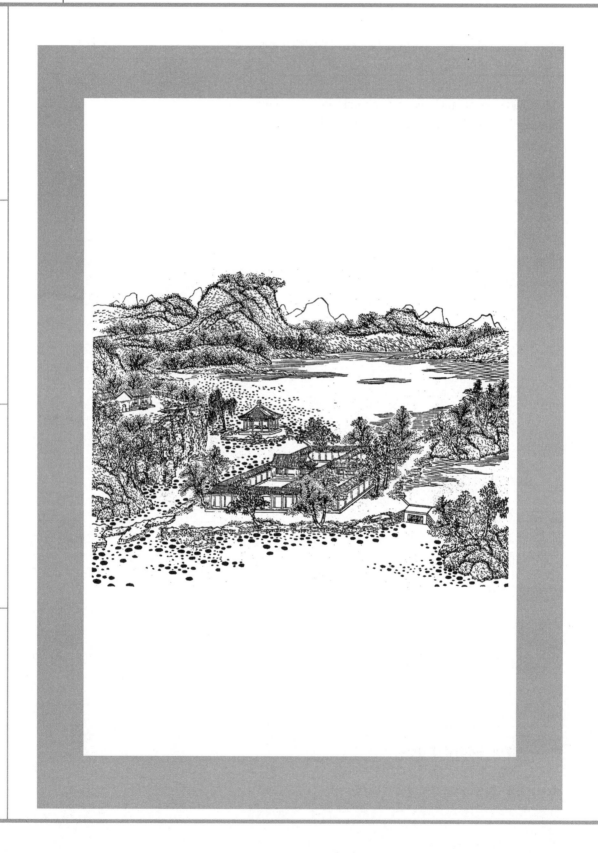

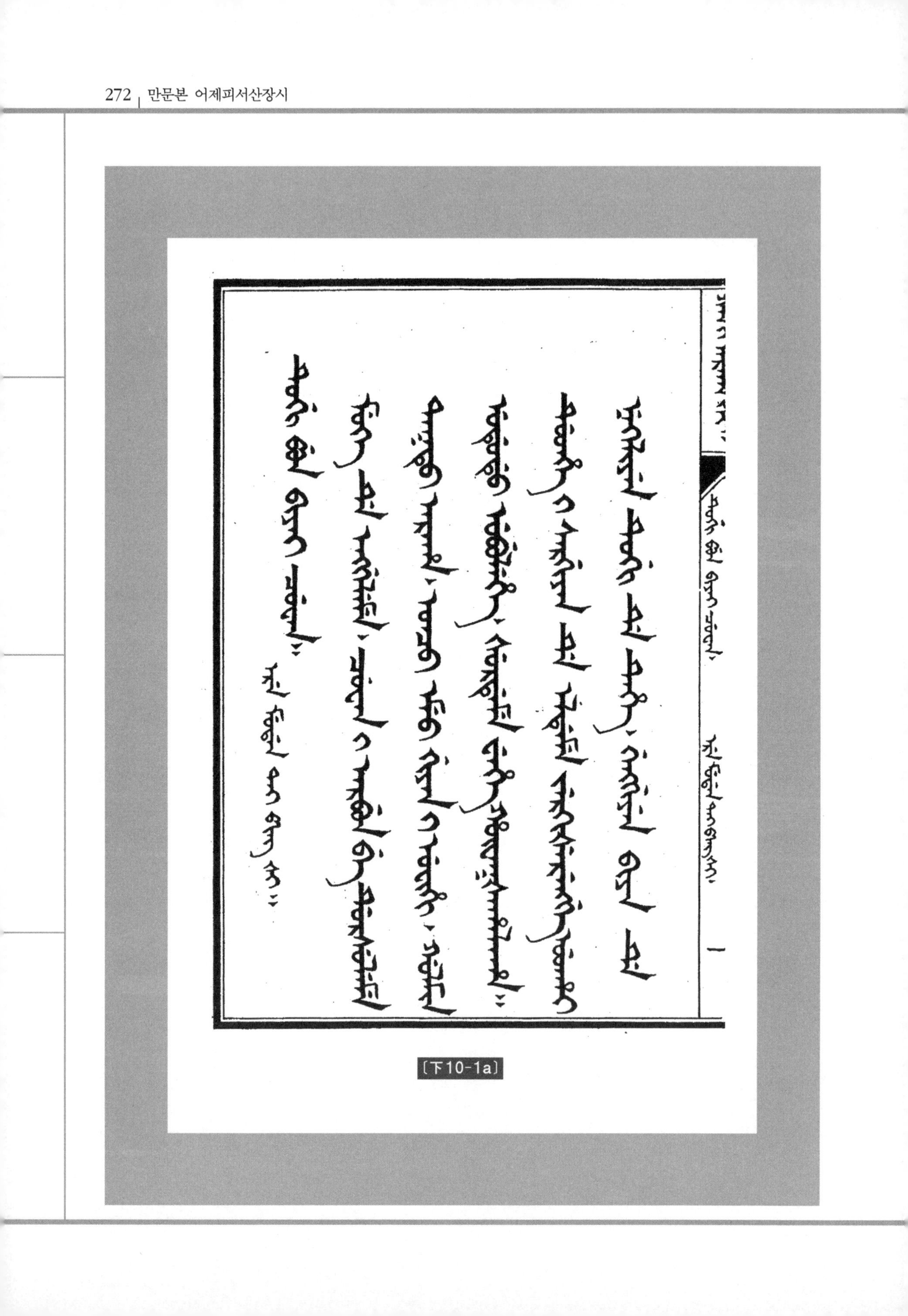

272 | 만문본 어제피서산장시

〔下10-1a〕

tugi pun biyai cuwan..
구름 돛 달의 배

     ere mudan tai ping ši..[128]
     이 곡 太 平 詩

muke de enggeleme. cuwan i arbun be dursuleme
물 에 임하여   배 의 모습 을 본떠서

taktu araha. onco emu giyan i ufihi. golmin
누각 지었다. 넓은 한   間 의 부분 길이

ududu   ubulehe.   šurdeme wehe hūwakšahalaha..
몇 배로 하였다. 둘러서 돌 난간 세웠다.

duthe   i sargiyan de eldeme jerkišerengge uthai
세살창 의 성긴 것 에 빛나고 눈부신 것   곧

nekeliyen tugi de tehe. genggiyen biya de
엷은 구름 에 앉았다. 맑은 달 에

[한문]

雲帆月舫　　調太平詩

  臨水倣舟形爲閣, 廣一室, 袤數倍之, 周以石闌, 疏窓掩映, 宛如駕輕雲,

——　。——　。——　。——

운범월방(雲帆月舫)　이 곡조는 태평시(太平詩)이다

  물에 임하여 배의 모습을 본떠서 누각을 만들었다. 넓은 한 칸으로 나눈 부분 길이 몇 배로 하였으며,
둘레에 돌난간을 세웠다. 성긴 창에 빛나고 눈부신 것이 곧 엷은 구름에 앉으니,

---

128) tai ping ši : 태평시(太平詩)로 태평을 주제로 하여 지은 시를 가리킨다. 신라 진덕왕(眞德王)이 당나라 고종에
  게 보낸 「태평시」가 『전당시(全唐詩)』에 수록되어 있다.

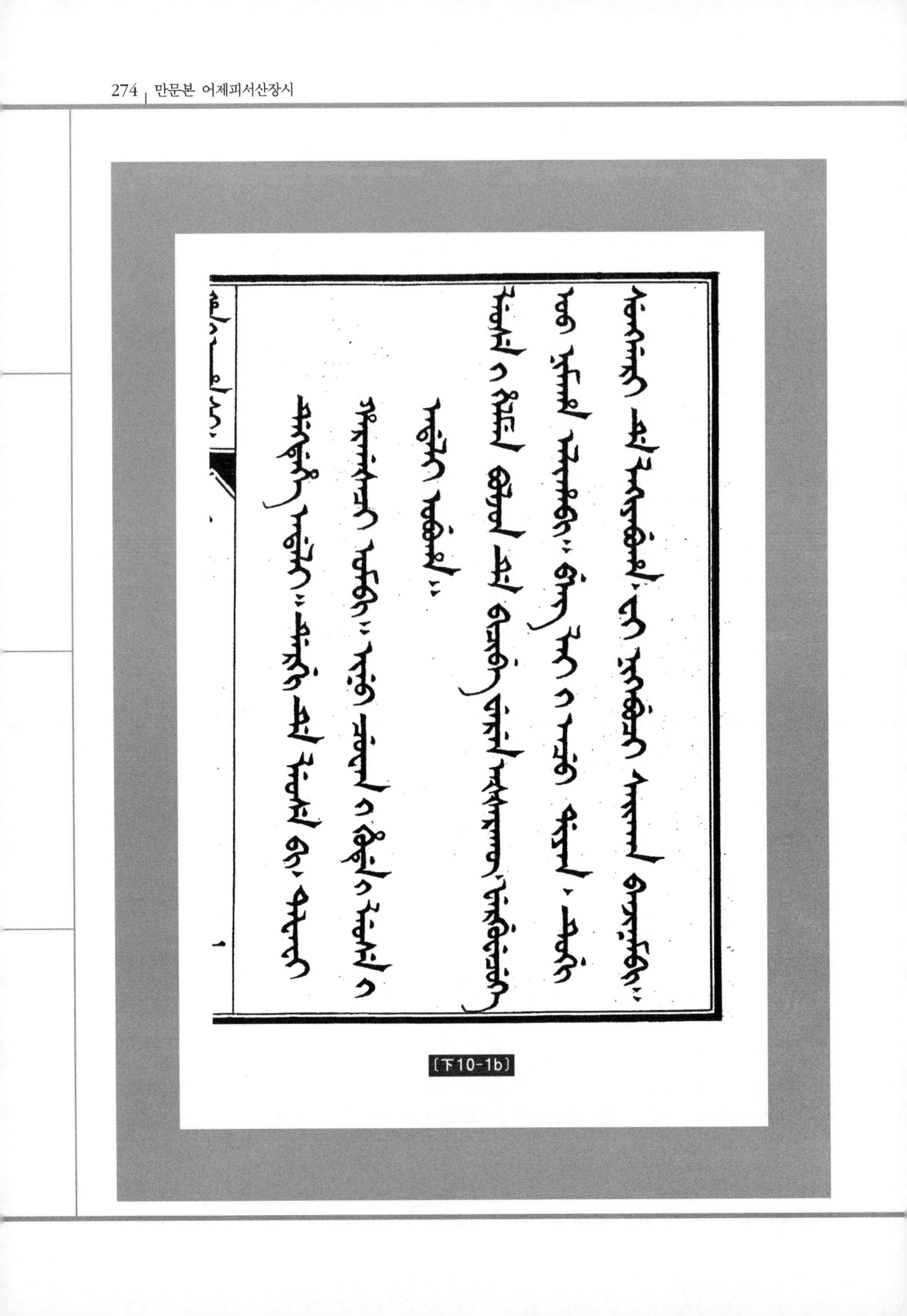

[下10-1b]

dekdehe adali.. dergi de leose bi. tafafi
떠오름 같다 위쪽 에 樓舍 있다 올라서

hargašaci ombi..   inu cuwan i hude i leose i
우러러 볼 수 있다. 또   배 의 선미 의 樓舍 의

adali   obuha..
같이 되게 했다.

leose i helmen boljon de bicibe weren   aššarakū.   ferguwecuke
樓舍 의 그림자 물결 에 있어도 파문 움직이지 않고   영묘한

oo nimaha alihabi.. peng lio i encu diyan. tugi
큰 거북 받았다. 蓬 萊 의 다른   殿 구름

sunggari de lakiyabuha. fi nikebuci saikan banjinambi..
은하 에   걸렸다. 筆 들면 아름다움 생겨난다.

[한문]————
　浮明月, 上有樓, 可登眺, 亦如舵樓也.

閣影浚波不動濤, 按靈黿. 蓬萊別殿掛雲霄, 棻揮毫.

———。———。———。———

　맑은 달이 떠오른 것 같다. 위쪽에 있는 누각이 있는데, 올라서 우러러 볼 수 있다. 또 배의 선미가
누각처럼 되게 하였다.

누각의 그림자가 물결에 있어도 파문이 일지 않고,
영묘한 큰 거북을 받았다.
봉래(蓬萊)의 별전(別殿)이 은하에 걸렸고,
붓을 잡으면 아름다움이 생겨난다.

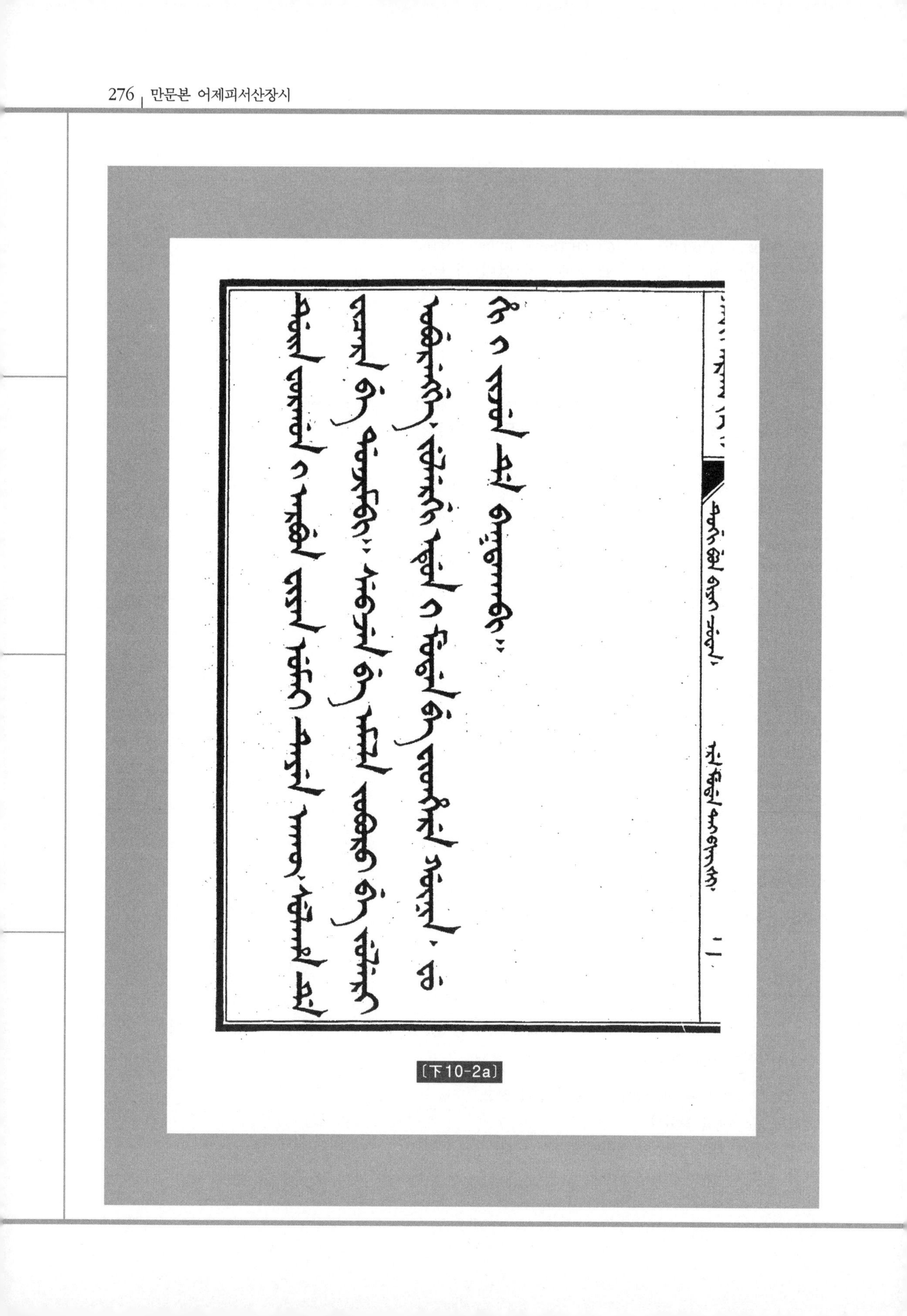

[下10-2a]

duin forgon i arbun fiyan umai teyen akū. sulahan de
네 계절 의 모습 색 전혀 쉬지 않는다. 한가함 에

ficara be donjimbi.. sebjen be amala joboro be juleri
피리 붐 을 듣는다. 즐거움 을 뒤에 괴로움 을 앞에

oburengge. julergi edun i mudan be fithere gūnin. fu
되게 하는 것 남쪽 바람 의 곡조 를 타는 마음 伏

hi i jijun[129] de baktakabi..
羲 의 爻 에 담겼다.

[한문]————

四季風光總無竭, 卧聞簫. 後樂先憂薰絃意, 蘊羲爻.

———。———。———。———

네 계절의 풍광(風光)이 전혀 쉬지 않고,
한가할 때 피리 부는 것을 듣는다.
즐거움을 뒤로 하고 괴로움을 앞으로 하는 것이,
남풍(南風)의 곡조를 연주하는 마음이니,
복희(伏羲)의 효(爻)에 담겼다.

———

129) fu hi i jijun : 중국 고대의 성인인 복희(伏羲)가 지은 것으로 알려진 역(易)의 괘(卦)를 이루는 여섯 개의 가로
그은 획(畫), 즉 '효(爻)'를 가리킨다.

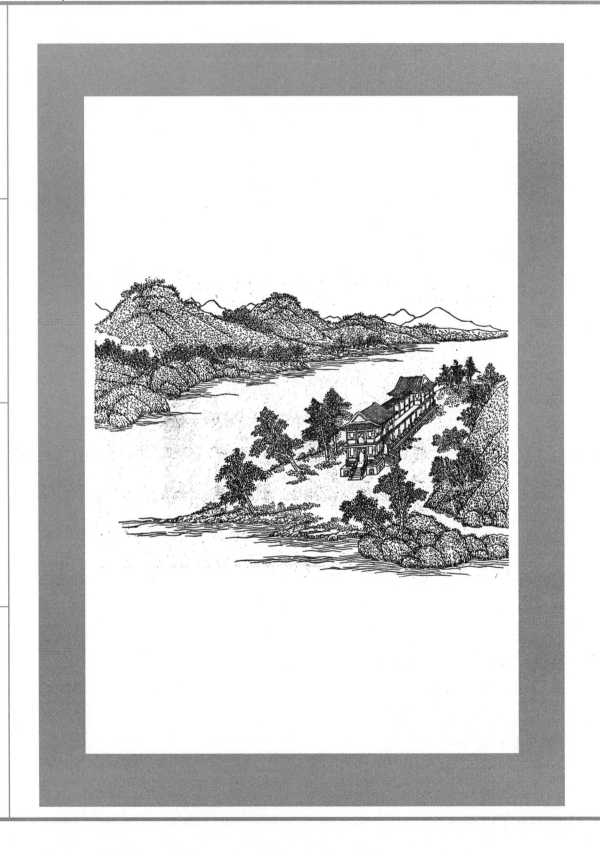

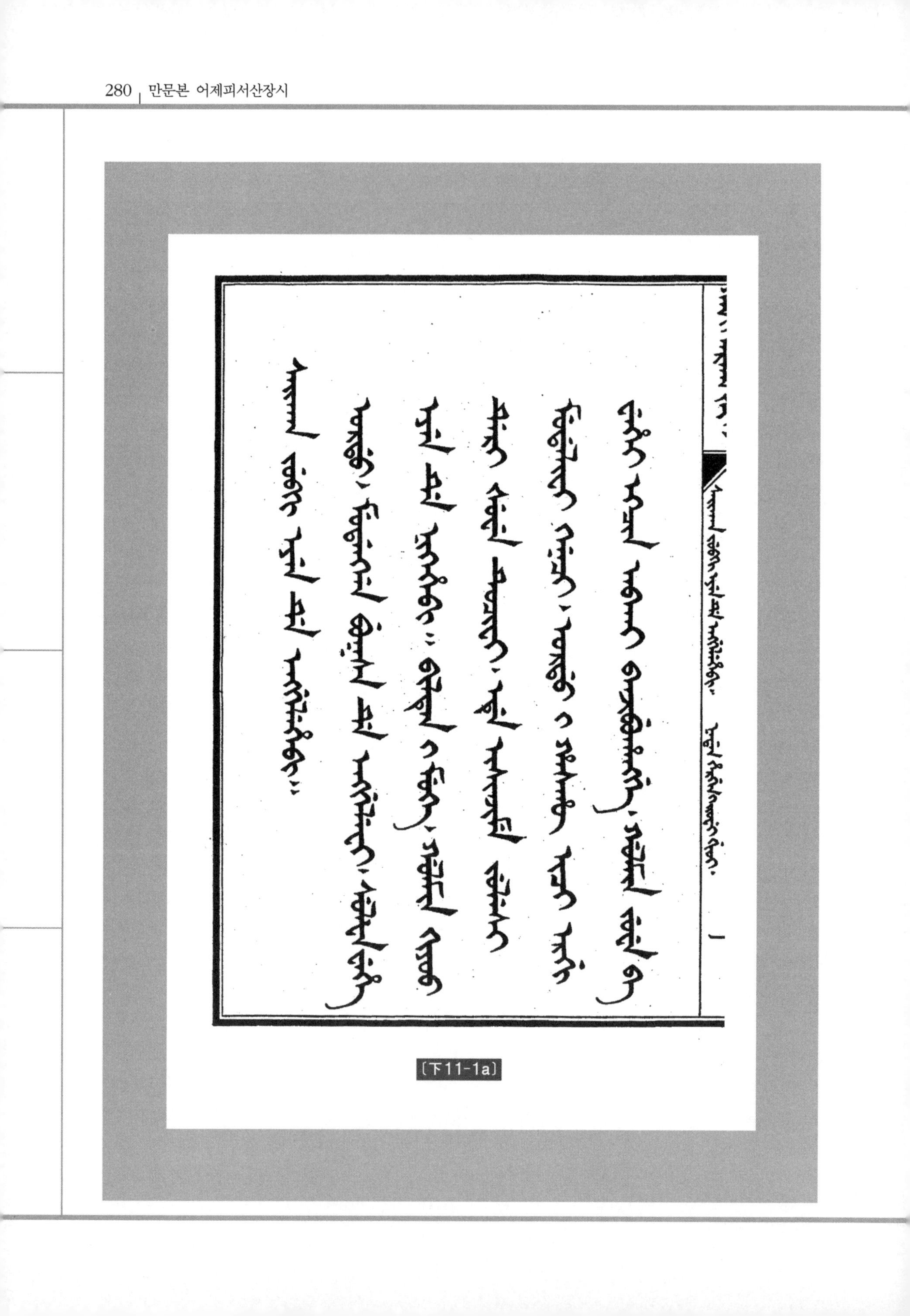

[下11-1a]

saikan   jubki   eyen de enggelehebi..
아름다운 모래섬 흐름 에   임하였다

    ordo. mudangga buksa de enggelefi. sulfa wehe
    정자   굽은   물가 에 임하고 널찍한 돌

    eyen de nikehebi.. bilten i muke. golmin kiyoo
    흐름 에 기대었다. 호수 의 물   긴   橋

    deri šuwe tucifi.   ede   isinjime julesi
    에서 바로 나와서 이곳에 이르러 남쪽

    mudalifi geneci. ordo i hashū   ici   ergi
    굽이쳐 가니   정자 의 왼쪽 오른쪽 쪽

    wehei ekcin abkai banjibuhangge. golmin juwe ba
    돌의 벼랑 하늘의 만들어 낸 것   길이   2   里

[한문]————

芳渚臨流

  亭臨曲渚, 巨石枕流, 湖水自長橋瀉出, 至此折而南行, 亭左右岸石天成, 亘二里許,

————。————。————。————

방저임류(芳渚臨流)

정자가 굽은 물가에 임하고, 널찍한 돌이 물의 흐름에 기대었다. 호수의 물이 긴 다리를 통과하여 나와 이곳에 이르러 남쪽으로 굽이돌아 가니, 정자의 왼쪽과 오른쪽에 있는 돌 절벽은 하늘이 만든 것으로 길이가 2 리에 달한다.

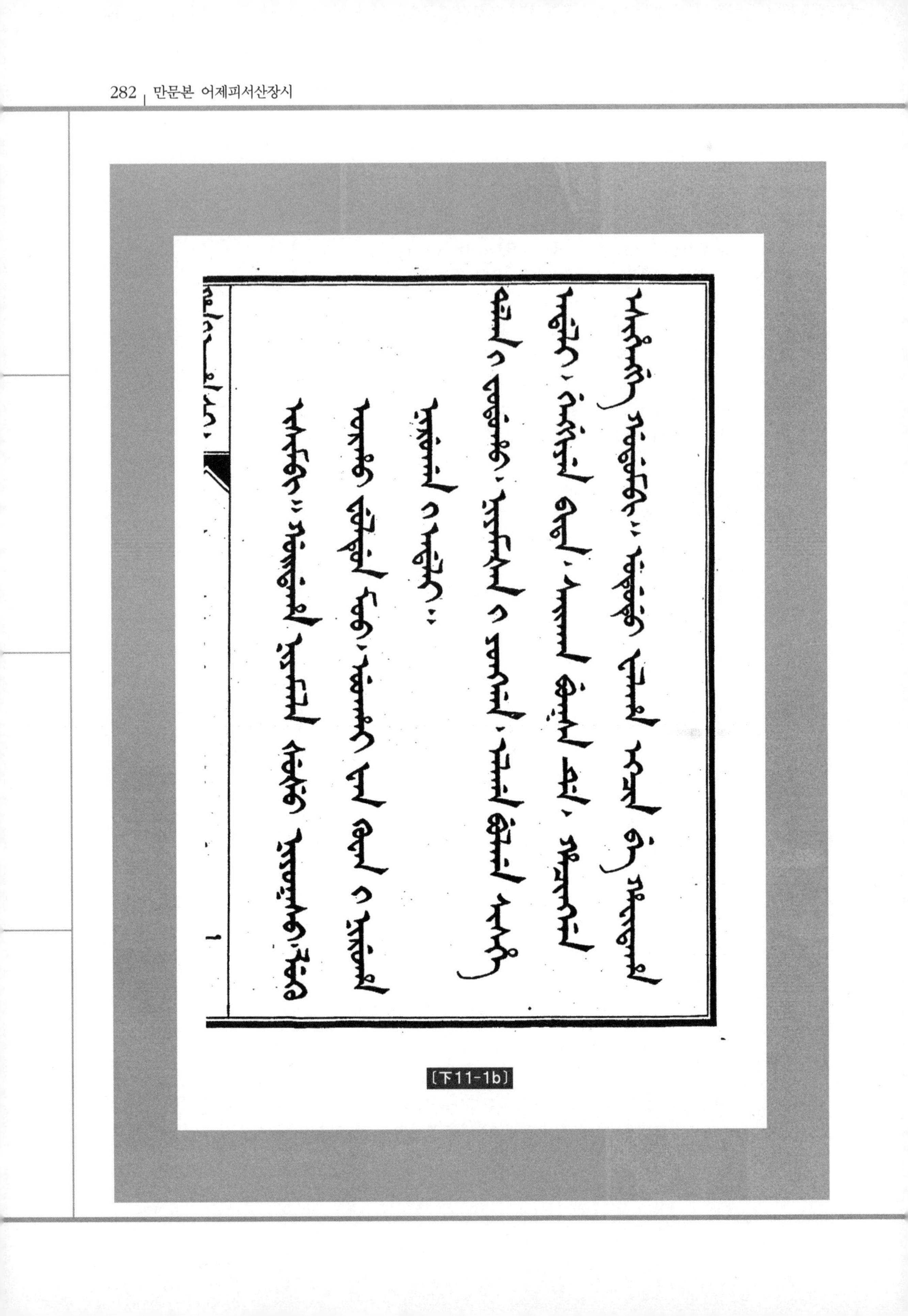

[下11-1b]

isimbi.. goidaha niyamala šušu niyokso. luku
달한다. 오래된 이끼 자주색 이끼 무성한

orho fuldun moo. uthai fan kuwan[130] i niruha
풀 떨기 나무 곧 范 寬 의 그린

nirugan i adali..
그림 의 같다.

dalan i fodoho. niyamašan i yonggan. alga bulga sishe
둑 의 버들 섬 의 모래 각양 각색 깔개

adali. genggiyen bita. saikan buksa de. hacingga
같다 맑은 시내 아름다운 물가 에 갖가지

esihengge godombi.. ududu falha ekcin be hafitaha
비늘있는 것 뛰어오른다. 여러 떨기 벼랑 을 낀

[한문]

蒼苔紫蘚, 豐草灌木, 極似范寬圖畫.

隄柳汀沙翡翠茵, 淸溪芳渚躍凡鱗.

—— ◦ —— ◦ —— ◦ ——

오래된 창태(蒼苔), 자주색 이끼, 무성한 풀과 떨기나무는 곧 범관(范寬)이 그린 그림과 같다.

둑의 버들과 섬의 모래가 각양각색의 깔개 같고,
맑은 시내와 아름다운 물가에 온갖 물고기 뛰어오른다.

130) fan kuwan : 북송 초기의 산수화가 범관(范寬)으로 본명이 중정(中正)이나, 성격이 온후하여 '범관'이라 불렸다. 종남산과 태화산에 들어가 자연을 관찰하여 진경(眞景)의 일가를 이루었는데, 웅장한 바위산을 화면에 크게 솟아 오르게 하는 구도로 산의 진골(眞骨)을 표사했다는 평을 받았다.

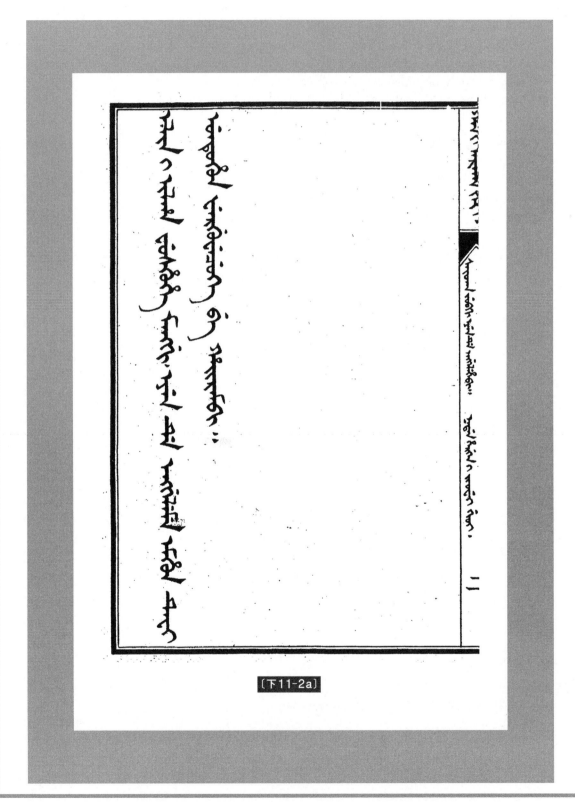

[下11-2a]

alin　i ilha fushuhe manggi. eyen de enggeleme emhun　tefi
산 의 꽃 핀 후 흐름 에 임하여 홀로 앉아서

untuhun ferguwecuke be　hairambi.
텅 빈 현묘함[131] 을 애석해한다.

[한문]————

數叢夾岸山花放, 獨坐臨流惜谷神.

—— 。 —— 。 —— 。 ——

몇 송이 벼랑을 낀 산의 꽃이 핀 후,
흐르는 물에 임하여 홀로 앉아서 곡신(谷神)을 애석해한다.

————————————

131) untuhun ferguwecuke : 곡신(谷神)에 대응하는 것으로 '현묘(玄妙)한 도(道)'를 비유하는 말이다. 『도덕경(道德經)』에, "곡신은 죽지 않으니, 이를 현빈(玄牝)이라 한다.(谷神不死, 是謂玄牝.)"고 하였다.

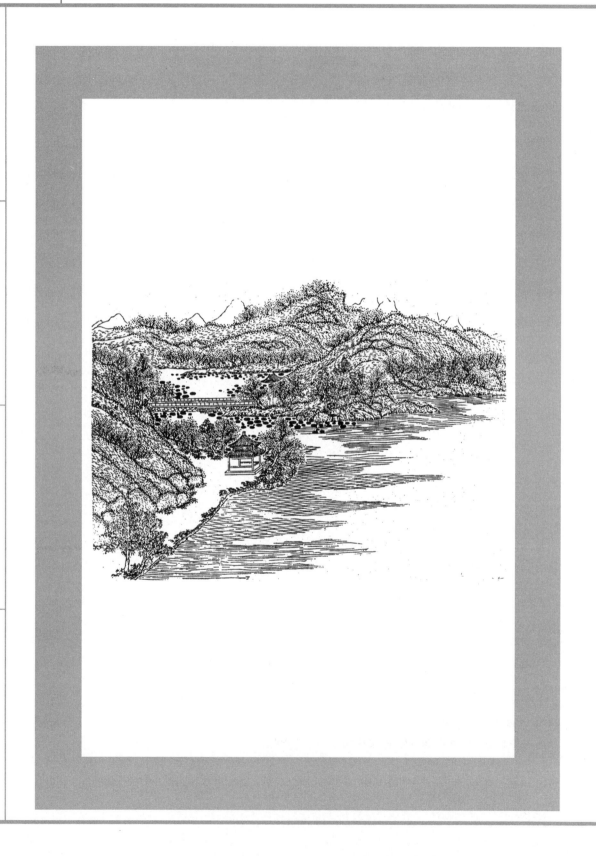

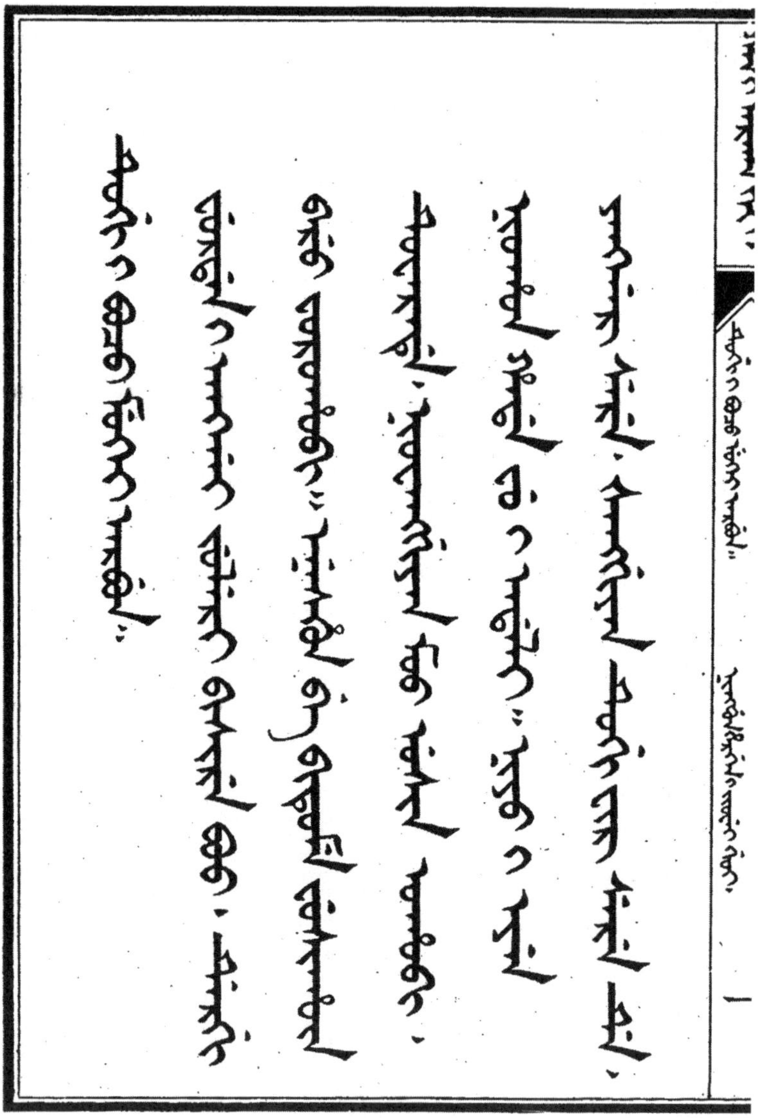

〔下12-1a〕

tugi i boco mukei arbun.
구름 의 색 물의 모습

furdan i anggai juleri bisire boo. dergi
　관문 의 입의 남쪽 있는 집 동쪽

baru forohobi..   eneshun   be bitume fusihūn
으로 향하였다. 기울어진 언덕 을 따라서 아래

tuwarade. niowanggiyan moo usin ohobi.
　봄에 　　　푸른 　　나무 밭 되었다

niohon hada fu i adali.. niyo i eyen
푸른 봉우리 담 의 같다 늪의 흐름

yanggar sere. šanggiyan tugi fir sere de.
유양 하고 하얀 구름 빠름 에

[한문]────────

雲容水態

　關口之南, 有室東向, 緣坡下望, 綠樹爲田, 靑峰如堵, 川流溶溶, 白雲冶冶,

──── ｡ ──── ｡ ──── ｡ ────

운용수태(雲容水態)

　관문의 입구 남쪽에 있는 집이 동쪽을 향하였다. 기울어진 언덕을 따라서 아래를 보니, 푸른 나무가 밭이 되었고, 푸른 봉우리가 담과 같다. 늪의 흐름이 유양하고, 하얀 구름이 빠르니

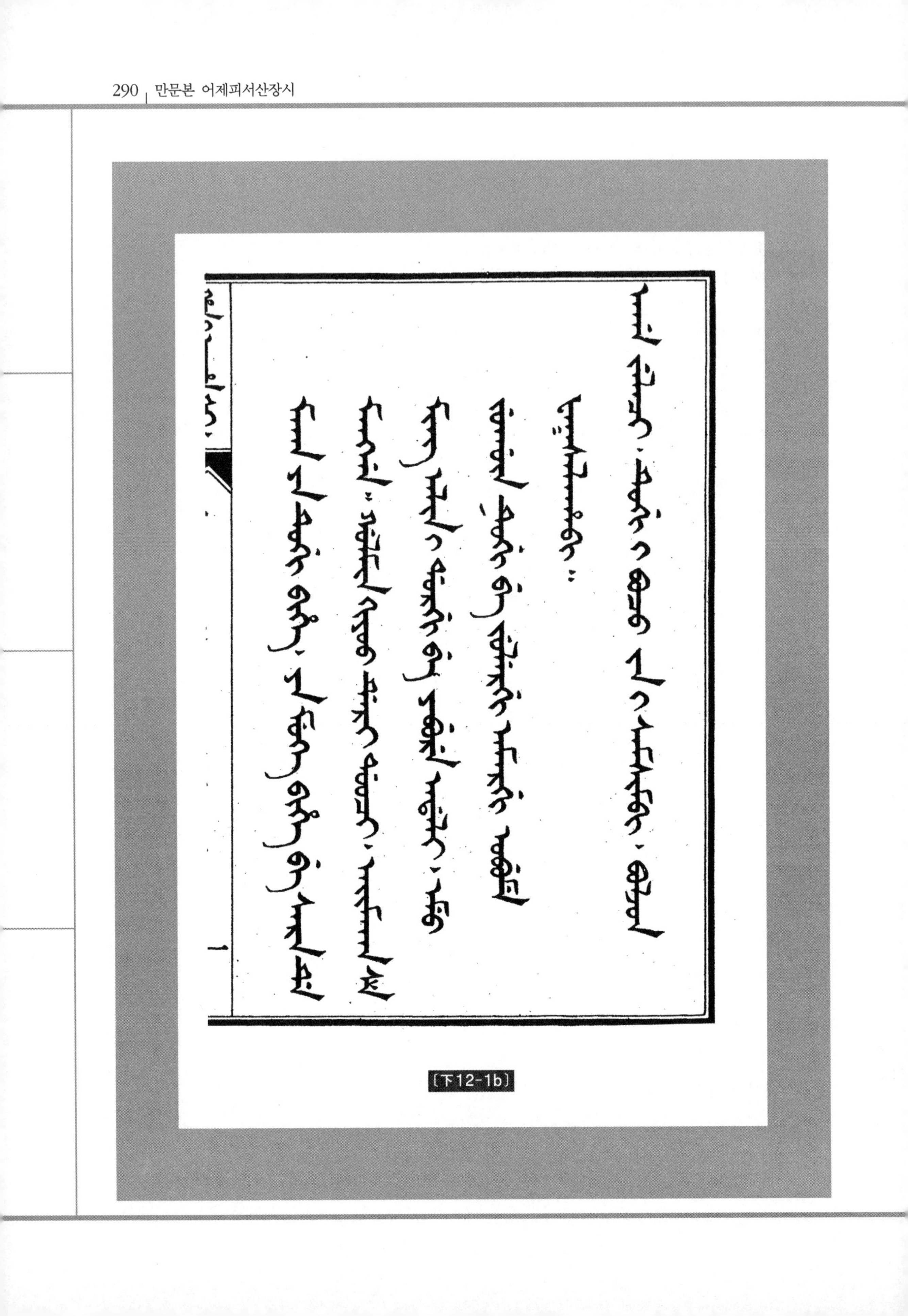

[下12-1b]

maka   ya tugi bihe.   ya muke   bihe   be sara de
도대체 무엇 구름 이었던가 무엇 물 이었던가 를 알기 에

mangga.. golmin kiyoo deri   dooci. aimaka sy
어렵다.   긴   橋   로 건너면 마치 四

ming alin[132) i dorgi be yabure   adali. emu
   明   山   의 속 을 가는 것 같다. 한

jugūn tugi be julergi amargi   obume
  길   구름 을 남쪽   북쪽   되게 하여

faksalahabi..
  나누었다.

aga jelaci. tugi i boco ja i samsimbi. boljon
비 그치니 구름 의 색   쉽게 흩어진다. 물결

[한문]————

  不知孰爲雲, 孰爲水也.. 由長橋而渡, 疑入四明山中, 一逕分過雲南北.

雨過雲容易散,

———。———。———。———

  도대체 무엇이 구름이고 무엇이 물인지를 알기 어렵다. 긴 다리로 통과하여 건너면, 마치 사명산(四明
  山) 속을 가는 것 같고, 길 하나가 구름을 남쪽과 북쪽으로 나누었다.

비 그치니 구름 모습이 쉬이 흩어지고,

————————————

132) sy ming alin : 중국 절강성(浙江省) 여요(余姚)에 있는 사명산(四明山)으로 예로부터 영산으로 유명하고, 송나
    라 초에 지례(知禮)가 천태교(天台敎)를 편 곳이다.

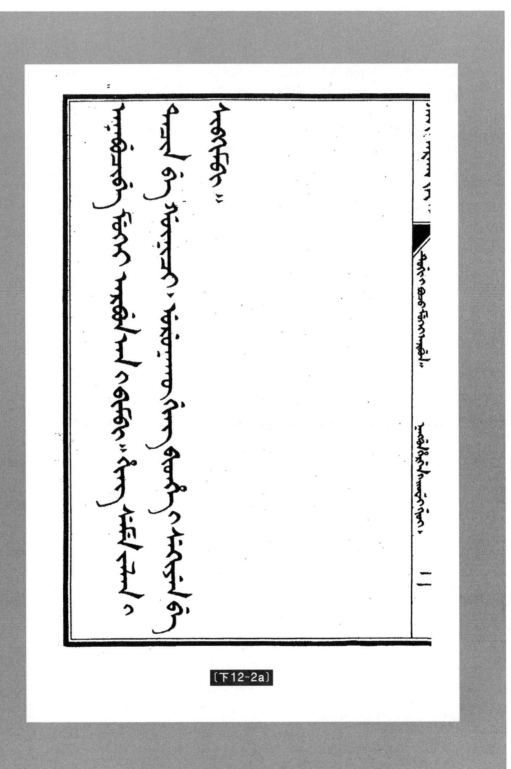

[下12-2a]

anabucibe mukei arbun　an i　bimbi.. hing seme jalan i
　밀려도　물의　모습　그대로　있다.　　오로지　세상　의

tacin be　gūnici.　urunakū ging bithe i sekiyen be
풍습 을　생각하면　반드시　經　書의　근원　을

sibkimbi..
궁구한다.

[한문]————————
波流水態長存. 悠然世俗惟念, 必得經書考原.

—— ◦ —— ◦ —— ◦ ——

물결이 흘러도 물의 모습은 그대로이다.
오로지 세속(世俗)을 생각하면,
반드시 경서(經書)의 근원을 궁구한다.

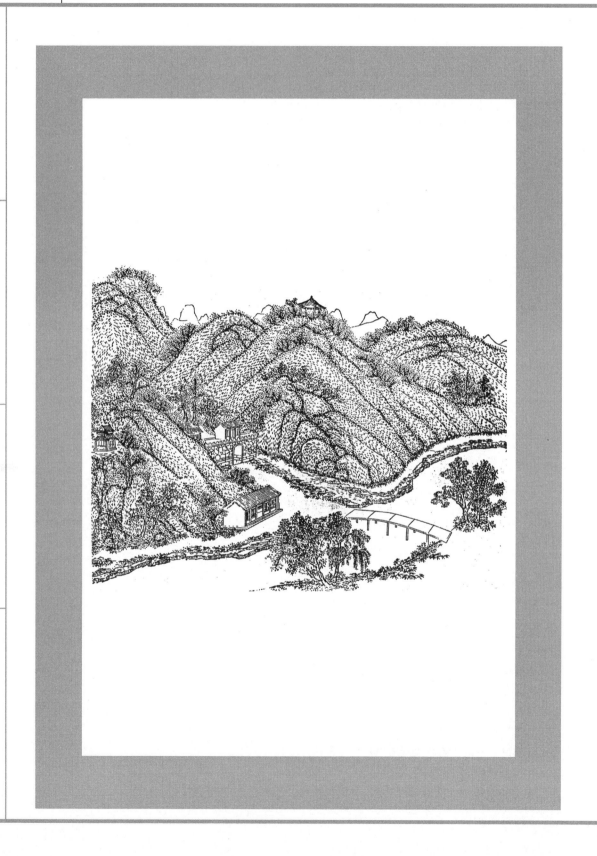

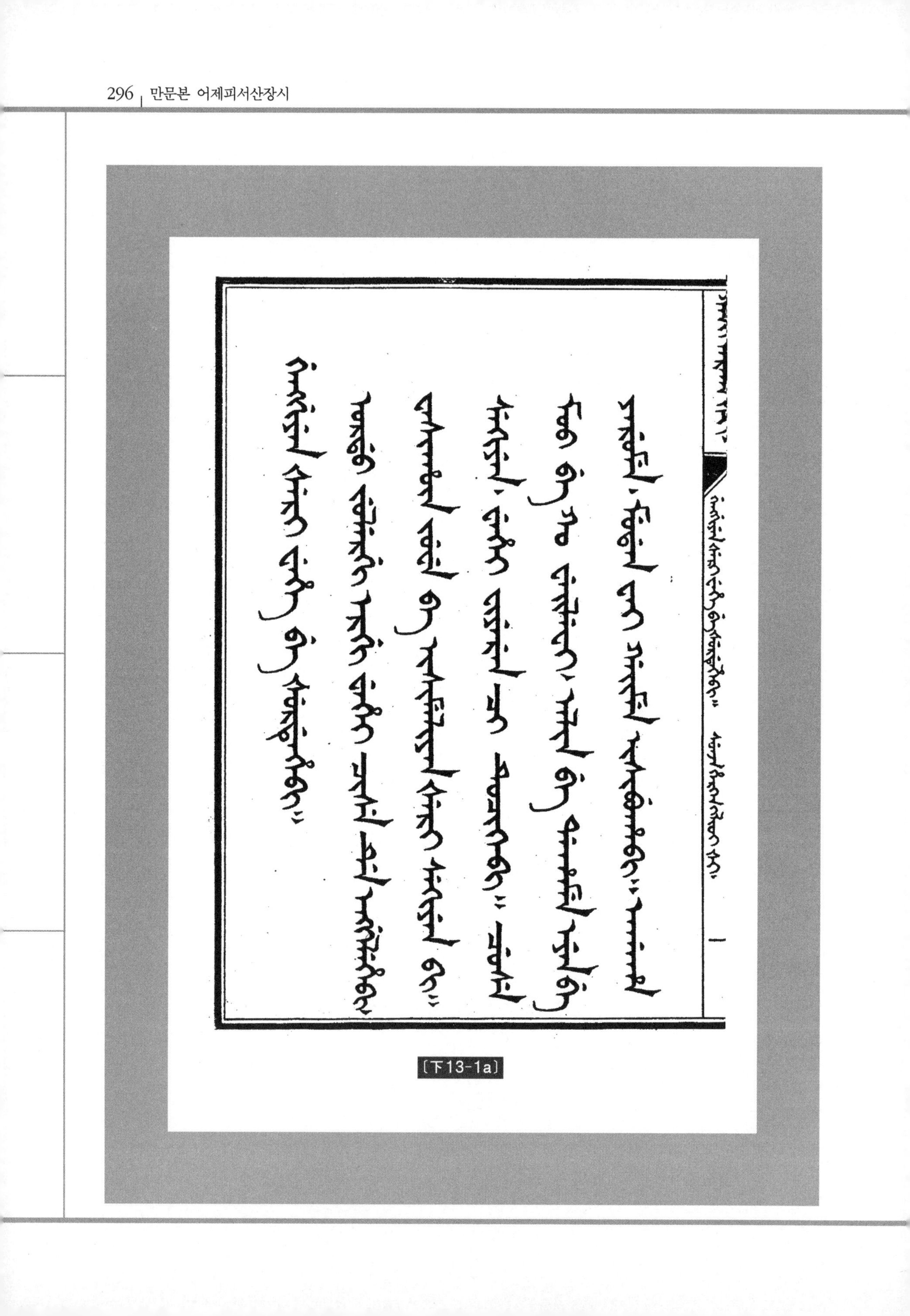

〔下13-1a〕

genggiyen šeri wehe be šurdehebi..
맑은　샘　돌　을　둘렀다

ordo julergi ergi wehei cise de enggelehebi.
정자　남　쪽　돌의　연못　에　임하였다

wasihūn juwe ba isimeliyan šeri sekiyen　bi..
서쪽　2 里　정도　샘　수원　있다.

sekiyen. wehei fiyeren ci tucikebi.. cuse
수원　돌의　틈　에서 나왔다.　대

moo be ko weilefi. alin be dahame eyen be
나무 를 架 만들어　산 을　따라　흐름 을

yarume. mudan　wai　gaime　isibuhabi..　agaha
이끌고　굽고　구비 진 것 가져와 이르게 하였다. 비온

[한문]

澄泉遶石

亭南臨石池, 西二里許爲泉源, 源自石罅出. 截架鳴簹, 依山引流, 曲折而至,

───◦───◦───◦───

징천요석(澄泉遶石)

정자가 남쪽 돌의 밭에 임하였고, 서쪽으로 2리 정도에 샘의 수원이 있는데, 수원이 돌 틈에서 나왔다. 대나무로 시렁을 만들고, 산을 따라 물줄기를 끌어와 굽고 휘어지게 하여 이르게 하였다.

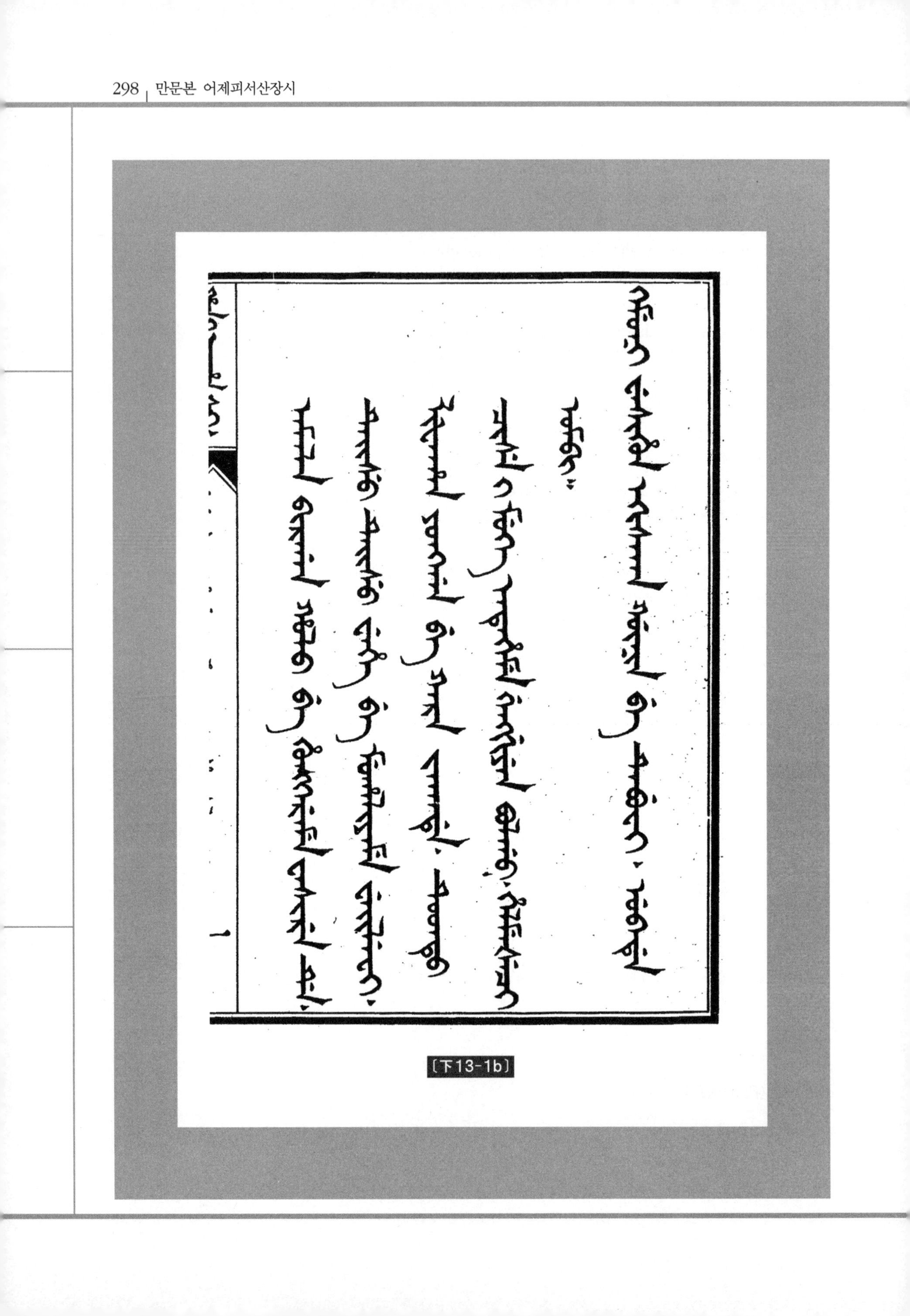

〔下13-1b〕

amala birgan holo be hungkereme wasire de.
뒤 개울 골짜기 를 퍼붓듯이 내려옴 에

teisu teisu wehe be muhaliyame weilefi.
各 各 돌 을 쌓아 올려서 만들고

lifahan yonggan be kara jakade. tuttu
진흙 모래 를 막을 적에 그래서

cise i muke enteheme genggiyen bolgo. helmešeci
연못 의 물 언제나 맑고 깨끗하여 비칠 수

ombi..
있다.

kemuni wesihun ekisaka gūnin be tebufi. ubade
언제나 높고 조용한 생각 을 가지고 이곳에

[한문]────────
　雨後谿壑奔注, 各作石堰 以遏泥沙, 故池水常澄澈可鑒.
每存高靜意,

──○──○──○──

　비온 뒤 개울이 골짜기를 흘러서 내릴 때에 각각 돌을 쌓아 올려서 만들고, 진흙과 모래를 막았기 때문에, 연못의 물이 언제나 맑고 깨끗하여 비칠 수 있다.

언제나 높고 조용한 생각을 품고,

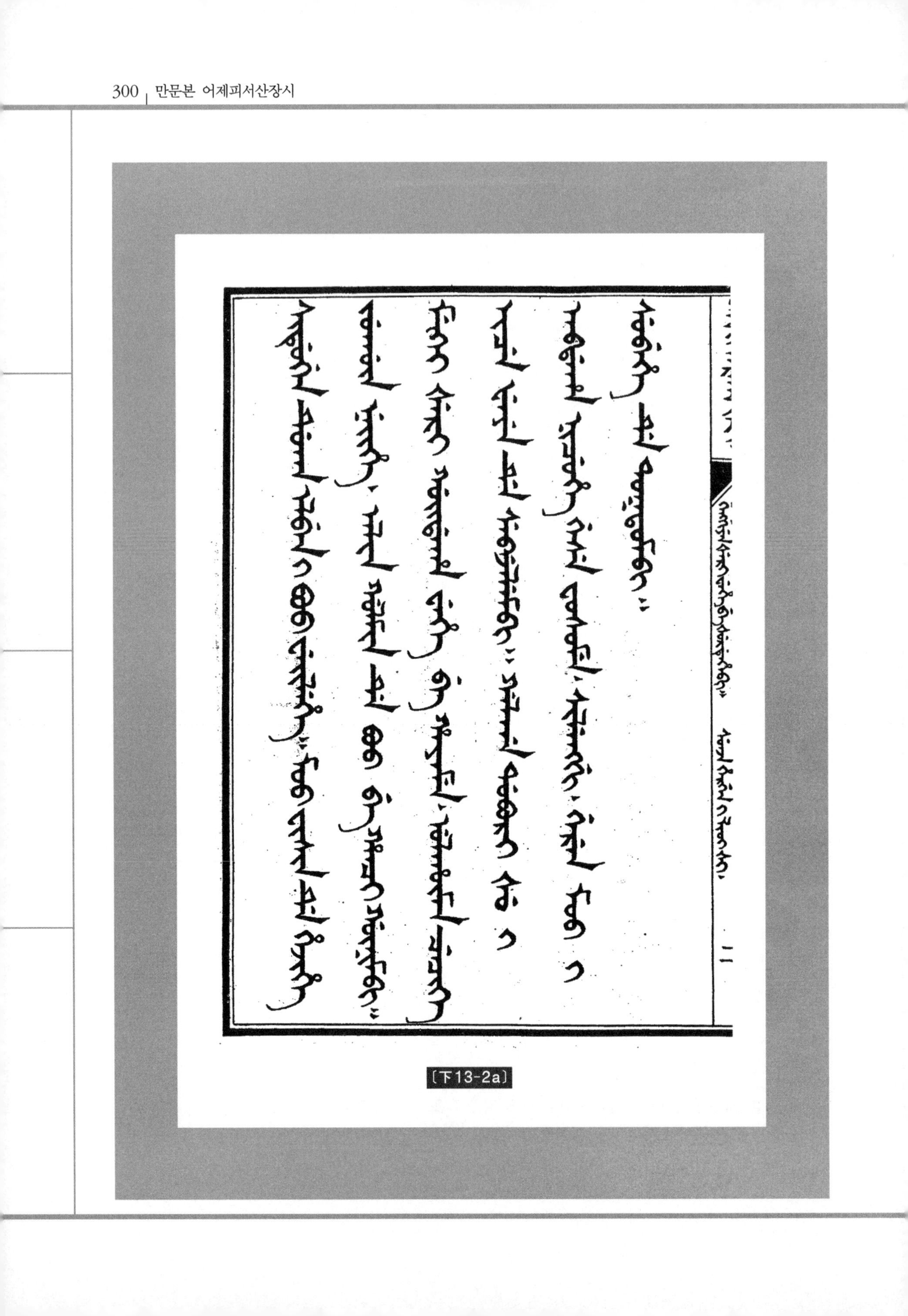

〔下13-2a〕

sidugen[133] duka elben i boo[134] weilehe.. moo fisin de hejihe
衡門   문 띠 의 집   지었다. 나무 빽빽함 에 험한 곳

jugūn neihe. alin golmin de boo be hanci gūnimbi..
길 열었다. 산   김 에 집 을 가까이 생각한다.

mukei šeri goidaha wehe be hayame. ulhūma cecike
물의 샘 오래된 돌 을 휘감고   꿩 작은 새

ice   feye de sebjelembi.. galga dobori šu   i
새로운 둥지 에 즐거워한다. 맑은 밤 연꽃 의

abdaha nicuhe gese fosome. silenggi. geren moo i
잎 진주 같이 비추며 이슬 여러 나무 의

subehe de toktombi..
가지 끝 에 맺힌다.

[한문] ─────────
至此結衡茅. 樹密開行路, 山長疑近郊.
水泉繞舊石, 雉雀樂新巢. 晴夜荷珠滴, 露凝衆木梢.

───── ◦ ───── ◦ ───── ◦ ─────

이곳에 형문(衡門)과 띠 집을 지었다.
나무 빽빽하고 험한 곳에 길 열었고,
산이 길어 집을 가깝게 생각한다.
샘이 오래된 돌을 휘감고,
꿩과 새가 새로운 둥지에 즐거워한다.
맑은 밤 연꽃잎이 진주처럼 비추고,
이슬이 나뭇가지 끝에 맺힌다.

─────────────────

133) sidugen : 'sidehen', 'sidehun'과 같다. 두 개의 기둥에다 한 개의 횡목을 가로질러서 만든 허술한 대문인 형문
    (衡門)이라는 뜻으로 '은자(隱者)가 사는 곳'을 가리킨다.
134) sidugen duka elben i boo : 형모(衡茅), 즉 형문과 띠집으로 '가난한 사람의 집'을 가리킨다.

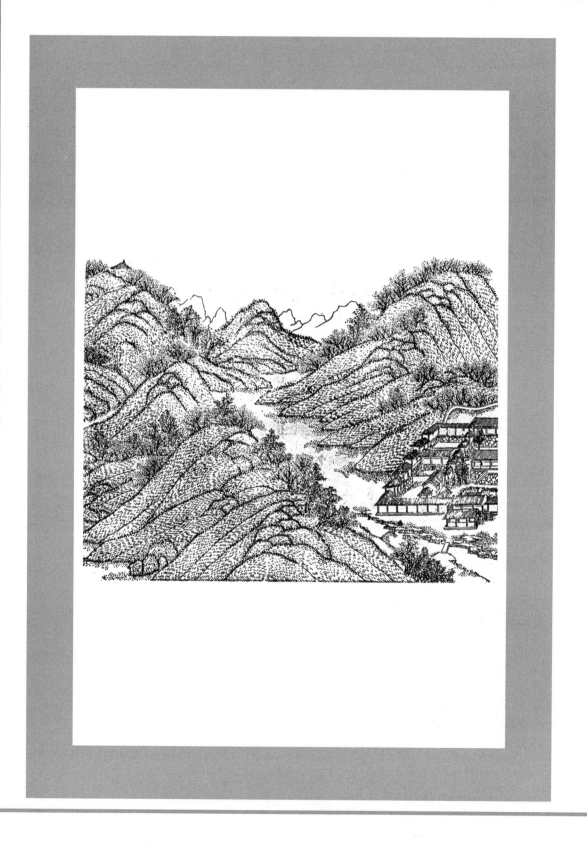

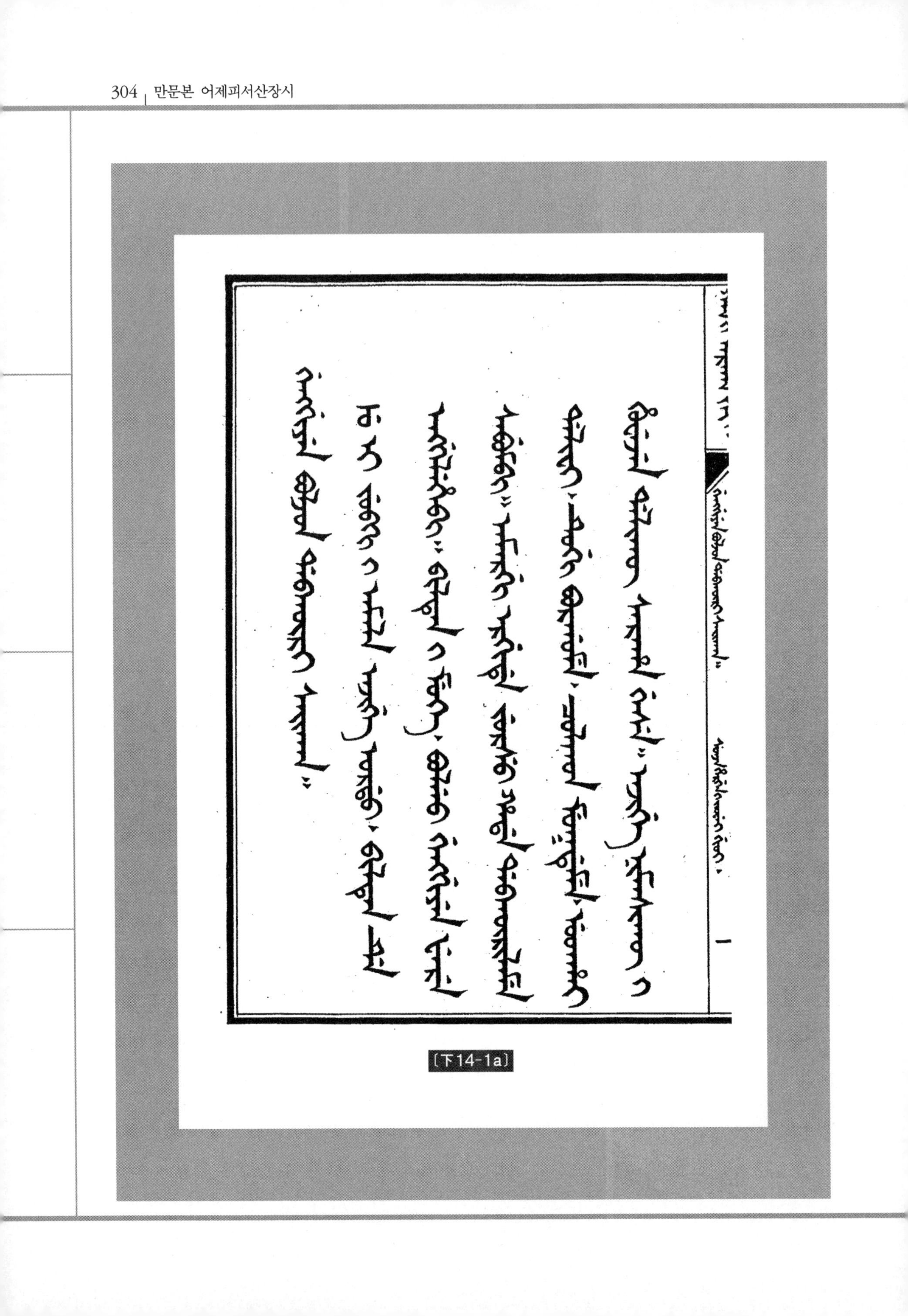

[下14-1a]

genggiyen boljon dabkūri   saikan..
맑은   물결 겹겹이 아름답다

zu i jubki[135) amala ajige ordo. bilten de
如 意 모래섬   북쪽 작은 정자   호수 에

enggelehebi.. bilten i muke. bolgo genggiyen fere
임하였다.   호수 의 물   맑고 깨끗하고 바닥

sabumbi.. amargi ergide jursu hada dabkūrilame
보인다.   북   쪽에 겹 봉우리   겹쳐서

dalifi. tugi borgome[136). colkon mukdeme. uthai
가리고 구름 모이며   물결   일어   곧

huwejen dalikū saraha gese.. ajige nimasikū[137) i
     병풍   친 것 같다. 작은 마상이   로

[한문]

澄波疊翠

如意洲之後, 小亭臨湖, 湖水淸漣徹底, 北面層巒重掩, 雲簇濤湧, 特開屛障, 扁舟過此,

── ◦ ── ◦ ── ◦ ──

징파첩취(澄波疊翠)

여의주(如意洲)의 북쪽에 작은 정자가 호수에 임하였다. 호수의 물이 깨끗하고 맑아 바닥이 보인다. 북쪽에 겹 봉우리가 겹쳐서 가리고, 구름이 모이며, 물결이 일어, 곧 병풍 친 것 같다. 작은 배로

---

135) zu i jubki : 피서산장의 지경운제(芝徑雲堤) 북단에 있는 섬인 '여의주(如意洲)'를 가리킨다.
136) borgome : 'borhome'와 같다.
137) nimasikū : 'nimašakū'와 같다.

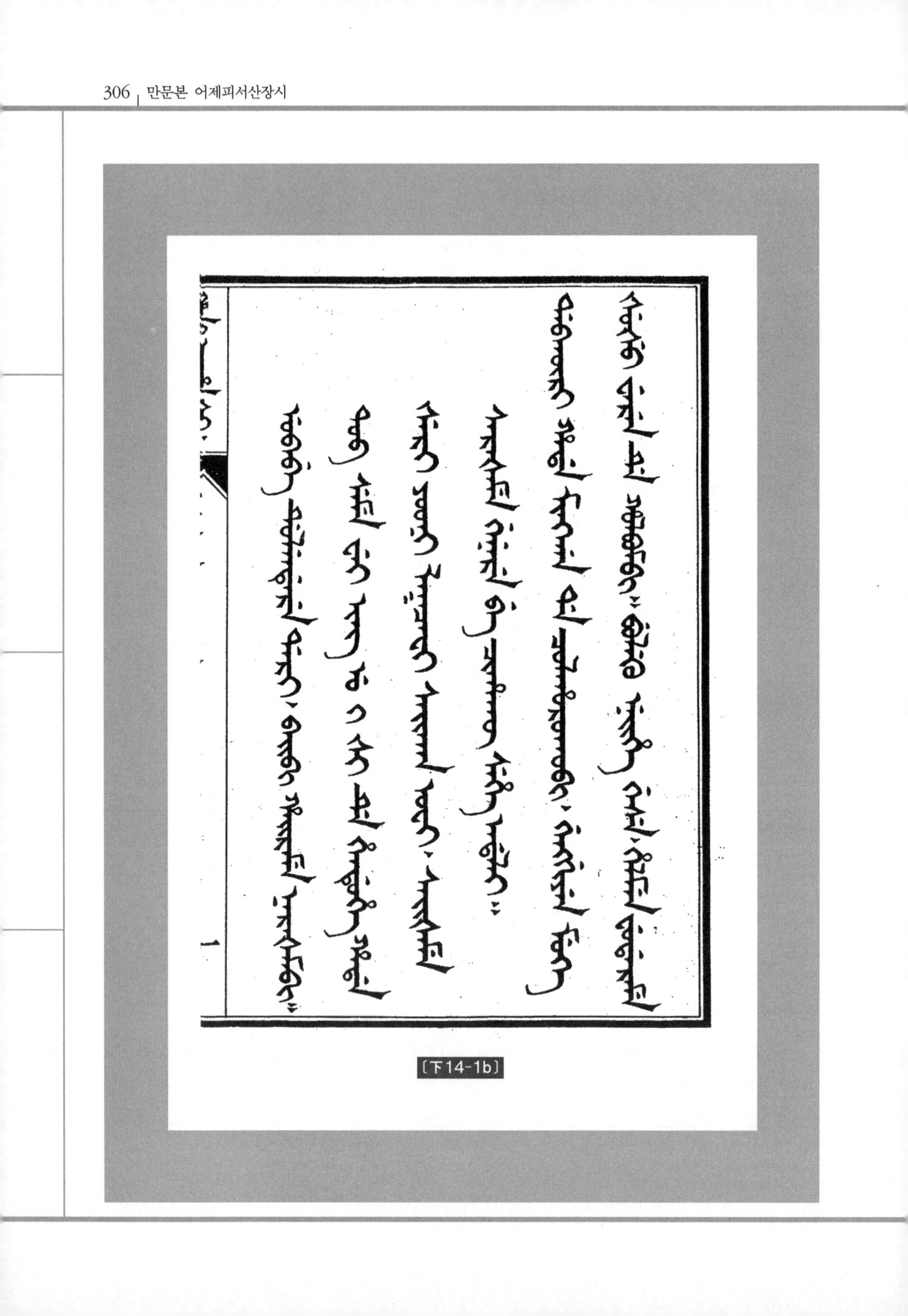

〔下14-1b〕

ubabe dulendere dari. baibi hairame narašambi..
이곳을 지날 때 마다 다만 아쉬워하며 그리워한다.

tob seme wei ing u[138] i ši de henduhe hada
　　마치　韋　應　物　의詩에　말한　봉우리

šeri yooni lakcafi saikan ofi. saišame
샘　모두 **빼어나고** 아름답게 되어서 칭찬하고

sarašame genere be cihakū sehe adali..
　노닐며　가기　를 원하지 않는다 한 것 같다.

dabkūri hada minggan da colhorokobi. genggiyen muke
겹쳐진 봉우리　천　길 우뚝 섰고　　맑은　물

šušu   weren de holbombi.. buleku neihe gese. helmen fudarame
자주색 물결 에　짝한다.　거울 연 것 같이 그림자 뒤집어

[한문] ─────

　輒爲流連, 正如韋應物詩云, 碧泉交幽絶, 賞愛未能去.

疊翠聳千仞, 澄波屬紫文.

─── ◦ ─── ◦ ─── ◦ ───

　이곳을 지날 때마다, 그저 애지중지하고 그리워한다. 바로 위응물(韋應物)의 시에서 말한, "봉우리와 샘이 모두 **빼어나고** 아름다워, 칭찬하고 노닐며 떠가고 싶지 않다."고 한 것과 같다.

겹쳐진 봉우리는 천 길에 우뚝하고,
맑은 물은 자줏빛 물결에 짝한다.

─────

138) wei ing u : 당나라 현종 때의 시인인 위응물(韋應物, 737-792)로 자연을 참신하게 묘사한 산수시와 백성들의 고통을 아파하며 비분강개하는 전원시를 잘 지었으며, 전반적인 시풍은 평안하고 고요하고 심원하였다.

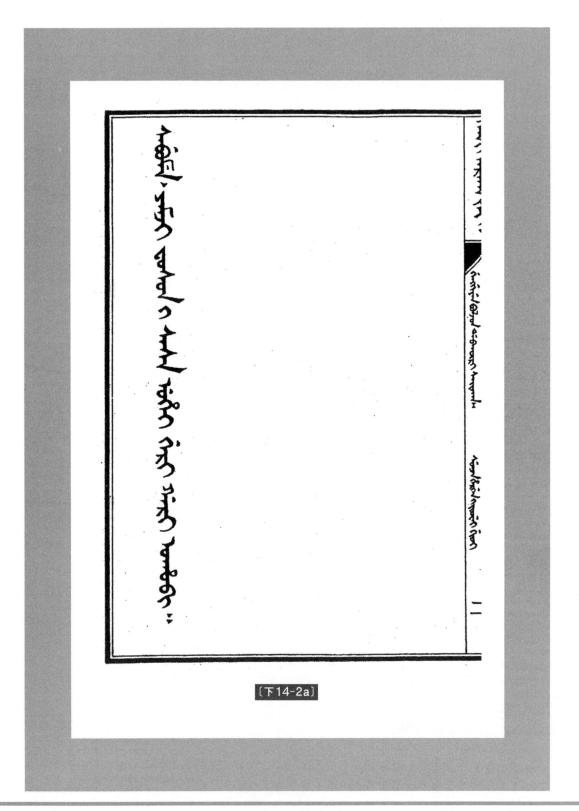

[下14-2a]

sabume. yamji foson i sasa uhei   geri gari   ohobi..
보이고   저녁 햇살 의 함께 더불어 가물가물하게 되었다.

[한문]————

鑑開倒影列, 反照共氤氳.

—— 。—— 。—— 。

거울을 연 것 같이 그림자가 거꾸로 보이고,
저녁 햇살과 함께 가물가물해졌다.

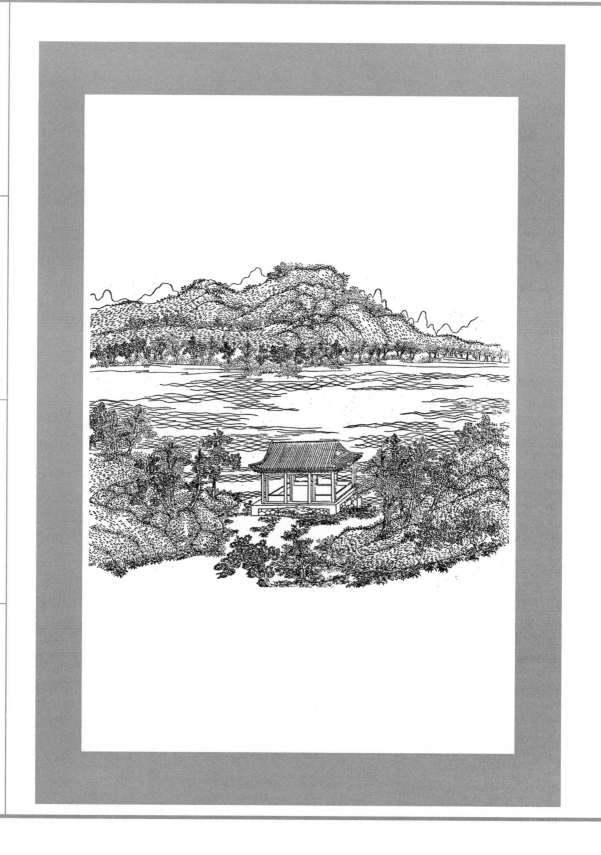

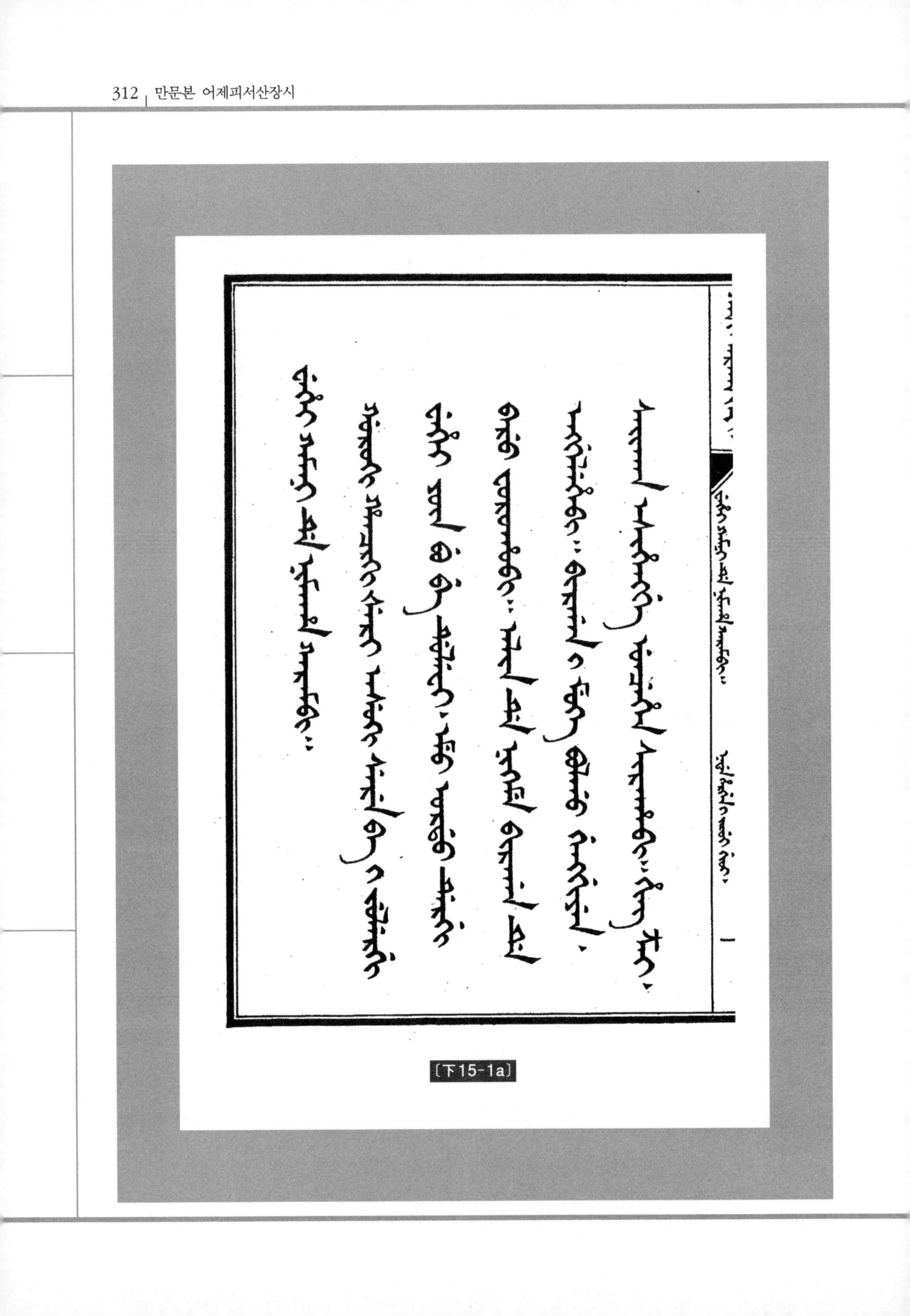

[下15-1a]

wehei kamni   de nimaha karambi..
돌의   어귀[139] 에서 물고기 바라보다

   goroki hanciki šeri asuki   sere ba i julergi
   먼 곳 가까운 곳 샘 작은 소리 하는 곳 의 남쪽

   wehei yūn bu[140] be dulefi. emu ordo dergi
   돌의 雲 步   를 지나서 한 정자 동쪽

   baru forohobi.. alin de nikeme birgan de
   으로 향하였다. 산 에 기대고 개울 에

   enggelehebi.. birgan i muke bolgo genggiyen.
     임했다.   개울 의 물 맑고 깨끗하다.

   saikan   esihengge uncehen sirahabi.. hing tsai[141].
   아름다운 비늘 있는 것   꼬리   이었다.   荇 菜

[한문]
石磯觀魚

  遠近泉聲而南, 渡石步, 有亭東向, 倚山臨溪, 溪水淸澈, 脩鱗衝尾, 荇藻交枝,

—— ∘ —— ∘ —— ∘ ——

석기관어(石磯觀魚)

  '원근천성(遠近泉聲)'이라는 곳의 남쪽 돌의 운보(雲步)를 지나서, 한 정자가 동쪽으로 향하였는데, 산에 기대고 개울에 임했다. 개울의 물이 맑고 깨끗하고, 아름답게 물고기가 꼬리를 이었다. 행채(荇菜)와

---

139) wehei kamni : 석기(石磯)의 대역으로 물가에 돌출된 큰 바위 또는 물가의 돌무더기를 가리키며 낚시터의 뜻으로 쓰이기도 한다.
140) wehei yūn bu : '石步'에 대응하는데, 만주어로 볼 때는 '석운보(石雲步)'로 보아야 할 듯하다. 피서산장의 지명으로 추정되나, 어디인지는 미상이다.
141) hing tsai : 행채(荇菜)의 음차로 노랑어리연꽃이라고 하며, 경우에 따라서는 이것을 '마름 풀'이라고도 한다.

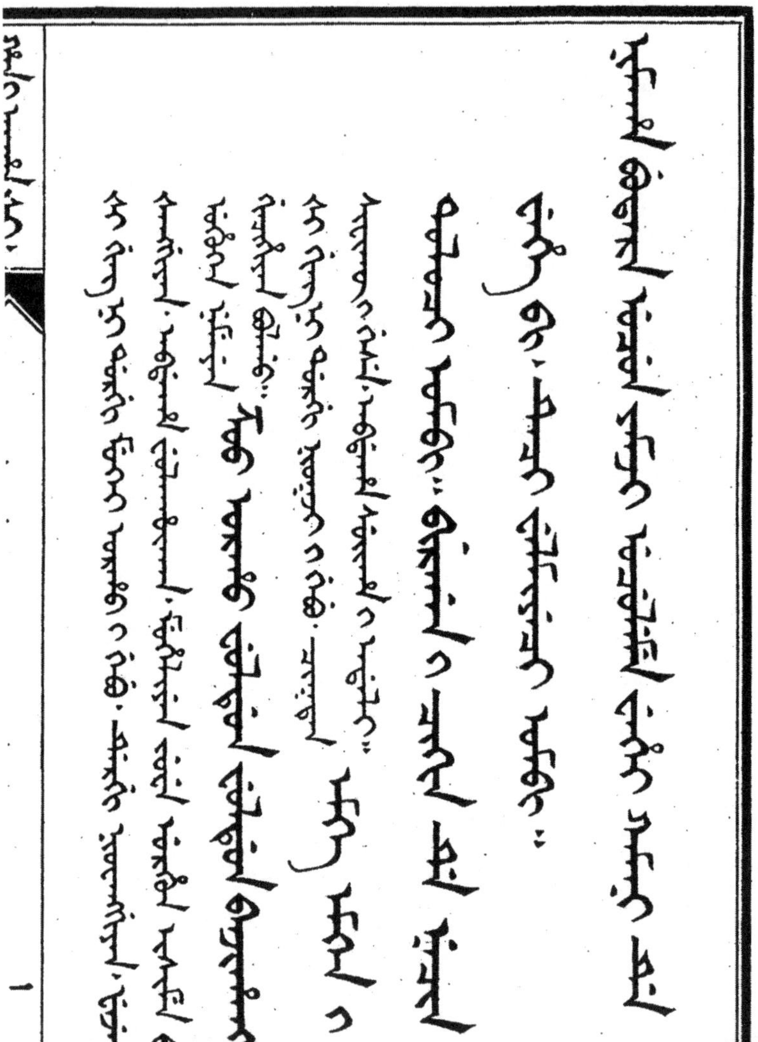

〔下15-1b〕

ši ging ni dorgi mukei orho i　gebu.　dergi niowanggiyan. fejergi
詩 經 의 　속 　물의 　풀 의 이름이다. 위쪽 　　푸르고 　 아래쪽
šanggiyan. abdaha fulahūkan. muheliyen juwe urhun isime　bi.
　하얗다. 　잎 연분홍이고 둥그스름한 2 　촌 가까이 이다.
uhuken　nemeyen
부드럽고 　연하고
gincihiyan bolgo..
　빛나고 　맑다.

dzoo orho[142)] fuldun　fuldun banjihangge.
藻 풀 　무더기 무더기 자란 것

ši ging ni dorgi niokji i　gebu. cikten
詩 經 의 　속 물이끼 의 이름이다. 줄기
sifikū i　gese. abdaha suiha i adali..
비녀 의 같다. 　잎 　쑥 의 같다.

emke　emken i
하나씩 하나씩

toloci ombi..　　birgan i cikin de necin
헤아릴 수 있다. 개울 의 가 에 평평한

wehe　bi.　teci　welmiyeci ombi..
　돌 있다 앉으면 낚시할 수 있다.

nimaha butara ucun yamji uculeme wehei kamni de
물고기 잡는 노래 저녁 부르며 돌의 어귀 에

[한문]────

歷歷可數, 溪邊有平石, 可坐以垂釣.

唱晚漁歌傍石磯,

── ◦ ── ◦ ── ◦ ──

『시경』에 있는 물풀의 이름이다. 위쪽이 푸르고 아래쪽은 하얗다. 잎은 불그스름하고, 둥그스름하며 대략 2촌
이다. 부드럽고 연하며, 빛나고 맑다.

마름 풀 무더기무더기 자란 것이,

『시경』에 있는 물이끼의 이름이다. 줄기가 비녀와 같고, 잎은 쑥과 같다.

하나하나 헤아릴 수 있다. 개울가에 평평한 돌이 있어, 앉아서 낚시를 할 수 있다.

뱃노래를 저녁 늦게 부르며 물가 큰 돌에 다가오니,

──────

142) dzoo orho : 조(藻)로 바늘꽃과에 속하는 한해살이의 수초인 '마름'을 가리킨다.

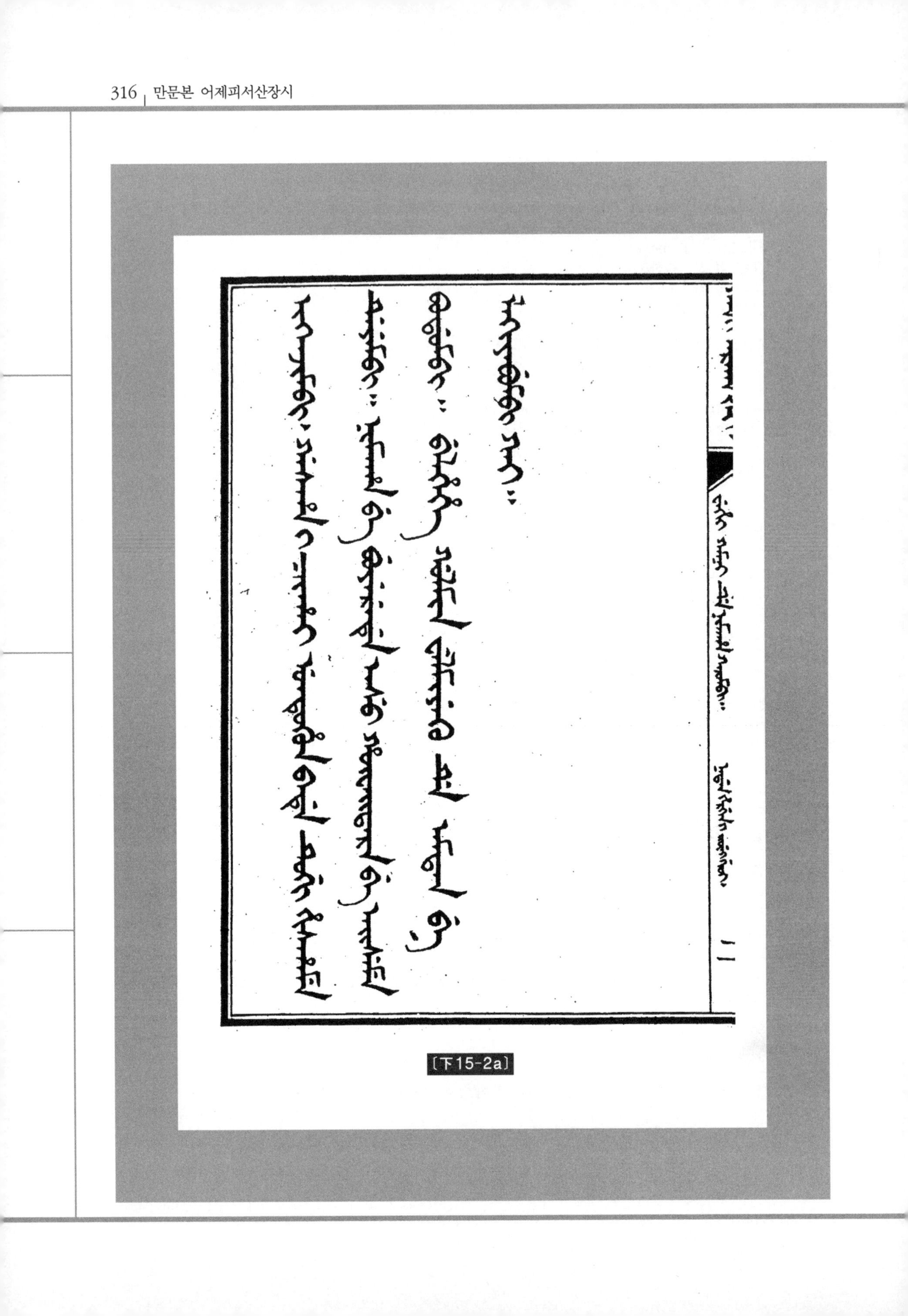

〔下15-2a〕

nikenjimbi. gasha i cihai untuhun bade tugi hishame
다가온다. 새 의 마음대로 빈 곳에 구름 스쳐

deyembi.. nimaha be buyerede asu hūwaitara be aiseme
난다. 물고기 를 원함에 그물 매기 를 어찌

bodombi.. belhehe golmin welmiyeku de amtan be
헤아리는가. 준비한 긴 낚싯대 에 맛있는 미끼

lakiyabumbi kai..
매달게 하노라.

[한문]————

空中任鳥帶雲飛. 羨魚結網何須計, 備有長竿墜釣肥.

—— ◦ —— ◦ —— ◦ ——

새가 마음대로 허공에서 구름을 스쳐 날아간다.
물고기를 원하는데 그물 매는 것을 어찌 헤아리는가?
준비한 긴 낚싯대에 맛있는 미끼를 걸게 하노라.

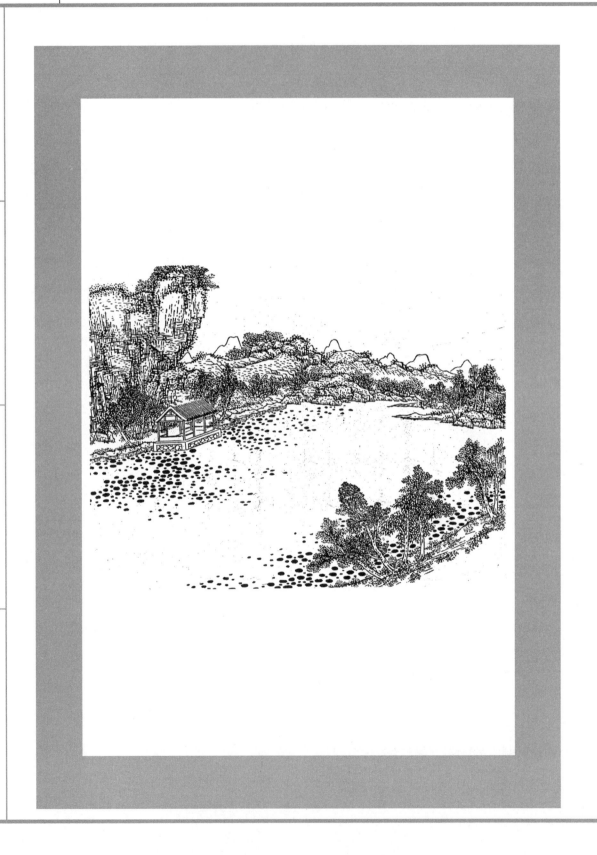

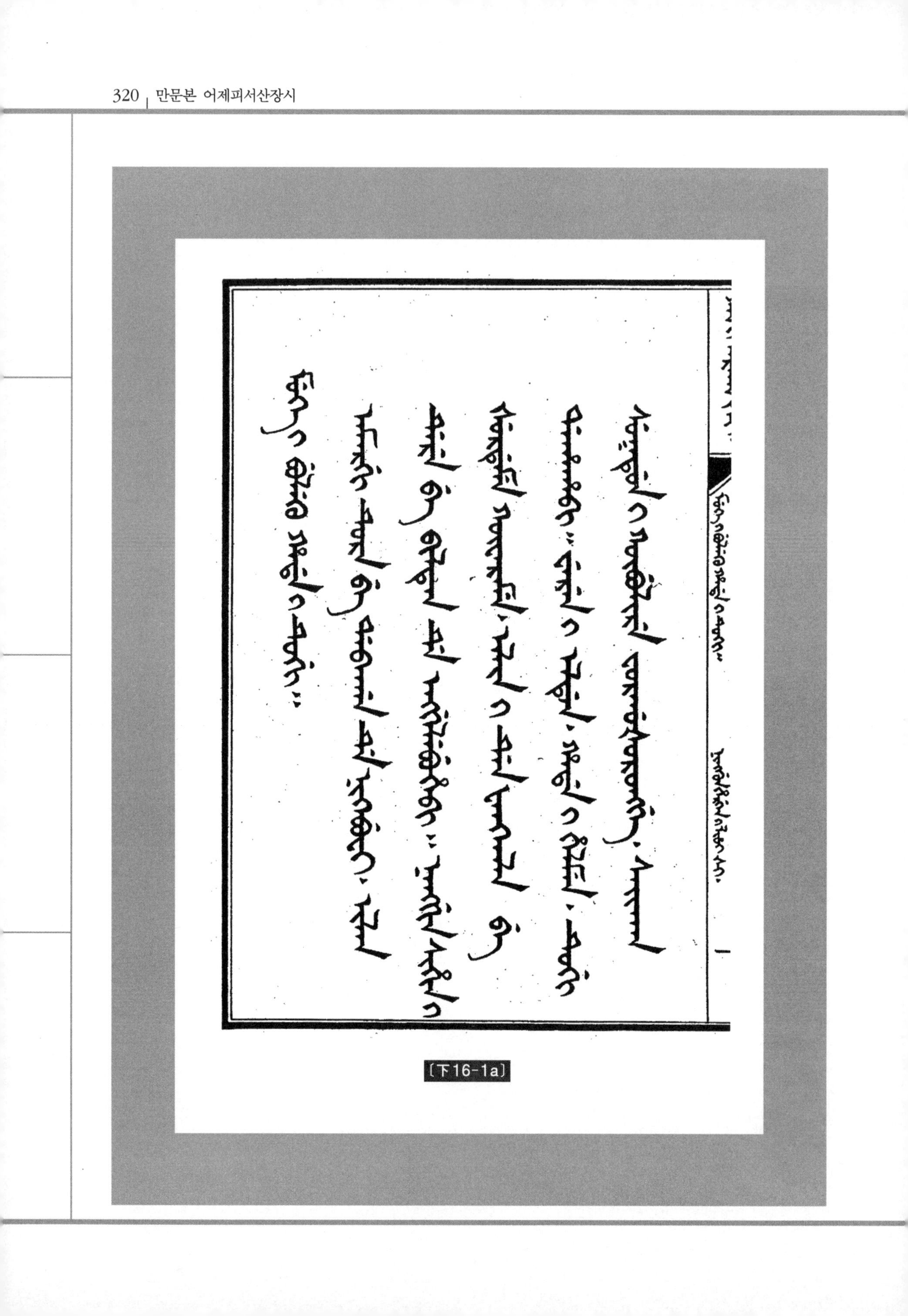

〔下16-1a〕

muke i buleku   hada   i tugi..
물 의 거울   봉우리 의 구름

amargi tura be dabagan de nikebufi.   ilan
뒤쪽 기둥 을 고개 에 기대게 하고 삼

dere be bilten de enggelebuhebi.. nanggin sihin[143] i
면 을 호수 에 임하게 했다. 회랑 처마 의

šurdeme kūwarame. alin i   den fangkala be
둘러 에워싸고 산 의 높고 낮음 을

dahahabi.. weren i elden. hada i helmen. tugi
쫓았다. 물결 의 빛 봉우리 의 그림자 구름

sukdun i kūbulire forgošorongge.   saikan
기운 의 변하고   바뀌는 것   아름다운

[한문]────────

鏡水雲岑

後楹依嶺, 三面臨湖, 廊廡周遮, 隨山高下, 波光嵐影, 變化烟雲,

── ◦ ── ◦ ── ◦ ──

경수운잠(鏡水雲岑)

뒤쪽 기둥을 고개에 기대게 하고, 3면을 호수에 임하게 했다. 낭무(廊廡)로 둘러 에워싸고 산의 높고
낮음을 쫓았다. 파문의 빛, 봉우리의 그림자, 구름 기운이 변하고 바뀌는 것과 아름다운

───────────────

143) nanggin sihin : 낭무(廊廡)로 정전(正殿) 아래에 동서로 붙여 지은 건물을 가리킨다.

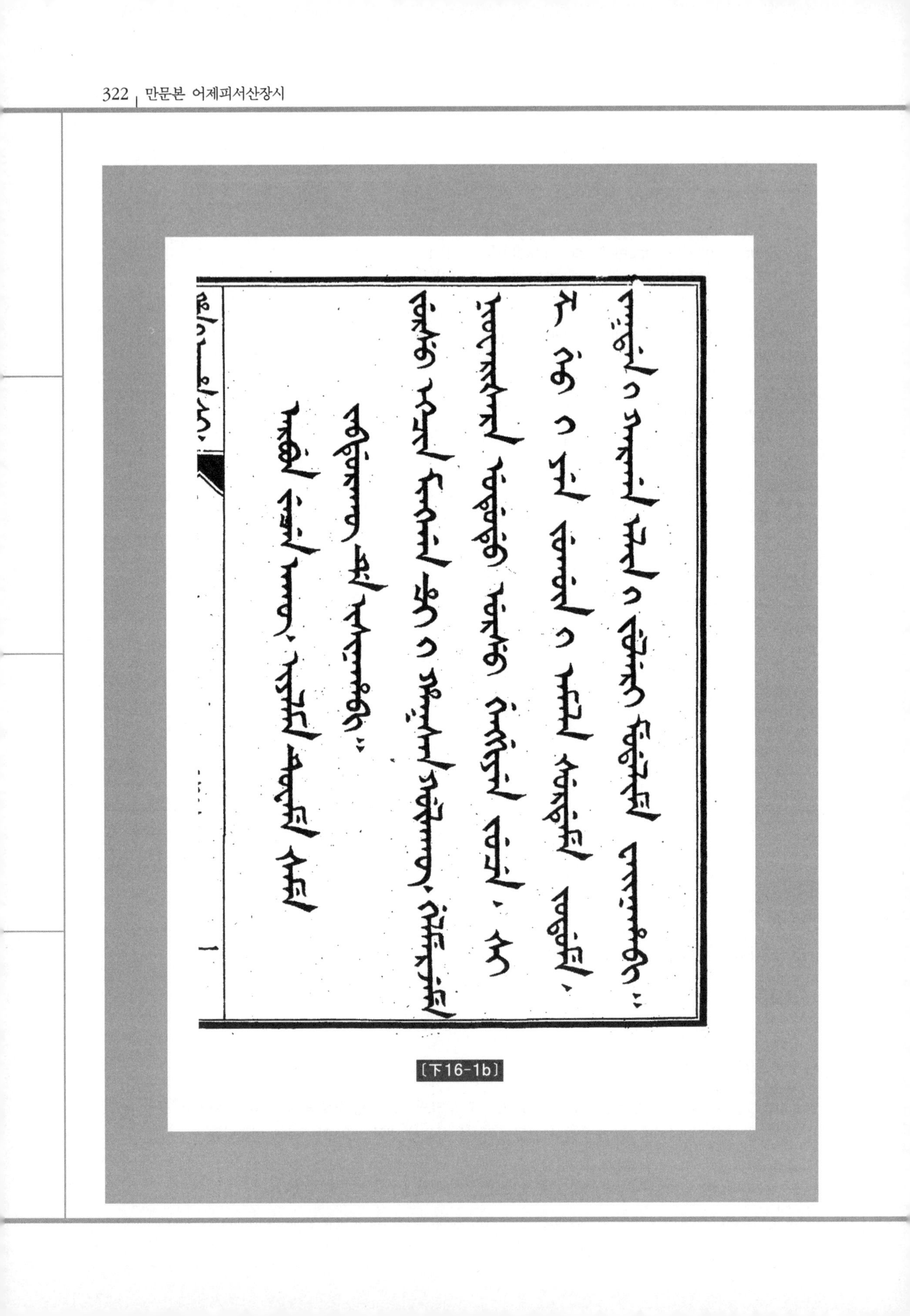

[下16-1b]

arbun jecen akū. niyalma tuwame šame
모습 경계 없고 사람   보고 바라보며

jabdurakū de isinahabi..
겨를 없음 에 이르렀다.

jursu ekcin[144] minggan c'y i haksan gūlakū. gelmerjeme
층층 언덕   千 尺 의 험한 절벽 맑게 빛나며

niowarišara ududu ursu genggiyen juce. ši
파르스름한 몇   겹   맑은   웅덩이 獅

dzy geo i yen jugūn i amala šurdeme jodome.
子 溝 의 굽은 길 의 북쪽 둘러 다니며

jakdan i gargan alin i juleri mudalime wainahabi..
소나무의 가지 산 의 남쪽 구불구불 굽어졌다.

[한문]————

  佳景無邊, 令人應接不暇.

層崖千尺危嶂, 涵淥幾重碧潭. 獅逕盤旋道北, 松枝宛轉山南.

——。——。——。——

  풍경이 끝이 없고, 사람이 살펴 볼 겨를이 없다.

층애(層崖) 천 길의 험한 절벽,
맑게 빛나고 파르스름한 몇 겹 맑은 웅덩이,
사자구(獅子溝)의 굽은 길 북쪽으로 빙빙 돌고,
소나무가지는 산 남쪽으로 구불구불 굽어졌다.

_____

144) jursu ekcin : 층애(層崖)로 바위가 층층이 쌓인 언덕을 가리킨다.

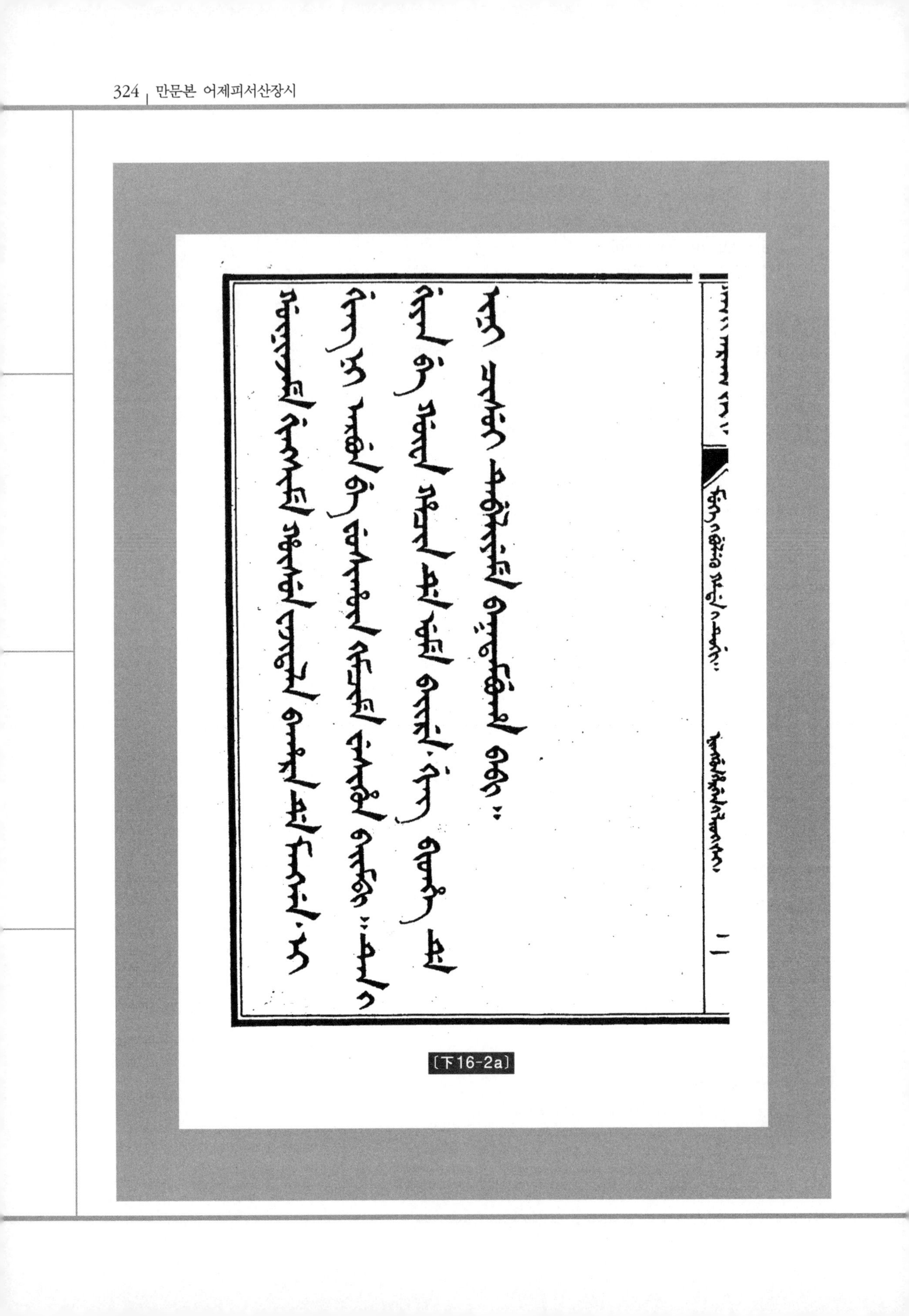

[下16-2a]

gūninjame gingsime hūsun wajitala bahara de mangga.　i
궁리하며　읊으며　　힘　다하도록 얻기 에 어렵고 易

ging ni arbun[145] be fusihūn kimcime wesihun baimbi.. ten i
經 의 象　　을　낮게　살피고　　높이　구한다. 지극한

giyan be gūwa hacin de ume　baire. ging bithe de
이치 를 다른 종류 에 구하지 말라 經　글　에

ini　　cisui tebeliyeme baktambuha　babi..
그의 스스로　품고　　받아들인　바 있다.

[한문]────

沉吟力盡難得, 懸象俯察仰參. 至理莫求別技, 經書自有包函.

──。──。──。──

궁리하고 글 읊으며 힘 다하도록 얻으려 해도 어렵고,
역경(易經)의 상(象)을 낮게 살피고 높게 구한다.
지극한 이치를 다른 곳에서 구하지 말라,
경서(經書)에 스스로 품고 받아들인 바가 있다.

────────────

145) i ging ni arbun : 『역경』의 '상(象)'에 대역하는데, 『역경』의 괘에 나타난 모습과 의미를 풀이한 글을 '상(象)'이
　　라 한다.

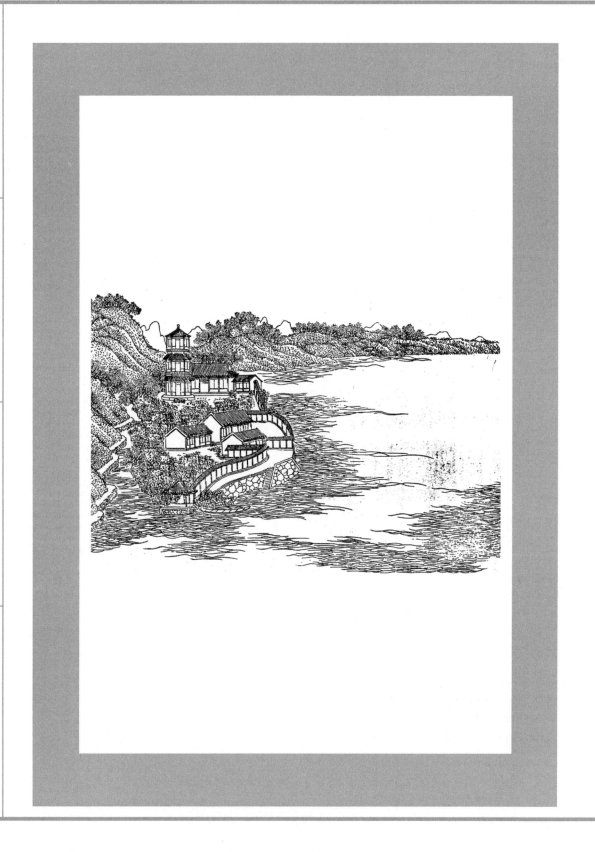

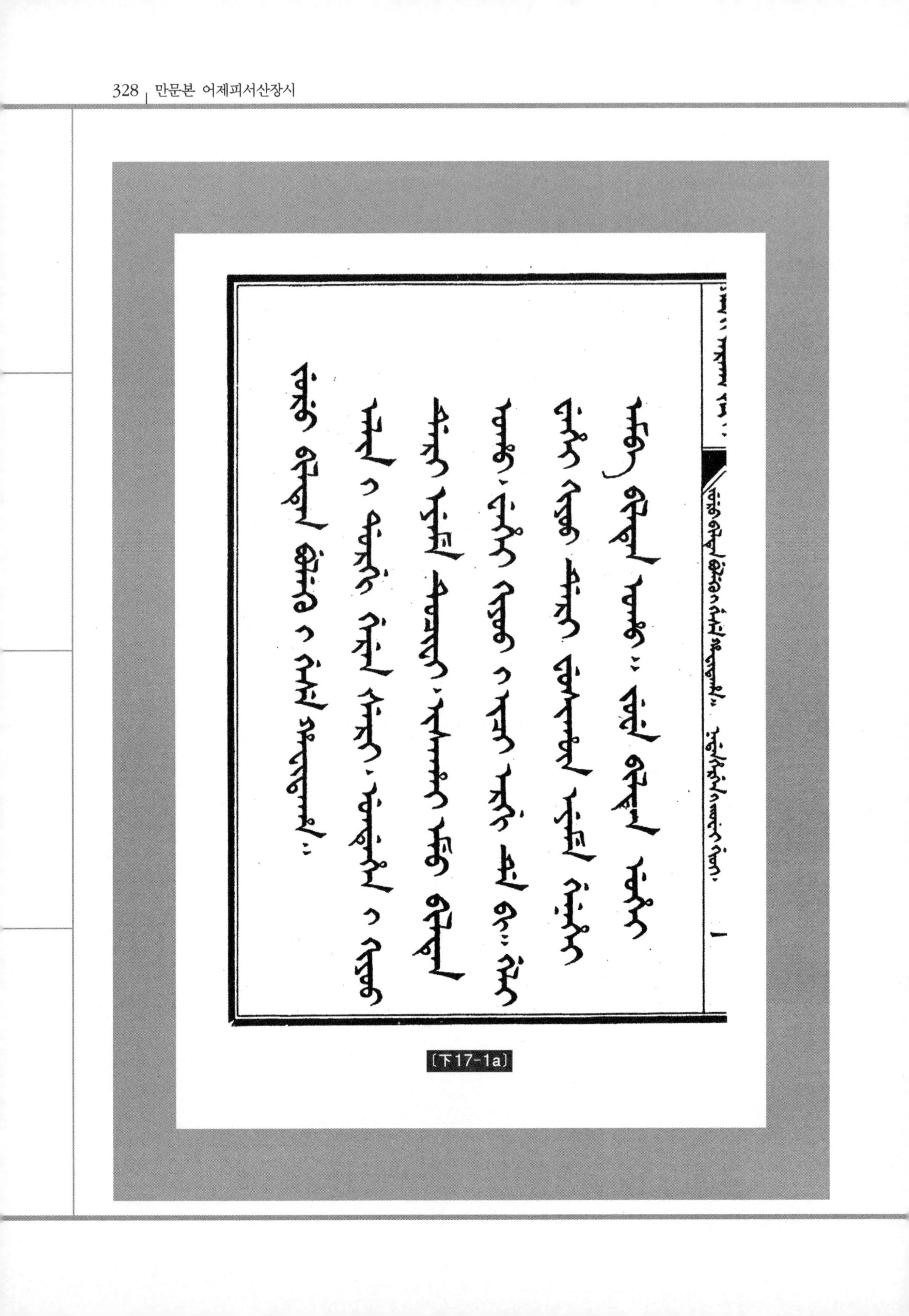

[下17-1a]

juru bilten buleku i gese hafitaha..
쌍 호수 거울 의 같이 끼웠다.

alin i dorgi geren šeri. undehen i kiyoo
산 의 속 여러 샘 널판 의 橋

deri eyeme tucifi. isahai emu bilten
에서 흘러 나와서 모인 채로 한 호수

oho. wehei kiyoo i ici ergi de bi.. geli
되었다 돌의 橋 의 오른 쪽 에 있다. 또

wehei kiyoo deri fusihūn eyeme genehei
돌의 橋 에서 아래로 흘러 간 채로

amba bilten oho.. juwe bilten uhei
큰 호수 되었다. 두 호수 함께

[한문]

雙湖夾鏡

山中諸泉, 從板橋流出, 滙爲一湖, 在石橋之右, 復從石橋下注, 放爲大湖, 兩湖相連,

—— ◦ —— ◦ —— ◦ ——

쌍호협경(雙湖夾鏡)

산 속 여러 샘이 판교(板橋)에서 흘러나와서 모여 한 호수가 되었고, 돌다리의 오른쪽에 있다. 또 돌다리에서 아래로 흘러가서 큰 호수가 되었다. 두 호수가 함께

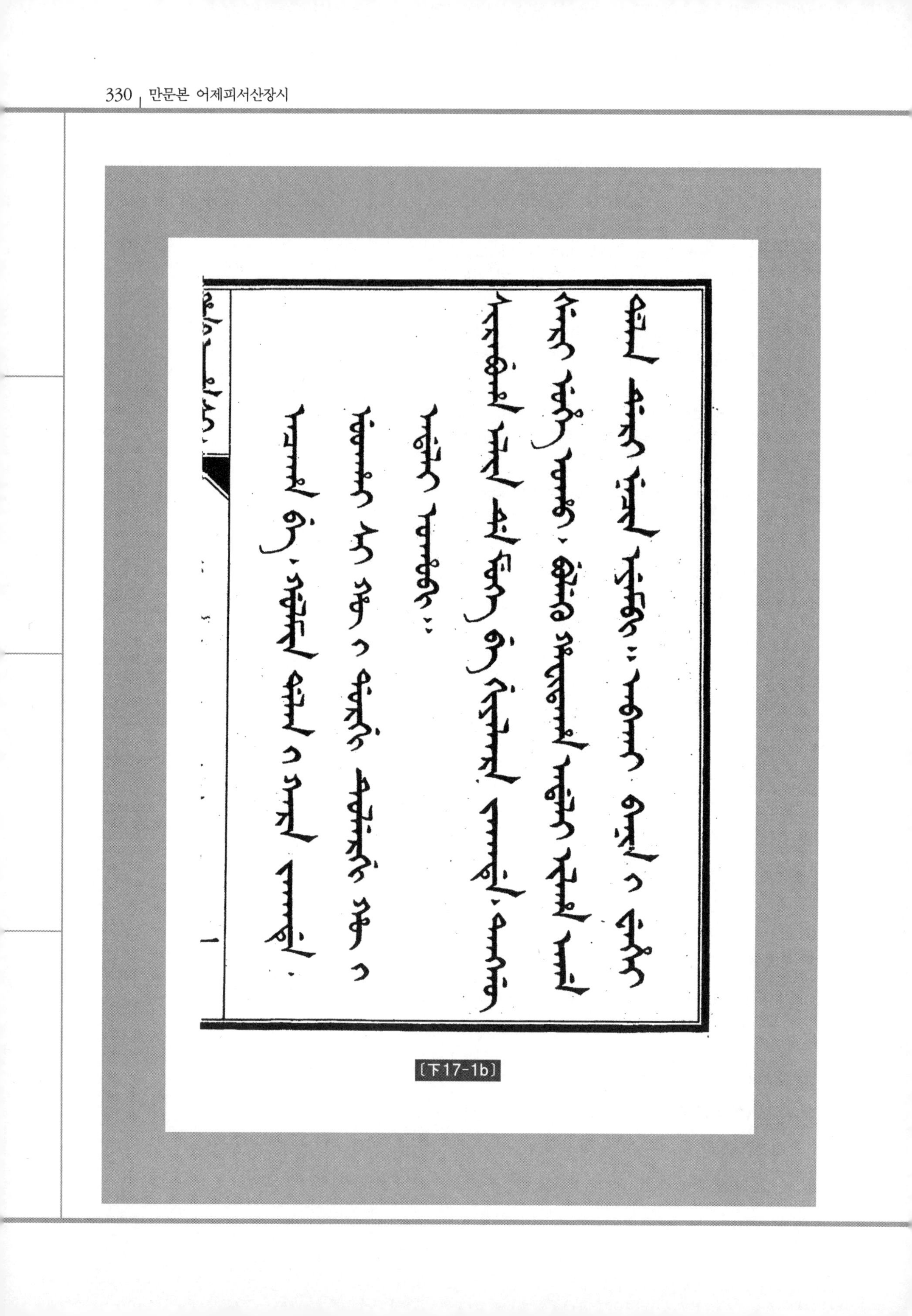

[下17-1b]

acaha　be. golmin dalan i　kara jakade.
만난 것 을　긴　둑　으로 막는 까닭에

uthai　si hū[146) i　dorgi tulergi hū i
곧　西湖　의 안　밖　湖 의

adali ohobi..
같이　되었다.

sirabuha alin de muke be giyalara　jakade. tanggū
이어진 산 에 물 을 가로막을 적에　百

šeri　uhe oho.　buleku hafitaha adali ilha aga
샘　결합하였다 거울 끼운 것 같이 꽃 비

dalan deri　necin　eyembi..　abkai　banin　i wehei
둑　에서 평온히　흐른다.　하늘의　성품　의 돌의

[한문]　————
　阻以長堤, 猶西湖之裏外湖也.

連山隔水百泉齊, 夾鏡平流花雨隄.

———— 。———— 。———— 。————

　만난 것을 긴 둑으로 막았기 때문에, 곧 서호(西湖)의 내호(內湖)·외호(外湖)와 같이 되었다.

이어진 산에 물을 가로막으니 백 개의 샘이 하나가 되었고,
거울을 끼운 듯이 꽃비가 둑에서 평온하게 흐른다.
_____
146) si hū : 중국 항주에 있는 서호(西湖)로 북송 때 소동파(蘇東坡)가 호수에 퇴적한 흙을 파내어 쌓은 제방인 소
　　제(蘇堤)에 의해 외호(外湖)와 내호(內湖)로 나뉜다.

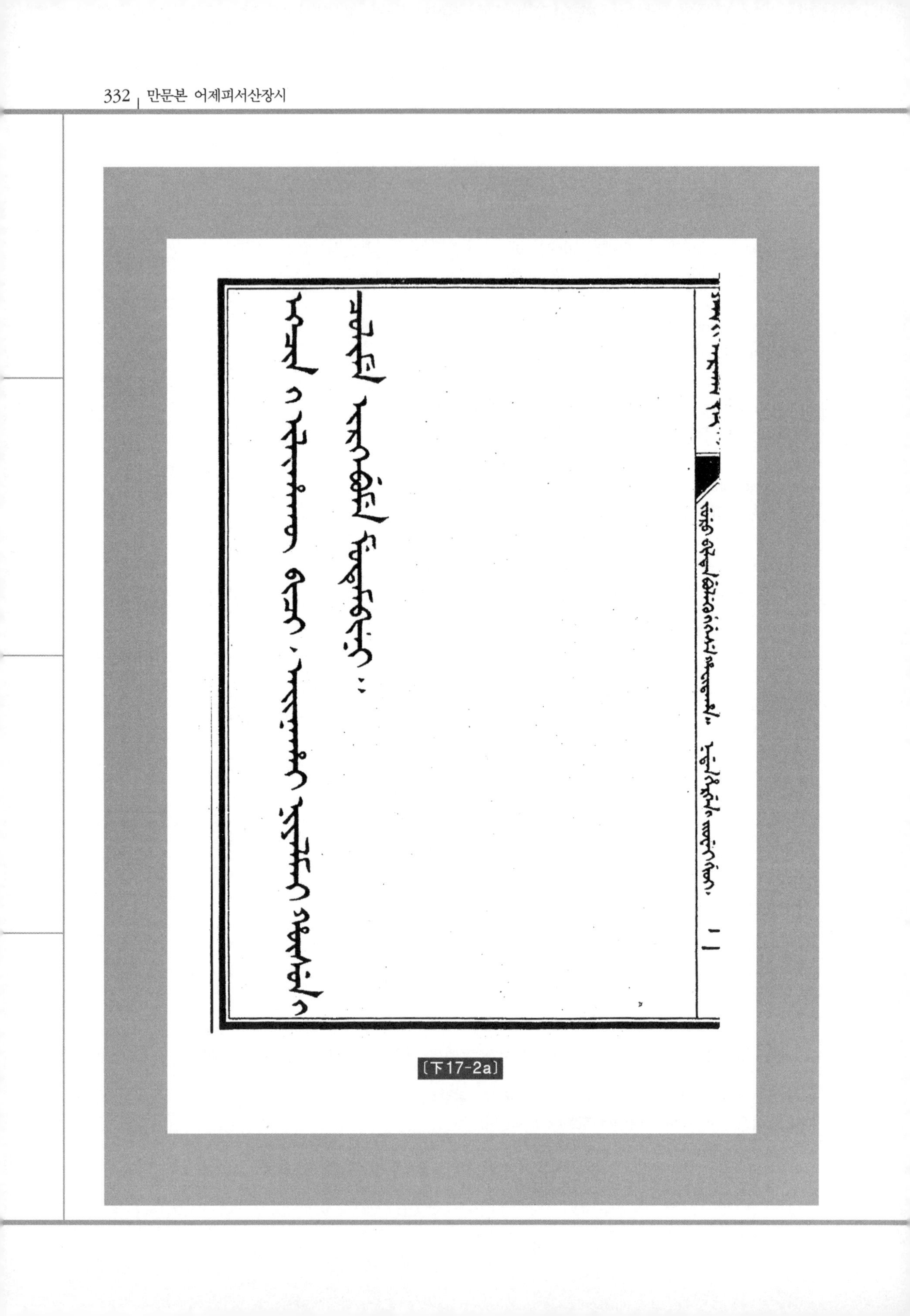

[下17-2a]

ekcin i   ilihakū bici. ainahai niyalmai hūsun i
벼랑 으로 서지 않았다면   어찌   사람의   힘 으로

colime irgebume mutembini..
새기고 시를 지을 수 있겠는가.

[한문] ————

非是天然石岸起, 何能人力作雕題.

——— 。 —— 。 —— 。

천연(天然)의 돌벼랑이 서있지 않았다면,
어찌 사람의 힘으로 새기고 시를 지을 수 있겠는가?

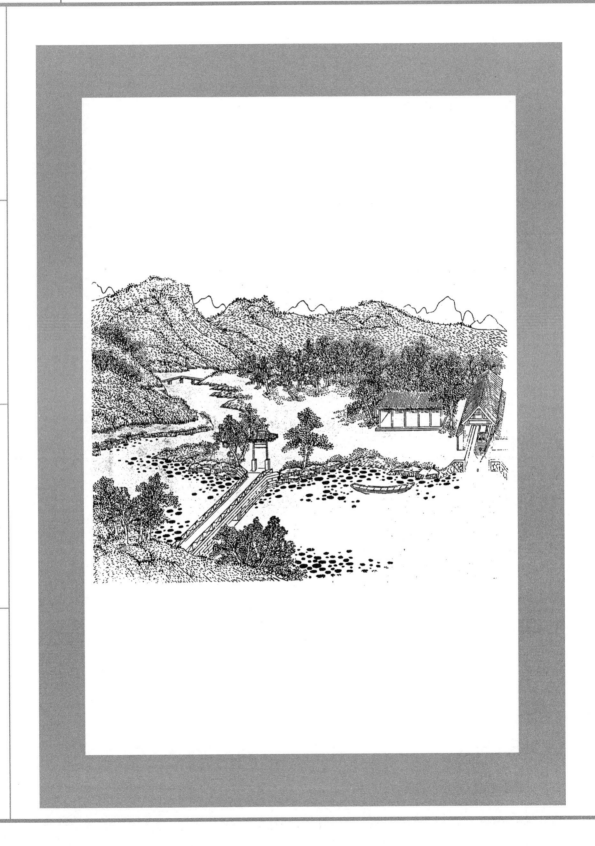

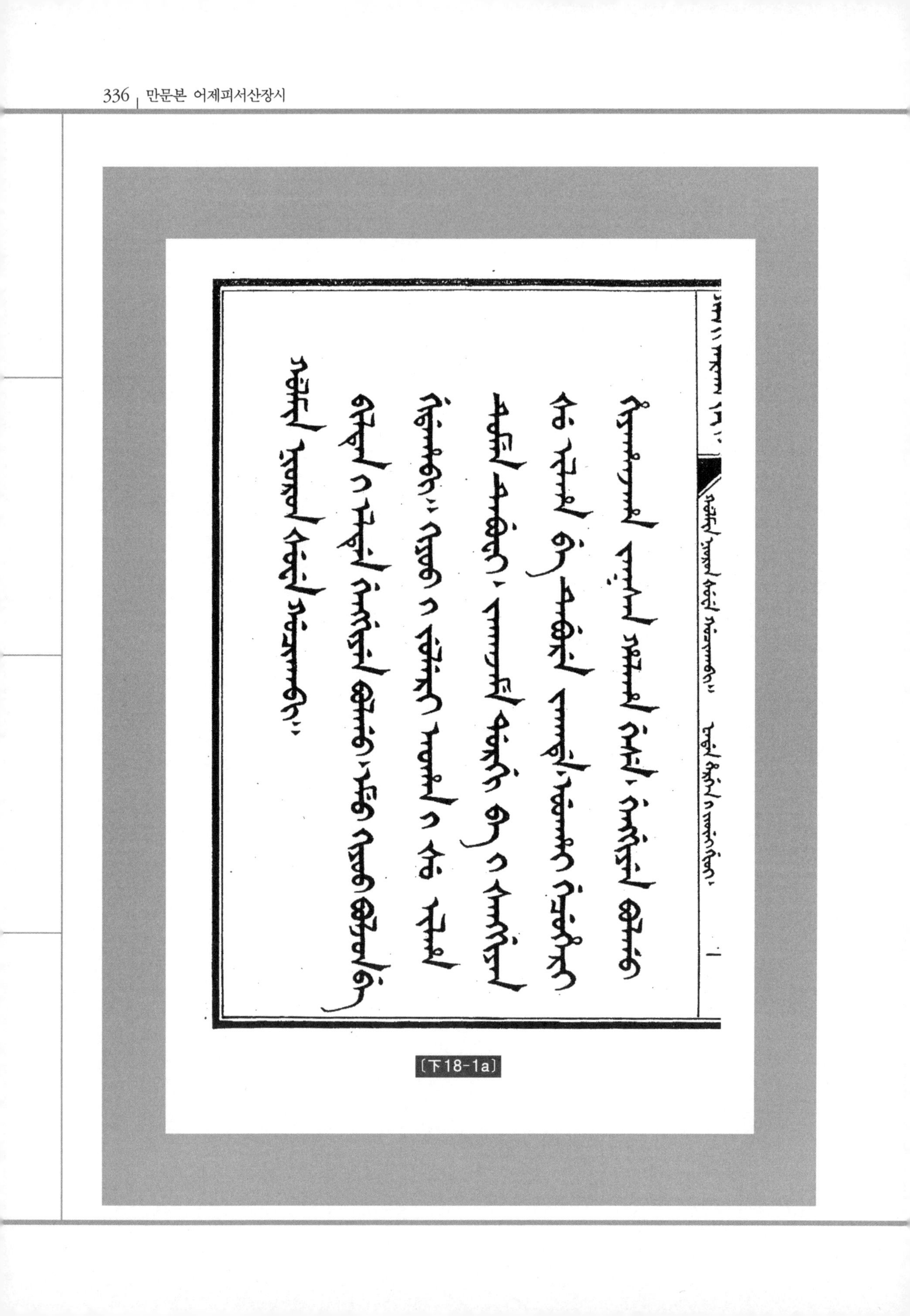

[下18-1a]

golmin nioron šuwe gocikabi..
긴　무지개 곧게 나타났다.

bilten i elden genggiyen bolgo. emu kiyoo boljon be
호수 의 빛　깨끗하고 맑고 한　橋　물결 로

gidahabi.. kiyoo i juleri aohan[147] i šu ilha
숨어있다.　橋 의 남쪽 敖漢　의 연 꽃

tumen tebufi. jakanjame dorgi ba[148] i šanggiyan
萬　심고 사이를 두고 안쪽 땅 의 흰

šu ilha be tebure jakade. uthai gecuheri[149]
연 꽃 을 심을 적에 곧 蟒龍緞

hiyahanjaha jaksan halaha gese. genggiyen bolgo
서로 섞인 노을 바꾼 것 같고 깨끗하고 맑은

[한문]

長虹飲練

湖光澄碧, 一橋臥波, 橋南種敖漢荷花萬枝, 間以內地白蓮, 錦錯霞變,

──∘──∘──∘──

장홍음련(長虹飮練)

호수의 빛이 맑고 깨끗하며, 다리 하나가 물결로 숨어있다. 다리의 남쪽에 오한연(敖漢蓮) 만 송이를 심고, 사이를 두고 내지(內地)의 흰 연꽃을 심으니, 곧 망룡단(蟒龍緞)이 뒤얽힌 노을을 바꾼 것 같고, 깨끗하고 맑은

---

147) aohan : 오한(敖漢)의 음차로 중국 내몽고 자치구 적봉(赤峯)시에 속한 지역을 가리킨다.
148) dorgi ba : 한자어 내지(內地)에 대응하는 것으로 중국을 가리키는 것으로 보인다.
149) gecuheri : 금사를 넣어 용 모양의 무늬를 짠 비단인 '망룡단(蟒龍緞)'을 가리킨다.

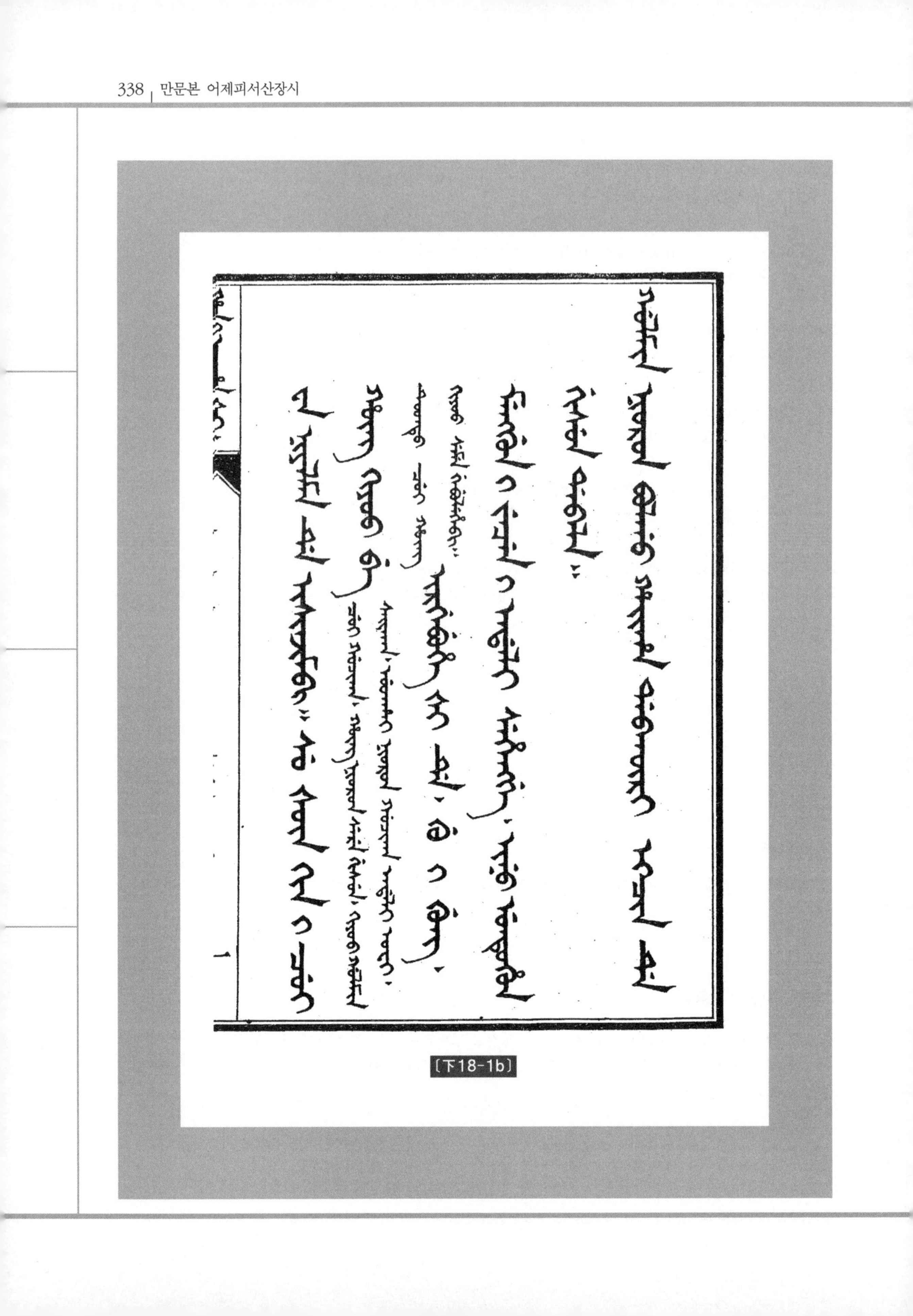

[下18-1b]

wa niyalma de isinjimbi. su šūn kin[150] i cui
향기 사람 에 다가온다. 蘇舜欽 의 垂

hūng kiyoo[151] be
虹 橋 를

    cui gocika. hūng nioron sere gisun. kiyoo golmin
    垂 나타났다 虹 무지개 하는 말이다. 橋 길고
    saikan. uthai nioron gocika adali ofi.
    아름답다 곧 무지개 나타난 같이 되어서
    tuttu   cui hūng
    그러므로 垂 虹
    kiyoo seme gebulehebi..
    橋 하고 이름지었다.

irgebuhe ši de. gu i gung.
지은 詩 에 玉 의 宮

menggun i jecen i adali sehengge. inu untuhun
銀 의 경계 의 같다 말한 것 또 빈

gisun dabala..
말 따름.

golmin nioron bolgo haiha dabkūri ekcin de
긴 무지개 맑고 산허리 층층의 언덕 에

[한문]————

淸芬襲人, 蘇舜欽垂虹橋詩, 謂如玉宮銀界, 徒虛語耳.

長虹淸徑羅層崖,

———○—○—○—

향기가 사람에게 다가오다. 수순흠(蘇舜欽)이 수홍교(垂虹橋)를

‘수(垂)’는 ‘나타났다’이고, ‘홍(虹)’은 ‘무지개’라는 말이다. 다리가 길고 아름다우니, 곧 무지개가 뜬 것과 같아서 ‘수홍교(垂虹橋)’라 이름 하였다.

노래한 시에, ‘옥의 궁전이 은세계와 같다’고 한 것이 다만 빈 말일 따름이다.

긴 무지개는 맑고, 산허리는 층층이 언덕에 겹쳐 있고,

150) su šūn kin : 북송 때의 정치가이자 시인인 소순흠(蘇舜欽, 1008~1048)으로 자는 자미(子美)이다. 매요신(梅堯臣), 구양수(歐陽脩) 등과 성당 시대의 시풍을 되살리는 운동을 통해 새로운 송시의 개척자가 되었다. 그리하여 송시의 개산조사(開山祖師)라고 할 수 있는 매요신과 더불어 ‘소매(蘇梅)’라고 불렸다.
151) cui hūng kiyoo : 중국 강소성 오강현(吳江縣) 동쪽에 있는 수홍교(垂虹橋)로 원래 이왕교(利往橋)라고 하였는데, 송나라 때 다리 위에 수홍정(垂虹亭)이라는 정자를 지은 데서 수홍교가 되었다. 그러나 뒤에 전란으로 불탄 것을 원나라 태정 2년(1325)에 돌로 다시 지어 현재에 이르고 있다.

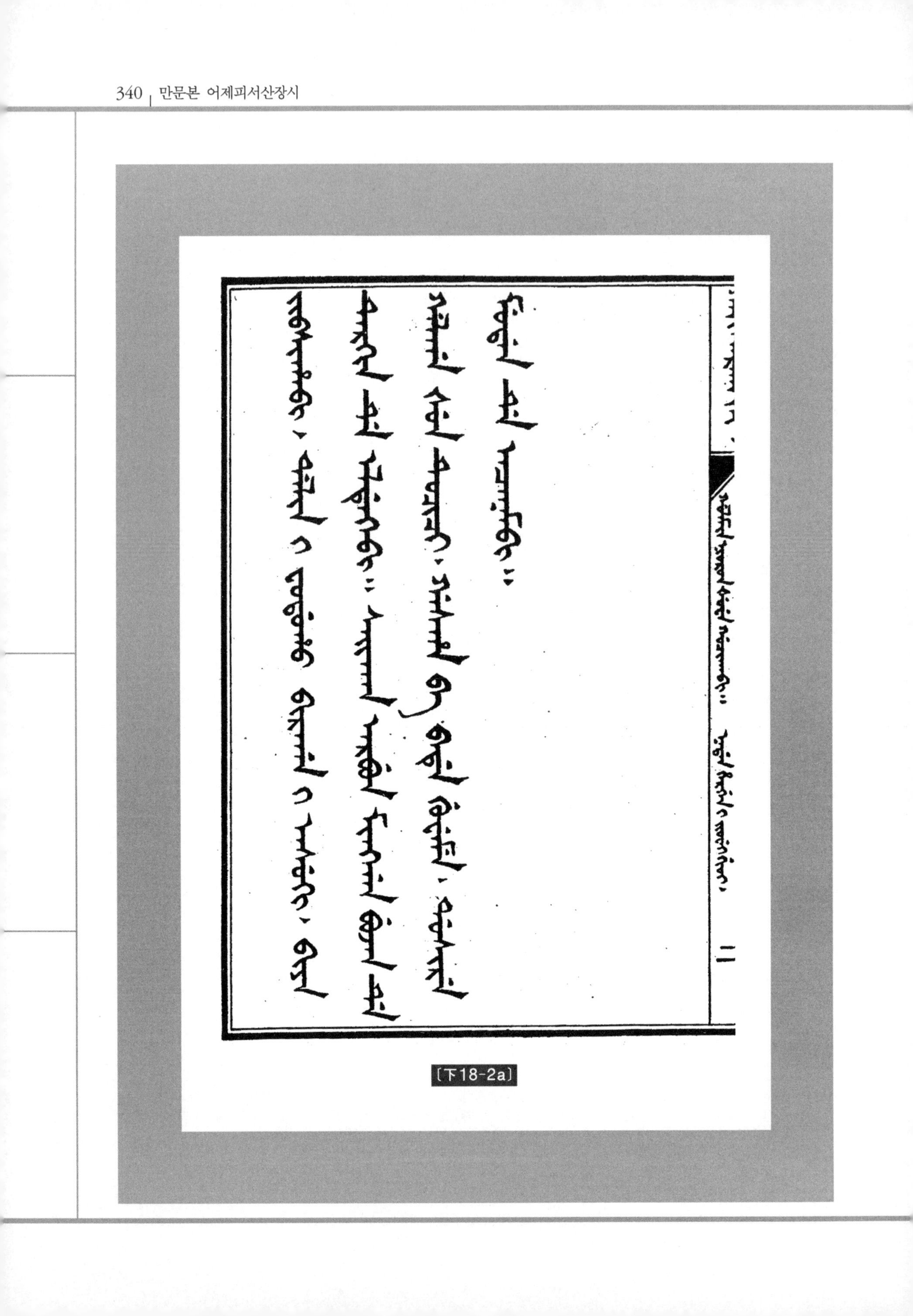

[下18-2a]

jibsihabi. dalin i fodoho birgan i asuki. biya
겹쳤다 물가 의   버들 시냇물의 소리   달

terkin de eldekebi.. saikan arbun minggan bujan de
섬돌 에 비추었다. 아름다운 경치   천   숲 에

galga šun tucici. gasha ba bade guweme. dosire
맑고 해 나오면   새   곳 곳에   울며   들어오는

mudan de acanambi..
소리 에 어울린다.

[한문]─────
岸柳溪聲月照階. 淑景千林晴日出, 禽鳴處處入音譜.

── ∘ ── ∘ ── ∘ ──

물가 언덕의 버들, 시냇물 소리, 달은 섬돌을 비추고 있다.
아름다운 경치의 무성한 숲에 날 개고 해가 나오면,
새가 곳곳에서 울고, 들리는 소리가 조화를 이룬다.

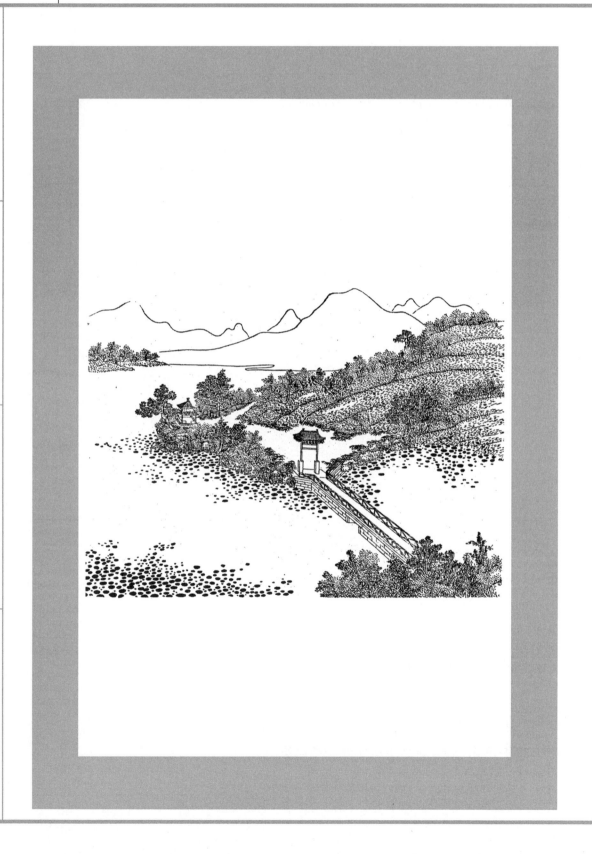

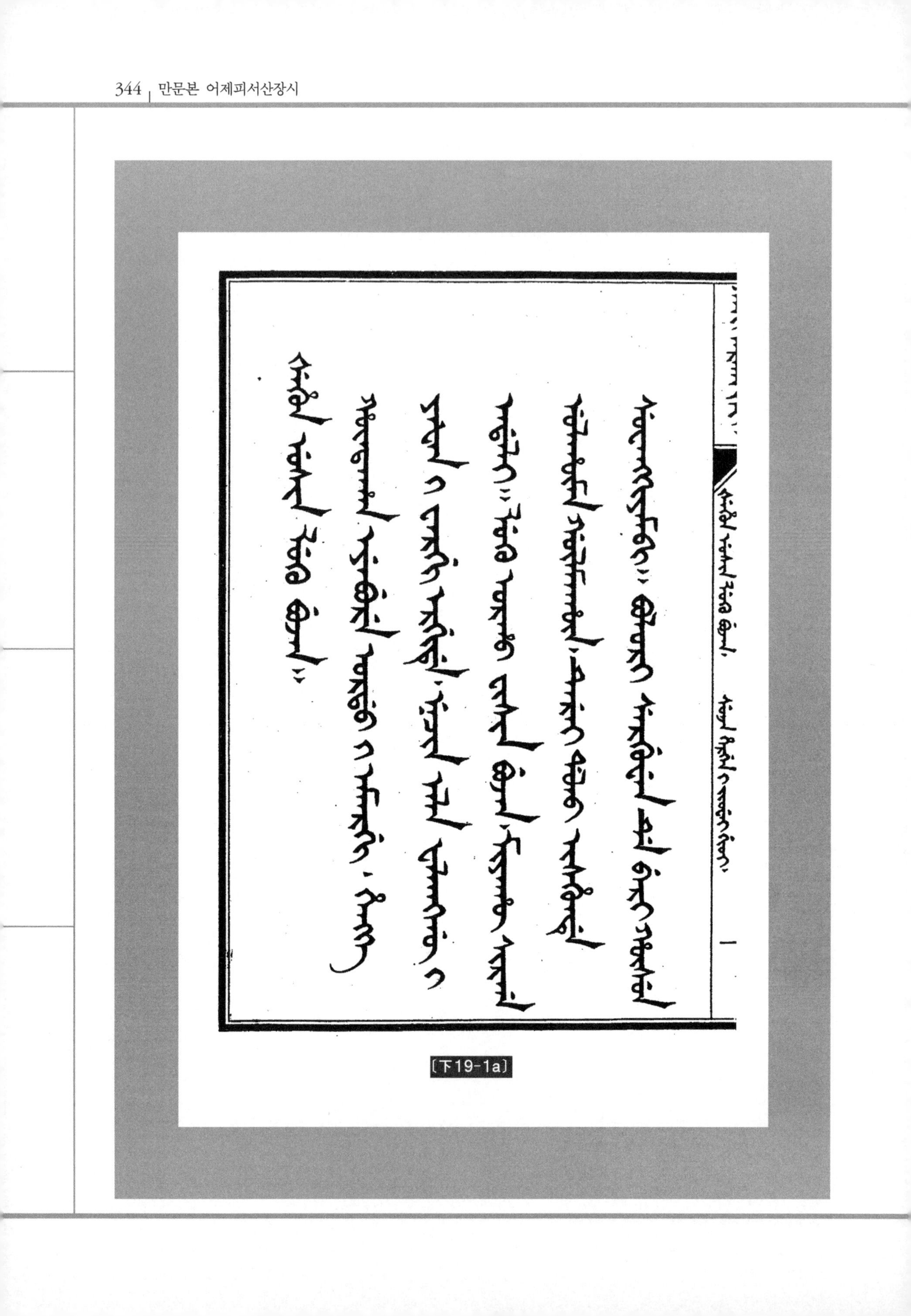

[下19-1a]

šehun usin luku bujan..
넓은 밭 무성한 숲

hūntahan eyebure ordo i amargi. hengke
잔   흐르는 정자 의 북쪽   참외

yafan i wargi ergide. necin ala falanggū i
밭 의 서 쪽에 평평한 구릉 손바닥 의

adali.. luku orho fisin bujan. miyahū sirga
같다. 무성한 풀 **빽빽**한 숲 사향노루 노루

ulhūma gūlmahūn. terei dolo ishunde
꿩   토끼 그곳의 안 서로

suwangkiyambi.. bolori serguwen de beri hūsun
풀 뜯어 먹는다. 가을 서늘함 에 활 힘

[한문]

甫田叢樾

　流杯亭之北, 瓜圃之西, 平原如掌, 豐草茂木, 麕麛雉兎, 交牣其間, 秋涼弓勁,

——　。——　。——　。——

보전총월(甫田叢樾)

　유배정(流杯亭)의 북쪽, 참외 밭의 서쪽에, 평평한 구릉이 손바닥과 같다. 무성한 풀과 **빽빽**한 숲, 사향노루와 노루, 꿩과 토끼가 그 안에서 풀을 뜯는다. 가을이 서늘하므로 굳센 활을

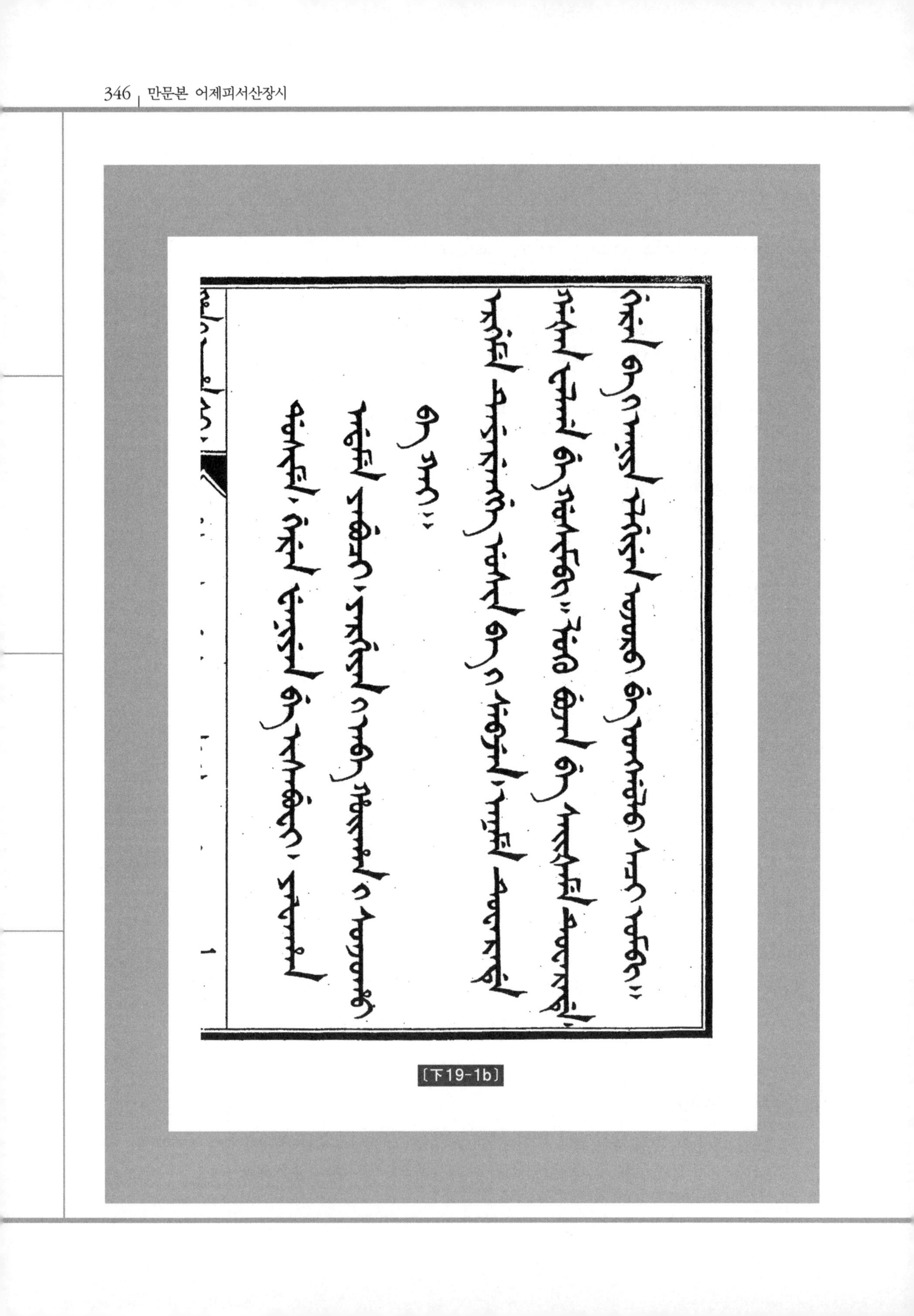

[下19-1b]

dosime. geren feniyen be   isabufi.   yafahan
들어   여러   무리 를 모이게 하여 걸어서

adame   yabuci. yargiyan i aba hoihan i sonjoho
둘러싸서 가면   진실로   사냥 사냥터 로 선택한

ba kai..
땅이로다.

ergeme teyerengge usin ba i sebjen. aname tuwarade
편히   쉬는 이   밭 땅 의 즐거움 두루 볼 적에

gašan falga be   gosimbi..   luku bujan be saišame tuwarade.
마을 동네 를 가엽게 여긴다. 무성한   숲 을 칭찬하며 볼 적에

geren ba i aniya elgiyen ojoro be onggolo saci ombi..
여러 땅 의 해 넉넉하게 됨 을   미리 알 수 있다.

[한문]————

　合蒸徒, 行步圍, 誠獵場選地.

留想田間樂, 曠觀恤閭閻. 叢林欣賞處, 遍地豫豐占.

———　。———　。———　。———

　들고 여러 무리를 모이게 하여 걸어서 둘러싸서 가면, 진실로 사냥터로 선택한 땅이로구나.

편히 휴식하는 사람이 전지(田地)의 즐거움,
두루 볼 적에 마을과 동네를 가엽게 여긴다.
무성한 숲을 칭찬하며 보자니,
여러 땅이 풍년이 될 것임을 미리 알 수 있다.

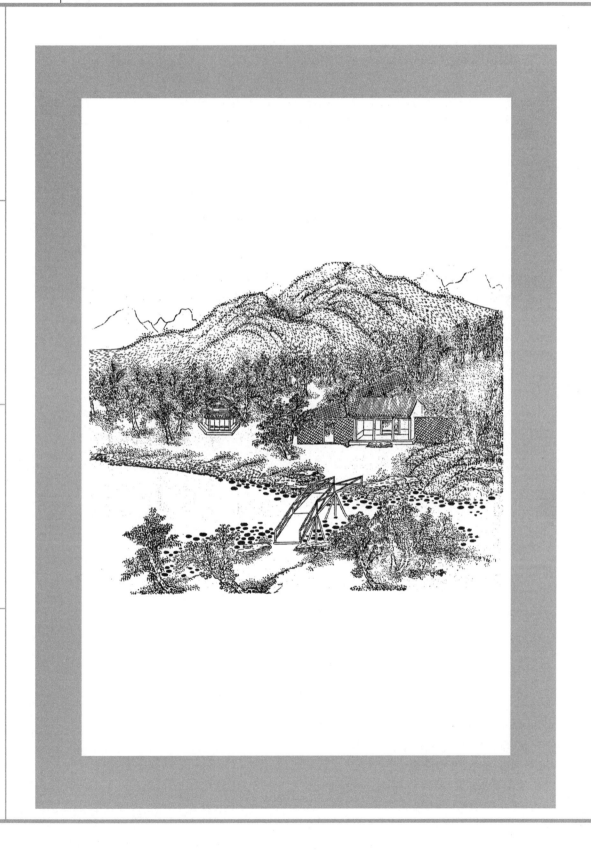

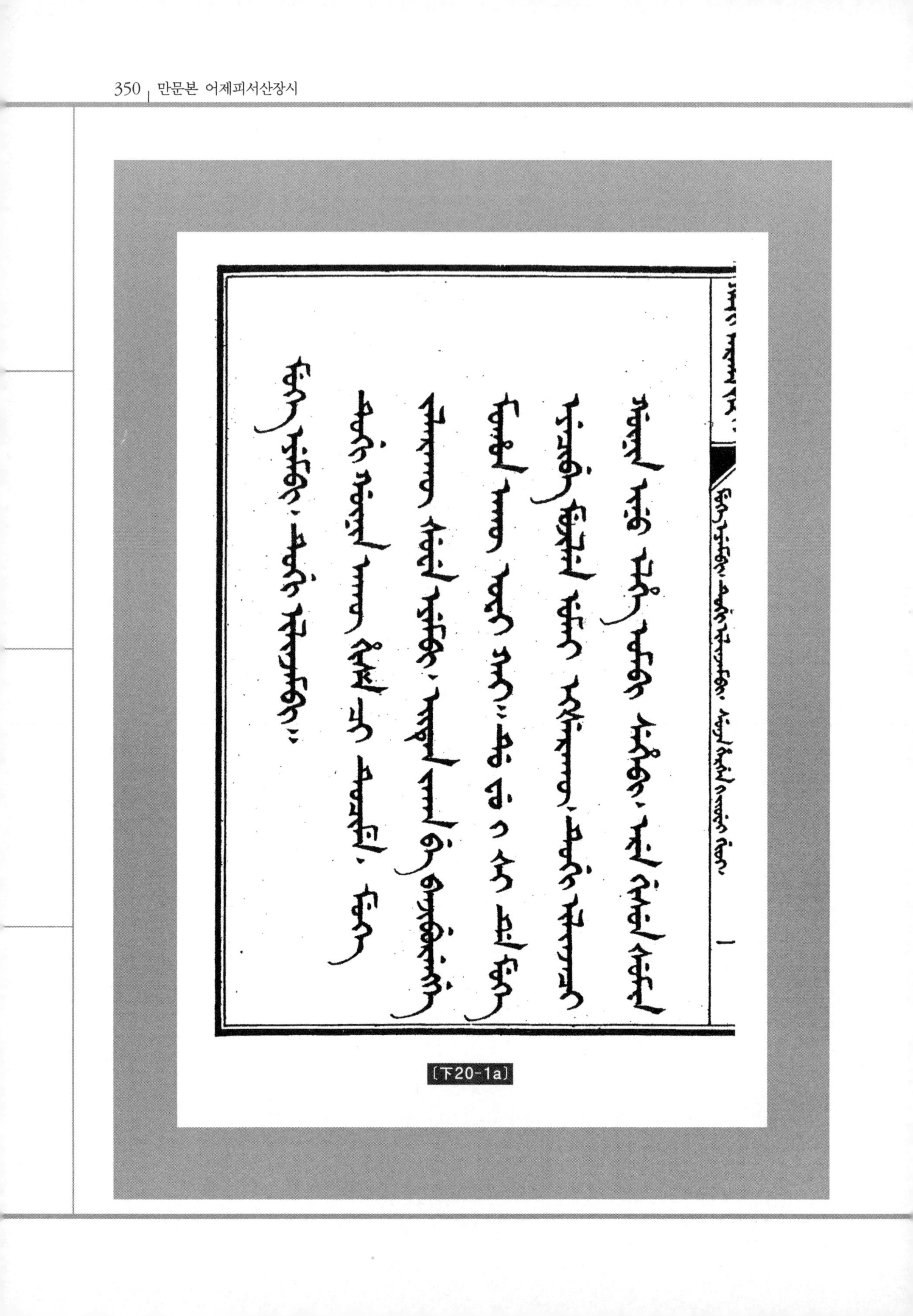

[下20-1a]

muke eyembi. tugi　ilinjambi.
물　흐르고 구름 잠시 머물다

tugi gūnin akū　　hisy　　ci tucime. muke
구름 마음 없이 산등성이 에서 나오고　물

jalarakū　　šuwe　eyembi. eiten jaka be banjiburengge
중단 없이 곧바로 흐른다　온갖 사물 을 나게 하는 것

mohon akū　ofi kai.. tu fu[152) ši de muke
끝　없이 되었구나. 杜甫　詩 에 물

eyecibe　　mujilen umai ekšerakū.　tugi ilinjaci
흐르더라도　마음 전혀 조급하지 않고 구름 멈추면

gūnin ainu　elhe　ombi sehebi. ere gisun šumin
생각 어찌 평안하게 되겠는가 하였다. 이　말　깊이

[한문]

水流雲在

雲無心以出岫, 水不舍而長流, 造物者之無盡藏也. 杜甫詩云, 水流心不競, 雲在意俱遲.
斯言深有體驗.

──　。──　。──　。──

수류운재(水流雲在)

구름은 무심하게 산등성이에서 나오고, 물은 끊임없이 곧바로 흐르며, 온갖 사물을 나게 하는 것이 끝
이 없구나. 두보(杜甫)의 『강정(江亭)』 시에, "물은 흘러도 마음은 전혀 조급하지 않고, 구름 와서 멈
추면 생각은 어찌 평안하게 되겠는가." 하였는데, 이 말을 깊이

---

152) tu fu : 당나라 때의 시인인 두보(杜甫, 712-770)로 '시성(詩聖)'이라고 부르고, 그의 시를 '시사(詩史)'라고
　　　일컫는다. 그의 시풍은 당시 백성들의 고통을 흐느끼듯이 읊은 것이 많다

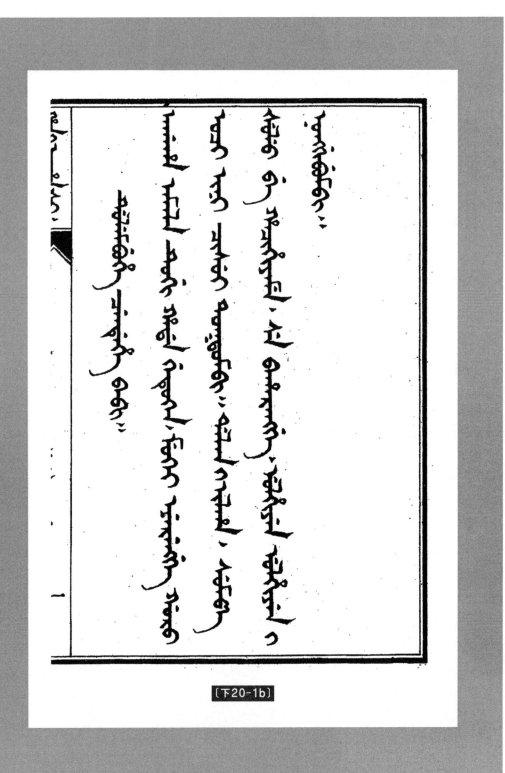

[下20-1b]

dulembuhe cendehe babi..
경험하고 시험한 바 있다.

agaha amala tugi hada getuken. mukei eyerengge goro
비 내린 후 구름 봉우리 또렷하고 물의 흐르는 것 멀게

oci ini cisui toktombi.. dalan i ilha sumpa
되면 그의 스스로 고인다. 둑 의 꽃 반백

šulu be hacihiyame. se baharangge. ulhiyen ulhiyen i
귀밑머리 를 재촉하여 나이 얻은 것 점차로

nonggibumbi..
더하게 한다.

[한문] ————
雨後雲峰澄, 水流遠自凝. 岸花催短鬢, 高年寸寸增.

—— ∘ —— ∘ —— ∘ ——

체험한 바가 있다.

비 내린 후 운봉(雲峰)이 또렷하고,
물은 흘러 멀리서 절로 고인다.
둑의 꽃이 반백의 귀밑머리를 재촉하여,
나이 드는 것이 점차로 더해진다.

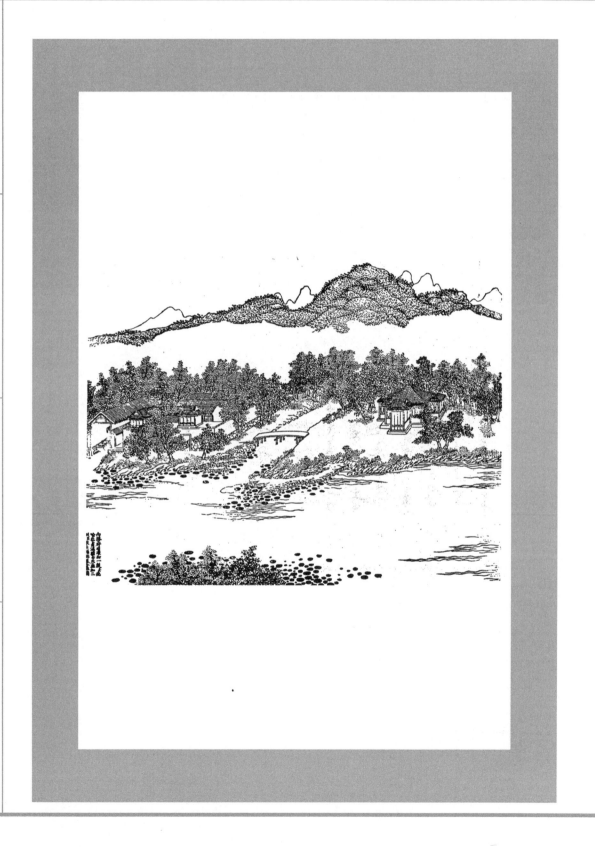

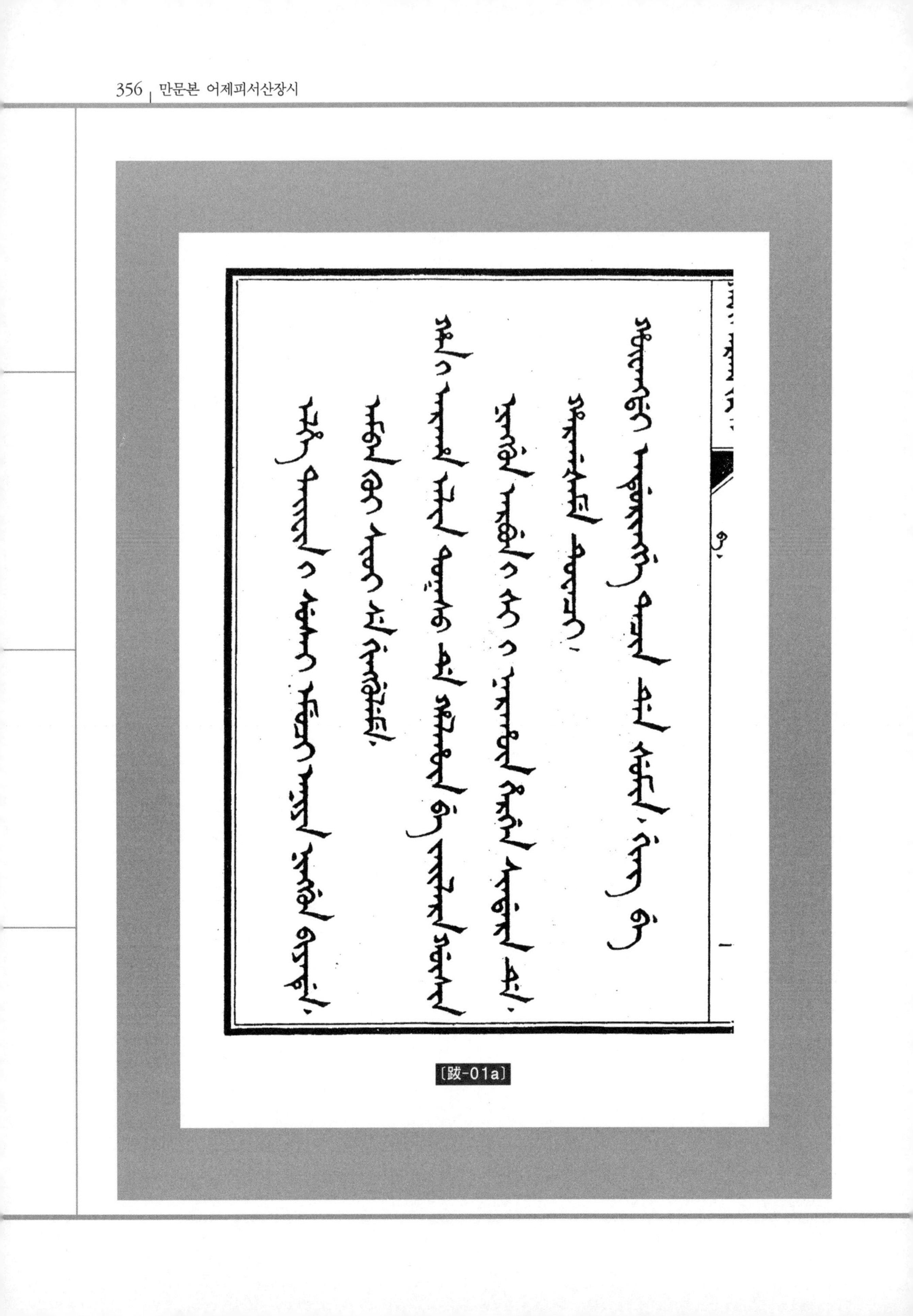

[跋-01a]

elhe taifin i susai emuci aiya inenggu biyade.
康　熙　의 오십의 첫째　해　육　월에

amban kui sioi[153] se gingguleme.
대신　揆　叙　등 공경하여

han i araha alin tokso de halhūn be jailare gūsin
汗 이 지은 산　장　에 더위 를 피하는 삼십

ninggun arbun i ši i narhūn hergen sindara de.
　육　경치 의 詩의 세밀한 주석　둠　에

hargašame tuwaci.
　우러러　보니

hūwangdi enduringge tacin den šumin. ging be
皇帝　성스러운 학문 높고 깊으며　經 을

[한문] ————
康熙五十一年六月, [臣]揆叙等恭注御製避暑山莊三十六景詩, 仰見皇上聖學, 崇深含經,

———— 。——— 。——— 。———

강희 51년(1712) 6월에 대신 규서(揆叙) 등이 공경하며 어제피서산장(御製避暑山莊) 36경(景)의 시에 세주(細注)를 둘 적에 우러러보니 황제의 성학(聖學)이 높고 깊으며, 경서(經書)를

153) kui sioi : 규서(揆叙)로 성은 나라(nara, 納喇)이고, 만주 정황기(正黃旗)인이다. 『익계당시집(益戒堂詩集)』, 『계륵집(雞肋集)』 등의 저술이 있다.

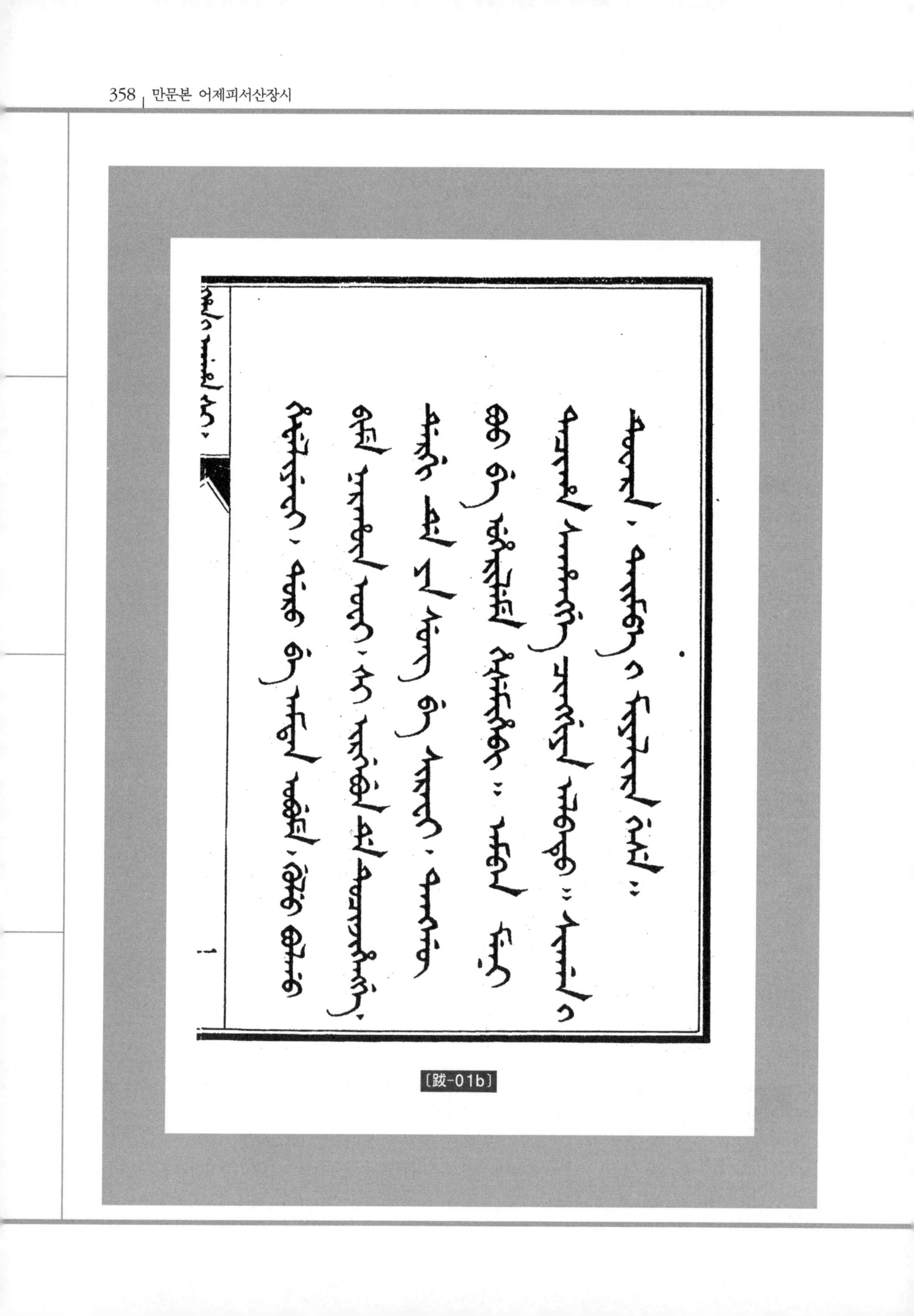

〔跋-01b〕

hefeliyefi. doro be amtan obume.　gulu　bolgo
품고　도리 를 즐기게 하며　순박하고 맑게

bime narhūn ofi. ši irgebun de tucinjihengge.
있고 정밀하게 되어서 詩　歌　에 나온 것이다.

dergi de ya sung[154] be sirafi. tanggū
위　에 雅　頌　을 잇고　百

boo[155] be uherileme hešemihebi.. amban meni
家　　를 총괄하고 망라하였다.　대신 우리

taciha sahangge cinggiya albatu..　sihan i
배우고 아는 것　좁고 소략하다. 대롱으로

tuwara. taimpa　i　miyalire[156] gese..
보고　소라　로 재는 것　같다.

[한문] ─────────
味道純粹, 以精發爲詩歌, 上繼雅頌, 囊括百家. [臣]等學識弇陋, 管窺蠡測,

── 。── 。── 。──

품고, 도(道)를 즐기게 하며, 순수하고 세밀하여서 시가(詩歌)로 나온 것이다. 위로는 아송(雅頌)을 잇고, 백가(百家)를 모두 망라하였다. 대신들이 각각 배우고 쌓은 것이 좁고 빈약하여 대롱으로 보고 소라로 재는 것 같아,

───────────────

154) ya sung : 『시경(詩經)』의 아(雅)와 송(頌)을 가리킨다.
155) tanggū boo : 백가(百家)에 대응하는데 '제자백가(諸子百家)'를 가리킨다.
156) sihan i tuwara. taimpa i miyalire : 관규려측(管窺蠡測)에 대응하는데, '대롱 구멍을 통하여 하늘을 보고, 표주박으로 바닷물을 되다'는 것으로 '식견이 좁아 세상일을 잘 알지 못하거나 편견을 가지고 있는 것'을 의미한다.

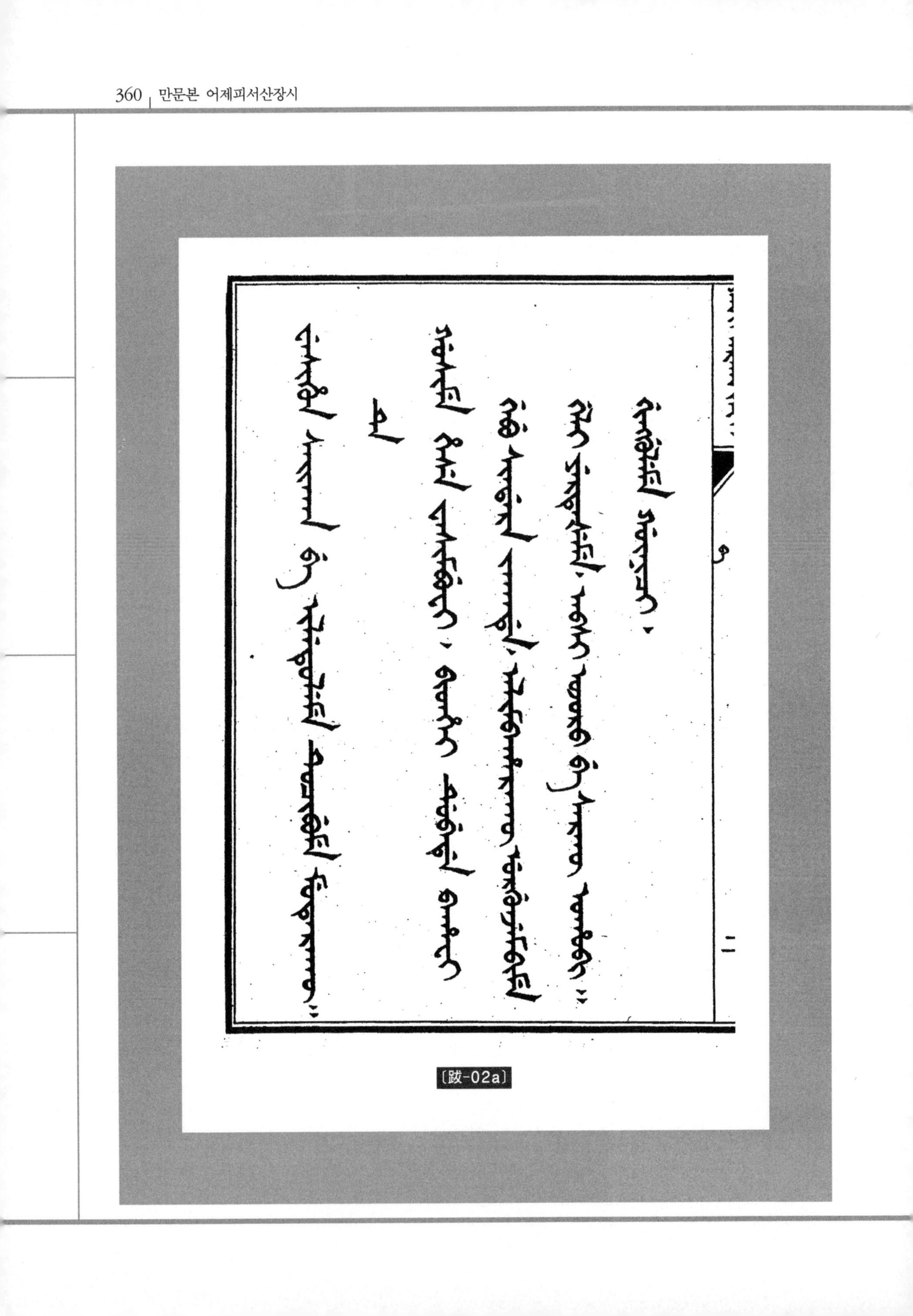

[跋-02a]

wesihun　saikan　be iletuleme tucibume muterakū..
　성함　아름다움 을 드러내고 나오게 할 수 없다.

te
지금

gosime　hese wasimbufi. bithei dubede bahafi
자비로운 교지　내려서　글의　끝에　얻어서

gebu sindara jakade. alimbaharakū　urgunjembime
이름　둘　적에 감당할 수 없이　기뻐하고

geli yertešeme. absi ojoro be　sarakū ohobi..
또한 부끄러워　어찌 될 것 을 알지 못하게 되었다.

gingguleme　gūnici.
　공경하며　생각하니

[한문]────
未能宣揚盛美. 玆蒙恩諭, 俾得附名簡末, 且喜且愧, 不容於心. 欽惟我,

── 。── 。── 。──

성(盛)함과 아름다움을 드러내어 나오게 할 수 없다. 지금 (황제께서) 자비로운 교지를 내리시고, 글의 끝에 이름을 붙이게 하니, 감당할 수 없이 기쁘면서 또 부끄러워 어찌 할 바를 알지 못하게 되었다. 공경하며 생각해 보니,

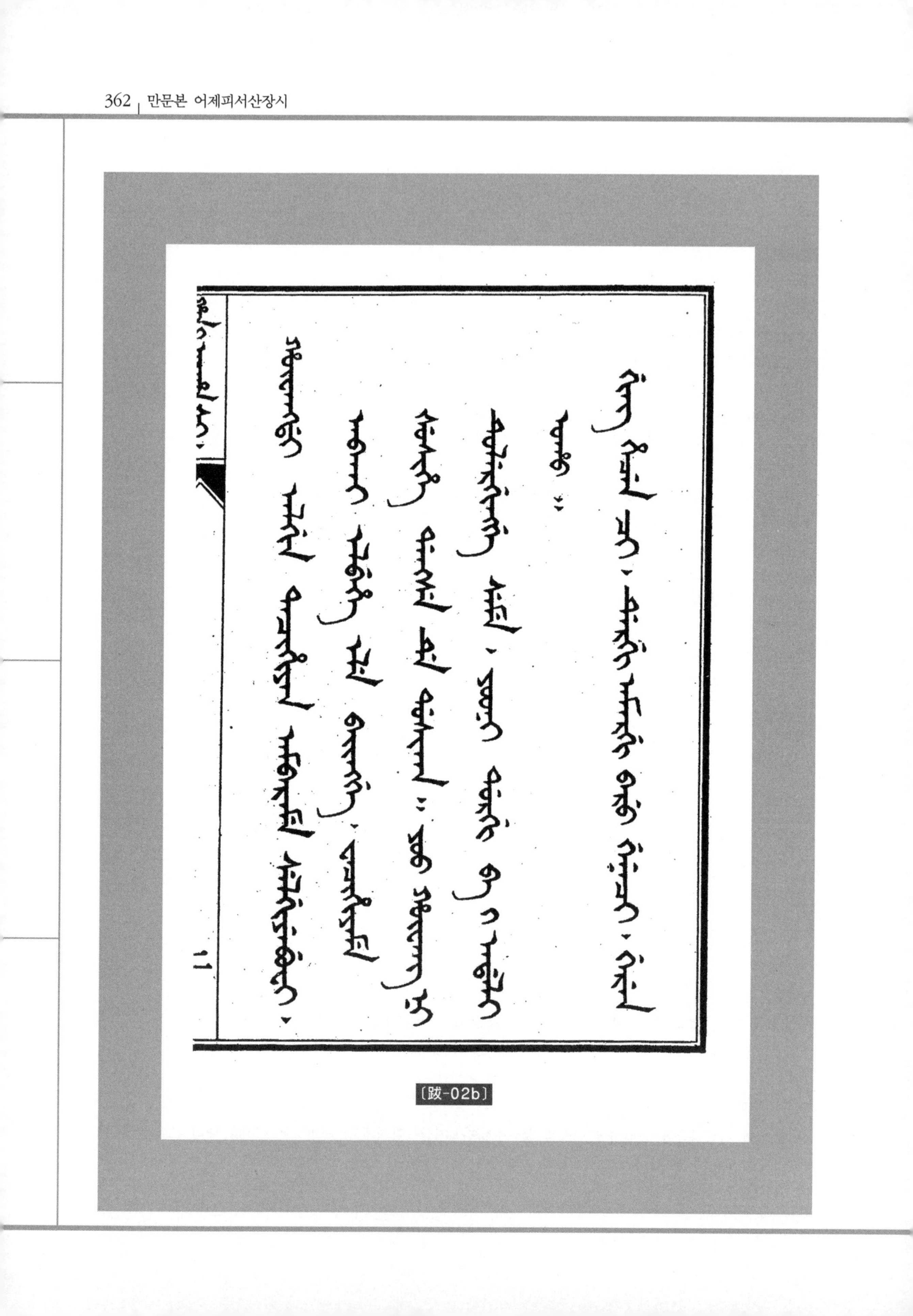

[跋-02b]

11

hūwangdi algin tacihiyan ambarame selgiyebufi.
皇帝　명성　가르침　크게　　전하게 하고

abkai elbehe ele baingge. wacihiyame
하늘의　덮은　모든 바의 것　완전히

šusihe[157)] dangse[158)] de dosika.. yoo hūwang[159)] ni
牌子　　　檔子　　에 들었다.　要　荒　　의

tulergingge seme. yooni dorgi ba[160)] i adali
　밖의 것　해도　모두　內　地　　의 같이

oho..
되었다.

ging hecen ci. dergi amargi baru geneci. geren
京　　城　에서　동　북쪽　향해　가면　여러

[한문]————————

皇上聲教覃敷, 極天所覆, 盡入版籍, 要荒之外, 率同畿甸. 自京師東北行,

——○——○——○——

황제께서 명성과 가르침을 크게 전하게 하고, 하늘이 덮은 모든 것이 온전히 패자(牌子) 당자(檔子)에 들어갔다. 요황(要荒) 밖의 것이라 해도 모두 내지(內地)와 같이 되었다.
경성에서 동북쪽으로 가면, 여러

157) šusihe : 패자(牌子)로 관청에서 종이 대신 사용하던 '목패(木牌)' 또는 '목편(木片)'을 가리킨다.
158) dangse : 당자(檔子)로 명나라 말기부터 청나라 때까지의 고문서와 옛 기록을 가리킨다.
159) yoo hūwang : 요복(要服)과 황복(荒服)을 합친 것으로, '서울에서 멀리 떨어진 변두리 지방'을 가리킨다.
160) dorgi ba : 한자어 내지(內地)에 대응하는 것으로 중국을 가리키는 것으로 보인다.

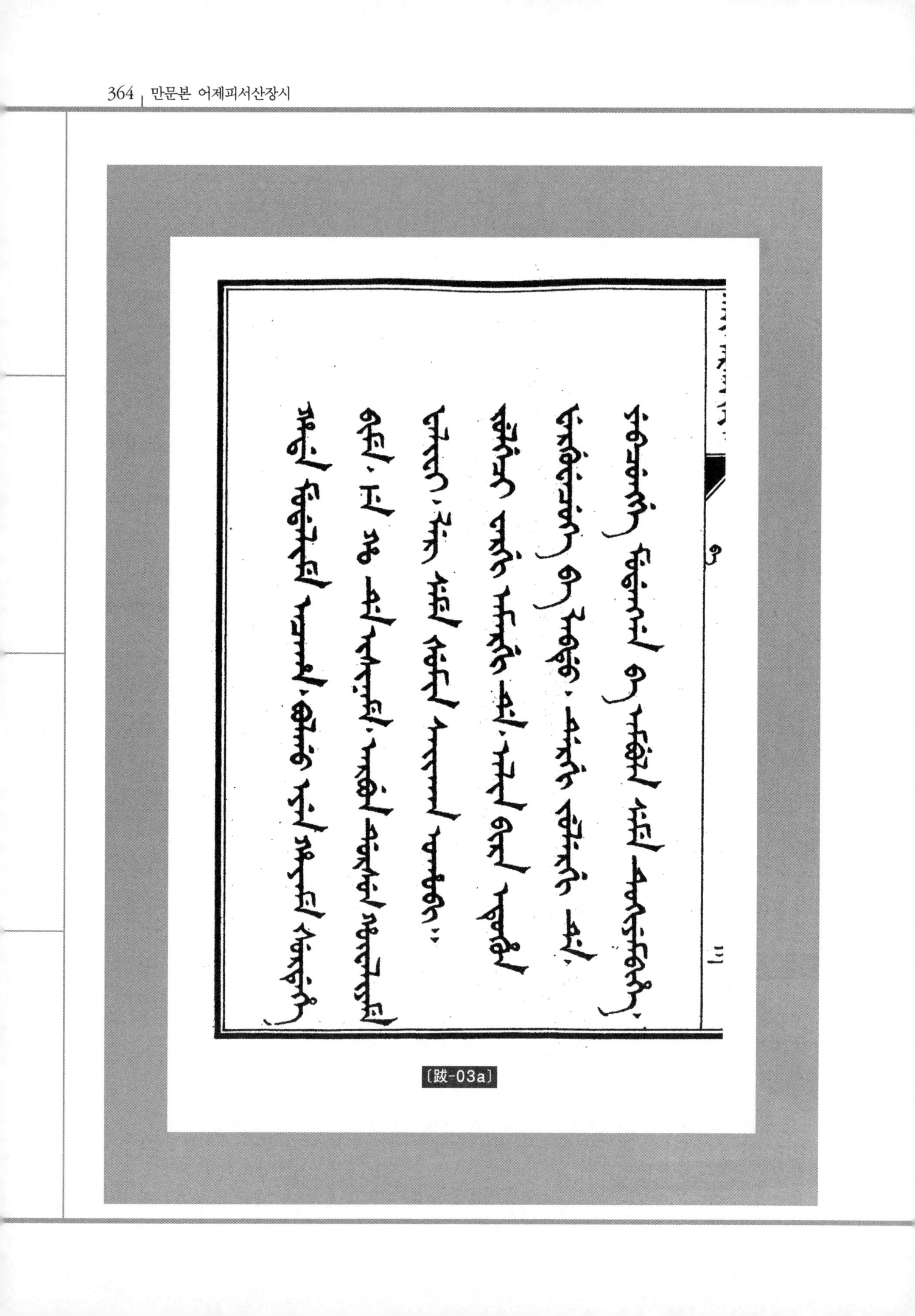

hada   mudalime   acaha. bolgo eyen hayame šurdehe
봉우리   굽이돌며   만났다 맑은 흐름 휘감아 돌아가고

bime. že ho de isiname. arbun dursun hūwaliyame
있고 熱 河 에 이르러 모습 형체   어우러져

falifi. ler seme šumin saikan ohobi..
맺고 성하고   깊고 좋게 되었다.

julgeci   wargi amargi de alin bira etuhun
옛날부터   서 북쪽 에 산 강 강하고

ferguwecuke ba labdu. dergi julergi de.
  기이한   땅 많고 동 남쪽 에

yebcungge mudangga ba ambula seme tukiyembihe.
 빼어나고   굽은   땅 많다 하고 칭송했다.

[한문]

羣峯迴合, 清流縈繞, 至熱河而形勢融結, 蔚然深秀. 古稱西北山川多雄奇, 東南多幽曲,

─── ◦ ─ ◦ ── ◦ ──

봉우리가 굽이돌며 만나고, 맑은 물의 흐름이 휘감아 돌아가고 있으며, 열하(熱河)에 이르러 형세가 어우러져 맺고 무성하고 수려하게 되었다. 옛날부터 서북쪽에는 산과 강이 강건하며 기이한 곳이 많고, 동남쪽은 빼어나고 굽은 곳이 많다고 일컫는데,

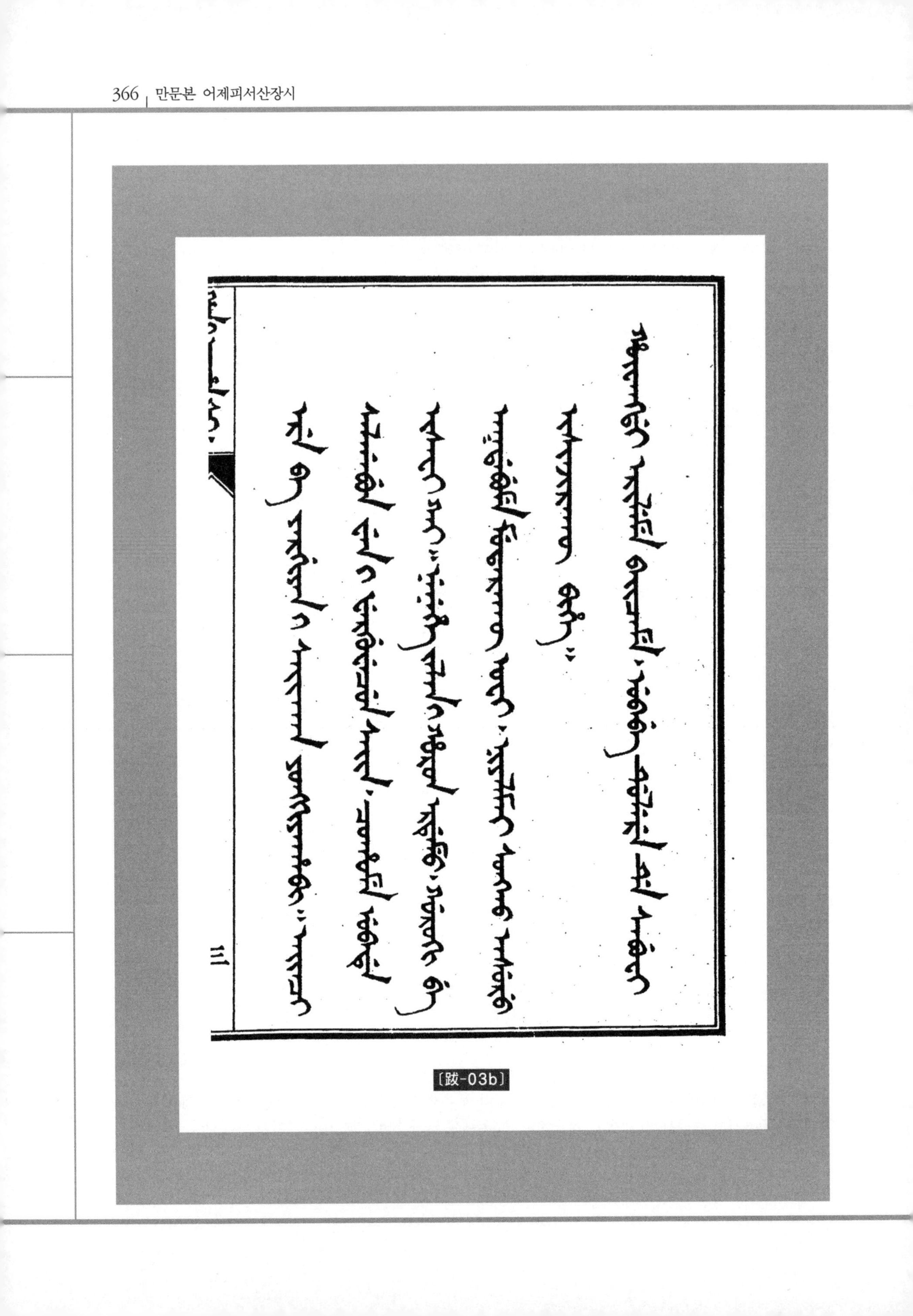

〔跋-03b〕

ere ba yargiyan i saikan yongkiyahabi.. ainci
이 곳 진실로 잘 갖추었다. 대개

salgabun wen i ferguwecun sain. cohome ubade
造化 의 영묘함 좋음 특히 이곳에

isafi kai.. nenehe jalan i horon erdemu. goroki be
모였도다. 전 대 의 威 德 먼곳을

akdabume mutarakū ofi. niyalmai songko asuru
의지하게 할 수 없어서 사람의 혼적 그다지

isinjirakū bihe..
이르지 않았다.

hūwangdi erileme baicame. ubabe dulere de sabufi
皇帝 때맞춰 살펴보고 이곳을 지나감 에 보고서

[한문]────────

玆地實兼美焉. 盖造化靈淑, 特鍾於此. 前代威德, 不能遠孚, 人跡罕至. 皇上時巡過此,

──── ○ ── ○ ── ○ ────

이곳이 진실로 잘 갖춰져 있다. 대개 조화(造化)의 상서롭고 아름다움이 특히 이곳에 모였도다. 전대의 위
덕(威德)이 먼 곳에 미치지 못하여서 이곳은 인적이 드물었다.
황제께서 때맞춰 살펴보고, 이곳을 지날 적에 보고서

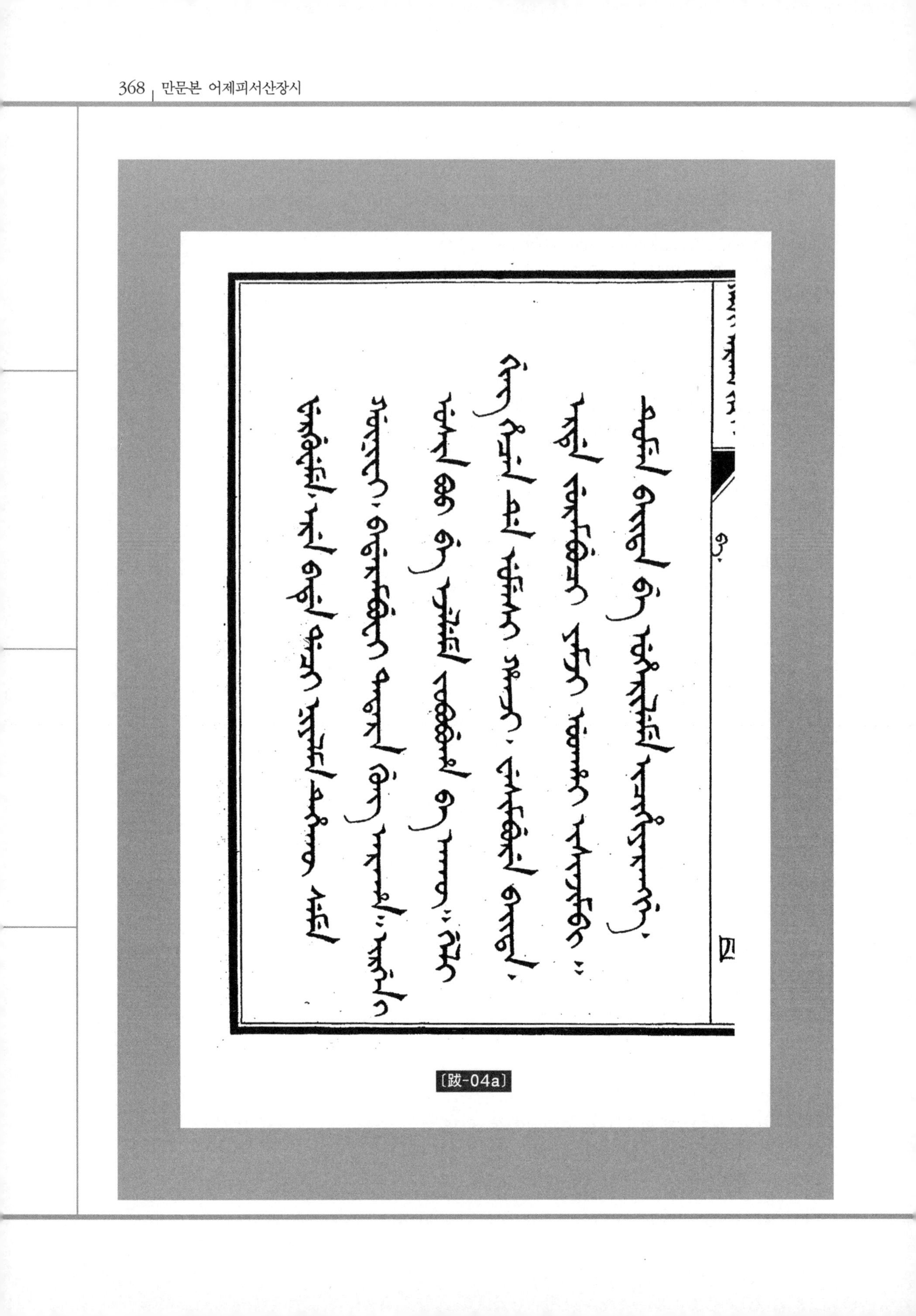

[跋-04a]

ferguweme.　　ere bade　daci　　niylam　tehekū　　seme
기이하게 여기고　이　곳에　본래부터　　사람　살지 않았는가 하고

gūnifi.　　badarambufi tatara　　gung[161)] araha..　irgen　i
생각하고 넓히게 하여 머무르는　宮　　지었다. 백성　의

usin boo be ejeleme　jobobuha　　ba akū.. geli
밭　집　을 점령하고 번거롭게 한　바　없다. 또한

ging hecen de umesi hanci. wesimbure baita.
京　　城　에　매우 가깝고　上奏하는　일

erde　　jurambuci yamji uthai isinjimbi..
아침에　출발하면　저녁　곧　다다른다.

tumen baita be　uherileme icihiyarangge.
萬　　事　를　총괄하고　처리하는 것

[한문]────

見而異之, 念此地舊無居人, 闢爲離宮, 無侵民田廬之害, 又去京師至近, 章奏朝發夕至.
綜理萬幾,

──。──。──。──

기이하게 여기고, '이곳에 본래부터 사람이 살지 않았는가?' 생각하고는 넓히게 하여 이궁(離宮)을 지었는
데, 백성의 밭과 집을 점령하거나 번거롭게 한 바가 없었다. 또한 경성에서 매우 가까워 상주(上奏)하는
일로 아침에 출발하면 저녁에 곧 도착한다. 만사를 총괄하고 처리하는 것이

───────────
161) tatara gung : 왕이 거둥할 때 묵는 '이궁(離宮)'을 가리킨다.

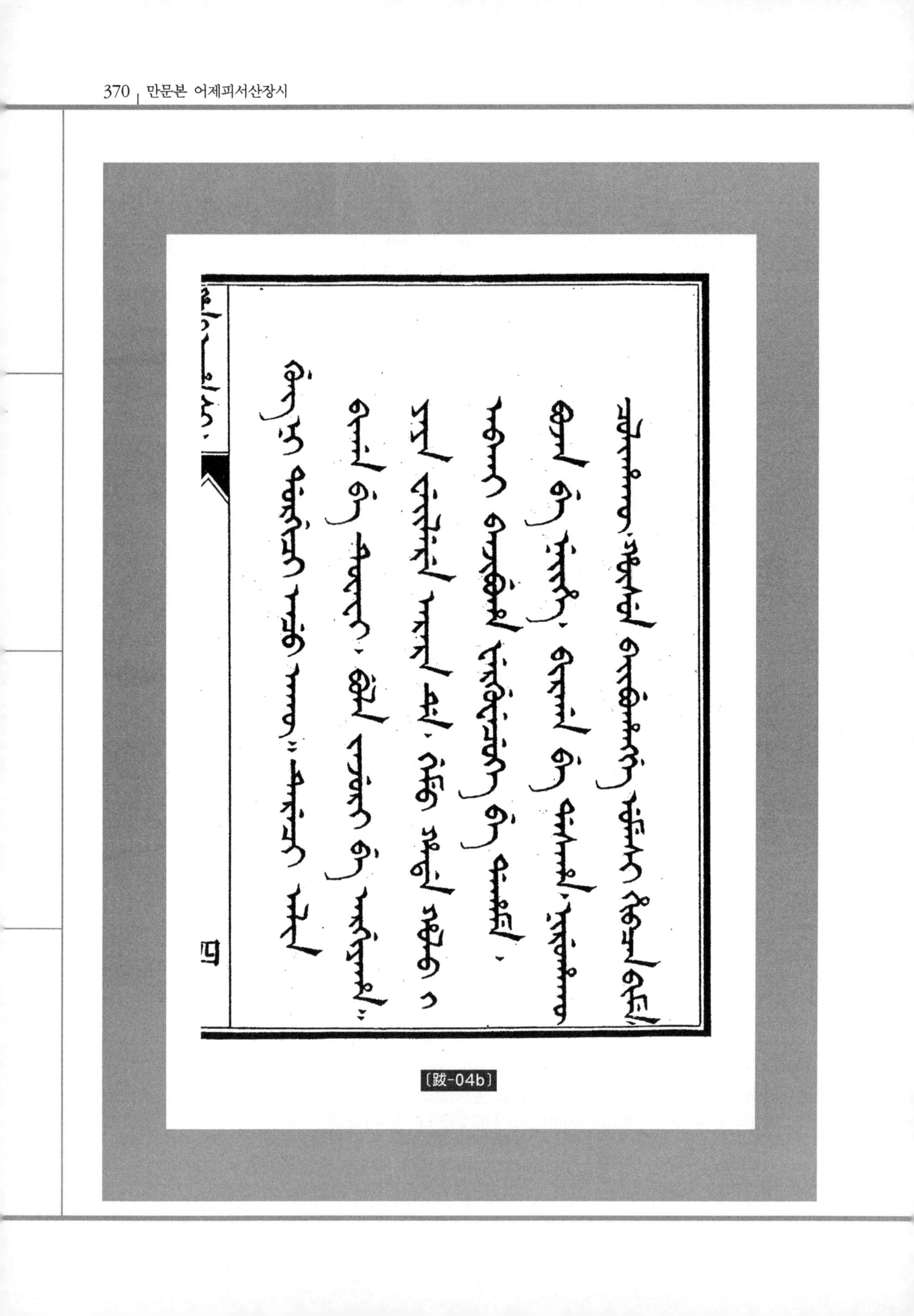

[跋-04b]

gung ni dorgici encu akū.. tereci   alin
宮   의 안보다 다름 없다. 그래서   산

bigan be tuwafi. bula jajuri be argiyaha..
들판 을   보고 덤불   숲 을   벴다.

yaya weilere arara de. gemu hada   golo   i
무릇   짓고   만듦 에   모든 봉우리 골짜기 의

abkai   banjibuha ferguwecuke be dahame.
하늘의 나오게 한   기묘함   을   따라

bojan[162] be   neihe. biraga be dasaha.   niruhakū
숲   을 열었고 개울 을 다스렸고 그리지 않고

colihakū.   hūsun baibuhangge umesi hibcan bime.
조각하지 않고   힘   구하게 한 것 매우   절약하고

[한문] ——————
與宮中無異, 乃相其岡原, 發其榛莽. 凡所營構, 皆因巖壑, 天然之妙, 開林滌澗,
不采不斵, 工費省約,

—— 。—— 。—— 。——

경성의 궁중과 다름이 없다. 그래서 산과 들판을 보고는 덤불과 숲을 베었다. 무릇 짓고 만들 때에, 모든
봉우리와 골짜기에 하늘이 낸 기묘함을 따라 숲을 열었고, 개울을 정비했으며, 이궁에 그림을 그리지 않고
조각을 하지 않았으며, 장인들의 힘 구하게 한 것은 매우 절약했으며

---

162) bojan : 'bujan'와 같다.

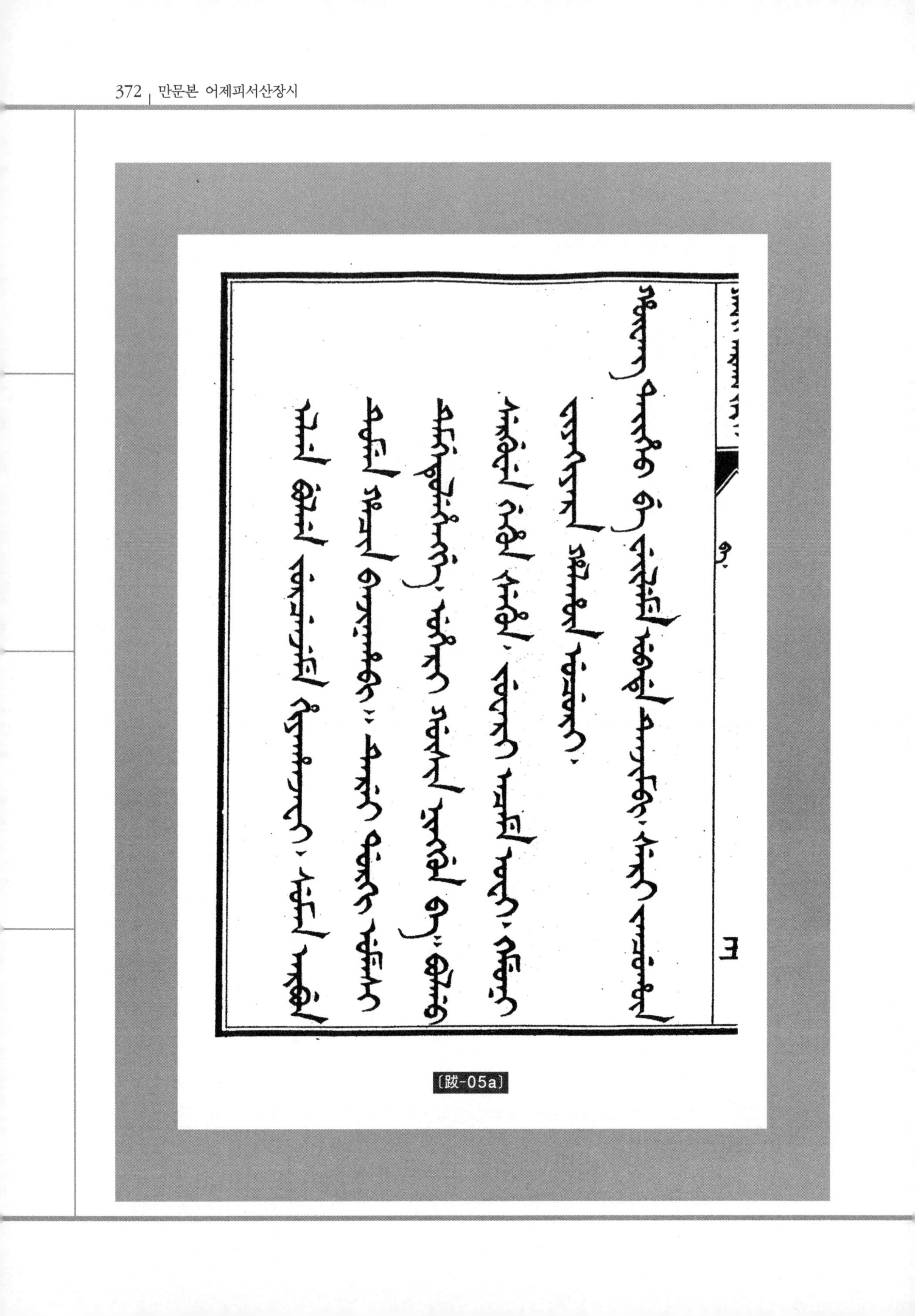

〔跋-05a〕

alga bulga163) jurcenjeme hiyahanjafi. suman arbun164)
알록달록　　　얽히고　　뒤섞여서　　연기　경치

tumen hacin banjinahabi.. terei　dorgi umesi
萬　가지　생겨났다　그것의　안　매우

temgetulehengge. uheri gūsin ninggun　ba..　bolgo
드러낸 것　　모두　삼십　육　곳이다 맑고

serguwen gehun šehun. juwari acame ofi. kemuni
서늘하며 환하게 트이고　여름　적절해서　매양

fiyakiyara halhūn ucuri.
작렬하는　더운　시기

hūwang taiheo be weileme ubade　tenjimbi.　šeri jancuhūn
皇　太后　를　섬기며 여기에 와서 산다　샘　달고

[한문]————

而綺綰繡錯, 烟景萬狀. 標其尤者, 凡三十有六, 淸凉爽塏, 於夏爲宜, 每至盛暑, 則奉皇太后駐蹕焉.

———。———。———。———

각양각색으로 서로 얽히고 뒤섞여서, 연경(烟景)이 만 가지로 생겨났다. 그 가운데 드러난 것이 모두 36 곳이다. 맑고 서늘하며 환하게 트이고 여름 (지내기에) 적절하여서, 매양 햇볕이 작렬하는 더운 시기에 황태후(皇太后)를 모시고 여기에 와서 지낸다. 샘물은 달고

163) alga bulga : 'alha bulha'와 같다.
164) suman arbun : 연경(烟景)으로 '운무가 그윽한 아름다운 경치'를 가리킨다.

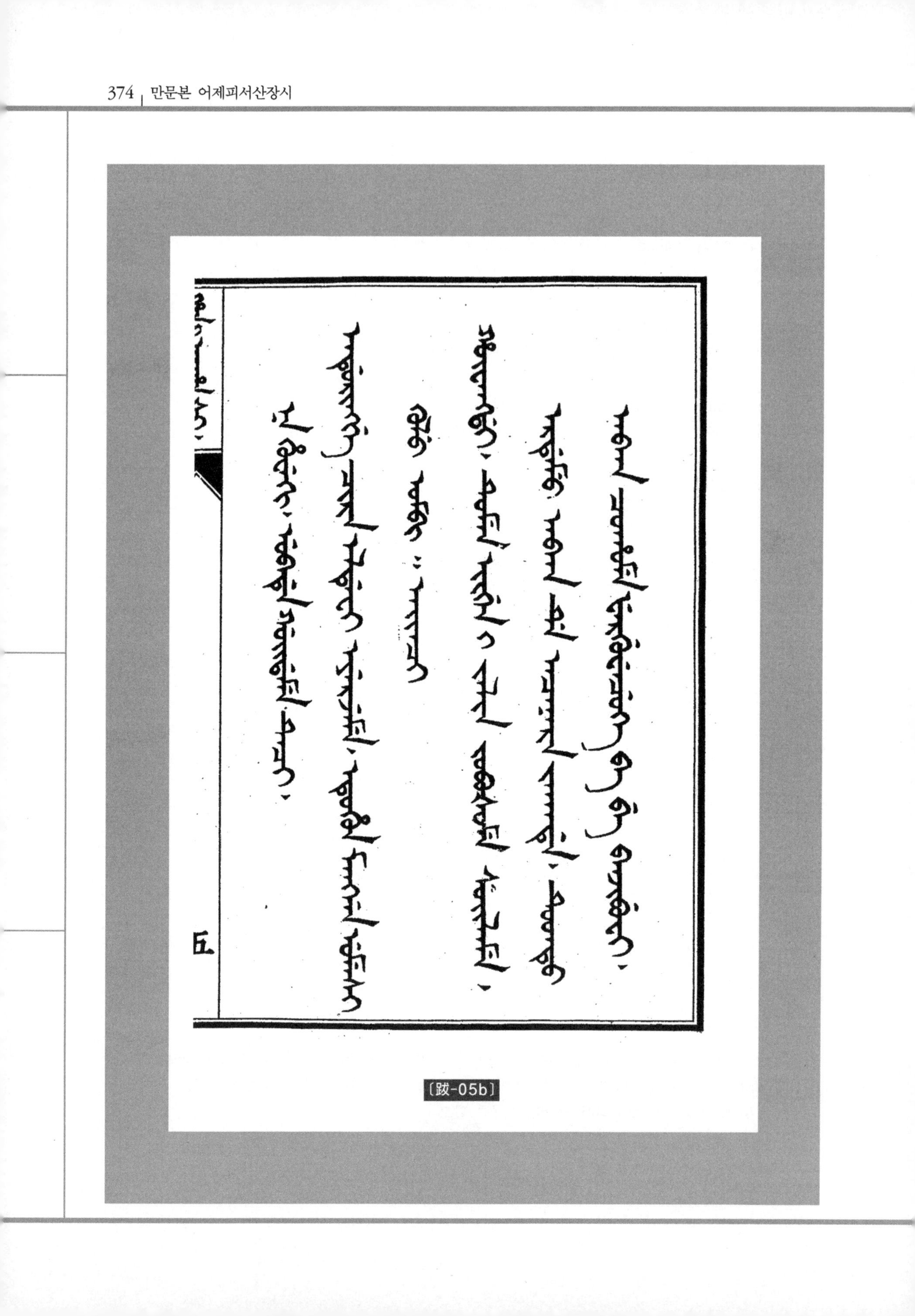

〔跋-05b〕

na huweki. ubade goidame teci.
땅 비옥하고 여기에   오래   살면

enduringge cira[165] eldefi eyerjeme. etuhun mangga umesi
　聖　　容　　빛나고 선명하며 강건하고 굳세어 몹시

kulu   ombi.. ainci
건장하게 된다. 대개

hūwangdi. tumen irgen i   jalin jobošome suilame.
　皇帝　　萬　 백성 의 위하여 근심하고 수고하여

erdemu abka de acanara jakade. tuttu
　德　 하늘 에   맞기 때문에 그렇게

abka cohome ferguwecuke ba be banjibufi.
하늘 특별히   현묘한   땅 을 내어서

[한문]
泉甘土沃, 居此逾時, 聖容豐裕, 精神益健. 盖皇上憂勞萬民, 德合於天, 故天特開靈境,

──。──。──。──

땅이 비옥하여 여기에서 오래 살면 성용(聖容)이 빛나고 광채를 내며, 강건하고 굳세어져서 매우 건장하게
된다. 대개 황제께서 만백성을 위하여 근심하고 고심하여 덕이 하늘에 닿은 까닭에, 그렇게 하늘이 특별히
현묘한 땅을 내어서

165) enduringge cira : 성용(聖容)으로 '천자(天子)의 용모와 자태'를 가리킨다.

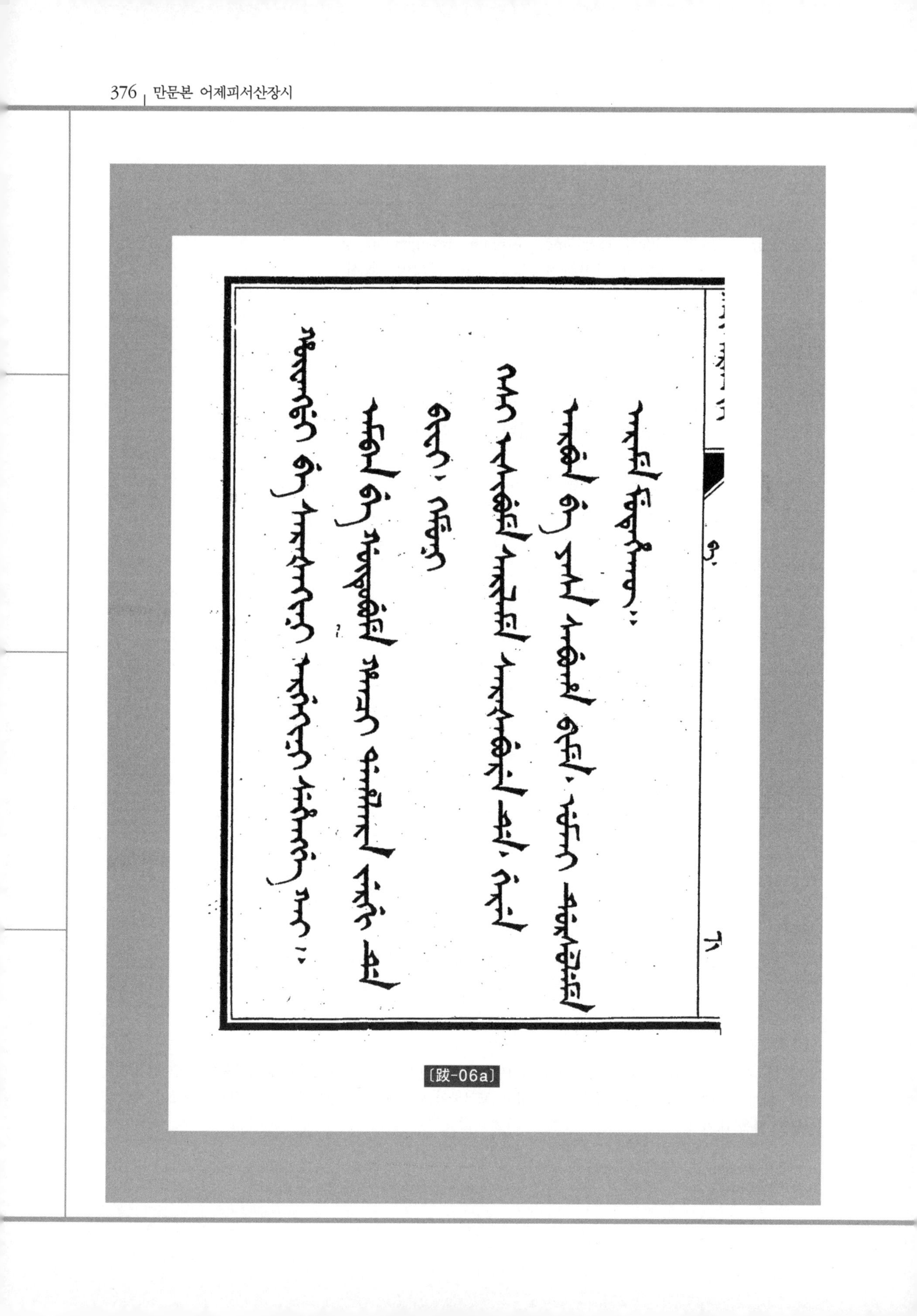

〔跋-06a〕

hūwangdi be sarašakini ergekini   sehengge kai..
皇帝   를 노닐게 하자 쉬게 하자 한 것이로구나.

amban be gūtubume   hanci dahalara jergi de
臣   을 욕되게 하며 가까이 따르는 부류 에게

bifi. kemuni
있어 오히려

kesi isibume sarilame sarašabure de. geren
은덕 베풀어 잔치열고 노닐게 함 에 여러

arbun be yasa sabuha bime. umai dursuleme
모습 을 눈 보았다 해도 전혀 본떠

arame mutehekū..
지을 수 없었다.

[한문]————

以待皇上之遊息也. [臣]等忝列侍從時, 賜譙遊, 諸景皆嘗目擊, 而莫能摹寫.

—— 。—— 。—— 。——

황제를 노닐고 쉬게 하고자 한 것이로구나.
신(臣)은 송구스럽게도 모시고 따르는 무리인데도 오히려 (황제께서) 은덕을 내리시어 잔치를 열고 노닐게
하실 때에, 여러 경치를 눈으로 보았다고 하지만 결코 본떠서 글을 지을 수는 없었다.

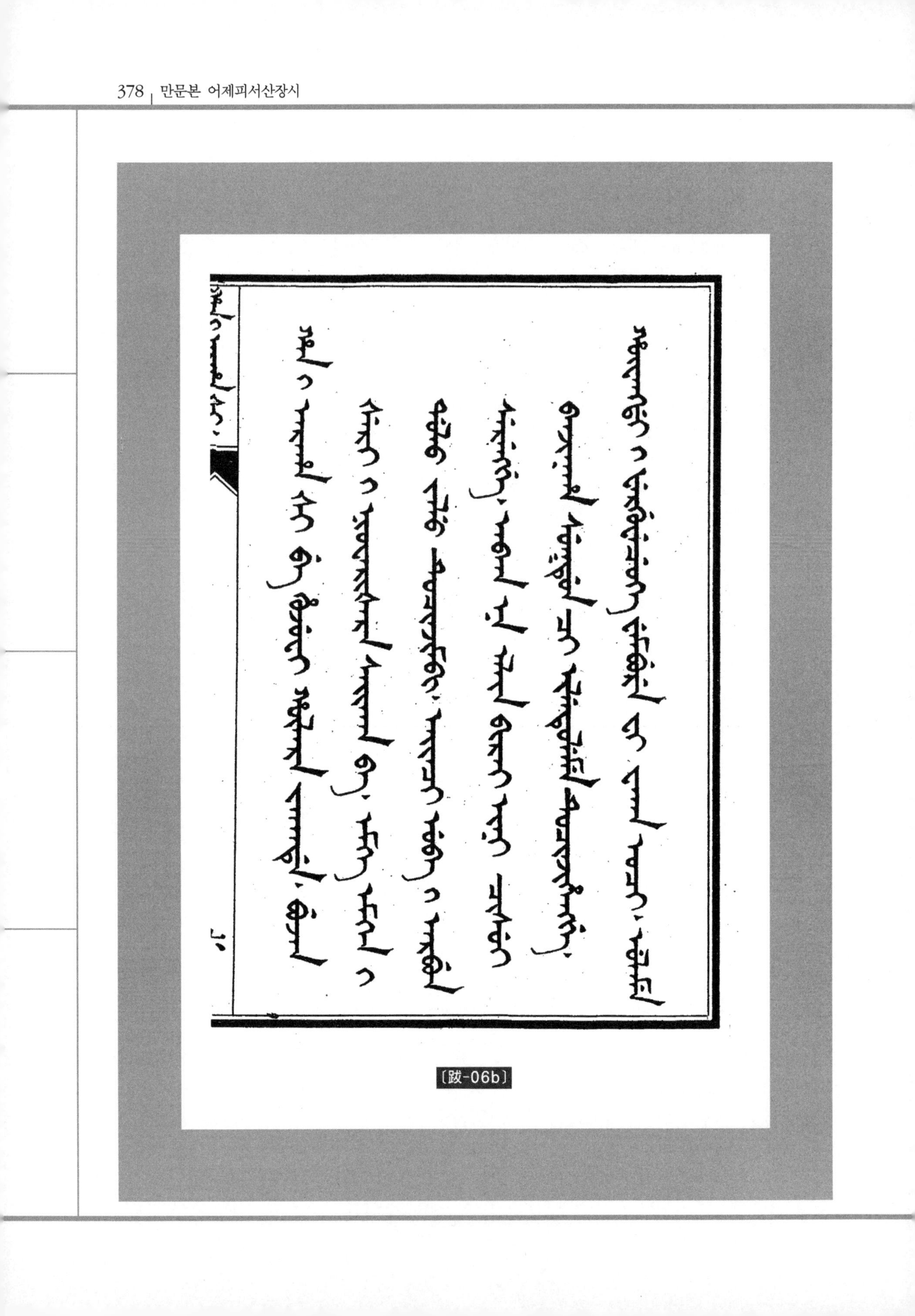

〔跋-06b〕

han i araha ši be hujufi hūlara jakade. bujan
汗 의 지은 詩 를 엎드려 읽을 적에 숲

šeri i niowarišara saikan ba. emke emken i
샘 의 파릇파릇한 아름다운 곳 하나씩 하나씩

dolo jalu tucinjimbi. ainci uba i arbun
마음 가득 나온다. 대개 이곳의 모습

serengge. abka na alin birai ini cisui
하는 것 하늘 땅 산 강의 그의 스스로

banjinaha sukdun ci iletuleme tucinjihengge.
생겨난 기운 에서 드러나서 나온 것이다.

hūwangdi i ferguwecuke wembure[166] fi waka oci. ulame
皇帝 의 현묘한 敎化하는 筆 아니면 전할 수

[한문]————

及伏讀御製詩, 則林泉蒼靄, 一一湧現於胸中, 盖此地之景, 乃天地山川自然之氣所發着,
非皇上化工之筆, 莫能傳也.

———。———。———。———

어제시(御製詩)를 엎드려 읽으니, 숲과 샘의 푸르고 아름다운 곳이 하나씩 하나씩 마음 가득히 솟아난다.
대개 이곳의 모습은 하늘과 땅, 산과 강의 절로 생겨난 기운으로부터 드러나서 나온 것이니, 황제의 현묘
하고도 교화하는 붓이 아니면, 전할 수 없다.

————————

166) ferguwecuke wembure : 화공(化工)에 대응하는데, '하늘의 조화(造化)로 자연히 이루어진 묘한 재주'라는 말
이다.

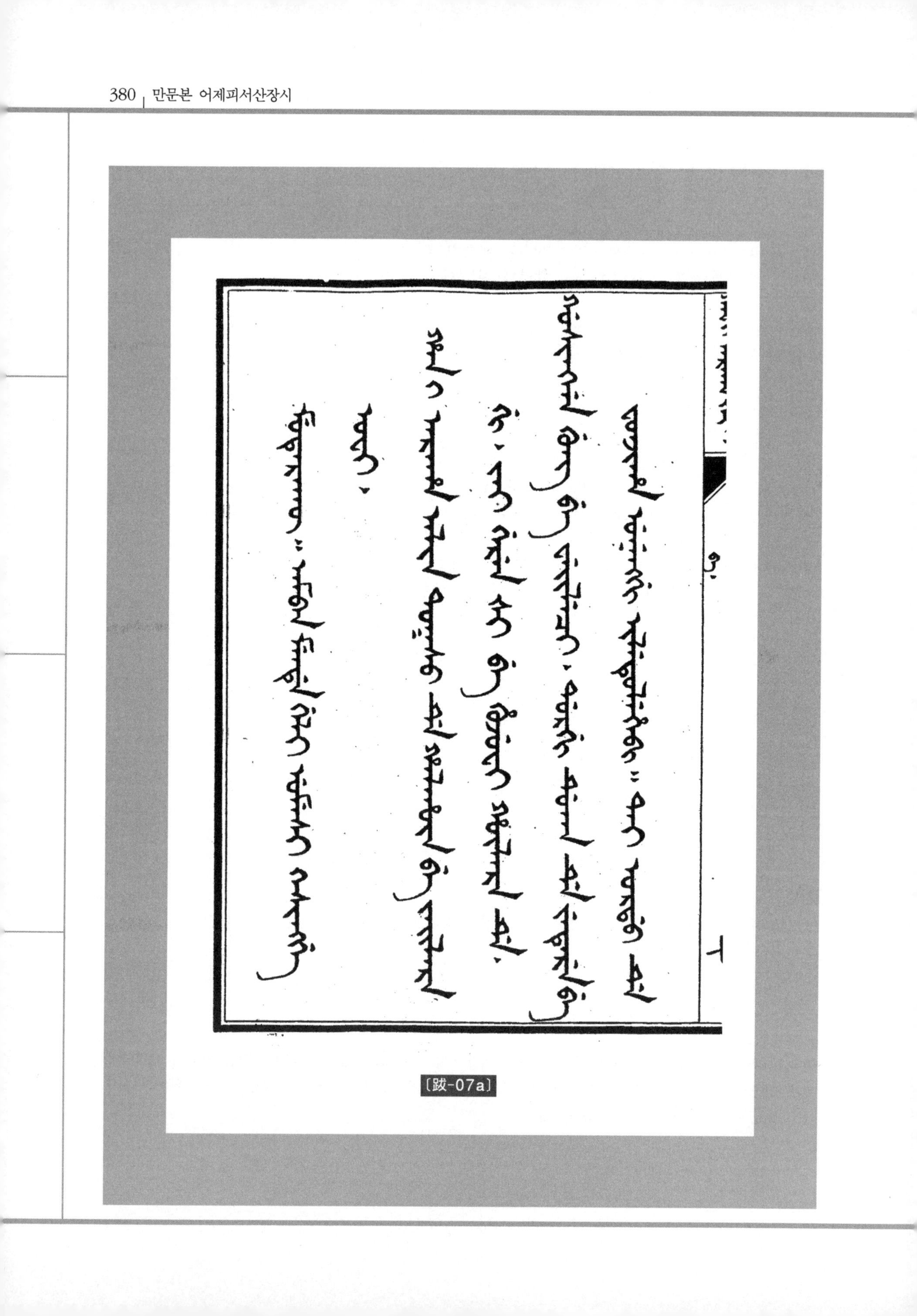

[跋-07a]

muterakū.. amban mende geli umesi kesingge
없다.　　臣　우리에게　또　몹시　은혜로운 것

ofi.
되어

han i araha alin tokso de halhūn be jailara
汗 의 지은 산 장원 에 더위 를 피하는

gi. jai geren ši be hujufi hūlara de.
記 다시 여러 詩 를 엎드려 읽을 적에

gosingga gung[167] be weileci. dorgi duka[168] de jetere be
인자한 宮　　을 섬기면 안의 문　　에 먹을 것 을

fonjiha unenggi iletulehebi.. tai ordo[169] de
물은 정성　　드러났다. 臺 정자　　에

[한문]————

而[臣]等尤有厚幸者, 伏讀御製避暑山莊記及諸詩, 奉慈闈, 則徵寢門問膳之誠,

——◦——◦——◦——

신(臣)들에게 또 매우 은혜롭게도, 「어제피서산장기(御製避暑山莊記)」와 여러 시를 엎드려 읽으니, 어머니를 모시면서는 침문(寢門)에서 음식을 여쭙는 정성이 드러났고, 대(臺)와 정자에

---

167) gosingga gung : 자위(慈闈)에 대응하는 것으로 어머니를 높여 부르는 '자친(慈親)'과 같은 말이다.
168) dorgi duka : 침문(寢門)에 대응하며 '침실로 드나드는 문'을 가리킨다.
169) tai orde : 대사(臺榭)에 대응하며 둘레를 내려다보기 위하여 크고 높게 세운 누각(樓閣)이나 정각(亭閣)을 가리킨다.

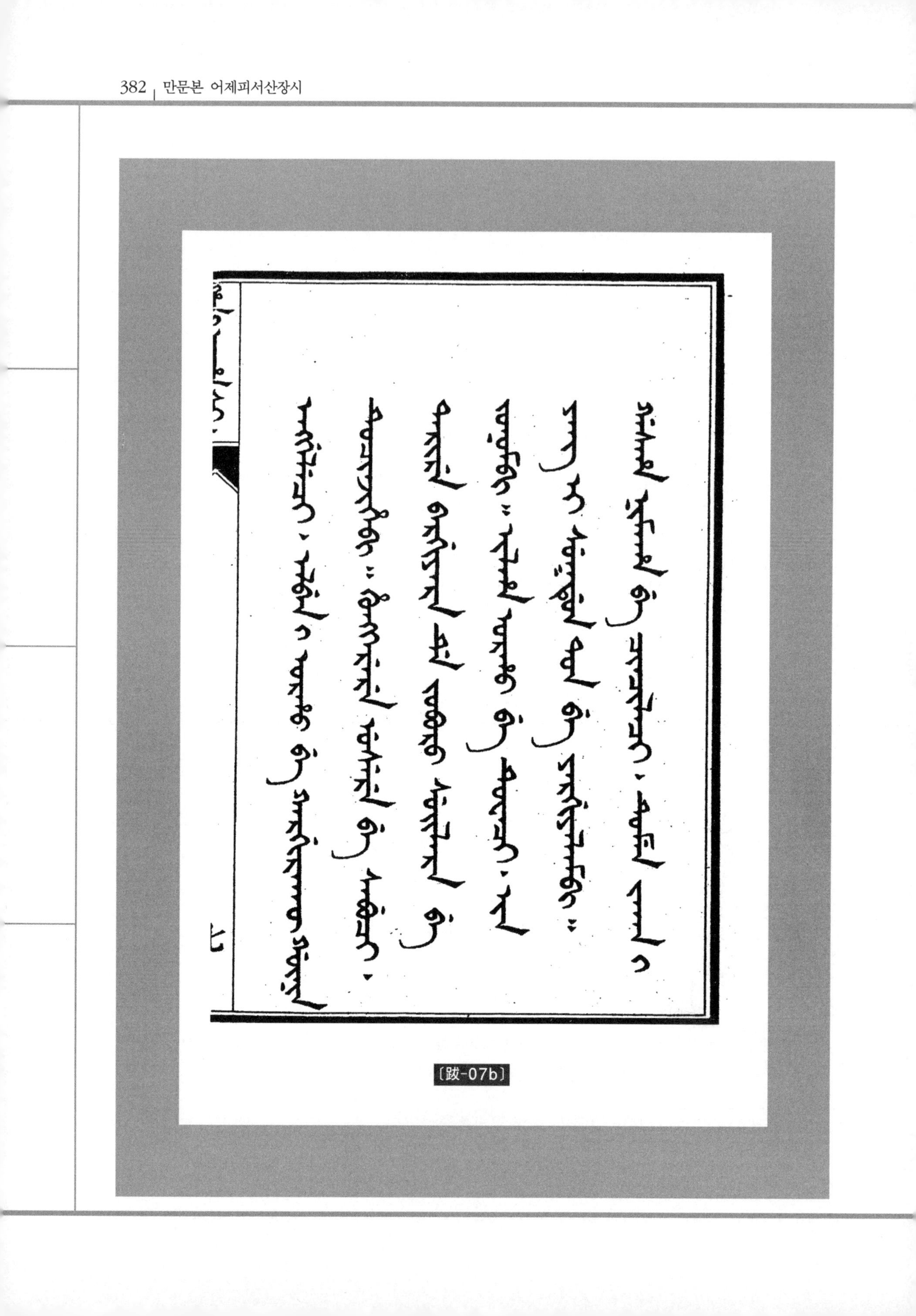

〔跋-07b〕

enggeleci. elben i orho be kargirakū gūnin
임하면   띠 의 풀 을 자르지 않은 뜻

tucinjihebi.. hungkerere usere be sabuci.
나타냈다.   물 대고 씨 뿌림 을 보면

tarire bargiyara de joboro suilara be
밭 갈고   거둠   에 근심하고 고생함 을

jonombi.. ilha orho be tuwaci. in
자주 말한다. 꽃 풀 을 보면   陰

yang ni[170] sukdun ton be yargiyalambi..
陽 의   기운 수 를 확인한다.

gasha nimaha be cincilaci. tumen jaka i
새 물고기 를 살펴보면 萬   物 의

[한문]
憑臺榭, 則見茅茨不剪之意, 觀漑種, 則念稼穡之艱難, 覽花蒔, 則驗陰陽之氣候, 玩禽魚,

—— 。—— 。—— 。——

임해서는 띠 풀을 자르지 않은 뜻이 나타났다. 물 대고 씨 뿌리는 것을 보면서는 밭 갈고 거두어들일 때에 근심하고 고생함을 자주 말하고, 꽃과 풀을 보면서는 음양의 기운과 수를 확인한다. 새와 물고기를 살펴보면서는 만물이

---

170) 'ni'의 점이 탈각되어 'i'처럼 보인다.

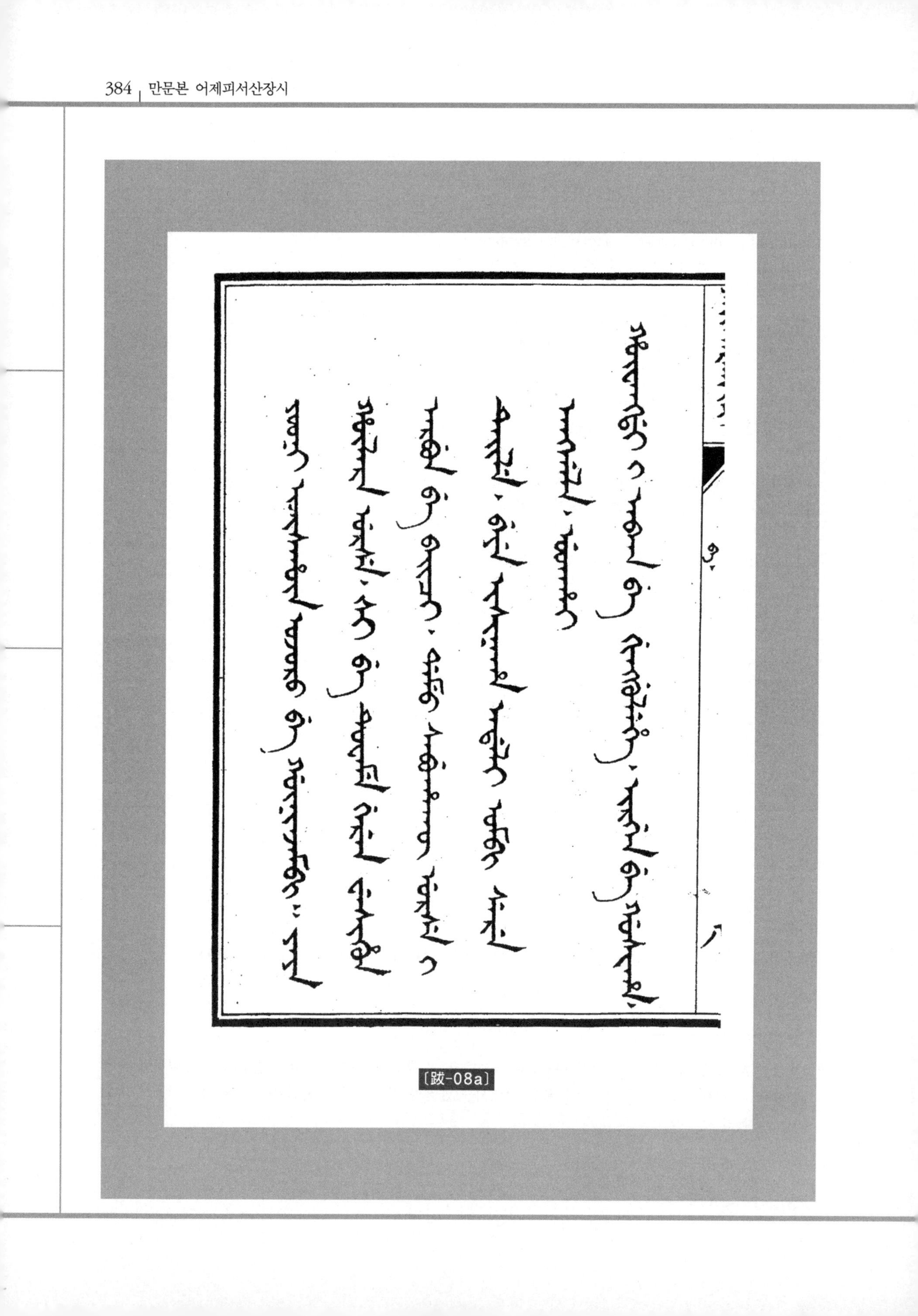

〔跋-08a〕

yooni ijishūn ojoro be gūninjambi.. yaya
전부 從順하게 됨 을 생각한다. 무릇

hūlara urse. ši be tuwame geren wesihun
읽는 사람들 詩 를 보고 여러 좋은

arbun be baici. damu sabuhakū urse i
경치 를 구하면 다만 보지 않은 사람들

teile. beye isinaha adali ombi sere
만 몸소 다다른 것 같이 된다 할

anggala. uthai
뿐이다. 곧

hūwangdi i abka be ginggulehe. irgen be gosiha.
皇帝 의 하늘을 공경함 백성 을 사랑하고

[한문] ──────
則思萬物之咸. 若凡讀者, 因詩以求諸景之勝, 豈獨未見者如親歷哉, 卽皇上敬天勤民,

── 。── 。── 。──

모두 순리에 따르게 됨을 생각한다. 무릇 읽는 사람들이 시를 보고 여러 좋은 경치를 구하나, 다만 보지 않은 사람들만 몸소 다다른 것처럼 된다고 할 뿐이다. 곧 황제께서 하늘을 공경하고 백성을 사랑하며,

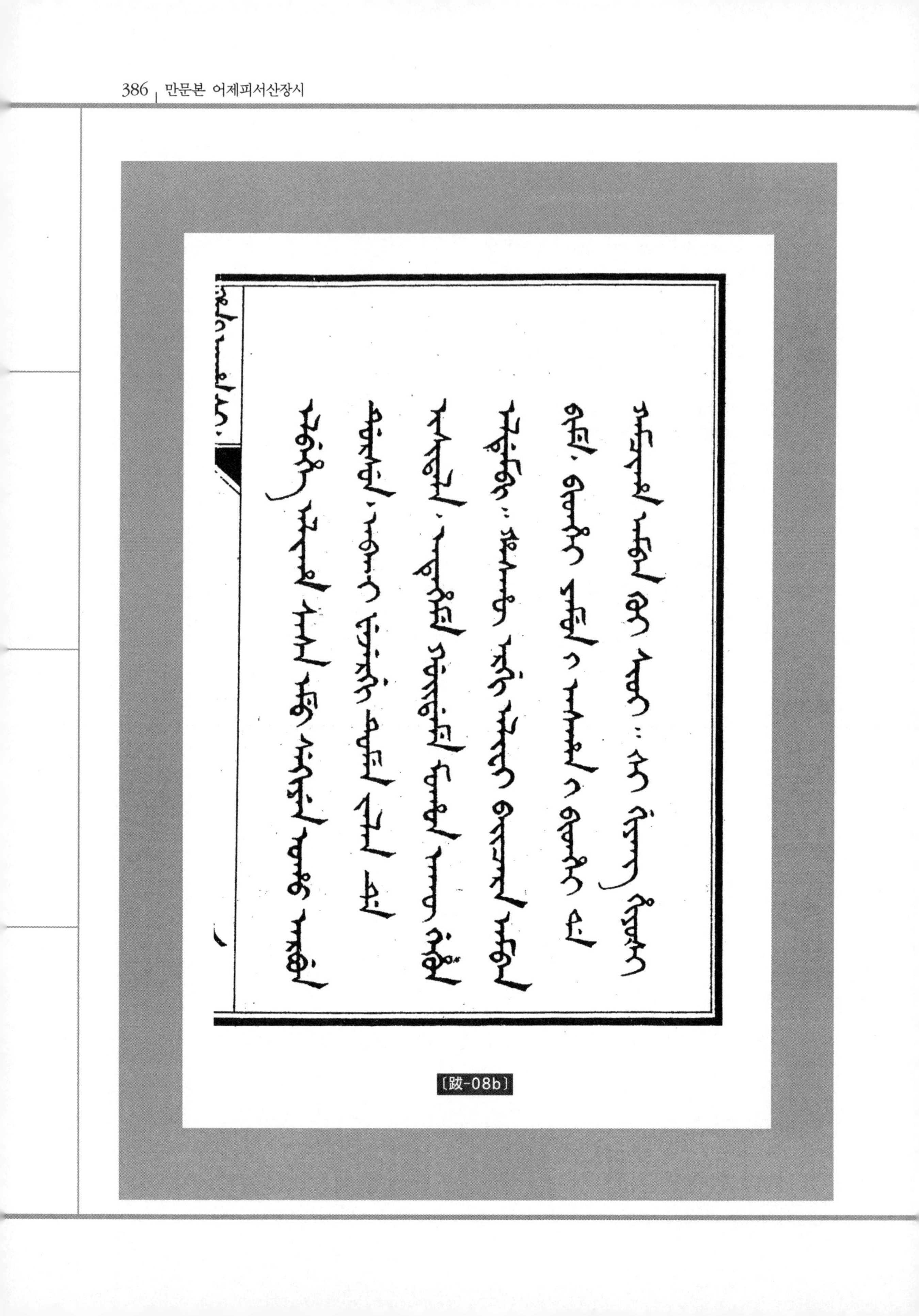

〔跋-08b〕

elbehe   aliha[171] sasa emu sekiyen oho arbun
덮고 떠맡은 것 함께 한 원류 된 모습

dursun. abkai fejergi tumen jalan de
形體 하늘의 아래   萬   世 에

isitala.   enteheme goidame mohon akū gehun
이르도록 영원히   오래   끝   없이 밝게

eldembi.. hashū ergi alifi baicara amban[172]
비친다.   左都御史

bime. bithei yamun[173] i ashan i bithei da[174]
이며   翰林院   의   掌院學士

kamciha amban kui sioi.. ši giyan hiyoši
겸한   臣 揆 叙 侍 講 學士

[한문]————

與覆載同流之氣象, 可以昭示, 天下萬世永永無極矣.
左都御史兼掌院學士臣揆叙, 侍講學士臣勵廷儀

————。————。————

(하늘이) 덮어주고 (땅이) 떠맡은 것이 함께 동류(同流)가 된 형세(形勢)가 하늘 아래 만세에 이르도록, 영원히 오래 끝없이 밝게 비친다.
좌도어사(左都御史)이며 한림원(翰林院)의 장원학사(掌院學士)를 겸한 신(臣) 규서(揆叙), 시강학사(侍講學士)

---

171) elbehe aliha : 복재(覆載)에 대응하며 '하늘은 만물을 덮고, 땅은 만물을 받쳐 싣는다'는 의미이다.
172) hashū ergi alifi baicara amban : 청대 감찰기관인 都察院(uheri be baicara yamun)의 최고 우두머리인 종일품(從一品) '좌도어사(左都御史)'를 가리킨다. 줄여서 'alifi baicara amban'로도 표기한다.
173) bithei yamun : 한림원(翰林院)을 가리키며, 그 장은 종2품의 장원학사(掌院學士)가 담당하고, 그 아래 시독(侍讀), 시독학사(侍講學士), 수찬(修撰), 편수(編修), 검토(檢討) 등이 있다.
174) ashan i bithei da : 보통 'ashan i bithei da'는 내각학사(內閣學士)를 가리키나, 여기서는 장원학사(掌院學士)에 해당하는 'baita be kadalara ashan i bithei da'를 줄인 것이다.

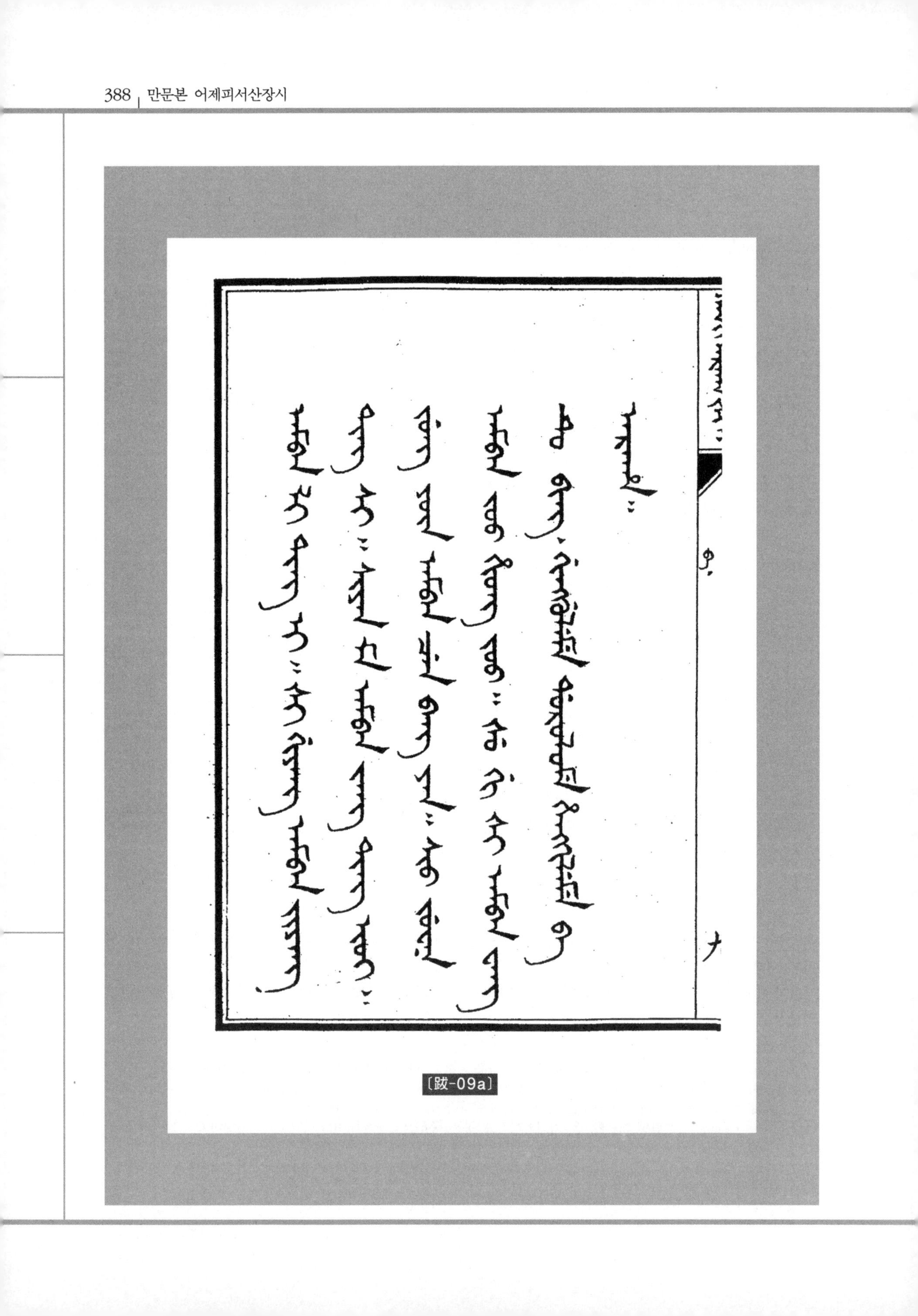

〔跋-09a〕

amban li ting i.. ši giyang amban jiyang
臣 勱 廷儀. 侍 講 臣 蔣

ting si.. siyan ma amban jang ting ioi..
廷 錫. 洗 馬 臣 張 廷玉

jung yūn amban cen bang yan.. sio juwan
中 允 臣 陳 邦 彦. 修 撰

amban joo hiong joo.. šu gi ši amban wang
臣 趙 熊 詔, 庶吉士 臣 王

tu bing. gingguleme dorolome hengkileme ba
圖 炳. 공경하고 예를 다하여 절하고 跋

araha..
지었다.

[한문]────

侍講臣勱廷儀, 洗馬臣張廷玉, 中允臣陳邦彥, 修撰臣趙熊詔, 庶吉士臣王圖炳, 謹拜手稽首恭跋.

──。──。──。──

신 여정의(勱廷儀), 시강(侍講) 신 장정석(蔣廷錫), 세마(洗馬) 신 장정옥(張廷玉), 중윤(中允) 신 진방언(陳邦彥), 수찬(修撰) 조웅조(趙熊詔), 서길사(庶吉士) 신 왕도병(王圖炳)이 공경하고 예를 다하여 절하고 발문을 지었다.

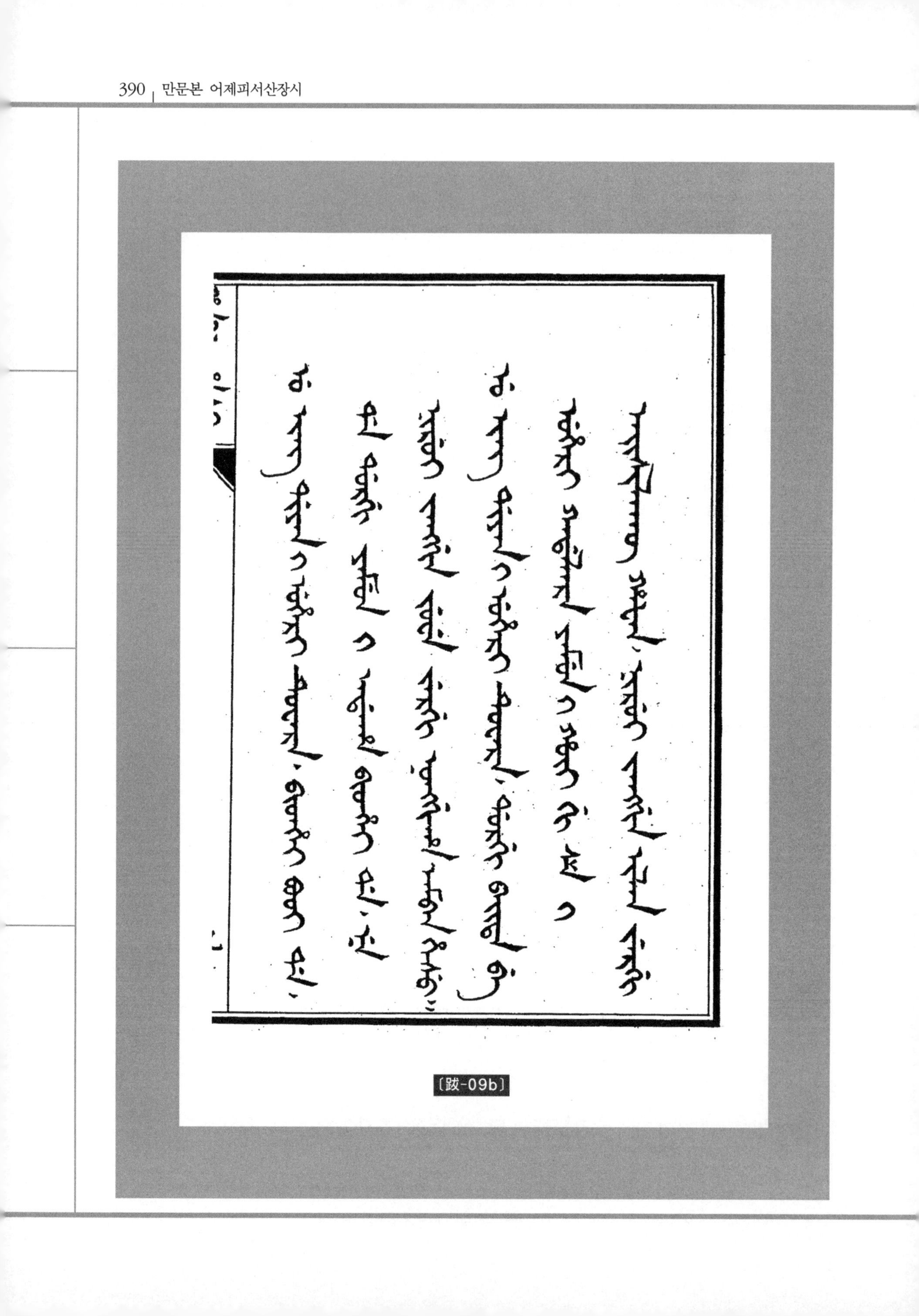

[跋-09b]

u ing diyan i uheri tuwara. bithei booi   da
武 英 殿 의 전부 감독하는 翻書房의 우두머리

da dorgi yamun i adaha bithei da. ne
原 內 閣 의 侍讀 學士 지금

nirui janggin[175] juwe jergi nonggiha amban hesu..
niru의 章京   2 級 더한 臣 hesu.

u ing diyan i uheri tuwara. dorgi baita be
武 英 殿 의 전부 감독하는

uheri kadalara yamun[176] i hūi gi sy i
内務府   의 會 計 司 의

aisilakū hafan[177]. nirui   janggin ilan jergi
員外郎   niru의 章京 3 級

[한문]————
武英殿總監造管翻書房原內閣侍讀學士今佐領加二級臣和素
武英殿總監造內務府會計司員外郎兼佐領加三級臣張常住

———。———。———。———

무영전총감조관번서방원내각시독학사금좌령가이급(武英殿總監造管翻書房原內閣侍讀學士今佐領加二級)
신 허수(hesu)
무영전총감조내무부회계사원외랑겸좌령가삼급(武英殿總監造內務府會計司員外郎兼佐領加三級)

———————————

175) nirui janggin : 팔기군의 4품직으로 한자로는 '니루장긴(牛錄章京)'으로 표기하며, 순치 17년(1660)에 좌령(佐領)으로 개칭되었다.

176) uheri kadalara yamun : 청대 궁정사무를 보던 기구인 '內務府'로 팔기 가운데 황제에게 직속하던 '보이(booi)', 그 중에서도 상삼기(上三旗) 직속의 보이(booi)로 조직되었다. 우두머리는 정2품에 상당하는 내무부총관(內務府總管)으로 만주어로는 '보이 암반(booi amban)'이라 하고, 'dorgi baita be uheri kadalara yamun'을 줄여서 'uheri kadalara yamun'이라고 한다.

177) aisilakū hafan : 종오품직의 원외랑(員外郎)을 가리키며, 한직(閒職)으로 각 부서마다 일정 수가 있어서 업무를 보조하였다. 이 관직은 돈으로 살 수가 있었기 때문에, 후대로 오면 부유한 자를 가리키는 일종의 별칭이 되었다.

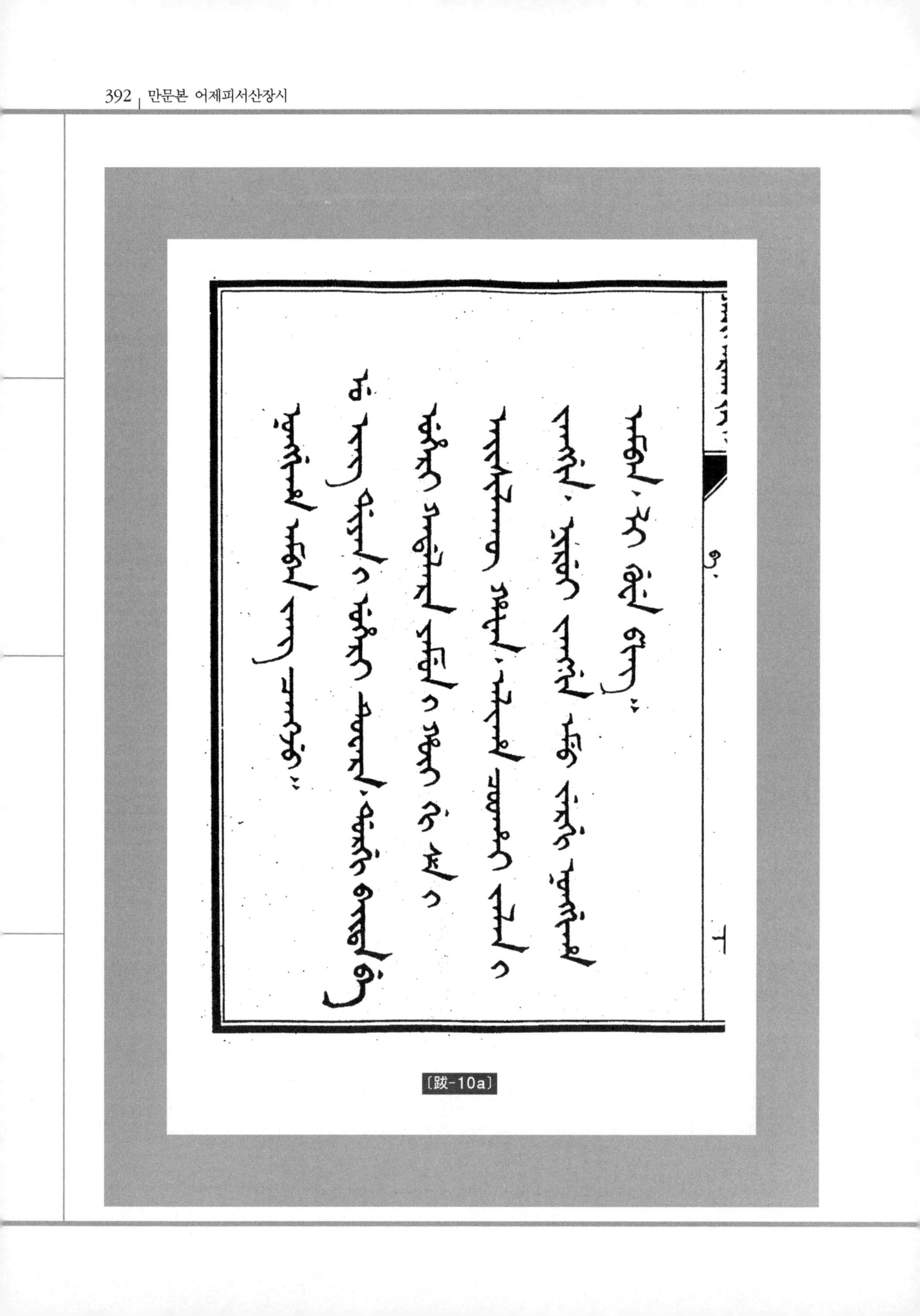

〔跋-10a〕

nonggiha amban jang cangju..
　더한　　臣　張　常住

u　ing diyan i　uheri　tuwara. dorgi baita be
武 英　殿　의　전부 감독하는

uheri kadalara yamun i　hūi gi　sy i
　　內務府　　　　의會 計 司 의

aisilakū hafan. aliha coohai jalan i
　員外郎　　驍騎營의　參領

janggin[178].　nirui　janggin emu jergi nonggiha
　　　　　　niru의　章京　1　級　더한

amban. li guwe ping..
　臣　李　國　屛.

[한문]————————
武英殿總監造內務府會計司員外郎兼參領佐領加一級臣李國屛

—— ∘ —— ∘ —— ∘ ——

신 장상주(張常住)
무영전총감조내무부회계사원외랑겸참령좌령가일급(武英殿總監造內務府會計司員外郎兼參領佐領加一級)
신 이국병(李國屛)

————————————

178) aliha coohai jalan i janggin : 'jalan i janggin'은 팔기군의 3품직으로 한자로는 참령(參領)이라고 하고, 'aliha cooha'는 금위군(禁衛軍)의 일종인 효기영(驍騎營)을 가리키므로 효기영에 속한 참령을 가리킨다.

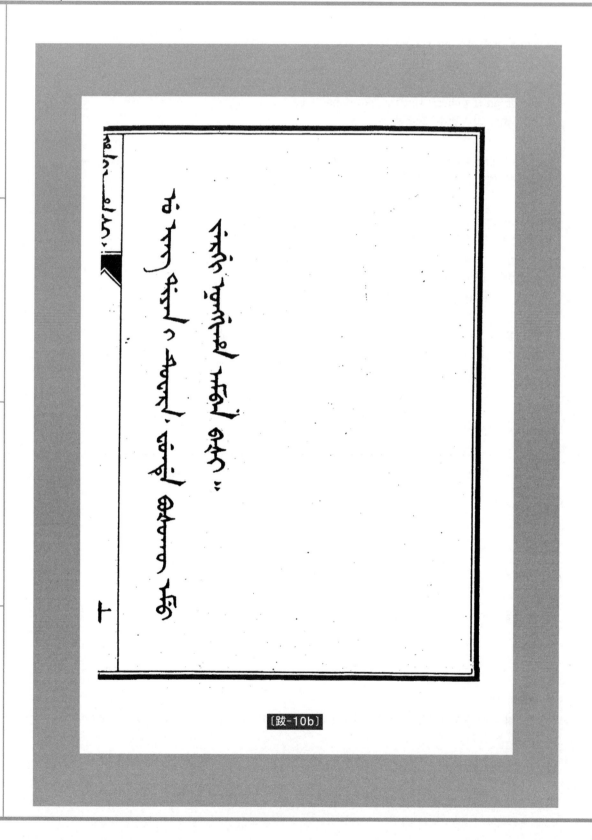

〔跋-10b〕

u ing diyan i tuwara. funde bošokū emu
武 英 殿 의 감독하는 驍騎校 一

jergi nonggiha amban baši..
級 더한 臣 baši.

[한문]————
武英殿監造驍騎校加一級臣巴實

—— ◦ —— ◦ —— ◦ ——

무영전감조효기교가일급(武英殿監造驍騎校加一級) 신 바쉬(baši)

역주자 약력

최동권 Choi DongGuen　　상지대학교 국어국문학과
김유범 Kim YuPum　　고려대학교 국어교육학과
신상현 Shin SangHyun　　고려대학교 민족문화연구원
이효윤 Lee, HyoYoon　　고려대학교 민족문화연구원

고려대학교 민족문화연구원 만주학 총서 ❽

만문본 어제피서산장시

초판인쇄 2018년 07월 20일
초판발행 2018년 07월 30일

역 주 자 최동권, 김유범, 신상현, 이효윤
발 행 처 박문사
발 행 인 윤석현
등　　록 제2009-11호

우편주소 서울시 도봉구 우이천로 353 성주빌딩 3층
대표전화 (02)992-3253
선　　송 (02)991-1285
전자우편 bakmunsa@hanmail.net
홈페이지 http://jnc.jncbms.co.kr
책임편집 최인노

ⓒ 최동권 외 2018. Printed in seoul KOREA.

ISBN 979-11-89292-13-3　93830　　　　　　　　　　　정가 38,000원

· 저자 및 출판사의 허락 없이 이 책의 일부 또는 전부를 무단복제·전재·발췌할 수 없습니다.
· 잘못된 책은 바꿔 드립니다.

* 이 논문 또는 저서는 2014년 정부(교육부)의 재원으로 한국연구재단의 지원을 받아
　수행된 연구임(NRF-2014S1A5B4036566)